LA JALOUSIE DES IDOLES

L'ENFER DE BURBERRY PREP #3

C.M. STUNICH

GREY EAGLE
PUBLICATIONS

Titre original : *The Envy of Idols*

greyeaglepublications.com

Couverture : The Book Brander
www.thebookbrander.com

Traduction : Greta O'Keefe pour Valentin Translation

ISBN: 978-1-64366-394-4
Print ISBN: 978-1-64366-395-1

« Le pardon est une vertu... »

PROLOGUE

SON REGARD EST DE GLACE, *mais ses doigts sont de feu.*

Je lève les mains pour me couvrir le visage : Tristan les ramène vers le bas pour m'adresser un sourire en coin que mes lèvres brûlent soudain d'imiter. On est au lit, sur le dos, haletants, lorsque la porte s'ouvre et que Lizzie Walton entre.

— Merde, je croyais que c'était fermé, marmonne Tristan en se redressant et en passant les doigts dans ses cheveux noirs.

Ils ne sont pas parfaitement coiffés en ce moment. Au contraire, ils sont tout ébouriffés et plus mignons que jamais. Enfin, si on peut dire que Tristan Vanderbilt est mignon. Sexy, sans aucun doute. Grand, taciturne et séduisant. Bien sûr. Mais mignon ?

Quoi qu'il en soit, j'ai du mal à me concentrer là-dessus, parce que le regard de Lizzie est comme du verre brisé. Le couteau de la culpabilité me transperce. Je n'ai pas demandé ça, rien de tout ça.

— Les invités arrivent, murmure-t-elle. William est furieux, il te cherche.

Elle nous regarde, perplexe, devinant peut-être ce que nous avons fait. C'est probablement une torture de ne pas savoir. Si j'étais tombée sur Tristan et elle dans une position similaire, j'aurais perdu la tête. Pourtant, ce n'est pas ce qu'il paraît, ce n'est pas ce que l'on pourrait croire.

— Bien sûr qu'il est furieux, lâche Tristan d'un air renfrogné. Je ne suis plus seulement un salaud, je suis une honte.

Il passe la paume de sa main sur son visage en sueur.

Lizzie entre dans la pièce et referme la porte derrière elle, avant de s'adosser au bois du battant. Elle croise le regard de Tristan.

Quelque part en bas, mes quatre autres petits amis m'attendent. Ça ne me semble plus si étrange de le dire, « mes petits amis », au pluriel. C'est presque naturel, maintenant. Un jour ou l'autre, je devrai finir par choisir. Pas aujourd'hui. Ni la semaine prochaine. Mais à la fin de l'année prochaine... que se passera-t-il alors ? J'en ai mal au cœur rien que d'y penser.

— Quoi ? demande Tristan, le corps tendu, les muscles contractés.

Lizzie ferme les yeux, puis lève la main pour faire glisser sa bague de fiançailles de son doigt. Quand elle rouvre les paupières, voilà ce que j'y lis : amour, désir et besoin désespéré.

— Je ne sais pas ce qui va se passer si je dis « non » à

mes parents, murmure-t-elle en regardant la bague. Je pense qu'ils m'aiment assez pour s'en remettre, mais... je ne peux pas le faire. Je ne peux pas épouser Marcel.

Je me lève de mon côté du lit et passe les paumes sur le devant de ma robe en satin crème pour en lisser les plis. Lizzie ne me regarde pas pour autant. Non, toute son attention se focalise sur Tristan. Ses yeux ambrés brillent de détermination alors que ceux de Tristan affichent un gris neutre et plat. Impossible à déchiffrer, pas du tout. Il la regarde avec un étrange mélange de frustration et de confusion.

— Pourquoi tu me racontes ça ? demande-t-il en se levant pour s'emparer de sa chemise qu'il enfile. Mon père est sur le sentier de la guerre. Il ne t'aime pas, il n'aime pas Marnye et il ne veut pas que tout le conseil d'administration du Club Infinity débarque chez nous pour nous passer en jugement.

— Je me fiche du Club Infinity en ce moment, réplique-t-elle, et mon cœur commence à s'emballer, au rythme exact des pulsations que je vois battre dans sa gorge. Tout ce qui m'importe, c'est toi, Tristan. Je t'aime.

Elle fait un pas en avant, mais il ne bouge pas.

Elle est là. La vérité. La vérité que je redoute depuis que j'ai posé les yeux sur Lizzie Walton à cette fête au bord du lac.

Je ne devrais pas être égoïste. Je devrais le laisser partir. Je devrais... J'ai quatre autres garçons auxquels je tiens, alors pourquoi ai-je l'impression qu'on m'arrache le cœur ? Si je redoute déjà le moment du choix final entre eux, pourquoi ne pas laisser Tristan partir maintenant ? Pourquoi ne pas le laisser être avec une fille qui l'aime, qui a été une amie fidèle toute l'année durant ? Et s'il l'aime aussi, alors peut-être qu'ils sont faits pour être ensemble.

— Je…

Ce seul mot a pour effet d'attirer leurs regards sur moi. Je ne suis pas sûre de ce que je suis sur le point de dire. « Je t'aime » ? Ou : « Je pense que tu devrais être avec elle » ? Ou peut-être quelque chose d'entièrement différent ? Quoi qu'il en soit, je n'en ai pas l'occasion, car la porte s'ouvre et Windsor York est là, l'expression détendue, l'image même de la nonchalance.

Il n'est pas concerné par cette réunion ; il s'en moque.

— William Vanderbilt est un homme intelligent, non ? s'enquiert le prince avec son accent vif et tranchant.

Il entre dans la pièce, vêtu de son uniforme de troisième année, et nous dévisage tous les trois. Je sais qu'il perçoit la tension : Windsor est un petit malin.

— Comment ça ? demande Tristan, les mains tremblantes. Qu'est-ce qu'il a fait encore ?

Il évite ainsi complètement la confrontation avec Lizzie.

— Il a trouvé une femme qui paie ses cotisations au Club Infinity. (Le visage de Tristan se durcit, mais Windsor n'a pas fini.) Mais pas la tienne. Juste la sienne. Il a déjà lancé la rumeur selon laquelle il te reniait.

N'importe qui d'autre aurait pu penser que Tristan prenait cette nouvelle comme si de rien n'était. Putain, il a même l'air de s'ennuyer. Mais je ne suis pas dupe. Il écarquille les yeux de façon presque imperceptible et serre les poings tout aussi discrètement.

— Je vois.

La voix de Tristan est aussi douce que le cognac, soyeuse, sombre et riche. Mais elle cache tellement, tellement de douleur… Lizzie tend la main vers lui, sauf qu'il recule et se replie sur lui-même. La douleur passe dans son regard, mais ce n'est pas le moment d'en parler.

— Je l'ai payée pour toi, reprend Windsor.

Cette fois, Tristan ne peut cacher sa surprise. Il lève des yeux sidérés et fixe le prince. Windsor se contente de mettre les mains dans ses poches et sourit.

— Tout ce que ma princesse veut, elle l'obtient. Et elle ne veut pas que tu sois sans abri et viré de Burberry Prep. (Il entre dans la pièce, tend la main et lisse quelques plis sur la chemise de Tristan.) Il a aussi cessé de payer tes frais de scolarité. Mais tu le savais déjà, non ?

Mes yeux s'écarquillent et je me tourne vers Tristan, choquée.

— Tu savais que tu ne reviendrais pas à Burberry l'année prochaine, n'est-ce pas ? demandé-je.

Mais il ne me regarde pas. Il est toujours trop concentré sur Windsor.

— J'ai payé aussi. (Wind fait une pause, soupire et laisse retomber ses mains le long de son corps.) Donc…

je suppose que Marnye n'est plus la seule à vivre de la charité à l'académie, n'est-ce pas ?

Windsor sourit et il y a cette pointe, celle qui ressemble à une épée à double tranchant. Comme une arme. Coupante, douce, mortelle. Elle peut protéger... mais elle peut aussi tuer.

— Tu me remercieras plus tard. Pour l'instant, on a une réunion du Club.

Windsor se tourne vers moi et joint les mains, comme pour prier, tandis que Tristan se détourne, part en trombe et claque la porte de sa salle de bains. Le visage enfoui dans ses mains, Lizzie ne dit rien.

— Toi, milady, tu vas devoir partir. Miranda t'attend dehors. Ceux qui ne sont pas membres du Club sont interdits.

Il s'avance et repousse quelques mèches de son front, ce qui les hérisse comme toujours. Ses yeux noisette scintillent quand il tend le bras pour plonger les doigts dans l'or rosé de mes cheveux. Ils sont beaucoup plus longs maintenant, mais je pense que je pourrais les couper court à nouveau. J'aime bien court, c'est audacieux.

— Tu t'occuperas de Zayd, Creed et Zack pour moi, d'accord ? demandé-je.

Ce n'est pas qu'ils aient vraiment besoin qu'on s'occupe d'eux, mais... j'ai l'impression que Wind est ma sauvegarde, une ombre silencieuse toujours là pour me défendre et défendre les miens. Il me donne l'impression d'être en sécurité et protégée.

— Tu as déjà pris soin de Tristan, continué-je, avant

de marquer une pause et de jeter un coup d'œil à Lizzie.

Elle a toujours la tête dans ses mains. Quand elle se détourne et s'éloigne, je la laisse partir. Visiblement, elle a besoin d'une minute.

— Je vais m'occuper d'eux, déclare Windsor.

Comme sa parole a toujours valeur de promesse, je n'insiste pas davantage. Au lieu de quoi, je le laisse me prendre dans ses bras et effleurer mes lèvres des siennes. Ce n'est rien de plus qu'une taquinerie, un petit avant-goût qui me laisse sur ma faim.

— Miranda dit qu'elle a déjà appelé ton père. Il aurait répondu qu'elle pouvait rester quelques jours chez toi.

— Et après ? demandé-je, parce que je n'ai aucune idée de la durée d'une *vraie* fête au Club Infinity.

J'ai vu la version junior et c'est assez intense comme ça.

— Après..., commence Windsor, avant de s'interrompre quand les trois autres garçons arrivent.

— C'est l'heure de mettre les voiles, bébé, lance Zayd, la gorge nouée.

Il tord ses mains tatouées. Il est nerveux, lui aussi, ce qui me fait peur. Je n'aime pas le Club Infinity ou ce qu'il représente. En gros, c'est une bande de brutes pleines aux as qui parient sur qui peut rendre le monde un peu plus misérable pour leur propre plaisir.

— Il y a une entrée latérale, déclare Creed. Par la salle de bal. Je vais te montrer. J'ai demandé à Miranda de déplacer ta voiture.

Bien qu'il soit adossé contre le montant de la porte, la vivacité de son regard montre qu'il est prêt à se battre si nécessaire.

Je hoche la tête et j'avance, puis m'arrête, frissonnante, lorsque Zack pose son blouson sur mes épaules et m'embrasse sur la joue. Ses yeux marron sont pleins d'ombres et sa bouche charnue est pincée. Il est aussi malheureux ici que moi.

— Ne fais rien que je réprouverais, je lui glisse en jetant un coup d'œil par la fenêtre de Tristan pour voir Harper descendre de voiture.

Je relâche brusquement mon souffle et me tourne vers la porte pour suivre Creed.

— Conduis prudemment, Marnye, me lance Zack.

J'adresse un petit signe de la main à Zayd, Windsor et lui avant de partir, non sans empoigner ma valise et mon sac de livres sur le sol de ma chambre.

Toute la scène paraît bien dramatique, mais... c'est juste un été comme les autres pour nous, les jeunes de l'académie.

Aujourd'hui, nous manigançons une intrigue. La semaine dernière, nous nous sommes vengés. Demain, nous irons probablement à la plage.

Une année, un choix, un futur improbable.

Qui aurait cru qu'être la nouvelle serait si difficile, bon sang !

CHAPITRE UN

IL Y A CINQ mecs magnifiques dans ma chambre.

La tension est si palpable qu'on pourrait la couper au couteau. *C'est de la folie,* je pense en expirant et en attirant par inadvertance tous les regards de la pièce. Franchement, je suis encore sous le choc après la nuit dernière. Avoir cinq garçons qui m'invitent à passer les vacances d'été avec eux... C'est inestimable. Et déroutant. De quoi vous donner une crise cardiaque. Et ça mérite un couinement.

Leur attention me met mal à l'aise et Windsor sourit.

— Tu sais combien de filles chez Burberry donneraient toute la fortune familiale pour être à ta place en ce moment ? demande-t-il.

J'ai beaucoup de mal à ne pas lever les yeux au ciel. Puis il m'adresse un clin d'œil et se passe la langue sur la lèvre inférieure. Alors je lève quand même les yeux au ciel.

— Et quelle est ma place, exactement ? demandé-je, en croisant les bras sur mon t-shirt ample.

Dès que les mecs ont envahi la nouvelle petite maison de location de mon père à Grenadine Heights, j'ai changé de vêtements. Ma robe de soirée d'hier soir est maintenant fourrée dans un sac en plastique près de la porte d'entrée. Je ne suis pas sûre de pouvoir la porter à nouveau un jour.

Je frissonne.

Zack le remarque et son visage s'adoucit. Il a trois points de suture au front, l'œil gauche tuméfié et une lèvre inférieure sérieusement gonflée. Je veux dire, plus gonflée que la normale. Parce qu'il a toujours eu une belle bouche, charnue...

— Les cinq mecs les plus chauds et les plus riches de l'académie, tous ici dans ton *boudoir*, ronronne Windsor. Maintenant, tu te retrouves à devoir faire le choix délicat de celui avec qui tu aimerais passer l'été.

Il se lève du coin où il était assis et fait glisser ses paumes sur le devant de sa chemise bleu pâle à col boutonné.

— En supposant que mon père accepte, je nuance lentement.

Mes yeux se posent un instant sur les iris gris de Tristan. *Il n'est plus fiancé à Harper !* Une partie de moi a envie de courir dans la salle de bains, de refermer la porte et de pousser un cri. L'autre... n'a aucune idée de la raison pour laquelle il est là. Zayd non plus, d'ailleurs. Windsor est mon ami, Zack craque pour moi. Et Creed ?

Je fais de mon mieux pour ne pas le regarder, sans quoi je repense forcément à ses yeux quand il m'a coincée dans le réfectoire ce fameux jour. « *M'éviter ne te servira à rien.* » Il remarque mon regard et pose légèrement ses doigts sous son menton.

— Elle restera avec moi, évidemment. Elle peut dormir avec Miranda. Ma sœur n'acceptera rien de moins.

— Conneries, grogne Zack en secouant la tête. (Il observe les trois Idoles avec méfiance.) Vous ne pouvez pas prendre cette décision pour elle.

Il ne leur fait pas plus confiance maintenant qu'hier. Mais... peut-être que moi, si ? Putain, je ne suis pas sûre. Je ne suis sûre de rien en ce moment. Enfin, à part du fait que papa est au travail. C'est un parent plutôt détendu, mais je ne pense pas qu'il apprécierait de me voir inviter tous ces types alors qu'il n'est pas à la maison, surtout quand tous sauf un ont été impliqués dans le harcèlement dont j'ai été victime.

Oh, et je suis presque sûre que ce sont tous des coureurs de jupons, aussi. Charlie n'apprécierait certainement pas cette partie de l'équation.

— Je serai sans doute seul chez moi, intervient Zayd.

Son regard émeraude est assombri par l'émotion alors qu'il me dévisage depuis l'autre bout de la pièce. Il y a cette sorte de tendresse brisée entre nous qui semble encore plus difficile à traverser que la merde que je dois gérer vis-à-vis de Tristan ou de Creed.

— Et je te donnerai la chambre principale à l'étage,

poursuit-il. Donc tu n'auras pas à me voir beaucoup... sauf si tu en as envie.

Son timbre de rock star déjà éraillé devient un peu plus rauque, un peu plus tendu.

— Il vaut mieux que tu ne viennes pas avec moi, ajoute Tristan d'une voix d'acier glacial. Mon père ne sait pas qu'on a rompu, Harper et moi, et je préférerais que personne d'autre que moi ne soit là quand il le découvrira.

Il y a une sorte de colère qui pulse en lui : je la vois très clairement dans la tension de ses épaules, le muscle qui fait tressauter sa mâchoire, la chaleur de ses yeux gris. Il la garde cependant bien contenue.

Mon cœur se serre et mes narines se dilatent. Ça me semble en effet être une très, très mauvaise idée. Je ne veux pas que Tristan soit à nouveau frappé. Si ça ne tenait qu'à moi, je le suivrais toujours pour servir de repoussoir contre son père. Peut-être que je devrais y aller et rester avec lui ? Mais seulement si je peux l'aider, pas si je risque d'aggraver la situation.

— Pourquoi tu es ici alors ? demande Windsor, les mains sur les hanches.

Il regarde Tristan avec une expression qui me fait penser à un chat en train de traquer un rat. Tristan lève les yeux vers lui et se renfrogne.

— On a une ennemie commune, maintenant, non ? grogne-t-il, et Windsor hausse ses sourcils roux.

— Attends, attends, attends, laisse-moi résumer : tu es ici à cause de... Harper ? (Il dévisage Tristan, mais le roi de l'école se contente de croiser les bras sans rien dire.) Tu n'es pas du tout intéressé par cette fille-là ? ajoute-t-il en me désignant, ce qui me fait rougir. Parce que je suis presque sûr que c'est elle que veulent tous ces autres connards : ils veulent Marnye.

En s'ouvrant, la porte de derrière me fait sursauter et je me lève du bord du lit juste à temps pour voir Charlie apparaître dans le couloir. Il me remarque et esquisse un sourire... puis avise le groupe de garçons bien habillés dans ma chambre. Ses yeux bruns passent sur les mecs d'abord avec surprise, puis avec colère et c'est enfin le dégoût qui domine.

— Marnye, commence-t-il, qu'est-ce qu'ils fabriquent ici, ces trois-là ?

Sa voix claque comme un fouet et je grimace. Mon père fusille les Idoles du regard, comme s'il cherchait à les tuer, à leur briser la nuque et à les jeter dans l'allée en pâture aux mouettes. Il lance aussi un regard méfiant à Zack, puis scrute Windsor avec confusion avant de se tourner vers moi.

J'ouvre la bouche, mais aucun mot ne sort.

Un coup sonore à la porte nous interrompt tous et le grincement d'une porte qui s'ouvre est suivi par la voix de Miranda qui appelle :

— Marnye ?

— Par ici, dis-je en retenant mon souffle jusqu'à ce qu'elle surgisse dans ma chambre, le visage rougi, dans le balancement de sa jupe à fleurs.

Miranda tient son téléphone dans une main, son sac à main sur l'épaule opposée et fixe sur son jumeau le rayon laser de ses prunelles noires.

Creed soutient son regard, de ses yeux bleus glacés réduits à l'état de fentes, jusqu'à ce qu'elle se détourne et adresse un sourire à mon père.

— Bonjour, monsieur Reed, désolée d'être en retard. J'adore votre nouvelle maison.

Elle sourit et je grimace. Sa tentative de dissimulation est un peu trop enthousiaste et excitée. Papa lui sourit, mais il n'est toujours pas content de ma personne, alors il fourre ses doigts dans les poches de sa salopette et reporte ses yeux sur moi.

— Merci, Miranda. Mais Marnye doit encore répondre à ma question.

Waouh ! C'est littéralement l'attitude la plus stricte que j'aie jamais vue chez Charlie Reed, et juste avant mes dix-sept ans, en plus. Mon cœur manque un battement et je jette un coup d'œil à Windsor en réfléchissant à ce que je dois dire exactement pour éviter les ennuis. Sans avoir à mentir, bien sûr. Je lève un sourcil vers le prince, qui me répond de même. Quelque chose chez lui me donne envie de dire la vérité, et elle sort, tout simplement.

— Mes amis sont là pour m'inviter dans les Hamptons, j'explique.

Cette phrase a quelque chose de surréaliste. Nous sommes actuellement en Californie. Les Hamptons sont à l'autre bout du pays, dans le Nord-Est. Ce qui signifie faire ses valises, un voyage en avion, un endroit où séjourner, une surveillance parentale. Euh… au moins une prétendue supervision parentale.

— Dans les Hamptons ? répète Charlie, qui plisse

légèrement les paupières pendant qu'il cherche à localiser l'endroit. Tu veux dire à New York ?

— Monsieur, si je peux me permettre, intervient Windsor qui s'avance et vole la vedette une fois de plus. (Sa spécialité, en quelque sorte.) Je suis Windsor York. Je ne crois pas que nous nous soyons déjà rencontrés ?

Charlie hausse les sourcils et lui lance un regard qui indique très clairement qu'il n'est pas dupe.

— Je suis le président du *host club* auquel votre fille appartient.

— Du « *host club* » ? demande Charlie.

Et à peu près tout le monde dans la pièce gémit. Waouh ! Windsor est en train de faire une blague basée sur une série animée japonaise très spécifique intitulée *Ouran High School Host Club*, où la protagoniste féminine est entourée de garçons... En gros, une situation de harem inversé.

— Un *host club*... est un groupe d'étudiants qui encadrent d'autres étudiants, j'explique.

C'est vrai, mais… pas tout à fait. Plus précisément, c'est un groupe de personnes qu'on paie pour être attentionnées et bavardes avec leurs clients, ou même éventuellement pour sortir avec eux, les câliner ou les embrasser. Ce ne sont pas exactement des prostituées, car il n'y a pas de sexe en jeu, mais ça y ressemble. Je ne confirme ni n'infirme la vérité des propos de Windsor et je continue :

— Ils veulent tous que j'aille dans les Hamptons cet été. (Je fais une pause et désigne ma meilleure amie.

Creed avait raison, je suppose.) Je logerais avec Miranda.

Elle sourit, pousse un cri et me serre dans ses bras.

— Marnye, reprend Charlie en croisant mon regard, ce n'est pas le problème. Que font ces trois-là ici ? Je ne veux pas d'eux dans ma maison. (Il lève les yeux et rencontre ceux de Zack.) Je ne suis pas sûr de vouloir de lui ici non plus.

— Ils essaient de se racheter pour ce qu'ils ont fait, lâché-je.

Et dès que les mots quittent ma bouche, je sais qu'ils sont vrais.

— C'est possible, soupire papa, mais je suis désolé, vous devez partir tous les quatre.

Il y a une tension dans la pièce qui me donne mal au ventre. D'une certaine manière, l'idée que mon père déteste ces mecs me dérange, même si ça ne devrait pas. Je veux dire, je suis ravie qu'il me défende, qu'il m'aime assez pour se soucier de moi, mais...

— S'il te plaît, laisse-moi aller dans les Hamptons.

Les mots sortent dans un brouillard complet alors que Zack, Tristan, Creed et Zayd se lèvent de leurs sièges respectifs et s'immobilisent. Je ne sais même pas pourquoi je supplie. Est-ce que j'ai vraiment envie d'y aller, sachant que Harper et ses potes seront là ? De plus, papa est malade et je devrais rester... mais si je partais pour un week-end, une semaine tout au plus ?

Clairement, il y a des problèmes avec le Club Infinity, et avec les filles. Et si je pouvais régler ça pendant l'été et prendre un nouveau départ ? *C'est des conneries, Marnye,* m'interrompt mon cerveau. *Tu veux juste passer du temps avec eux. Avec chacun d'eux.*

— Je logerais avec Kathleen et Miranda, continué-je.

Le regard de papa se porte sur Creed, dont les épaules se raidissent mais, heureusement, il tient sa petite langue dédaigneuse.

— Le jeune Cabot n'est-il pas l'un de ceux qui t'ont harcelée ? demande Charlie en regardant Creed avec une expression si douloureuse que mon cœur se serre pour tous les deux. Pourquoi ? fait-il soudain, en balayant Creed, puis Zayd, puis Tristan et enfin Zack du regard. Pourquoi ma petite fille, mon petit cœur ?

Le visage de papa se crispe sur un mélange si fort de colère et de tristesse que je fais un pas vers lui.

— Marnye a eu une enfance difficile, entre le connard que j'étais, toujours à se saouler, et sa mère... (Charlie expire, ferme les yeux, les ouvre à nouveau.) Pourquoi l'avoir choisie, elle, entre toutes ? Qu'est-ce qu'elle a fait pour mériter votre haine ?

La première personne à prendre la parole est Creed, ce qui me surprend. Papa lui jette un regard méfiant et rencontre la glace de ses yeux bleus.

— Monsieur, il n'y a aucune excuse pour ce qu'on a fait. On s'en est pris à Marnye parce qu'elle était pauvre. (Papa se hérisse, mais Creed continue comme si de rien n'était.) On pensait qu'elle serait une cible facile, on s'est trompés. Monsieur Reed, votre fille est forte.

Creed fait une pause et relâche son souffle, avant de

s'affaisser légèrement, comme si ce discours lui avait demandé beaucoup d'efforts. Ma peau devient rouge vif, mes paumes sont moites, mais je ne sais pas vraiment quoi dire. En jetant un coup d'œil, je trouve le visage de Miranda plein de cette expression tendre qu'elle réserve à son jumeau. À son avis, Creed peut être racheté. Peut-être a-t-elle raison ?

— Belles paroles, fiston, commente Charlie en se frottant le front. Mais je n'arrive vraiment pas à piger pourquoi vous êtes tous venus ici pour inviter ma fille à un voyage si ce n'est pas une sorte de farce.

— Je peux vous assurer qu'il y a d'autres raisons, interrompt Tristan, de cette voix d'acier autoritaire qui fonctionne sur tout le monde.

Sauf sur Charlie. Papa n'a pas l'air convaincu par ce que Tristan a à dire.

— Comme quoi ? insiste-t-il.

Windsor sourit. Zack a l'air frustré et Zayd ne lève pas les yeux vers mon père. Il a clairement honte d'être assis ici en ce moment. Nos regards se croisent et je brûle de prendre le temps de parler avec lui. Pendant des heures. Peut-être des jours.

Je dois aller dans les Hamptons.

— Comme le fait que nous craquons tous..., commence Windsor, avant de s'interrompre parce que je m'avance pour lui flanquer un coup de coude.

Papa, cependant, a entendu et il a l'air désormais aussi terrifié qu'avant, si ce n'est plus.

— Appelle Kathleen Cabot, dis-je en coulant un regard à Miranda qui acquiesce, un petit sourire aux lèvres. Appelle Kathleen, je répète en me retournant vers papa. Elle te le confirmera. Je vais loger avec Miranda et elle.

Charlie a l'air extrêmement sceptique en cet instant, à croire qu'il n'accepterait pas cet arrangement même si on le payait.

Miranda s'avance pour passer son bras sous le mien. Creed le remarque, plisse les yeux et souffle en détournant le regard. Hmm. Bon. Je recentre mon attention sur papa.

— On ne restera qu'une semaine, précise mon amie. Ma mère et moi, on prendra bien soin d'elle, je vous le promets. Et on ne laissera plus jamais Creed l'embêter, juré.

Charlie fronce les sourcils et se frotte l'arrière du crâne. Je lève le menton et croise son regard. *Ne t'inquiète pas pour moi, papa,* je pense, mais mon cœur se brise en repensant à ses paroles. « *Ma petite fille, mon petit cœur.* » Je n'ai jamais pensé à quel point le harcèlement dont j'ai été victime a dû l'affecter, lui aussi.

— Je pourrais appeler Kathleen, je suppose, commence-t-il en me regardant. Je vérifierai la situation avec elle, ajoute-t-il, quoique l'air moins convaincu. Maintenant, si vous pouviez partir tous les quatre, j'apprécierais.

Il se dirige vers la porte et s'écarte pendant que Tristan, Zayd, Creed et Zack sortent.

Miranda, Windsor et moi entendons la porte d'entrée se refermer derrière eux, puis la voix sonore de Charlie qui salue Mme Cabot au téléphone. Miranda me regarde avec un sourire.

— Une fois, lors de leur première rencontre, ma mère a convaincu un homme d'affaires japonais qui ne parlait pas anglais d'investir dans sa société. Si quelqu'un peut t'obtenir un billet pour passer l'été avec nous, c'est bien elle.

— Sinon, je peux toujours prendre un décret royal, plaisante Wind. Mais bien sûr, comme vous, les Américains, vous n'avez pas le moindre respect pour l'autorité, je doute que ça marche.

Je lève à nouveau les yeux au ciel. Je fais souvent ce geste quand il est là, mais c'est surtout le fait de mon affection naissante. Il est en train de devenir un ami proche.

— C'est reparti pour les commentaires sur les Américains, je marmonne. Tu n'es pas censé être en Angleterre pour l'été, de toute façon ?

Windsor, lui, va s'installer confortablement sur mon lit, croisant les bras derrière sa tête et fixant mon plafond. Il enlève même ses bottes comme s'il avait l'intention de rester un moment.

— D'après qui ? demande Windsor.

Miranda regarde ma chambre avec admiration. C'est la première fois qu'elle vient chez moi et ça me plaît. Je n'ai encore jamais eu d'amie avec qui organiser des soirées pyjamas ou autre. Même si je n'ai jamais été harcelée à l'école primaire comme je l'ai été au collège ou au lycée, j'ai toujours eu du mal à me faire des amies. Jusqu'à maintenant, bien sûr. Bref, si Miranda reste un peu dans mon existence, j'aimerais lui montrer le wagon.

— Toi, genre la semaine dernière, réplique Miranda en repoussant les pieds de Wind au bout du lit pour occuper la place ainsi libérée.

— Ah bon ? J'ai menti. (Windsor bâille et nous nous taisons tous en entendant Charlie rire dans le salon.) J'ai décidé que je ne pouvais pas rater cet été. En plus, il va y avoir beaucoup de rituels d'accouplement autour de Marnye, ce que je voudrais vraiment voir.

Il roule sur le côté, appuie la tête sur sa main et me regarde de ses yeux noisette étincelants.

— Des « rituels d'accouplement » ? je m'étrangle et il s'esclaffe, avant de se lever pour ébouriffer ses cheveux roux flamboyant.

— Il y a tellement de beaux mecs qui te convoitent. Ce sera postures, gestes, avances et compagnie. Je ne peux pas laisser faire sans me lancer dans la bagarre, moi aussi.

— Tu es ridicule, dis-je en riant. Tu as déjà dit que tu n'avais pas envie de sortir avec moi.

Pourtant, mon cœur s'emballe un peu et je trouve qu'il y a quelque chose d'étrangement intime dans le fait que Windsor York soit allongé sur mon lit. Tout à coup, je veux qu'il passe la porte et qu'il s'en aille. Je veux – non, j'ai besoin de – bavarder de tout ça avec Miranda.

Windsor se redresse et sa veste tombe de façon séduisante sur une épaule, révélant le débardeur blanc qu'il porte en dessous.

— Non. Je n'ai jamais dit ça. Je ne le dirai jamais. J'ai simplement constaté que tu n'étais pas intéressée par moi. Ça, et je t'ai prévenue que ce serait de courte durée, mais beau.

— Waouh, comme c'est romantique ! crache Miranda en lui lançant un regard noir. Rappelle-moi de te demander conseil, la prochaine fois que je veux inviter une fille à sortir avec moi. « Je n'ai pas l'intention que ça dure longtemps entre nous, mais ça te dit quand même ? »

Elle lève les yeux au ciel et je souris. Je suis presque sûre que Windsor plaisante.

Du moins... je pense que c'est le cas.

Car c'est bien le cas, n'est-ce pas ?

Notre conversation est momentanément interrompue lorsque Charlie revient dans la pièce, tapotant son portable contre la paume d'une main. Quand il me regarde à ce moment-là, on dirait qu'il a peur pour moi, mais il sait qu'il ne peut pas me retenir. Je sens une vague de tristesse m'envahir, immédiatement suivie d'une déferlante d'excitation mêlée d'anxiété.

— D'accord, dit-il. (Je hausse les sourcils.) Tu peux accompagner Miranda, mais Kathleen est responsable de toi du début à la fin. Si je sens le moindre problème là-bas, je viens moi-même te chercher. Oh, et si ces garçons font ne serait-ce que prononcer un mot grossier à ton adresse...

Papa se tait, mais je souris et vais le serrer très fort dans mes bras : une étreinte qu'il me rend.

— Je ne serai pas partie trop longtemps, chuchoté-je. Et je reviendrai pour qu'on puisse aller au lac ensemble.

— OK, bébé, murmure-t-il en me déposant un baiser sur le crâne. (Mais je remarque que ses yeux se posent sur Windsor... et se plissent.) Je vais aller prendre une douche. Simplement... si Miranda s'en va, laisse la porte ouverte, d'accord ?

Il me lâche et se dirige vers la salle de bains tandis que je cherche où poser les yeux entre son dos qui s'éloigne... et le visage souriant de Windsor.

— Oui, s'il te plaît, laisse la porte ouverte, susurre Windsor.

Je prends ma brosse à cheveux sur la coiffeuse et la lui lance. Il s'en saisit d'une main et rit, tandis que Miranda et moi échangeons un regard.

Oh oui, on a sérieusement besoin d'un moment entre filles.

Surtout maintenant que, j'en suis sûre, mon été sans garçons s'est transformé en un été centré sur les garçons.

CHAPITRE DEUX

UNE SEMAINE PLUS TARD, je suis dans un avion, en classe affaires, et j'essaie de ne pas être nerveuse à l'idée de ce voyage. Une partie de moi se demande si je vais passer le meilleur moment de ma vie... ou vivre un cauchemar dont je ne pourrai pas me défaire. Quand je ferme les paupières, je vois Greg, John et Ben. Je vois Harper qui leur ordonne de me violer. La bile monte dans ma gorge et j'ouvre rapidement les yeux, juste à temps pour commander un soda à l'hôtesse de l'air.

Je suis toute seule sur ce vol, les autres sont partis il y a plusieurs jours. Mais ce n'est pas grave. Ça fait du bien d'avoir un moment à moi pour réfléchir.

Quelle est, exactement, ma relation avec les garçons ?

Windsor... est un ami. Non ? Et Zack est... un *crush* ? Est-ce que je veux qu'il soit un *crush* ?

Je suis presque sûre que Creed pense que je suis en quelque sorte à lui, après ce qui s'est passé dans le jacuzzi (idiot). Zayd a tellement honte qu'il peut à peine me regarder. Et Tristan... eh bien, c'est Tristan.

En gémissant, je descends mon soda comme le type deux sièges plus haut et sur le côté vide les mignonnettes de rhum. Quand je suis allée aux toilettes la dernière fois, j'ai vu qu'il en avait genre sept sur son plateau. Visiblement, les clients de première classe peuvent vraiment faire ce qu'ils veulent.

Il y a un bouton qui transforme mon siège en lit. Aussi, dès que l'hôtesse de l'air a récupéré ma tasse, j'appuie dessus, puis je me recroqueville pour faire un somme.

Quand j'arrive, il y a une limousine qui m'attend.

LES CABOT VIVENT dans un manoir d'une taille presque inquiétante, juste au bord de la plage. Ma chambre donne sur une terrasse avec des escaliers qui descendent directement dans la cour et, de là, il ne reste plus qu'une courte marche jusqu'au rivage sablonneux. Même si j'ai grandi à Cruz Bay et que la plage a toujours été à une courte distance en voiture, ça n'en est pas moins impressionnant. Je dois juste me rappeler que c'est l'océan Atlantique, pas le Pacifique. C'est assez surréaliste, pour être honnête.

La maison elle-même est en fait plutôt accueillante, compte tenu des circonstances, et je remarque l'empreinte de Kathleen partout.

— Je suis très heureuse que tu sois là, dit-elle en me

serrant dans ses bras pour probablement la vingtième ou la trentième fois depuis que je suis arrivée. Et je suis ravie que vous soyez devenues amies, les filles. Miranda a besoin de quelqu'un pour garder les pieds sur terre.

Je sais que Kathleen se sent extrêmement coupable des agissements de son fils à mon égard et j'apprécie son désir comme son besoin sincère d'essayer de se racheter.

— Maman, gémit Miranda, en levant ses yeux bleus au ciel. (Après quoi, elle me lance un regard qui me dit : « Désolée que ma mère soit aussi collante. ») Tu peux laisser Marnye tranquille ? Elle n'a pas traversé tout le pays pour que tu la maltraites.

Kathleen soupire et croise les bras ; sa robe jaune soleil volette sous la légère brise venue de l'extérieur. Creed s'arrête à côté d'elle et dépose mes sacs sur le sol, l'air légèrement agacé par sa mère. Elle a refusé de laisser le majordome – bon sang, ils ont un majordome ! – s'en charger et insisté pour que Creed monte tous mes bagages dans ma chambre.

— Toi, dit-elle en fixant son enfant d'un regard sombre et déçu. Fais tes bagages. Tu vas loger chez un ami.

Je vois d'ici les dégâts causés à la relation entre Creed et Kathleen. Ce qui ne me procure aucune joie, mais je ne me sens pas trop coupable non plus. Creed s'est infligé ça tout seul. Ce sont ses propres actes qui l'ont conduit sur ce chemin. Il n'y a rien que je puisse faire pour changer ça : il doit réparer lui-même sa relation avec sa mère.

— Quoi ? s'étouffe Creed, qui cligne des yeux bleus confus vers Kathleen. Pourquoi ?

Elle lui lance un regard… Vous savez, le genre de regard très parental. Les enfants le reconnaissent à la peur qu'il éveille dans leur cœur ; les parents le reconnaissent à la sensation de suffisance qu'ils éprouvent lorsqu'ils le lancent. Kathleen sourit, mais ce n'est pas une expression plaisante. Elle a dompté ses boucles rousses en un chignon sévère, ajoutant à l'image d'autorité qu'elle entend projeter, et ses yeux sont tout aussi bleus et glaciaux que ceux de ses enfants.

— Pourquoi, à ton avis, ô mon génie de fils ? (Elle me désigne du menton.) Je veux que Marnye se sente chez elle, même si elle se trouve loin de sa maison, qu'elle ait un endroit où elle puisse venir se détendre si elle a besoin d'espace.

— Oui, ça s'appelle sa chambre, réplique Creed d'un ton morne.

Mais je le vois serrer les poings sur ses flancs. Il pensait avoir remporté la victoire sur les autres mecs en m'hébergeant. On dirait bien qu'il s'est trompé. Je souris et il hausse un sourcil intrigué devant mon expression, puis se retourne vers sa mère.

— On s'est réconciliés, maman. On est amis, maintenant.

Kathleen n'a pas l'air convaincue. Le fait est qu'elle

n'est pas au courant pour le jacuzzi, et j'espère qu'elle ne le sera jamais.

— Prépare tes affaires. Billy envoie une voiture te chercher dans une demi-heure.

— Je loge chez les Kaiser ? s'enquiert Creed d'une voix traînante.

Il plisse les yeux et je glousse.

— Zayd est là tout seul et Billy se sentirait plus à l'aise s'il avait de la compagnie. Il a demandé si tu pouvais rester. Alors, comme j'envisageais de t'envoyer au B&B de toute façon, j'ai accepté. Je vais aussi charger Kyle de garder un œil sur l'endroit, donc ne va pas t'imaginer que tu n'auras pas de supervision.

Oh. Kyle, le garde du corps. Je l'avais complètement oublié, celui-là.

Creed émet un grognement de frustration et grince des dents, mais il ne répond rien. Il passe devant sa mère et monte les escaliers.

Elle marmonne quelque chose sur son besoin de café et disparaît, me laissant seule avec Miranda.

Nous sommes toutes deux vêtues d'une robe d'été : la mienne est neuve, cadeau de Kathleen, de la couleur de la mer au coucher du soleil - un dégradé de couleurs qui va du bleu profond en bas au sable doré au milieu, puis à l'orange et au bleu marine en haut. La robe de Miranda est d'un bleu pâle assorti à ses yeux, constellé de marguerites jaunes.

— On va à la plage ? propose-t-elle en tendant la main.

Je souris et m'en empare. Nous traversons

rapidement la cour, dépassons les arbres et descendons une série de marches jusqu'à la plage. Il y a des gens qui courent, crient et jouent, mais sans que l'espace soit bondé.

Nous trouvons un endroit vide, installons nos serviettes et ouvrons le panier à pique-nique que Kathleen nous a donné. Il est plein de bouteilles de Coca-Cola bien frais, de sandwichs et de petits sacs en plastique remplis de fruits coupés. Nous ne sommes pas assises là depuis dix minutes que mon téléphone tinte.

Je vais chercher Creed. Comment s'est passé ton vol ?

— C'est Zayd, j'annonce, quand je remarque le regard de Miranda.

Je suçote ma lèvre inférieure avant de répondre : *Génial. Suis sur la plage avec Miranda.*

Il y a une pause avant que je ne le voie taper une réponse.

En maillot de bain. Je vis en maillot pendant l'été. LOL. Je peux me joindre à vous ?

Avant de pouvoir trop y réfléchir, je tape : *Oui.*

Miranda m'observe, perplexe, quand je lève les yeux vers elle.

— Comment comptes-tu jongler avec tous ces garçons ? demande-t-elle, et je cligne des yeux.

— Je ne suis pas… Qu'est-ce que tu entends par « jongler » ?

Je repousse mon téléphone et examine l'étiquette de mon Coca tout en m'efforçant d'ignorer les papillons anxieux dans mon estomac. Ça n'est pas très efficace.

— Euh, tu es dérangée ? demande Miranda, en se penchant pour me regarder avec de grands yeux. Ils sont tous amoureux de toi.

Je recule et finis par renverser du Coca sur mes genoux.

— Quoi ? Non ! Non, c'est juste... Je veux dire, Windsor n'est pas...

Je m'étrangle dans mes protestations, tout en frottant ma nouvelle robe au niveau de l'entrejambe, avec une serviette en tissu.

— Bon ben, pense ce que tu veux, lâche Miranda avec un soupir exagéré. Mais je te dis ce à quoi ça ressemble vu de l'extérieur : il y a là cinq mecs amoureux de toi.

— C'est ridicule, je bafouille, avant de sentir une main sur mon épaule, qui me fait sursauter.

— Qu'est-ce qui est ridicule ? demande Creed en s'agenouillant dans le sable à côté de moi.

Un frisson me parcourt et, tout à coup, je ne pense plus qu'au jacuzzi. Le jacuzzi. Ce putain de jacuzzi ! Je jette un coup d'œil dans sa direction et je vois qu'il me scrute.

— Rien d'important, je parviens à lâcher, non sans me déplacer de façon à ce que nos corps ne soient pas aussi près de se toucher.

Il y a trop de tension entre nous et je n'arrive pas à déterminer la nature de notre relation. Sommes-nous amis ? Il y a tout juste un peu plus d'une semaine, je lui ai avoué qu'il avait été l'objet d'un pari. Et il y a tout juste un peu plus d'une semaine, il m'a défendue devant tous ses amis...

— Zayd va descendre et nous rejoindre pour un petit moment.

Creed acquiesce, comme s'il s'y attendait, puis se penche en arrière et s'allonge, déployant sur le sable son corps longiligne vêtu d'une chemise à moitié boutonnée et d'un short. Le vent soulève le tissu de sa chemise, révélant les muscles durs de son bas-ventre et le tatouage de l'infini au-dessus de sa hanche droite. Je brûle si fort de le toucher que je finis par m'asseoir sur ma main pour m'en empêcher.

— Je n'arrive pas à croire que tu laisses maman m'expédier au loin, lâche-t-il, à moitié endormi.

Ses yeux sont maintenant fermés, de longs cils pâles s'étendent sur ses joues.

— Oh, je t'en prie, ricane Miranda avec un roulement des yeux exagéré. Tu seras à dix minutes à pied de la maison, dans un manoir de rock star, avec tout le confort possible. En plus, tu vivras à la colle avec ton meilleur ami, alors ne me raconte pas de conneries.

— Zayd n'est pas mon meilleur ami, grogne Creed. On est à peine amis.

On dirait un chat endormi dont vous auriez caressé un peu trop longtemps le même côté. Il ne vous donne pas de coup de patte – trop paresseux et trop fatigué pour ça –, mais l'avertissement est là.

— C'est vrai. Comme Tristan et toi. Vous vous

connaissez depuis toujours, mais vous n'êtes pas du tout amis.

— Tristan et moi, on n'a jamais été amis, rétorque Creed, mais il ne se lève toujours pas de sa place dans le sable chauffé par le soleil. Zayd est au moins tolérable, lui.

— C'est bon à savoir, lâche l'intéressé qui, apparaissant derrière nous, me fait sursauter.

Waouh ! Mes nerfs doivent me trahir, car je suis la seule à avoir l'air si... excitée. Mon ami rock star, tatoué et percé, passe entre ma serviette et celle de Miranda, enjambe le panier de pique-nique et se tourne vers nous.

Il s'exhibe torse nu, dans toute sa gloire, avec l'encre de ses tatouages qui scintille au soleil. Son short de surf noir est descendu criminellement bas sur ses hanches, au point que j'ai peur de le voir tomber à ses pieds, me révélant... Je veux dire, m'obligeant à voir sa queue.

— J'aime bien ta robe, Marnye, dit-il. Magnifique, comme d'habitude.

Pourtant, même s'il sourit et essaie d'être enjoué, il y a une fêlure dans ses mots, une pointe de honte que j'apprécie et que j'aimerais pouvoir effacer, en même temps.

Il s'accroupit, si bien que ses jambes musclées attirent mon attention. Ses cuisses sont dures comme de la pierre et un tatouage à l'intérieur de l'une d'elles m'interpelle.

Je me force à revenir sur son visage.

— Merci, chuchoté-je alors que Miranda se moque.

— Waouh ! Continuez, vous réussissez très bien à donner à une fille l'impression d'être laide, s'insurge-t-elle.

Zayd reporte son attention sur Miranda.

— Non, tu es carrément sexy, toi aussi, réplique-t-il en s'obligeant à sourire. C'est juste que tu joues pour l'autre équipe, vois-tu.

— Donc une fille ne mérite tes compliments que si c'est quelqu'un avec qui tu pourrais éventuellement coucher ? demande-t-elle en haussant un sourcil blond.

Zayd ouvre la bouche alors qu'elle rejette ses cheveux en arrière (oui, c'est toujours aussi terrible), puis elle fouille dans le panier pour lui offrir un Coca dont il se saisit avant de le lever dans sa direction en guise de salut.

— Bien dit, Miranda. Tu m'as donné une bonne leçon.

— Attendez, commencé-je, avant de marquer une pause. Qu'est-ce que vous voulez dire par « éventuellement coucher avec » ?

Ils m'ignorent tous les deux.

— Alors, ce soir, c'est plutôt tranquille, mais demain, il y aura un énorme feu de joie en territoire neutre, en bas de la rue, chez Myron. (Zayd se rassoit sur le sable et entortille ses cheveux vert d'eau.) Même si Harper est une idiote quand elle s'imagine que la loyauté de Myron va à elle comme à Tristan : il est avant tout le meilleur ami de Tristan.

— Tristan a un meilleur ami ? demandé-je, en clignant bêtement des yeux.

Pour une raison que je ne m'explique pas, l'idée ne m'a jamais effleurée. Je suppose que je considérais Creed et Zayd comme ses meilleurs amis. Bien que, compte tenu de la conversation que nous venons d'avoir, ce ne soit pas tout à fait exact. Myron Talbot est le seul des Sang-bleu – à part les Idoles masculines, bien sûr – à ne pas avoir été impliqué dans mon... hum, enlèvement et tentative de viol. Mon visage se vide de ses couleurs et je crispe les doigts sur ma poitrine, en pensant à toutes les choses horribles qui auraient pu m'arriver au lac Tahoe.

— Myron, ouais, dit Zayd, en projetant une pichenette de sable avec un doigt tatoué. C'est un fils de pute. Il parle à peine, mais il est toujours là pour faire le sale boulot de Tristan. Je suis honnêtement assez surpris qu'il n'ait jamais envoyé Myron contre toi.

Zayd tourne des yeux émeraude vers moi et j'ai le souffle coupé. Je brûle soudain de lui toucher le visage, de l'attirer à moi et d'effleurer sa bouche de la mienne. Au lieu de quoi, je m'enlace de mes bras. Zayd expire et lève ses doigts sableux pour écarter les cheveux de son front.

— Trop vicieux, dit Creed, les yeux toujours fermés. Myron, ça aurait été trop pour Marnye.

Je sens l'irritation se répandre sur ma peau comme une horde d'insectes qui me démangeraient.

— Eh ben, dis-je, c'est chouette de savoir qu'il y a plusieurs degrés de harcèlement. Lire à haute voix les pensées intimes d'une fille face à une foule en délire, ça va, mais Myron Talbot, c'est trop.

Creed ne réagit pas à mon commentaire, mais Zayd grimace.

— Myron est... Tu verras plus tard.

Zayd croise les jambes et se penche en avant, plantant les coudes sur ses genoux.

— Comment je vais voir ? demandé-je, alors que mon cœur saute quelques battements.

Au soleil, les yeux de Zayd sont aussi beaux que des pierres précieuses. Et ses tatouages... c'est tellement cool de les voir exposés à la lumière jaune de l'après-midi. Je le trouvais déjà beau dans son uniforme froissé de l'académie. Ici, il est juste... à couper le souffle.

Zayd lève les yeux vers moi, puis jette un coup d'œil à Creed. Je suis son regard et je découvre le jumeau de Miranda avec les yeux ouverts et fixés sur le visage de son ami.

— C'est la guerre civile à Burberry Prep, déclare Zayd à la fin d'une expiration. Et c'est nous contre les filles. Pour une raison qui m'échappe, Tristan s'est retenu d'envoyer Myron contre toi. (Il croise mon regard et je sens ma gorge se serrer.) Il ne s'en privera pas contre Harper.

CHAPITRE TROIS

LE LENDEMAIN, je suis occupée à trier mes vêtements et à essayer de choisir une tenue pour la fête quand on frappe à ma porte. J'ouvre sans réfléchir et Creed est là, adossé au mur, comme s'il était trop gâté et trop royal pour se tenir droit.

Il me sourit : la mimique la plus arrogante que j'aie jamais vue. Une citation de William Shakespeare me vient à l'esprit : « Comme il est devenu insolent ces derniers temps, comme il est fier, comme il est péremptoire. » Oui, Creed Cabot tout craché.

— Je peux entrer ? demande-t-il.

Je hausse les épaules. Il s'écarte du mur et entre d'un pas nonchalant, sur ses longues jambes. J'ai tellement l'habitude de le voir dans son uniforme de l'académie que c'est presque déconcertant de le découvrir habillé d'un jean clair, d'un t-shirt blanc et de tongs. Creed se dirige vers les portes-fenêtres ouvertes et sort, pour s'accouder à la balustrade. Il pose sur l'océan ses yeux bleu pâle, puis tourne son attention vers moi lorsque je m'avance à ses côtés.

On est seuls, dans une chambre, et on... eh bien, on ne se bat plus. Je ne pense pas qu'il va se remettre à me harceler. Peut-être que je peux obtenir un peu de vérité de sa part ?

J'ouvre la bouche pour poser certaines des questions qui me rongent, mais Creed me devance :

— À propos du jacuzzi…, commence-t-il.

Je jure devant Dieu que je manque de passer par-dessus la balustrade pour aller m'écraser sur la pelouse d'un vert éclatant en contrebas. Creed se redresse et se tourne vers moi, m'enfermant entre ses bras et la balustrade. Je suis coincée, désormais, et je le regarde dans les yeux. Une bouffée de chaleur m'envahit, détruisant toutes les pensées logiques que j'ai pu avoir. À présent, tout ce que je ressens, c'est un élancement insistant et étranger entre mes cuisses, et mes tétons qui pointent sous ma robe. Je ne porte pas de soutien-gorge, non plus, et je sens qu'il doit le remarquer.

— D'habitude, ça ne se termine pas aussi vite.

Il lève la main pour repousser les cheveux de mon front, puis se penche si près de moi que nos lèvres se touchent presque.

— Je ne m'inquiétais pas de ça, je m'étrangle.

Il éclate d'un rire bas, sensuel, paresseux, qui évoque un ronronnement. Creed approche son visage du mien, ses lèvres touchent presque le haut de mon oreille.

— Bien. Simplement, il y a quelque chose en toi, j'imagine, qui fait réagir mon corps...

Il inspire et mes cheveux s'agitent sous la chaleur de son haleine. Malgré moi, je tends les bras et pose mes paumes contre son torse. Il frissonne.

— Marnye, tu m'as évité depuis. Mais maintenant que je sais pour le pari, tout s'explique.

— Creed…, commencé-je, alors qu'il cherche à me regarder droit dans les yeux.

Je n'ai littéralement aucune idée de ce qui se passe en ce moment, aucune idée de ce qu'est notre relation – ou même si nous en avons une. Peut-être qu'il est juste mon ex-harceleur et le frère de ma meilleure amie ?

Mais non.

Quand je plonge le regard dans ses yeux, je vois que ce n'est pas du tout ça.

Il y a autre chose.

— Tu sais, après notre petite séance de pelotage, reprend-il en se rapprochant pour déposer un léger baiser à la commissure de mes lèvres, quelque chose a changé en moi.

Il m'embrasse à nouveau et je commence à trembler. Je suis piégée ici, figée sur place. Je ne pourrais pas bouger, même si je le voulais.

Or je ne le veux pas.

Je ne veux pas bouger.

— J'ai commencé à t'envisager… comme m'appartenant, continue Creed, passant sa langue le long de ma lèvre inférieure.

Je frissonne. Mon corps palpite d'affolement. Qu'est-ce qui aurait pu se passer si je n'avais pas fui le jacuzzi, si je l'avais laissé poursuivre son exploration sous mon maillot de bain ?

Les mots de Creed – et sa bouche – m'envahissent comme une tempête. Sa langue glisse entre mes lèvres pour me goûter. Son baiser n'est pas aussi paresseux que ses mots. Non, il m'embrasse de la manière dont il se déplace dans un combat : féroce, rapide et frénétique. En un instant, je me retrouve soulevée et installée sur le bord de la balustrade. Creed est si grand que cela ne fait pas beaucoup de différence pour lui, sauf que ce n'est pas lui qui doit se pencher pour m'embrasser, mais moi qui incline légèrement le cou pour y parvenir.

Mes bras sont enroulés autour de son cou maintenant, son corps logé entre mes cuisses. La rampe est un peu haute, donc nos, hum, entrejambes ne sont pas exactement au même niveau, ce qui est probablement une bonne chose car je ne voudrais pas qu'il jouisse dans son slip...

Un ricanement me ramène à la réalité. Levant les yeux, je découvre Tristan Vanderbilt dans l'embrasure de la porte. Il nous observe tous les deux de son regard gris et froid, aussi calculateur que détaché. Tout en le dévisageant, le souffle court, je remarque que des ombres vacillent dans ses prunelles. Sa mâchoire se serre et il enfonce les doigts dans les poches avant de son pantalon noir tandis qu'il nous fixe tous les deux.

Creed se renfrogne et me fait descendre de la balustrade pour me remettre sur mes pieds.

— Tu sais pas frapper, putain ? grogne Creed. Ou

alors tu penses que le monde entier t'appartient, donc pourquoi ne pas entrer dans une maison étrangère sans y être invité ?

Je suis tellement... troublée et confuse que je reste à les fixer tous les deux.

— Ta sœur m'a laissé entrer, espèce de naze inutile, rétorque Tristan en grognant à son tour.

Sous la lumière du soleil, ses cheveux noir de jais prennent des reflets bleutés. Il avance d'un pas et je recule en trébuchant. Mon dos heurte à nouveau la balustrade. Je n'ai pas l'habitude de voir Tristan Vanderbilt en débardeur, short ou sandales. C'est... époustouflant.

Creed se passe les doigts dans les cheveux en grondant.

— En fait, ma vraie question, c'était : pourquoi penses-tu qu'on veuille de toi ici ?

Il reste là où il est, partiellement devant moi, et ses yeux lancent des éclairs. Tristan jette un coup d'œil à l'entrejambe de Creed avec un sourire cruel, puis il tourne son attention vers moi.

— Je ne retourne pas à l'académie maintenant que la hiérarchie sociale est en lambeaux.

Il s'avance pour se placer en face de moi, trop près pour que les convenances soient respectées, vraiment. Je lève les yeux vers ses iris gris. Ils sont si sombres en ce moment que leur couleur tient davantage du charbon que de l'argent. Il jette un coup d'œil par-dessus son épaule quand Creed se tourne vers nous.

— Et je ne laisserai pas Harper prendre le trône, conclut-il.

— Quelle réaction attends-tu de notre part ? demande Creed en observant mes interactions avec Tristan.

— Démolir les Sang-bleu et recréer notre propre cour à partir de rien.

Tristan se retourne pour me regarder et j'en ai le souffle coupé. Ils parlent tous les deux comme s'ils reconstituaient une cour médiévale remplie de chevaliers, de membres de la famille royale et de courtisans.

D'une certaine manière, je suppose que c'est le cas.

— Tu veux t'en prendre aux Sang-bleu ? demandé-je, le cœur battant la chamade, tandis que Tristan me dévisage attentivement, s'attardant sur mes lèvres gonflées.

Il lève à nouveau son regard vers le mien alors que je me demande comment m'esquiver pour mettre de la distance entre nous.

Au Royal Pointe Lodge, il s'est opposé à Harper pour me protéger. Il a rompu ses fiançailles. Il va se faire engueuler par son père.

— Tu n'étais pas déjà en train de faire ça ? demande-t-il en levant les mains.

Il enroule les doigts autour de mes bras. Son contact me brûle, d'autant que je suis déjà en feu à cause de Creed. *Ça craint,* je pense, *mais c'est aussi génial.* C'est bon, or ça fait mal aussi.

— La seule différence, cette fois, c'est que tu auras

notre aide, ajoute-t-il, et sa bouche cruelle esquisse un petit sourire. Maintenant qu'on a donné des envies de meurtre à Harper, autant que tu connaisses la vérité.

— À propos de quoi ? je m'étrangle.

Mais Tristan se jette sur ma bouche et m'embrasse si fort et si vite que je suis complètement étourdie et que je perds les pédales sous son emprise. Chaque endroit qu'il touche me brûle. Si fort et si vivement que je vois des étoiles et que mes genoux flageolent. Puis il s'écarte si vite que j'en reste bouche bée, et Creed est là, pile devant moi, comme s'il brûlait de se jeter sur Tristan.

— Habille-toi et on ira tous ensemble. On doit présenter un front uni, déclare Tristan en se dirigeant vers la porte tandis que Creed lui brandit un doigt d'honneur dans le dos.

— C'est qui le « tous ensemble » ? fait Creed.

Il plisse les yeux tandis que je m'avance, essayant de calmer les battements précipités de mon cœur et de comprendre ce qui vient d'arriver, ou ce qui se passe avec ces mecs.

— Moi, toi, Zayd, Myron, Miranda, Andrew..., énumère Tristan avant de s'arrêter, comme si le reste de sa liste était douloureux à prononcer. Zack, Windsor, Lizzie... et Marnye.

Il se retourne vers moi et mes yeux s'écarquillent. Non pas que je me soucie de tout ça, mais... Tristan veut que je marche avec les Sang-bleu ? C'est une déclaration politique de grande envergure.

Tristan se détourne et enfouit les doigts dans ses

poches. Il se dirige vers le couloir en passant devant Miranda comme si elle n'existait pas. Ce qui n'est pas une surprise. C'est ainsi qu'il vit la plupart du temps, ignorant les gens à moins de les brutaliser ou de les baiser. Je fronce les sourcils, mes narines se dilatent. Mon estomac se tord en nœuds étranges, m'obligeant à fermer les yeux et à respirer tout en étant submergée d'une vague d'émotions bizarres.

Quand je rouvre les yeux, Tristan a disparu depuis longtemps dans l'escalier et Miranda me regarde, sourcils haussés en signe d'interrogation.

— Il t'a exposé le plan ? attaque-t-elle, et je la dévisage.

— Pas exactement, dis-je, la gorge nouée.

Creed s'avance pour venir se placer à côté de moi et je jure devant Dieu que je peux sentir ses yeux sur moi. Tournant mon regard vers le sien, je vois que ses iris bleu de glace sont assombris par la convoitise, comme des saphirs dans les profondeurs d'une mer azur.

— Il est plus que frustrant, non ? Pas étonnant que je le déteste autant, soupire-t-il.

Il lève les yeux vers le plafond. Ces deux dernières années, nous avons passé pas mal de temps ensemble, mais... rien d'aussi réel que ça. Pour la toute première fois, j'ai l'impression de voir un peu du vrai Creed... euh, Quel-que-soit-son-deuxième-prénom Cabot.

— C'est... un personnage, j'admets.

Mais mon esprit se remémore ce moment dans le réfectoire, ce baiser, la façon dont il a attrapé ma cravate, et toutes les choses que j'ai dites avant.

« *L'amour. Quelqu'un peut t'aimer pour la personne que tu es, Tristan. Crois-moi, je le sais : je suis passée par là.* »

Mon visage prend six nuances de rouge et je me déplace derrière Creed pour plaquer mes paumes dans son dos et le pousser vers la porte. Il est tellement surpris qu'il se laisse déplacer. Quand il se retourne pour me regarder, sa perplexité se transforme en une expression d'assurance arrogante.

— Oh, Marnye…, commence-t-il, mais je suis déjà en train de lui claquer la porte au nez.

— Habille-toi ! m'écrié-je, puis je me retourne pour m'adosser à la porte.

Les yeux fermés, je me laisse tomber sur le sol.

L'été va être long et chaud, je n'ai aucun doute là-dessus.

CHAPITRE QUATRE

JE SUIS la dernière à descendre, dans une tenue que je me suis achetée lors d'une virée shopping avec Miranda hier. Ses yeux ont brillé quand elle m'a vue entrer, mais je me sens quand même un peu gênée...

— Putain de merde ! lâche Zayd quand je descends la première volée de marches et m'arrête sur le palier.

J'ai l'impression d'être Janey Briggs dans *Sex Academy,* quand elle fait une apparition au ralenti dans l'escalier et qu'elle se casse la figure. Oui, c'est tout à fait moi. *Je n'aurais jamais dû laisser Miranda nous montrer ce fichu film.*

— Charity, tu vas faire un malheur.

— Ne l'appelle pas Charity, grogne Zack.

Il plisse ses yeux bruns tout en fixant la rock star avec un dégoût manifeste.

— Tant que c'est pour rire, ça ne me dérange pas, répliqué-je en continuant ma descente.

Miranda et Andrew échangent un coup d'œil

complice avant de me sourire. Creed se prélasse sur le canapé, dans la posture d'un roi désossé. Il fait semblant de ne pas me reluquer, mais je sens son regard aussi sûrement que si c'étaient des flammes.

Tristan, quant à lui, se tient debout dans l'encadrement de la porte ouverte. Il me tourne le dos et discute à voix basse avec Myron Talbot. Très brun, Myron est large d'épaules et mesure quelques centimètres de moins que Tristan. N'empêche qu'il est de constitution mince et musclée et affiche une expression sombre qui m'incite à croire tout ce que Zayd a raconté de lui.

Lizzie se tient à côté de lui, les bras croisés. Dès qu'elle lève les yeux et m'aperçoit, elle affiche un grand sourire et se glisse entre les deux garçons.

— Pantalon en cuir ? Ma fille, quel cul !

Lizzie saute sur moi, m'entoure de ses bras et me serre très fort. Quand elle s'écarte, ses boucles sombres rebondissent autour de ses épaules et ses yeux d'ambre étincellent. Elle est vêtue d'un minishort en jean et d'un débardeur jaune ample avec de grands trous pour les bras. En dessous, je distingue son haut de bikini noir.

Je me demande où est Windsor. Il a une telle présence que lorsqu'il n'est pas dans la pièce, son absence est notable.

— C'est un peu en dehors de ma zone de confort, dis-je à propos du pantalon. Est-ce que ça va ? Je sais que pantalons en cuir et fêtes sur la plage ne vont pas exactement ensemble...

— Mais regarde-moi ces fermetures à glissière,

s'exclame Miranda, qui apparaît à côté de moi et attrape le zip sur ma hanche.

Avant que je puisse l'en empêcher, elle l'a saisi et fait à moitié glisser vers le bas. En s'ouvrant, le cuir laisse voir ma cuisse et ma fesse gauche. Ce que tous les mecs remarquent.

Je pousse un petit cri étouffé et me libère de la main de Miranda pour me renfermer dans ma protection de cuir.

— Qu'est-ce que tu en penses, Tristan ? demande Miranda en se retournant pour le regarder lorsqu'il entre dans la maison, Myron sur les talons.

Je lui donne un coup de coude. Putain, pourquoi attire-t-elle son attention sur moi ?

Le regard de Tristan se pose sur mon débardeur blanc Burberry Prep qui recouvre mon nouveau maillot de bain, sur le pantalon en cuir qui se trouve en dessous et sur les sandales à talon compensé qui, j'en suis sûre, auront raison de moi. Si je finis la nuit sans une entorse à la cheville, je serai sidérée. Mais je veux faire impression ce soir, tenir tête à Harper et... Un froid glacial m'envahit quand je repense, pour la énième fois, à quel point les choses auraient pu mal tourner. Ce n'est plus un jeu. Peut-être que ça ne l'a jamais été ?

— Tu es mignonne, lâche Tristan d'une voix au timbre plus que morne.

Il pourrait tout aussi bien contempler un mur fraîchement repeint ou autre chose. Mon regard se fixe sur ses iris gris et il le soutient sans honte. Il y a des ténèbres derrière ses yeux, qui attirent de toute façon mon attention.

— Mignonne ? fait une voix, juste avant que Windsor n'apparaisse des environs de la cuisine. Tu es canon, putain, Marnye Reed.

Il tient ce qui ressemble à un daiquiri à la fraise qu'il me tend avec un sourire éclatant en ajoutant :

— Un *virgin* daiquiri pour une jeune vierge.

— Putain ! je m'étrangle, mais je prends quand même le verre alors que Windsor me reluque de la tête aux pieds de ses yeux noisette.

Il se penche pour me donner un baiser sur la joue.

— Tu es très impoli, lâche Miranda en passant son bras sous le mien quand Windsor lui offre un deuxième verre. Mais je te pardonne puisque tu as préparé des boissons pour tout le monde.

— C'est l'une de mes passions, admet Windsor en reculant, les mains sur les hanches pour m'examiner une fois de plus.

Il est vêtu d'un short et d'un débardeur blanc ainsi que de sandales noires. Ses cheveux roux semblent encore plus vifs dans cette tenue monochrome.

— Si je n'avais pas été membre d'une famille royale, j'aurais été barman. Même mère est d'accord.

— Fascinant, fait Zack en levant les yeux au ciel.

Lui porte un short rouge vif, et rien du tout en haut. Ses cheveux sont mouillés et luisants, comme s'il était déjà allé nager aujourd'hui. Nous nous regardons et mon cœur fait des bonds. *Bats-toi pour moi,* je pense en expirant. Mais même là, je suis confuse.

Je n'ai jamais craqué pour plus d'un mec à la fois. Maintenant... mon cœur ne sait pas quoi faire. Je me sens tiraillée et j'ai déjà l'impression que l'angoisse va me tuer.

— Je suis content que tu sois là, dit Zack en prenant ma main pour la serrer.

Je souris et, lorsqu'il me lâche, j'enroule les doigts autour de mon verre, pour ne pas avoir à sentir les picotements qui les démangent. Zayd observe notre interaction, puis expire brusquement, les mâchoires serrées, comme s'il venait de prendre une décision. Je n'ai aucune idée de ce dont il s'agit, car Tristan vient de s'avancer et, sans avoir besoin de dire quoi que ce soit, il a attiré l'attention générale sur lui.

Enfin, sauf celle de Windsor. Le prince s'agite de nouveau dans la cuisine et apparaît avec d'autres boissons, qu'il distribue d'abord à Lizzie et Andrew, puis, à contrecœur, à Myron, aux Idoles et à Zack.

— Harper et les autres Sang-bleu seront à la fête ce soir, annonce Tristan.

À la façon dont ses yeux se plissent, je comprends qu'il pense à cette nuit au Royal Pointe lodge. À la fin de cette année, nous ferons un autre voyage scolaire sur ce même lac. Fermant les yeux, j'inspire profondément et j'essaie de ne pas trop y penser.

— On ne leur parle pas et on ne montre pas qu'on les connaît, ajoute-t-il.

— Et en quoi ça va nous être utile, exactement ? intervient Windsor.

En regardant autour de moi, je réalise que les

personnes rassemblées ici n'ont pas beaucoup de liens. Ou s'ils en ont, ils ne sont pas très bons. Lizzie et Tristan sont des ex qui n'ont pas tiré leurs sentiments au clair, Windsor déteste les Idoles et vice versa, Andrew a été viré des Sang-bleu et Zack est un intrus que la plupart d'entre eux détestent depuis le premier jour.

Quel groupe d'inadaptés nous formons !

— Ils sont morts pour nous. Tout le monde doit le savoir. Le reste, on s'en occupera plus tard, réplique Tristan, qui se tourne pour partir.

Je m'accroche à son bras. Il s'arrête et me dévisage une seconde avant de passer son bras sous le mien. Je suis tellement choquée que j'en reste bouche bée et je manque de lâcher mon verre.

— Ne t'éloigne pas trop, je veillerai sur ta sécurité, conclut-il.

OK, maintenant ma mâchoire s'est pratiquement déboîtée et traîne sur le sol.

— Qui êtes-vous et qu'avez-vous fait de Tristan Vanderbilt ? lâché-je, sidérée.

Il se contente de me regarder, puis se remet en route, m'entraînant avec lui. Nous finissons tous dehors, où nous terminons nos boissons et abandonnons nos verres sur la table du patio.

— Maman et papa sont sortis danser. Ils ne reviendront pas avant l'aube, je les ramasserai quand on rentrera, déclare Miranda en les désignant d'un signe dédaigneux de la main.

Et nous partons tous pour la plage, Tristan en tête.

En jetant un coup d'œil en arrière, je vois Lizzie qui nous observe. Je ressens alors cette tension dans mon ventre sur laquelle je ne peux mettre des mots.

— Elle sait que tu as annulé tes fiançailles ? chuchoté-je.

Tristan se raidit complètement à mes côtés. Le tenir ainsi me rappelle notre séjour en France, quand il m'a laissée me blottir contre lui à Disneyland, ou le jour où il s'est brusquement immobilisé devant la tour Eiffel pour me regarder comme s'il avait quelque chose d'important à me dire.

— Aucune idée, répond-il de sa voix lugubre, aussi froide qu'une plaque de glace glissant sur ma peau échauffée. Je ne le lui ai pas dit, si c'est ce que tu veux savoir.

Je pince les lèvres. Je sens que les autres nous scrutent, pas seulement Lizzie, mais Miranda et Andrew, les deux autres Idoles, Zack, Windsor. Seul Myron semble s'en moquer totalement.

— Tu vas le faire ? Je parie qu'elle aimerait l'entendre de ta bouche.

— Parce que tu en as quelque chose à foutre de ma relation avec Lizzie ? siffle Tristan.

Sa voix est noyée par le fracas des vagues de l'océan sur le rivage et les rires lointains des invités de la fête. Mes joues rougissent et je ne sais pas trop comment répliquer. Et puis – je vais mettre ça sur le compte de l'étrange capacité de Windsor à susciter l'honnêteté chez autrui –, je laisse échapper quelque chose :

— Parfois, quand je vous regarde tous les deux, j'ai l'impression que vous vous aimez encore.

Ma voix se brise un peu et mon cœur bat la chamade. Pourtant, dès que les mots sont sortis, je me sens un peu mieux. Tristan se fige et je pense, un instant, que je pourrais obtenir quelque chose d'authentique de sa part.

Hélas, son visage se ferme, s'assombrit et ses yeux se plissent.

Pendant une fraction de seconde, j'ai peur de l'avoir copieusement énervé, mais je me retourne et j'aperçois Harper, Becky et Ileana sur la plage, entourées de fans en adoration. Ma gorge se serre quand j'avise, tout près, Greg, John et le nouveau mec, Ben. Ce dernier étant en quatrième année, il n'aurait pas dû faire partie du voyage scolaire au lac Tahoe. Au moins, il ne sera pas à Burberry Prep l'année prochaine.

— On doit choper Ben avant la fin de l'été.

Ma voix est grêle, nasillarde et teintée de peur. Je n'aime pas ça. Je n'ai pas peur de Ben, de John, de Greg ou de qui que ce soit d'autre. Je me tourne vers Tristan pour capter son regard gris.

— Il ne sera pas à Burberry l'an prochain. Il faut le choper ici, dans les Hamptons.

Ma main se crispe sur la poignée de mon sac de plage. À l'intérieur, il y a une toute nouvelle liste. Comme j'avais l'impression que la dernière était trop longue, j'ai recommencé. Je ne suis pas prête à montrer ça aux Idoles, pas encore. Mais un jour, peut-être.

En fermant brièvement les yeux, je la repasse dans

ma tête. Tous ceux qui étaient sur ce bateau ont leur nom qui y figure à nouveau. Ce qu'ils m'ont fait... Je leur dois à tous beaucoup plus que ce que j'ai donné l'année dernière. Ma vengeance leur sera servie au centuple.

Vengeance sur les Sang-bleu de Burberry Prep
Une liste de Marnye Reed

Les filles : Harper du Pont, Becky Platter et Ileana Taittinger
Leurs acolytes : Anna Kirkpatrick, Ebony Peterson, Gregory Van Horn, Abigail Fanning, John Hannibal, Valentina Pitt, Sai Patel, Mayleen Zhang, Jalen Donner, Kiara Xiao et Ben Thresher
La plèbe

Tristan expire, les narines dilatées, puis il dévale la petite pente, m'entraînant avec lui. Tous les autres suivent, petite cour de Sang-bleu qui ne sont pas techniquement des Sang-bleu, si vous voyez ce que je veux dire. Windsor et Zack ont l'argent, le look et la popularité pour faire partie de ce Cercle fermé. Putain, ils ont assez de charisme pour être des Idoles. Et puis il y a Miranda et Andrew qui étaient des Sang-bleu, mais qui ont été virés, même s'ils sont plus méritants que n'importe quelle autre personne sur cette plage. Et Lizzie... Lizzie serait une Idole féminine si elle allait à Burberry Prep, ça, c'est sûr. D'après ce que Zack m'a dit, c'est la reine de l'élite de Coventry Prep.

La foule sur la plage se tait et s'immobilise lorsque

nous nous approchons tous ensemble du feu de camp. Les yeux sont rivés sur Tristan, qui se dirige vers l'un des rondins près du feu, me fait signe de m'asseoir, puis se penche devant moi, si près que nos bouches se touchent presque.

— Qu'est-ce que je peux t'offrir à boire ? me demande-t-il alors que Harper ricane et se dirige vers nous.

Je suis tellement concentrée sur Tristan que je peux à peine la regarder.

— Un soda, murmuré-je et, quand il lève un sourcil, je précise : Un Coca cerise, un gobelet avec de la glace et une paille.

Tristan se penche vers moi et pose ses lèvres sur ma joue, me laissant avec cette sensation de chaleur et de picotement, sans la moindre idée de ce qui est en train de se passer.

On est amis, maintenant ?

— Ça marche.

Tristan se relève et se tourne, pour se camper devant Harper, tandis que Zack s'assoit à ma gauche et Zayd à ma droite. Les deux mecs en « Z ». Je souris presque, mais je vois ensuite Greg et John qui me dévisagent et les poils de ma nuque se hérissent. John était en train de déboutonner son pantalon. Je suis presque sûre qu'il...

— Eh, chuchote Zayd pour attirer mon attention sur lui. Regarde pas ces trous du cul.

Nous nous dévisageons mutuellement. Les anneaux

à ses lèvres et ses sourcils captent la lumière vacillante du feu de camp. Il a vraiment un beau visage, fait pour la célébrité. Et cette voix... Pas étonnant qu'il vaille douze millions. La valeur nette de son père avoisine les quatre cents millions, mais c'est la grand-mère de Zayd, celle qui a créé une entreprise de location de voitures dans les années 1960, qui vaut le plus : environ six milliards.

— C'est quoi ce bordel, Tristan ? j'entends Harper cracher.

Même si je préférerais regarder Zayd, je finis par me tourner dans cette direction. Miranda est juste là. Creed aussi. Lizzie et Myron également.

Windsor reste en retrait, buvant à un gobelet de plastique rouge. La façon dont il a réussi à avoir un verre à la main aussi rapidement témoigne de ses talents de fêtard. Il remarque que je le regarde et m'adresse un petit clin d'œil théâtral.

Tristan tend la main vers l'épaule nue de Harper, puis la pousse. Pas violemment ou quoi que ce soit, juste assez pour l'écarter du chemin. Il se faufile entre Ileana et Becky qui le fixent, et les autres suivent.

— Qui a invité Coventry Prep ? demande Becky d'une voix sonore clairement destinée à porter. C'est une fête Burberry.

Elle se plante devant Lizzie et la pousse légèrement au niveau de la poitrine.

— Me cherche pas, rétorque Lizzie, tout aussi fort. Tu as vu ce qui s'est passé l'année dernière quand tu as essayé ?

Becky la pousse à nouveau, cette fois avec deux mains.

Lizzie trébuche en reculant, mais Tristan est bientôt là, qui soulève Becky et la projette sur le sable.

— Ne touche pas à mes potes, Platter, siffle-t-il, le doigt pointé sur elle.

Son visage est d'un sérieux implacable. Sans même essayer, sa voix fait taire tous les murmures et chuchotements. Il y a des plébéiens partout, qui nous observent. Je me lève, au milieu de cette violence sourde. À la fête d'Ileana Taittinger, quand j'ai précipité les voitures dans la piscine, j'ai vu des factions se former dans l'assistance. La même chose se produit ici.

Tristan contre Harper, le roi contre la reine.

« *Si tu continues à parler, je te jette de cette limousine sans même attendre qu'elle s'arrête, et on verra si les plébéiens préfèrent leur reine... ou leur roi. Ne me cherche pas, Harper.* »

Visiblement, on ne va pas tarder à le découvrir.

— Ne va pas t'imaginer que quoi que ce soit a changé à l'académie. Je suis toujours une Idole. Creed, Zayd et moi, on a toujours un Cercle fermé. (Tristan lance le bras pour désigner notre petit groupe.) Tu les regardes. Bas les pattes.

— Putain, t'es sérieux ? s'écrie Ileana derrière lui.

Mais il l'ignore complètement. C'est une petite fouine vicieuse et rien de plus : de la vermine. Les meneuses, ce sont Harper et Becky, et ces garçons sont leurs animaux de compagnie. J'ai la gorge si nouée que Zack se baisse pour me prendre la main. Dès qu'il me touche, je sens la chaleur monter le long de mon bras jusque dans ma poitrine.

Tristan lève la tête. Je le jure devant Dieu, c'est la chose la plus présomptueuse, la plus arrogante que j'aie jamais vue, la façon dont il écarte ses cheveux noir corbeau de son visage. Ses yeux gris étincellent tandis qu'il ricane.

— Burberry Prep a une nouvelle reine.

— Lizzie ? hurle Harper qui tente, sans succès, de rejeter en arrière ce qui reste de ses cheveux bruns.

Ha, ha. Allez, Windsor !

— Non, répond Tristan en me désignant. Elle.

— La michetonneuse ! s'exclame Harper.

Et soudain, tous les regards se tournent vers moi. Sans savoir pourquoi, je me lève. Mon cœur bat si fort que j'en ai le vertige, mais je tiens bon.

— Qu'est-ce qui te fait penser que tu contrôles l'académie ? ricane Becky qui prend la main de Sai Patel pour qu'il l'aide à se relever.

Les Sang-bleu se rassemblent comme une armée derrière les trois Idoles féminines.

— Qu'est-ce qui me fait « penser » ? répète Tristan, ironique, comme si Becky était une idiote sans cervelle. Je ne « pense » rien du tout. Je suis en charge de l'académie.

Bon, je suis presque sûre que Becky est une écervelée, mais cette conviction transparaît bel et bien dans sa voix, d'une manière que je ne suis pas sûre d'être capable de reproduire.

Il se tourne et commence à s'éloigner quand Harper

s'accroche à son bras, plantant les ongles dans l'arrondi de ses biceps.

— Je n'ai pas encore annoncé à William que nous avons rompu, dit-elle, la voix presque implorante. Il n'a pas à le savoir.

Je jette un coup d'œil à Lizzie, dont les épaules sont complètement raides. Elle fixe Tristan avec un mélange de désir et de confusion qui me fait mal au creux de la poitrine. Peut-être que... maintenant qu'il a rompu avec Harper, maintenant qu'il essaie de changer ses habitudes, elle pourrait vouloir de lui ?

Malgré moi, je fais un pas en avant, Zayd et Zack se tiennent derrière moi.

— Je lui ai déjà dit, réplique Tristan en la repoussant. Arrête de te plaindre. C'est pathétique. Personne ici ne t'aime assez pour vouloir encore te fréquenter après avoir vu comme tu es vulnérable. Si tu tiens à garder tes amis, retire-toi volontairement et passe au second plan. Il me reste deux ans à Burberry pour te mener la vie dure.

Harper lui crache au visage et Tristan se renfrogne. Il se passe la main sur les joues pour s'essuyer, puis se dirige vers la table des rafraîchissements et récupère la boisson que j'ai demandée. Sous le regard de toute la plage, il fait demi-tour et vient me la remettre en mains propres.

— Je ne vais pas t'embrasser avec le crachat de cette fille sur moi, mais laisse-moi le temps de me laver.

J'accepte le soda, en faisant de mon mieux pour ne pas rester bouche bée, puis je tourne la tête pour le regarder qui se dirige vers le rivage, passe son t-shirt par-dessus sa tête, se débarrasse de ses sandales et se jette à l'eau.

La rumeur de la conversation reprend, comme un bourdonnement d'insectes. Je me tourne alors vers Zayd, un million de questions dans les yeux.

— Zayd Kaiser, s'il te plaît, explique-moi ce qui se passe ici, murmuré-je en croisant son regard.

Il acquiesce, vivement.

— Promis, répond-il en suivant du doigt le symbole de l'infini imprimé sur le tissu de sa chemise. Mais pas ici. Avant que tu quittes les Hamptons, OK ?

Je soupire et je prends une gorgée de mon soda, mais je hoche déjà la tête.

Pas ici, pas dans ce bassin de requins.

Je le jure, j'ai l'impression que les yeux de chaque Sang-bleu sont rivés sur moi. Ça me fait peur. Nous sommes en infériorité numérique, en tout cas. Et je ne peux pas être entourée de mes amis – une minute, les Idoles sont vraiment mes amis ? – en permanence. Que se passera-t-il la prochaine fois que Harper me surprendra seule dans les vestiaires ? Ou que je tournerai au coin de la chapelle pour tomber sur John et Greg en train de m'attendre ? Je repense à la vidéo qu'Andrew a prise de ces psychopathes lancés à sa poursuite.

Des frissons me parcourent.

— Ben doit venir cette semaine, murmuré-je.

Zayd m'adresse un petit sourire crispé. Creed apparaît une minute plus tard, s'arrêtant à côté de moi alors que Tristan remonte la plage, sa chevelure noire dégoulinante.

Je ne vais pas mentir : il ressemble à un dieu.

— C'est raté pour les ignorer, alors ? lâche Creed en bâillant. (Il a le menton levé d'un air de défi.) Et maintenant, Votre Majesté ?

— S'ils cherchent la bagarre, on riposte. Ne les laisse pas voir des failles dans notre camaraderie, Creed, réplique Tristan.

Il écarte ses cheveux trempés de son front tandis que Windsor vient se planter à ses côtés, sirotant toujours une bière mousseuse dans un gobelet. Les deux hommes échangent un bref regard.

— Bien sûr que non, Tristan, répond Creed en levant ses yeux bleus au ciel. On est les meilleurs amis du monde, n'est-ce pas ? Même Zack Brooks ici présent, c'est mon pote.

— Je ne vois pas pourquoi on pourrait pas être amis, grogne Zack. Après tout, tu as un côté cruel qui correspond au mien. On est faits l'un pour l'autre. Tant que tu ne braques pas ce noyau de haine sur Marnye, tout se passera bien entre nous.

Maintenant que les cinq mecs m'entourent comme ça, il est évident qu'il est le plus grand, le plus fort. Mon cœur tambourine dans ma poitrine.

— Quand est-ce que je pourrai casser la gueule à Greg, John et Ben ? demande Zayd, en faisant craquer ses articulations tatouées.

— Chaque chose en son temps, répond Tristan en regardant les Sang-bleu par-dessus mon épaule.

Chaque chose en son temps. Il faut d'abord nous rallier les plébéiens.

Il passe devant Windsor et prend place devant le feu, où il s'adosse à un rondin.

Windsor observe cet échange, puis croque dans une pêche. Je ne sais pas trop où il l'a trouvée, mais il y a de la perplexité dans son sourire, tandis que le jus dégouline sur son menton. Après quoi, il part sur la plage comme pour une promenade.

Même si je m'étais promis de ne faire confiance à personne, Windsor est en train de me séduire. Je le laisse partir, sans trop approfondir la question, me concentrant plutôt sur Miranda et Andrew. Elle le fait venir à elle, passant devant son frère pour s'asseoir à côté de moi.

— C'est fou ! À côté, l'été dernier ressemblait à un jeu d'enfant, murmure Miranda, toujours prête à se gaver de ragots.

— C'est dangereux, lâche Andrew.

Je le vois reluquer Windsor pendant que le prince s'éloigne sur la plage. Je suis presque sûre qu'il craque sur lui. Comme tout le monde d'ailleurs, Miranda y comprise, donc je ne suis pas surprise.

— Au lac, ils étaient déjà enragés, alors comment ils vont réagir après avoir été insultés et repoussés ? Merde, peste encore Andrew qui se mord la lèvre devant la silhouette trempée de Tristan Vanderbilt. J'espère que tu sais que ça va se répercuter sur le Club.

— J'en suis bien conscient, fait Tristan en fixant le feu.

Il pourrait tout aussi bien se trouver à des milliers de kilomètres. Il n'est clairement pas présent en ce moment. Andrew secoue la tête et soupire.

Lizzie se sert un verre et revient s'asseoir sur le sable en face de moi, tenant sa bière entre ses jambes. Ses yeux ambrés se tournent vers Tristan pendant une seconde avant de revenir à mon visage.

— Ne t'inquiète pas, Marnye, on s'occupe de toi, dit-elle, avec un sourire presque timide.

Une partie de moi voudrait la détester pour ce qu'elle a fait, pour avoir pris ce pari avec Zack. Mais je n'y arrive pas. Elle semble si sincère... Je sais que je dois être prête à me voir trahie à tout instant, de n'importe où, mais je ne veux pas croire ça de la part de Lizzie. Les gens commettent des erreurs. Ce qui importe vraiment, c'est s'ils en tirent ou non des leçons.

— Facile à dire pour toi, lâche Miranda en relevant le menton avec un petit ricanement ironique. Tu es en sécurité à Coventry Prep.

Lizzie en reste bouche bée. Elle cligne plusieurs fois des yeux avant de répliquer :

— Tristan ne t'a pas dit ? demande-t-elle, et je secoue la tête. (Il aurait dû me dire quelque chose ? Et quoi ?) Je suis transférée à Burberry l'année prochaine !

Elle a l'air si enthousiaste que je souris mais, intérieurement, je suis bouleversée.

Tristan me fixe, m'étudie, sans que je laisse rien paraître.

Pas même à moi.

CHAPITRE CINQ

J'UTILISE les jours suivants pour me détendre, passer mon temps à lire ou à réviser pour l'année prochaine. D'une certaine manière, travailler sur la plage donne moins l'impression de travailler. Le soleil est agréable, la mer fredonne une mélodie apaisante et j'ai toujours de la compagnie. Comme s'ils sentaient le côté provisoire de cette nouvelle situation, les Idoles ne restent pas longtemps et ne parlent pas beaucoup, contrairement à l'autre jour.

Je n'ai pas obtenu de réponse directe de qui que ce soit, mais j'apprécie trop le temps passé avec Lizzie, Miranda, Andrew, Zack et Windsor pour insister. Enfin, jusqu'à ma dernière soirée dans les Hamptons.

— J'aimerais que tu puisses rester plus longtemps, soupire Miranda. Ça va être carrément ennuyeux ici sans toi.

Je lui souris et accepte son étreinte, mais je veux

rentrer à la maison pour passer du temps avec mon père. Il va peut-être mieux, n'empêche qu'il est toujours malade. Le cancer est un cauchemar implacable et terrible. Même quand on l'a vaincu, il peut revenir se faufiler dans l'ombre. Passer du temps avec Charlie est ma priorité numéro un.

De plus, je pense que je pourrais risquer la crise cardiaque si je devais passer ici le reste de l'été.

— Eh, je ne pars pas avant demain, ajouté-je quand Miranda s'écarte et soupire en repoussant de mon visage quelques cheveux rose et or.

Avant le début de la troisième année, je les ferai couper et teindre à nouveau. J'aime beaucoup la couleur et le style maintenant. N'est-ce pas merveilleux qu'un cauchemar puisse parfois se transformer en rêve ?

— Oui, mais quand même... (Elle soupire à nouveau et s'affale sur le bord de mon lit, aussi désossée et paresseuse que son frère, ce qui me fait sourire.) Est-ce que tu flippes pour Lizzie ? demande-t-elle pendant que je plie mes affaires pour les ranger dans mon sac de voyage.

Je n'ai pas de véritable valise. C'est trop cher. Je lève les yeux, sourcils haussés.

— Pourquoi est-ce que je flipperais pour Lizzie ? demandé-je, en mettant de côté une tenue pour ce soir.

Les Cabot organisent une fête chic pour tous leurs amis fortunés, ce qui signifie malheureusement que certains des Sang-bleu pourront s'y trouver avec leurs parents. Tant que je n'ai pas à voir William... S'il frappe encore son fils devant moi, je risque d'exploser.

— Parce qu'elle est obsédée par Tristan, voilà pourquoi.

Miranda se laisse glisser du lit sur le sol, s'empare d'une culotte en coton propre dans ma pile de vêtements et l'échange contre des dessous de dentelle rouge. Mes joues s'enflamment.

— Quoi ? je m'étrangle, parce que je n'ai pas encore eu le temps de faire le tri dans mes sentiments, et encore moins de trouver comment les expliquer à quelqu'un d'autre.

— Alors... tu ne craques pas pour lui ? demande-t-elle, en inclinant la tête sur le côté, si bien que ses cheveux blond-blanc glissent sur son épaule. Je veux dire, tu craques sur beaucoup de mecs, mais je pensais justement que Tristan faisait partie du lot.

— Je ne craque pas pour qui que ce soit ! je m'écrie, même si c'est totalement faux. (Je craque en effet, mais je ne suis tout simplement pas sûre... du nombre exact de mes *crushes,* ou si tous sont des options saines.) Lizzie est une amie, pas une menace.

Ces mots sonnent vrai, à la fois à voix haute et dans mon cœur, et je pousse un soupir de soulagement. Même si j'ai un faible pour Tristan... ça n'a pas d'importance. S'il aime Lizzie, il aime Lizzie. Point.

Une boule de glace se forme dans mon ventre et j'ai mal, soudain.

— Vous devriez vous habiller, toutes les deux,

annonce Kathleen en poussant la porte craquelée avec un sourire. Les invités commencent à arriver.

Je hoche la tête et Miranda gémit, mais on se lève toutes les deux pour se changer. Miranda retourne dans sa chambre, pendant que je me change dans la salle de bains, enfilant une robe blanche, tissée dans un jersey très doux, et des sandales.

Quand je ressors de la salle de bains, Zayd est là à m'attendre.

— Salut, dis-je en m'arrêtant, intimidée, dans l'embrasure de la porte.

Ma robe danse autour de mes chevilles. Il lève les yeux de son téléphone, me voit et sourit.

C'est un beau sourire, authentique.

Des papillons prennent possession de mes entrailles, répandant la poudre de leurs ailes sur tout le bon sens qui me reste. J'ai déjà fait le tour de tout ça avec Zayd. Et pourtant...

— Comme je ne serai pas là pour ton dix-septième anniversaire, commence-t-il en se redressant pour tirer quelque chose de sa poche, je voulais te donner ça.

Je fourre mes vêtements sales dans mon sac de voyage, puis je me dirige vers le lit et je tends le bras pour prendre l'objet dans la main de Zayd. Dès que mes doigts effleurent sa paume, il se cramponne à moi et m'attire à lui. Nos corps se heurtent et on retombe sur le lit.

Je suis enveloppée de son parfum de sauge et de géranium, agrémenté d'une touche très délicate de tabac et de clou de girofle.

— Tu ne devrais pas fumer de cigarettes au clou de girofle, lâché-je. Elles vont te tuer, tu sais.

Nos visages sont si proches que nos bouches se frôlent lorsque je parle. Le bras tatoué de Zayd m'enlace la taille, son cœur bat désormais contre ma propre poitrine.

— Peut-être, murmure-t-il, puis il capture ma bouche pour m'embrasser avec une légèreté que je n'avais jamais ressentie chez lui auparavant.

Ça me submerge et, avant de m'en rendre compte, je l'embrasse aussi. Les mains de Zayd se promènent dans mon dos, mais ne s'aventurent pas plus loin, comme s'il savait qu'il ne fallait pas dépasser les limites.

Je me souviens d'un moment comme celui-ci, en première année, où il avait installé une caméra pour...

Je pousse un cri et recule d'un bond afin de m'asseoir sur le bord du lit, serrant l'objet que j'ai récupéré dans la main de Zayd. C'est une paire de boucles d'oreilles, fabriquées à partir de médiators.

— Elles proviennent de mon premier concert, murmure-t-il en se redressant, la bouche barbouillée du rose pâle de mon rouge à lèvres. Je faisais la première partie d'un groupe punk de seconde zone dans un petit club du centre-ville de Santa Cruz. Il y avait genre... peut-être dix personnes dans le public ? Je suis presque sûr de n'avoir jamais été aussi heureux qu'à ce moment-là.

Zayd fixe le sol d'un regard distant. Quand il les relève vers moi, ils sont allumés d'une passion qui me fait rougir. Je souris et il me sourit en retour.

On frappe à la porte, Miranda m'appelle.

— Juste une minute, dis-je en regardant Zayd. (Il semble... peut-être un peu tendu ? Mais une grande partie de la honte qui l'habitait a disparu.) Tu es venu ici pour m'embrasser ou pour parler ? je lui demande.

Je cherche à faire passer l'une des boucles d'oreille dans le trou de mon lobe. Zayd se rapproche et prend le relais, pour m'aider à les mettre toutes les deux. Dès qu'il a fini, il tend la main et me touche la joue.

— Tu pars demain ? demande-t-il.

Je hoche la tête. C'est presque doux-amer, comme la fin d'une époque. Je sais que ce n'est pas vrai, mais il y a quelque chose, dans le doux soleil entrant par les fenêtres, le cri des mouettes et le clapotis de l'océan, qui me donne cette impression.

— Alors je suppose que nous avons en quelque sorte... besoin de parler franchement ? reprend-il.

Je pince les lèvres et toute l'anxiété et l'angoisse que j'ai éprouvées remontent à la surface.

— C'est juste que je ne comprends pas comment tu peux me détester, et puis...

Je m'arrête quand Zayd laisse retomber ses mains sur ses genoux. Il a tellement de tatouages, ces magnifiques torsades de couleurs composées d'étoiles, de guitares, d'oiseaux, de notes de musique, de femmes et de papillons.

— Je ne te déteste pas, Marnye, réplique-t-il en soupirant. Peut-être qu'au début, oui, je te détestais.

Il fourrage des deux mains dans ses cheveux. Ses

yeux émeraude me fixent, m'interdisant de détourner le regard. Je lâche juste ce mot, un chuchotement.

— Pourquoi ?

— Tu... es arrivée en fanfare. Tu étais intelligente et tu joues de la musique comme une déesse. Tu es jolie et motivée, tu ne te soucies pas du nom de famille d'un individu ou de l'argent sur son compte en banque. Tu es venue à Burberry, sans avoir à payer un bras et une jambe, et je suppose que... on s'est fait une fausse idée de ta bourse d'études. (Il me regarde avec une expression sincère gravée sur ses beaux traits.) On voulait vraiment que tu partes, parce que tu es une menace pour tout ce qu'on sait et comprend.

J'essaie d'avaler, mais j'ai une boule dans la gorge, qui m'étouffe.

Zayd reste silencieux pendant un moment, observant mes doigts qui taquinent ses boucles d'oreilles. C'est un cadeau réfléchi, quelque chose que l'argent ne peut pas acheter. J'ai l'impression que Zayd a appris au moins quelque chose en passant du temps avec moi. Peut-être que je devrais essayer d'apprendre quelque chose de lui, moi aussi ? Tout le monde détient une connaissance qui vaut la peine d'être enseignée.

— Et ensuite – je ne sais pas exactement quand –, on a tous commencé à... s'attacher à toi, il me semble. Ça devait être juste après Halloween, je pense, quand tu as débarqué à cette fête avec des cheveux roux éclatants et un costume de diable.

Zayd sourit et je rougis. C'était un acte audacieux de ma part, que je ne regrette absolument pas.

— De toute façon, on avait déjà fait le pari, donc...

— Avec qui ? demandé-je, même si je devrais sans doute préciser « avec quels tristes individus ».

Mais ce serait trop formel. Ou peut-être que je suis juste nerveuse et que je jacasse de façon incohérente dans mon propre cerveau.

— Harper, Becky et Anna, répond Zayd à contrecœur. Le garçon qui gagnait recevait un trophée de la part des filles. Si on avait échoué et que tu ne t'étais pas présentée au gala de remise des diplômes avec quelqu'un, on avait convenu d'emmener les filles en voyage ensemble.

Il soupire et ferme les yeux, comme si son histoire était douloureuse à raconter. Laissez-moi être honnête avec vous : c'est douloureux à entendre, aussi.

— Juste avant le bal d'hiver, les filles ont fait un autre pari, à une fête du Club Infinity.

Ses paupières se soulèvent et il me regarde droit dans les yeux.

— Elles ont parié qu'elles pourraient réussir là où Zack et Lizzie avaient échoué.

— Quel était le prix pour ce pari-là ? chuchoté-je, en m'enveloppant de mes bras.

J'ai froid soudain, même s'il fait bon et chaud ici. Ce que je me demande vraiment, c'est ce que vaut ma vie. Pour Zack, c'était la fortune de sa famille. Pour Lizzie, simplement un parrainage au Club Infinity.

Et maintenant, alors, qu'est-ce que je vaux ?

— Les filles Sang-bleu ont fait ce pari contre certaines plébéiennes. (Zayd se mordille la lèvre inférieure pendant une seconde et fait claquer ses doigts, comme s'il essayait de se souvenir des noms.) Clarissa, peut-être ? Kiara, avant qu'elle entre dans le Cercle fermé ? Je ne suis pas sûr. En tout cas, le pari court jusqu'à la remise des diplômes. Ils vont continuer à s'en prendre à toi tant que tu n'auras pas quitté Burberry Prep.

— Les enjeux, Zayd ? je fais, la gorge nouée, en veillant à garder une respiration régulière.

— Si les Sang-bleu gagnent, ils obtiennent des contrats d'exclusivité entre leurs entreprises et celles des filles qu'ils affrontent. Dans le cas contraire, il y a une réserve d'argent d'une valeur d'environ... trois millions de dollars qu'elles se partageront, sans fonds fiduciaire à la con ni conditions : une somme qu'elles pourront dépenser sur-le-champ sans que leurs familles ne leur mettent la pression.

Des contrats d'affaires. Trois millions de dollars.

Voilà ce que vaut ma vie.

— Merci de me l'avoir dit, murmuré-je, puis je cherche à me lever.

Zayd m'attrape le poignet pour m'immobiliser. Quand je me retourne vers lui, je vois sa confiance en lui le disputer à sa honte.

— On voulait que tu quittes Burberry Prep. Si tu te désinscris, le pari devient caduc. C'est tout. Ils s'arrêteront. Tant que tu seras là, ils seront implacables.

Zayd se lève et m'attire à lui. J'avais oublié combien c'était agréable d'avoir ses bras tatoués autour de moi. *Non, non, je n'ai pas oublié : je l'ai bloqué.*

— Cela va plus loin que l'académie, Marnye. Le Club Infinity... ce n'est pas que du plaisir et des jeux. Des gens comme les du Pont ou les Platter, ils surveillent les paris de leurs enfants. Ils y trouvent un intérêt.

— Waouh ! Je suppose que l'argent est vraiment une maladie, alors ? lâché-je, en luttant pour rester calme, alors que je sens la panique poindre en moi. Ces millionnaires et milliardaires, ils n'ont rien de mieux à faire que de jouer avec ma vie ?

— Je suis désolé, Marnye. On... aurait dû te dire ce qui se passait dès le début.

Les garçons m'avaient déjà appris que la version senior du Club Infinity était impliquée dans cette affaire, mais entendre Zayd l'énoncer à haute voix, l'entendre détailler les enjeux... c'est beaucoup à encaisser.

— En effet, je conviens d'une voix un peu tremblante. Au lieu de quoi, vous avez continué à me harceler. Vous m'avez fait me sentir minable et puis vous m'avez ignorée. Vous avez laissé les autres me traiter comme de la merde.

Zayd détourne brusquement le regard. La honte s'insinue dans son cou et sur son visage. Tout a un sens maintenant, la façon dont il s'est éloigné de moi, sa persistance à se trouver près de moi. Ça ne veut pas dire que c'est bien, c'est juste... compréhensible.

— Creed et Tristan, ils savent que tu me révèles tout ça ?

Zayd hausse les épaules, puis me regarde à nouveau, lèvres serrées.

— Je me fiche de ce qu'ils pensent.

Zayd me relâche et recule, juste avant que la poignée de la porte ne s'agite et que Miranda ne m'appelle. Je me détourne de lui, attrape mon téléphone et me dirige vers l'extérieur, en poussant la porte derrière moi.

— Qu'est-ce qu'il voulait ? demande-t-elle, mais je me borne à secouer la tête et on descend ensemble.

LA FÊTE EST MAGNIFIQUE, l'ensemble de l'espace intérieur et extérieur de la maison est égayé par des lanternes en papier, des tables garnies de nourriture et une musique douce mais entraînante. Les convives circulent en maillot de bain et en robe coûteuse, parlant et riant. La plupart des gens sont âgés, mais il y a un petit groupe d'étudiants à l'arrière, près de la porte ouverte qui mène à la plage.

Les garçons sont tous là : Tristan, Creed, Windsor et Zack ainsi qu'Andrew et Lizzie.

Dans le coin, blottis ensemble pour se protéger, il y a Ben, Harper et Becky.

— Les voir tous les trois sur ma propriété, c'est exaspérant, commence Miranda, en plissant les yeux pour adresser un doigt d'honneur à Harper quand elle se tourne vers nous. Ça me donne envie de vomir. Ma mère sait les choses que cette fille a faites. Elle le sait, et pourtant... Elle ne peut pas tenir tête au Club Infinity toute seule. On a beau être riches, les liens de l'argent sont parfois impossibles à rompre.

Miranda soupire tandis qu'on se fraie un chemin entre les invités.

— C'est bon, répliqué-je avec un léger sourire, je comprends.

Vraiment, j'en viens à penser que grandir avec Charlie dans le wagon de train du parc à roulottes de Cruz Bay est la meilleure chose qui me soit arrivée. Ces gens sont fous. Tout ce qui les intéresse, c'est l'argent, les apparences et le pouvoir. Il y a un manque total de compassion, d'empathie ou d'attention chez eux. Mon estomac recommence à me faire mal et je me dis qu'au moins, j'ai peut-être eu un impact sur ces garçons.

Peut-être que Tristan, Zayd, Creed et Zack envisageront leur comportement un peu différemment à l'avenir ?

« À partir de maintenant, je ferai tout pour être un homme meilleur. Même si ce n'était pas à Marnye de m'apprendre à en être un, elle l'a fait, malgré elle... »

Mes yeux se fixent sur ceux de Zack alors que nous traversons la petite étendue de pelouse pour nous diriger vers lui. Il me sourit à notre approche et je me place à sa droite.

— Zayd et toi, vous êtes restés longtemps là-haut, remarque Creed, appuyé contre la petite clôture blanche comme s'il avait du mal à se tenir droit. Vous avez trouvé un sujet de discussion intéressant ?

Je l'observe : il doit percevoir quelque chose dans

mon expression, parce qu'il se redresse rapidement et se tait.

— On parlait juste de Ben Thresher, déclare Windsor, prononçant le nom du garçon de telle sorte que l'intéressé ne peut le rater. Sa famille possède Thresher Chicken, un grand conglomérat de fermes industrielles. (Le prince penche la tête sur le côté pour m'étudier de ses yeux noisette incandescents.) Tu as dit que tu aimerais coincer Ben avant la fin de la semaine, c'est bien ça ?

— Quoi..., commence Tristan.

Mais il y a un brouhaha soudain parmi les autres fêtards, lorsque plusieurs voitures s'arrêtent, dont un véhicule de police. Dans une autre se trouvent un homme et une femme en civil, qui montrent très rapidement leurs badges et hochent la tête pour qu'on les laisse passer par la porte latérale.

Nous les regardons foncer droit sur Ben.

— Qu'est-ce que tu as dit ? demande Windsor, en détournant mon attention du spectacle pour la reporter sur lui. Les pendre avec leur propre corde ?

Les inspecteurs – parce que c'est ce qu'ils doivent être – commencent à parler à Ben. Pendant ce temps, plusieurs autres voitures et camionnettes s'arrêtent, libérant des journalistes munis de caméras.

— Les pendre avec leur propre corde, je répète, sidérée, tandis que Windsor sourit et pianote sur le cristal de son verre.

— Bon, il se peut que j'aie appelé plusieurs chaînes d'information afin de les informer que Ben Thresher, le fils du P.-D.G. de Thresher Meats, était poursuivi pour agression sexuelle. (Windsor hausse les épaules et m'adresse un petit sourire malicieux.) C'est ma petite touche personnelle. Et puis j'ai garanti qu'il ne paierait ni n'intimiderait la fille qu'il a agressée. Elle est en sécurité et on s'occupe bien d'elle.

— Il s'en est pris à une autre fille ? demandé-je.

L'idée est juste trop terrible pour que j'y pense. Windsor acquiesce et me regarde droit dans les yeux.

— Ça, je ne l'ai pas inventé ; je ne l'aurais jamais fait. Tu vois, milady, j'apprends à ton contact, ajoute-t-il en souriant. Bouchée de bœuf Wellington ? conclut-il en prenant deux hors-d'œuvre sur un plateau qui passe.

Il m'en tend une, mais je suis pétrifiée en voyant Ben se faire traîner hors de la fête, menottes aux poignets.

— Comment tu as découvert ça, bon sang ? demande Tristan en se retournant pour regarder Windsor.

Le prince cesse de sourire et repose les bouchées au bœuf Wellington dans une assiette abandonnée sur une table voisine. Il s'essuie la main sur son short et fixe Tristan du regard.

— J'ai mes sources, monsieur Vanderbilt. Du moment qu'il y a un squelette dans un placard, je le trouve. Cela vaut pour tout le monde ici : s'il y a quelque chose que vous voulez avouer, je vous suggère de le faire avant qu'il ne soit trop tard.

Les yeux de Windsor parcourent notre groupe alors

que Zayd s'approche de nous, s'arrêtant lorsqu'il sent la tension de notre petite assemblée.

Je frissonne.

Windsor York est effrayant.

Non, pas seulement effrayant, il est terrifiant.

Mais au moins, il est de mon côté.

CHAPITRE SIX

L'ÉTÉ à la maison avec papa est beaucoup moins mouvementé que ma seule semaine dans les Hamptons. Je viens à peine d'entrevoir ce que sera l'année prochaine et déjà, je me prépare à une guerre totale.

— Tu vas bien, bébé ? demande Charlie, en remontant sa ligne.

On est assis sur la rive d'un lieu de pêche local et on fait semblant d'avoir les compétences nécessaires pour attraper quelque chose. Aucun de nous n'a eu la moindre touche, pourtant je sais que cet étang est approvisionné une fois par semaine avec toutes sortes de poissons. La faute sans doute à notre manque total d'expérience en la matière.

— Je vais très bien, dis-je en sentant des papillons prendre possession de mon ventre lorsque mon téléphone bourdonne dans ma poche.

Chaque fois qu'il émet un son, j'ai cette sensation. Peut-être parce que depuis que j'ai quitté les

Hamptons, je ne manque pas de messages. De Miranda, d'Andrew, de Lizzie.

Et de la part des cinq mecs : Windsor, Zack, Creed, Zayd et même Tristan.

— Tu es sûre ? demande papa en mettant sa canne à pêche de côté pour ouvrir sa glacière. Parce que tu sembles un peu distante.

Il nous sort deux sodas et je souris. Par le passé, il aurait pu prendre une bière et essayer de se justifier auprès de moi. « Juste celle-là, Marnye, et pas plus. » Même s'il tenait sa promesse pour ce seul jour, à la fin de la semaine, il aurait été bourré. Il a vraiment fait un effort.

— C'est juste que... je suis nerveuse à l'idée de commencer l'école le mois prochain.

Et par « mois prochain », je veux dire dans une semaine. Mon estomac fait des pirouettes et j'expire brusquement. Mon anniversaire approche aussi, le 5 septembre. J'aurai dix-sept ans et je serai en troisième année à la Burberry Preparatory Academy. Tout passe si vite que j'ai presque peur de voir ce qui arrivera à la fin.

— Tu as l'air d'avoir beaucoup de nouveaux amis, constate mon père, désormais à la pêche aux informations.

Il y réussit aussi bien qu'à la pêche aux poissons. Je souris et glisse quelques mèches de cheveux derrière mon oreille. Je les ai laissé pousser un peu, mais ils sont toujours courts, toujours rose et or. C'est un peu ma couleur fétiche, maintenant. Mes doigts s'égarent vers le tatouage sur ma hanche, s'appuyant sur mon bassin pour plus de confort. Je ne laisserai pas le Club Infinity me battre.

— Ce sont juste des amis, je répète avec un sourire, en me tournant pour le regarder.

Nous nous ressemblons beaucoup : mêmes yeux marron, mêmes cheveux bruns (avant que je teigne les miens), même lèvre supérieure charnue avec une petite dépression au milieu, même petit nez en bouton. Papa dit toujours que ses traits sont plus beaux sur moi que sur lui, mais je pense, moi, qu'il est assez beau.

— Si j'ai un petit ami, tu seras le premier à le savoir.

Je lui fais le salut militaire et il grimace, cependant il sourit aussi. J'ai remarqué ces dernières semaines qu'il commence à paraître plus mince et que ses cheveux se sont mis à tomber. Putain de chimio ! À la fois une bénédiction et une malédiction. Notre vieille voisine du parc à caravanes, Mme Fleming, est non seulement la meilleure textoteuse de plus de quatre-vingt-dix ans du monde, mais elle fait aussi pousser sa propre marijuana avec l'aide de ses petits-fils – ils sont adultes. Elle a vaincu quatre fois le cancer au cours de sa vie et jure que le mérite en revient au cannabis. Elle apporte des joints à mon père, des victuailles et d'autres choses et, pour compenser sa surdité, elle lui crie très fort qu'il doit bien prendre ses médicaments.

Peut-être que ça aidera, peut-être pas mais, au moins, le centre médical s'est très bien occupé de Charlie. Je me suis réveillée une nuit en sueur, paniquée, certaine que Harper allait empoisonner mon père d'une manière ou d'une autre, toutefois Zack m'a calmée.

Les règles du Club Infinity sont inflexibles. Harper ne ferait jamais de mal à Charlie car cela signifierait sa fin – financièrement, socialement et dans le monde des affaires. Les autres membres du Club prennent les paris très au sérieux. Et par autres membres, je ne parle pas de la secte junior.

Poussant un brusque soupir, je fais sauter l'opercule de mon soda et je le bois. J'essaie de convaincre papa d'arrêter le sucre avec moi, mais il dit qu'il ne peut s'attaquer qu'à un seul vice à la fois, alors pour l'instant, on est encore tous les deux accros au sucre.

Sur le chemin du retour, Charlie tend soudain la main pour éteindre la radio – bien qu'elle diffuse sa chanson préférée, *Every Little Thing She Does is Magic* de Police – puis il se réadosse pesamment à son siège, les mains crispées sur le volant. Ma première pensée, c'est que quelque chose cloche question santé et je commence à paniquer.

— Quoi ? Papa, s'il te plaît, qu'est-ce qu'il y a ?

Ma voix est stridente, aiguë. Je ne la reconnais pas et une foule de cauchemars s'agite dans ma tête. Quand Charlie me prend la main, ma gorge se noue. Puis il sourit et mon cœur s'emballe. Je plisse les yeux.

— Bébé, c'est bon, c'est bon. C'est à propos de ton anniversaire, c'est tout.

Je soupire brusquement et je m'adosse à mon siège, repoussant de mon visage une partie de la mousse jaune qui s'échappe de l'appuie-tête.

— Tes amis m'ont demandé la permission d'organiser une fête surprise, précise mon père.

— Une fête surprise… dont tu me parles ? demandé-je, jetant un coup d'œil à mon téléphone où je trouve des messages de la plupart de mes nouveaux « amis ».

Les nouveaux Sang-bleu. Une bouffée d'énergie fuse en moi et je me passe la langue sur les lèvres. Moi, une Sang-bleu ? Une Idole ? Tristan plaisantait sûrement. Et de toute façon, je ne pourrais jamais être aussi cruelle. Je ne m'adapterai jamais.

On s'engage dans l'allée de notre nouvelle maison. C'est déconcertant, parfois, de ne pas retourner au wagon de train. J'ai tellement de bons souvenirs de cet endroit. Des mauvais, aussi. Il va me manquer, mais le changement de décor me convient.

— Je voulais m'assurer que tu étais d'accord avec cette idée, poursuit papa. Ces garçons, s'ils te brutalisent à nouveau…

— Ils ne le font pas, je le rassure. Et je ne te ferai plus jamais subir ça comme par le passé.

Les mots sortent forts, sûrs, confiants. J'attends que mon père ait garé le camion et coupé le moteur avant de lui prendre la main.

Des rubans rouges, l'eau qui devient rose, mon dos qui glisse le long du mur de la douche.

Expire, Marnye, expire.

— S'il y a quelque chose que tu as besoin de me dire, commence papa, dont les joues rougissent légèrement, même si c'est à propos du sexe ou de quelque chose comme ça, je suis là. Rien ne saurait changer mon amour pour toi, Marnye. Si tu viens me voir avec des questions, je te promets que je ne serai pas fâché.

Mon expression sérieuse se transforme en un sourire et je me penche en avant pour passer mes bras autour de son cou dans une sorte de câlin très mirandesque. Quand je me redresse, papa sourit, lui aussi.

— D'accord. Si j'ai des questions, je les poserai d'abord à Google, mais je te garderai en deuxième position. (Papa rit : c'est à moitié de l'hilarité, à moitié du soulagement. Ouf !) Et oui, pour la fête. Je suis très enthousiaste, même.

Je ne le dis pas à voix haute, mais... ça fait des années que je n'ai pas fêté mon anniversaire avec quelqu'un d'autre que lui.

L'année dernière, Zack a essayé, or je n'étais pas prête.

Cette année, je suis ouverte au changement.

Et je n'ai pas peur.

JE NE DIS à personne que papa a déjà craché le morceau à propos de ma fête. Au lieu de cela, quand il commence à agir bizarrement après notre petit déjeuner de crêpes à la gare, je souris et étouffe mon rire avec ma main.

Lorsque nous nous arrêtons au bowling de Lower Banks – le seul endroit cool pour jouer au bowling dans toute la zone métropolitaine de Cruz Bay –, des voitures qui valent plus que l'entreprise entière sont garées devant. Merde ! Si je n'avais pas déjà été au courant de la surprise, je l'aurais devinée maintenant.

Mon cœur fait un bond lorsque mon père se précipite pour ouvrir ma portière et me traite comme une princesse. Je me sens un peu comme telle, dans la robe de soirée noire que j'ai choisie. C'est une tenue très décolletée (plus courte à l'avant qu'à l'arrière), sans manches, avec un corsage perlé et un petit col qui se boutonne dans le dos. Et le meilleur ? Je l'ai payée quarante dollars en ligne et je me sens absolument fabuleuse dedans. Je n'ai pas besoin de robes ou de chaussures de marque pour me sentir belle. Ça peut paraître ringard, mais je crois vraiment que l'énergie est en chacun de nous.

Sans cesser de me mordiller la lèvre inférieure, je m'arrête juste devant la porte, à côté du panneau indiquant : « Fermé pour cause de privatisation », puis j'entre.

— Surprise !

Le petit groupe rassemblé dans l'entrée, près de la vieille machine attrape-peluches et des fenêtres en verre dépoli qui délimitent la salle à manger, applaudit. Il y a beaucoup d'enthousiasme dans cette acclamation, même si Creed bâille et applaudit en même temps et que Tristan est aussi mutique que d'habitude. Les autres – Miranda, Lizzie, Andrew, Zack, Windsor et Zayd – compensent.

— Tu as dix-sept ans aujourd'hui ! s'écrie Miranda,

qui arrive en dansant vers moi pour me serrer avec tant de fougue que mes pieds se soulèvent du sol.

Elle sent le gel douche Victoria's Secret qui obsède tout le monde. *Love Spell*, c'est ça ? Je me demande si elle a une nouvelle copine.

— J'ai dix-sept ans, je répète en riant.

Je la repousse et laisse Lizzie s'approcher pour une étreinte beaucoup plus douce, mais non moins étroite. L'étreinte de chacune d'elles correspond à sa personnalité. Cette pensée me fait sourire.

— Joyeux anniversaire ! lance Lizzie, qui s'écarte quand elle avise mon père. (Elle hoquette et écarquille ses yeux d'ambre.) Monsieur Reed.

Ces derniers mots sont sortis dans un murmure et il me faut une minute pour comprendre ce qui se passe. Elle est inquiète qu'il sache le rôle qu'elle a joué dans le pari. Il l'ignore. Et honnêtement, à ce stade, il n'y a aucune raison de le lui dire.

— Lizzie, voici Charlie, je les présente aussi simplement que possible, en lui lançant un regard qui, je l'espère, le lui communique.

Ils se serrent la main et je passe à Andrew. Celui-ci porte en fait une chemise blanche avec un drapeau arc-en-ciel sur le devant. Je hausse les sourcils et il sourit, levant le bras pour ébouriffer ses cheveux châtains.

— Je ne suis pas aussi courageux que toi, lance-t-il, ce à quoi je réponds par un nouveau haussement de sourcils.

Je ne me suis jamais considérée comme courageuse. J'apprends à avoir confiance en moi et à prendre soin de moi, mais pour ce qui est du courage ? Je ne suis pas sûre d'en être encore là.

— C'est juste que mes parents sont toujours en Italie, alors...

Andrew laisse sa phrase en suspens, mais on s'embrasse quand même.

Voilà, ça, c'étaient les personnes faciles à accueillir. Le reste du groupe est... plus compliqué.

Bon, peut-être pour moi. Windsor n'a pas reçu le mémo. Il me soulève et je pousse un cri de surprise lorsqu'il me fait tournoyer sur moi-même avant de me reposer. Il entremêle ses doigts aux miens et les soulève, de sorte qu'on se retrouve paume contre paume. Mon cœur bat la chamade, mon pouls s'emballe quand il se penche et m'embrasse sur les deux joues.

Mon père nous regarde, avec un air à la fois très réservé et confus. Quand je lui ai expliqué qui était Windsor, il ne m'a pas crue. Il a littéralement parié vingt dollars que je racontais n'importe quoi. Puis il a cherché le prince sur son téléphone, s'est dirigé vers la porte de ma chambre et a déposé une petite liasse de billets de un et de cinq sur ma commode. « Ma fille va à l'école avec des personnes de sang royal, a-t-il marmonné, avant d'ajouter : Pas étonnant que tu n'aies pas voulu quitter cette école. »

— On a tous pris l'avion pour ton anniversaire, fait Windsor qui lève l'index. Et vu qu'il n'y a pas de véritable hôtel cinq étoiles dans tout Cruz Bay, on est descendus au Bayside Bed and Breakfast. Je pensais bien que ça te plairait, ricane-t-il devant le sourire qui se dessine sur mon visage.

— Vous savez que le Bayside Bed and Breakfast est hanté, n'est-ce pas ? demandé-je. Et par-dessus le marché que leur petit déjeuner continental consiste en des oranges dans un bol et des céréales. Il n'y a pas de valet, pas de service d'étage et ils n'ont certainement pas perfectionné l'art du lèche-cul.

— On l'a découvert hier, intervient Tristan, dont les yeux gris glissent sur le côté. Il y a des gouttes au plafond de ma salle de bains et pas de room service.

Il a les bras croisés et, même si je ne suis pas psychologue, je devine à sa posture qu'il est sur ses gardes, fermé, indisponible. Je me demande s'il le fait exprès.

— Grenadine Heights pourrait être un quartier exclusif mais, dans l'ensemble, Cruz Bay est relax, et très décontracté façon côte ouest. Désolée, les mecs.

Je souris quand Windsor me relâche et je me retourne pour voir Zack, qui nous observe, une toute nouvelle veste rouge et noire sur ses épaules.

— Ils t'ont laissé revenir dans l'équipe ? demandé-je, et il hoche la tête, en grimaçant légèrement.

— Honnêtement, c'est un peu une connerie qu'ils m'aient pardonné si facilement, commence-t-il.

Mais je m'empresse de glisser mes bras autour de sa taille fine et il m'enveloppe dans un câlin qui me fait transpirer à grosses gouttes. Je me sens toute bizarre contre lui, à deux doigts de défaillir comme jamais auparavant.

Papa grommelle quelque chose dans sa barbe et disparaît dans la salle à manger pour commander une racinette. Il essaie de me laisser un peu d'intimité avec mes amis, ce que j'apprécie, mais de temps en temps, ses yeux se tournent vers nous.

— Retiens la leçon pour Burberry Prep cette année, d'accord ? dis-je.

Parce que maintenant que j'ai pris ma revanche et rayé son nom de ma liste, j'en ai terminé avec lui. Frapper un homme à terre n'a aucun intérêt et je crois que Zack a reçu une leçon qu'il n'est pas près d'oublier. Je ne me suis pas vengée pour pouvoir jubiler, ou me rouler dans le sang de mes ennemis comme Harper pourrait le faire. Et maintenant que c'est fini – avec ces mecs-là, en tout cas –, je suis prête à m'engager sur la voie du pardon.

Demandez à n'importe qui : le pardon est un chemin bien plus difficile que celui de la vengeance.

Ce dont je suis sûre, parce que quelques secondes plus tard, la porte s'ouvre et Jennifer entre avec un bouquet de ballons à la main.

Mon cœur se transforme en glace, plonge dans mon ventre et vole en éclats. J'ai la nausée.

— Salut..., commence Miranda, l'air totalement déconcertée.

Mais elle se retourne vers moi, voit mon visage et comprend : c'est ma mère. Elle connaît aussi toutes les histoires, celles de ses infidélités, de l'aire de repos et de la sœur que je n'ai jamais rencontrée.

— Marnye, commence Jennifer qui s'avance vers

nous dans une robe de soirée presque aussi fantaisiste et bouffante que la mienne. Je t'ai apporté quelque chose. (Elle se faufile entre mes amis sans les reconnaître… jusqu'à ce qu'elle repère Windsor York.) Oh. Oh, mon Dieu. Votre Majesté.

Mon visage est devenu rouge pivoine. Je suis probablement chaude au toucher, en plus.

Jennifer se tourne vers moi, l'air de nager dans la joie la plus pure, comme si le fait que je sois amie avec un membre de la famille royale britannique rejaillissait positivement sur elle. Pour être honnête, je ne me suis jamais sentie aussi étrangère à quelqu'un dans ma vie qu'avec Jennifer. C'est une inconnue dans le pire sens du terme. Je veux dire, c'est ma mère, la personne censée être la plus proche de moi en ce bas monde et, pourtant, elle est aussi loin de moi qu'une femme choisie au hasard dans la rue.

— Qu'est-ce que tu fais ici ? demandé-je alors que papa arrive tout près de la paroi vitrée et lui jette un regard de surprise.

Je vois à son expression qu'il ne l'a pas invitée non plus. Il ne ferait pas ça sans m'en aviser.

— Eh ben, en discutant avec ton père, j'ai cru comprendre que tu serais ici aujourd'hui...

Jennifer s'interrompt. Ses cheveux blonds sont relevés sur le sommet de sa tête comme une princesse, tressés de fils d'argent scintillants et de perles minuscules.

— Je ne t'ai pas invitée, Jenn, réplique Charlie, balançant entre l'empathie et la frustration.

Je me sens super bizarre de vivre ce moment avec les Idoles d'un côté, Zack et Windsor de l'autre, et mes nouveaux amis répartis derrière ma mère avec des expressions de compassion identiques.

— Je suis juste venue donner des ballons à ma petite fille, lâche Jennifer en me passant les fils qui s'agitent.

Ses yeux me frôlent et se posent sur Zayd. Sa bouche peinte en rouge s'ouvre en signe de surprise.

— Tu es le fils de Billy Kaiser, n'est-ce pas ?

— Le seul et unique, répond Zayd, qui semble pourtant légèrement irrité.

Quand je lui jette un regard, je vois qu'il scrute mon humeur. Il sait ce que c'est que d'avoir un parent absent, lui aussi.

— Tu dois bien réussir à l'académie, avec tous ces amis sympas, reprend Jennifer, qui semble un peu estomaquée quand ses yeux bleus découvrent Tristan et Creed avant de se retourner vers moi. Lequel est ton petit ami ?

Le pardon est une vertu, je me répète en fixant le visage de ma mère. J'essaie de sourire, mais mes lèvres restent figées. Tout ce à quoi je pense, c'est à moi, assise sous la pluie, à pleurer, à regarder les voitures entrer et sortir du parking pendant que je me cachais sous les grosses branches d'un arbre. Jennifer m'a abandonnée sur une aire de repos parce que son nouveau petit ami n'aimait pas que je pleure.

— Je n'ai pas encore décidé, je lui réponds d'un ton monocorde, comme si le sujet ne m'intéressait pas.

(Jennifer et moi nous dévisageons.) Peut-être que je les aurai tous ?

Elle rit, un peu nerveusement, mais ça tombe à plat et la pièce est complètement silencieuse. Miranda s'approche, comme si elle sentait que j'ai besoin de soutien, et je lui tends le bouquet gonflé à l'hélium.

— Merci pour les ballons, ajouté-je. Prends-toi une racinette ou autre chose, et reste un peu.

Je me détourne, le visage rougi, les mains tremblantes, et je finis par regarder Tristan. Il me dévisage, comme s'il était confus et ne savait pas quoi faire de moi.

— C'est le moment où tu dis : « Bon anniversaire », chuchoté-je, et quelque chose dans son expression dure s'adoucit légèrement.

— Joyeux anniversaire. Je sais ce que c'est que d'avoir un parent de merde. Ne la laisse pas gâcher ta fête.

— Excusez-vous, jeune homme, s'insurge Jennifer.

Mais je souris et l'ignore. J'entends Charlie marmonner en l'entraînant vers la salle à manger.

Tristan fouille dans sa poche pour en ressortir ce foutu collier. Le même putain de collier. Il le soulève, interrogateur, et je me tourne, afin qu'il me l'accroche autour du cou. Quand il se penche, ses lèvres effleurent mon oreille et je frissonne.

— Je pensais ce que j'ai dit quand j'ai parcouru ces cartes : la tienne était la seule que je ne détestais pas.

Il accroche le fermoir et le lâche, reculant quand je lève la main pour jouer avec les doubles roses. Le parcours de ce collier me rappelle ma relation avec Tristan, cet étrange va-et-vient qui m'assèche la bouche et rend ma poitrine douloureuse. Quand je le regarde, je me languis.

Je me languis.

Je viens de penser « languir ».

Avant de trop y réfléchir, je me tourne vers Zayd, ignorant le regard d'ambre que Lizzie me jette. Une partie de moi se demande si je ne devrais pas lui rendre le collier une fois de plus et abandonner Tristan à Lizzie. Elle semble vraiment s'intéresser à lui...

— Est-ce que je t'ai dupée, en t'offrant les boucles d'oreilles plus tôt ? me demande Zayd, qui me sourit.

Il tord ses cheveux orange vif en petites pointes soudées par le gel. La couleur est vibrante et folle, mais elle lui va bien. Putain, je ne suis pas sûre qu'il y ait une seule couleur au monde qui ne lui convienne pas.

— Oh, tu t'es bien moqué de moi, dis-je en le serrant dans mes bras.

L'effet qu'il me fait, l'effet qu'ils me font tous... La troisième année à Burberry Prep va être un véritable chamboulement hormonal. Je le sais. Zayd me serre dans ses bras pendant un long moment, plus longtemps que la plupart des amis ne le feraient, et Miranda s'éclaircit impoliment la gorge à nos côtés.

On se sépare et mes yeux tombent immédiatement sur la glace bleue des iris de Creed.

— Marnye, commence-t-il, l'air et le ton un peu... énervés. Joyeux dix-septième anniversaire.

« J'ai commencé à t'envisager... comme m'appartenant. »

J'humecte mes lèvres soudain très sèches et j'essaie de décider si un câlin est de mise. Je n'ai pas serré Tristan dans mes bras, mais tous les autres, si. Creed et moi, on se dévisage. Finalement, parce que je ne supporte plus cette tension, je l'enlace et le serre très fort. En revanche, je l'ai relâché avant qu'il n'ait eu le temps de me rendre la pareille et je constate alors que ses yeux langoureux, d'ordinaire tombants, sont devenus des soucoupes bleues.

— Que la fête commence ! articulé-je, bien trop joyeusement pour être crue par quiconque.

Sur quoi, je manque de me casser la cheville en descendant les marches. Zack me rattrape d'une grosse main chaude sur l'épaule. On s'installe sur la banquette pendant que Miranda et Andrew tapent le nom de chacun. Un des employés vient prendre nos commandes de boissons et je me retrouve avec un milk-shake au chocolat recouvert de paillettes arc-en-ciel et de beaucoup trop de cerises au marasquin.

Il y a un peu de gêne à se retrouver tous ensemble. Nous ne sommes pas exactement les meilleurs amis du monde et c'est un ajustement important.

Je suis en fait en train de traîner avec quatre de mes harceleurs. Cinq, si on y ajoute Lizzie pour avoir fait ce pari.

— Pourquoi ne pas lancer un pari façon Club Infinity à propos du bowling ? je plaisante, et je jure que tout le monde tourne la tête vers moi. Bon, c'est une blague déplacée ? (Je glousse, mais je suis la seule.) Je pourrais vous parler de l'histoire de ce bâtiment ? De sa construction en 1892 pour en faire un bordel, financé par un riche baron des chemins de fer parce qu'il pensait que si les mineurs appelés par la ruée vers l'or avaient une compagnie féminine, ils seraient moins violents...

Zack me regarde aspirer mon milk-shake avec la paille rayée rouge et blanche.

— Tu peux faire des blagues sur le Club Infinity, si tu veux, déclare-t-il avec férocité. C'est toi qui en as le plus souffert. Et je te l'ai déjà dit : c'est follement sexy quand tu énonces des faits historiques.

Il me sourit, puis ôte sa veste de sport de ses larges épaules et pose le tissu tiède sur les miennes. Mon cœur se noue, puis meurt à cause de toutes ces sensations.

Je rougis et j'essaie de resserrer le manteau autour de moi. Je me sens dans la peau d'une adolescente des années 1950, qui boit un milk-shake à la fontaine à soda et porte la veste de sport de son petit ami au bowling.

Non que Zack soit mon petit ami ou quoi que ce soit.

Je veux dire, il ne m'a pas demandé de sortir avec lui.

Et même s'il le faisait, je ne sais pas si j'accepterais.

Merde, ça sent aussi son odeur, je pense, en faisant de mon mieux pour refouler un gémissement. La dernière fois que j'ai porté son sweat à capuche, j'ai failli mourir à cause de son odeur. *Sportif, mais terreux, aussi, mélange de musc et de cèdre.*

— OK, beau gosse, fait Windsor en poussant Zack vers les casiers de boules de bowling derrière nous. Choisis-en une et commençons la partie. J'aime bien botter des culs, même quand il n'y a pas d'enjeu.

Il sourit, et je songe à ce qu'il a infligé à Ben. Je veux dire, Ben le méritait, mais quand même. Je ne pense pas que Windsor plaisante en ce moment.

La partie commence de manière fracassante et je suis surprise de voir que Zack et Windsor sont tous deux très bons joueurs de bowling. Heureusement, tous les autres sont médiocres... et Tristan est nul. Genre, il est de loin le pire.

— Un truc pour lequel tu n'es pas doué ? je le taquine, surprise, alors qu'il balance une autre boule dans la rigole et qu'il plisse ses beaux yeux gris pour observer la piste. (Il me jette un coup d'œil, mais je souris.) C'est un choc.

— C'est la première fois que je joue au bowling, réplique-t-il.

Je cesse de sourire : maintenant, je suis juste bouche bée devant lui.

— Tu n'as jamais joué au bowling avant ? je m'écrie, et puis je me surprends à sourire à nouveau. Eh bien, il y a une première fois pour tout, non ? Tu vas t'améliorer.

Tristan me dévisage comme si j'étais folle, puis recule pour que Lizzie puisse prendre son tour. Sa bague de fiançailles étincelle alors qu'elle ramasse une boule couleur or.

— Tu ne t'es jamais lâché assez pour essayer

quelque chose comme le bowling, commente-t-elle en s'avançant et en armant son lancer.

Elle esquisse un léger sourire avant de relâcher son souffle, de focaliser ses yeux d'ambre sur les quilles, puis de lâcher la boule comme une professionnelle.

— Strike ! s'exclame-t-elle, avant de bondir, les bras jetés autour du cou de Tristan.

Il a l'air d'avoir reçu un coup de poing dans le ventre.

J'ai l'impression d'avoir reçu un coup de poing dans le ventre.

Lizzie recule, rougit, puis écarte quelques boucles sombres de son visage. Elle jette un coup d'œil vers moi, mais je fais semblant de ne pas la remarquer. À l'intérieur, mon estomac est tout retourné par l'angoisse.

— « Se lâcher » ne fait pas partie de mon vocabulaire, dit finalement Tristan, et je grimace légèrement.

Faire l'amour dans des toilettes publiques, c'est quand même un peu se lâcher, je pense avec amertume. Je ne sais pas pourquoi je suis soudain si énervée à ce sujet. *Ou dans le placard d'un concierge le premier jour d'école.* Mon attention dérive légèrement sur Lizzie alors que Zayd se dirige vers la piste. Est-ce qu'elle et Tristan ont déjà... et si oui, est-ce que je veux vraiment le savoir ?

Ses yeux d'ambre rencontrent les miens et je rougis.

— Ah, putain de couilles de chèvre poilues, gémit Zayd quand sa balle rebondit dans le couloir d'à côté. Ce jeu est plus dur qu'il y paraît.

Il passe ses paumes sur son visage pendant que je ris, ce qui étale son eye-liner juste assez pour lui donner ce look de rocker sexy.

— En voilà un juron intéressant, commenté-je avec un petit rire que je couvre de ma main.

Je m'efforce d'ignorer l'anxiété que m'inspire l'affaire Lizzie/Tristan. Elle s'est retirée sur le banc pour s'asseoir à côté de Zack, mais le roi de Burberry Prep me fixe toujours de ses yeux gris si troublants. Ils sont de la couleur des pierres tombales, vieillis et usés au-delà de ses dix-sept ans, et pleins de tellement plus d'émotion que la pierre dont ils sont faits.

— Oui, eh bien, je suis un artiste, ronronne Zayd.

Il y a quelque chose dans sa façon de parler qui proclame au monde entier qu'il sait chanter. Un jour, j'aimerais le voir en concert. Je parie que c'est un vrai régal à regarder. Pendant une fraction de seconde, je ressens une pointe de culpabilité pour ce que j'ai fait. Mais ensuite je me souviens du trophée, et de sa robe rouge que je portais, et puis...

J'expire et je secoue les mains.

Je suis censée travailler sur le pardon, là, pas sur la rancune. Quel est l'intérêt d'en garder une ? *Prends les mesures que tu as à prendre, et passe à autre chose.* Ces Idoles au sang bleu avaient besoin d'une bonne leçon, je la leur ai donnée. Maintenant, je laisse tomber.

Les filles, par contre, c'est une tout autre histoire.

L'école reprend dans quelques jours, je dois être prête.

— OK, monsieur l'*artiste*, je plaisante, en soulevant

ma propre boule de la piste et en me passant la langue sur la lèvre inférieure. Regarde faire les pros.

— Tu vas vraiment le regretter, glousse Zayd en croisant les bras. (Quand je le fusille du regard, il lève une main tatouée et l'agite nonchalamment vers moi.) Vas-y, mademoiselle l'Experte extraordinaire en bowling. Voyons ces mouvements de pro.

Je ricane et je retourne sur la piste, en faisant cette petite course théâtrale avant de lancer la boule et de la regarder bourdonner, tourbillonner, puis renverser une seule pauvre quille avant de disparaître.

— Couilles de cire d'abeille au miel, je jure.

Zayd hurle de rire. Merde, ce rire m'a manqué ! Il rit tellement fort qu'il est plié en deux.

— Couilles de cire d'abeille ?! C'est ça, ton idée de juron ?!

— Eh, c'est mieux que « couilles de chèvre poilues », je grommelle, récupérant ma boule et m'arrêtant lorsque Zack s'avance vers moi, sourcils noirs haussés.

— Tu veux des conseils ? demande-t-il.

Mon cœur se met à battre la chamade. J'acquiesce et il vient se poster derrière moi, ses grandes mains sur mes hanches, ce qui me fait frissonner. Il me guide vers un endroit précis, puis me montre comment tenir la boule, où placer mes doigts.

— Comme c'est ton anniversaire, je vais t'aider à lancer, la première fois. Après ça, tu seras toute seule.

Planté dans mon dos, il fait glisser ses doigts le long de mon bras droit avant de se pencher par-dessus mon épaule pour effleurer ma joue droite d'un léger baiser.

Je manque de fondre, là, devant tout le monde.

Au lieu de quoi, je relâche mon souffle et je frissonne lorsque Zack m'aide à lancer la boule, qui me permet de faire un spare.

— Putain ! je m'exclame en souriant.

Et en me retournant, je le trouve toujours debout, bien trop près de moi. Nous nous regardons un moment avant que je ne m'éloigne de lui pour aller m'installer sur le banc entre Miranda et Andrew. C'est l'endroit le plus sûr de la salle, pour être honnête.

On finit notre partie. Zack bat Windsor de justesse.

L'ambiance est festive jusqu'à ce que le prince perde, car je vois sa mâchoire se crisper. Il y a un éclair de noirceur dans son regard, que je reconnais de la fois où il a essayé de me faire cacher de la drogue sur Tristan, ou lorsqu'il me parlait pendant l'arrestation de Ben Thresher. Il remarque que je l'observe et, au lieu de le nier, il s'approche de moi pour me chuchoter à l'oreille :

— Je t'ai dit que j'étais un foutu connard de merde.

Sur quoi, il mordille le lobe de mon oreille. Je suis tellement effrayée que je sursaute et lève la main pour me protéger l'oreille. Je finis par le frapper au visage. Il gémit en se couvrant la bouche, les épaules secouées par le rire. Quand il bouge ses mains, il y a un peu de sang dessus.

— Je pense que je viens de me fendre la lèvre sur une dent.

— Désolée, je gémis.

Mais Windsor ne fait qu'en rire et s'excuse pour

aller se nettoyer aux toilettes pendant que le reste d'entre nous se réunit autour d'une table afin de déguster des hamburgers dans une énorme pile sur un plateau d'argent, des frites dans des dizaines de plateaux en carton rouge et blanc et des sodas dans des gobelets avec le logo du bowling imprimé sur le côté.

C'est aussi loin que possible de l'environnement luxueux de Burberry Prep.

La conversation est légère, superficielle, mais agréable.

Je pense qu'on essaie encore tous de comprendre comment interagir les uns avec les autres.

Au moment où le gâteau arrive, l'atmosphère n'est plus aussi gênante et, en passant à Creed une assiette en carton avec une grosse part de gâteau, je réalise que je m'amuse vraiment. Honnêtement, c'est peut-être l'un des meilleurs anniversaires que j'aie fêtés. J'oublie même Jennifer pendant un moment, qui se tient dans un coin comme une paria. Cette fois, ce n'est pas moi, l'exclue, c'est elle.

Papa m'offre un autre objet sentimental qui me fait pleurer : un grand et beau cadre qu'il a soudé, rempli de photos de nous deux, depuis le jour de ma naissance, et ensuite un cliché pour chacun de mes anniversaires. Je suis très heureuse de ce cadeau mais, en même temps, je suis terrifiée.

Il pense qu'il est en train de mourir.

Je refuse d'y penser, moi.

Je déchire l'emballage des autres cadeaux pour trouver – sans surprise – une pléthore d'articles ridiculement chers, comme un flacon de parfum Imperial Majesty de chez Clive Christiansen, qui coûte la bagatelle de douze mille dollars les trente millilitres. C'est Miranda qui me l'a offert. Je manque de m'étouffer et de mourir quand elle m'en asperge : j'ai l'impression qu'on vaporise des billets de banque dans l'air autour de moi. Pour être honnête, il sent délicieusement bon.

La pile de cadeaux de luxe – chaussures, vêtements, bijoux, une nouvelle valise (Andrew doit en avoir assez de voir mon sac de sport miteux année après année) et d'autres articles divers – se dresse au bout de la table quand je prends la petite enveloppe de satin noir de Windsor.

— Ce n'est pas grand-chose, dit-il en appuyant le menton dans sa main.

Ses yeux noisette scintillent lorsque je déchire le rabat pour trouver... une clé sur un porte-clés « Princesse » rose pailleté. Je plisse les yeux en même temps que mon cœur tambourine. Je suis presque sûre que mes mains tremblent aussi.

— Princesse ?

Et il se contente de rire, m'invitant à fouiller dans l'enveloppe.

À l'intérieur se trouve une carte grise avec mon nom dessus.

Mes yeux s'écarquillent, puis je me lève et cours dehors.

Il y a une putain de Maserati décapotable rose et or avec un nœud sur le capot !

— Windsor..., commencé-je quand papa arrive en courant derrière moi.

Sa mâchoire se décroche au moment où il découvre la voiture. Je me retourne pour regarder le prince, debout, les mains dans les poches de son pantalon. Ses cheveux roux sont hérissés sur son front, comme toujours. Il sourit de plaisir, visiblement heureux de me voir aussi excitée, mais également comme si ce n'était pas grand-chose. Il a aussi cette... je ne veux pas dire suffisance, mais autosatisfaction, de qui sait être celui qui m'offre le plus gros cadeau et que cela excite. Hmm.

— Sérieusement ? s'étrangle Miranda. En voilà un connard qui veut faire le balèze.

La dernière partie a beau être marmonnée, je l'entends quand même.

— Je ne peux pas accepter ça, murmuré-je en les regardant, la voiture puis lui.

— Tu ne peux pas ? demande-t-il avec un petit froncement de sourcils. C'est dommage. J'ai dû passer spécialement commande de cette couleur. Je ne peux pas la rendre.

Il me sourit. Il y a quelque chose de légèrement imparfait dans son expression, une sorte de rictus presque débraillé que j'aime bien. Je me mords la lèvre inférieure et serre les clés contre ma poitrine.

— Tu fais juste un tour avec et ensuite je la revends sur eBay ? suggère-t-il.

— Un tour, chuchoté-je, en pivotant pour regarder Charlie. C'est bon si je la prends pour faire un tour ? Je veux dire, juste une fois, parce que je ne peux pas accepter un cadeau aussi somptueux...

Papa est toujours bouche bée, probablement à essayer de calculer combien coûte la voiture. À mon avis : plus que la valeur de la maison que nous louons.

— Je…, commence-t-il, avant de lever les mains en signe de capitulation. Et pourquoi pas ?

Attrapant Miranda et Andrew par la main, je les traîne en bas des marches, me dirige vers la décapotable et effleure le rose doré de son étincelante peinture. *Putain de merde, putain de merde, putain de merde.*

— Conduis lentement ! crie papa. Et attachez vos ceintures !

Pendant l'été, j'ai suivi mon cours de conduite obligatoire, passé l'examen et réussi. Oui, j'ai maintenant officiellement mon permis.

Je fais avancer mon siège, pour qu'Andrew et Miranda puissent monter à l'arrière. Windsor n'a même pas ouvert sa portière, il l'a juste enjambée. Il se penche en avant, arrache l'énorme nœud blanc du capot et s'affale sur son siège.

— Combien ça a coûté ? chuchoté-je en démarrant.

Afterglow, le groupe de Zayd, commence à jouer. Un petit sourire aux lèvres, je monte le son et j'adresse un petit signe de la main aux autres avant de m'élancer. *Je ne peux pas la garder. C'est trop. C'est un cadeau trop extravagant pour une amie.*

— Non, attends, ne dis rien, continué-je. Juste... vends-la et fais don de la somme.

— Si tu la gardes, je ferai un don à qui tu veux du montant équivalent au prix de cette décapotable.

Adossé à sa portière, Windsor est on ne peut plus sérieux. Il m'observe, tandis que le vent ébouriffe ses cheveux roux.

— Mais... pourquoi ? demandé-je, juste avant qu'on quitte le parking. Pourquoi tu m'as acheté ça ?

Je sais que Miranda et Andrew écoutent, mais je ne peux pas m'en empêcher.

Windsor, l'air perplexe, libère une mèche de cheveux collée au gloss sur mes lèvres.

— Pourquoi ? répète-t-il en écho, comme si j'avais perdu la tête. Parce que tu le mérites, milady.

CHAPITRE SEPT

LE PREMIER JOUR de ma troisième année à la Burberry Preparatory Academy commence par un long trajet en voiture, comme d'habitude. Ce qui est inhabituel cette fois, c'est que je conduis moi-même… la Maserati que Windsor m'a achetée. Ne vous méprenez pas : j'ai l'impression d'être une vraie conne à conduire un véhicule aussi cher, mais le prince a fait un don généreux à mon association caritative préférée. De plus, c'est impoli de refuser un cadeau offert avec prévenance.

Il y a tous ces arguments et le fait que… je voulais la garder. Est-ce que ça fait de moi une égoïste ?

— Tu es la personne la moins égoïste que j'aie jamais rencontrée, déclare Miranda depuis le siège passager.

Derrière elle, le prince approuve dans un murmure : son attention est surtout concentrée sur son téléphone.

Miranda a l'air presque indignée, ses cheveux blond-blanc battent au vent alors que nous prenons la route côtière vers le sud, en direction de l'académie.

Creed et elle – ainsi que les autres – ont séjourné à Cruz Bay ces deux derniers jours mais, contrairement aux autres, ni Windsor ni les jumeaux Cabot n'ont de voiture. Après que j'ai coulé la Bentley Bentayga de Creed, il n'a pas reçu de véhicule de remplacement. Kathleen Cabot est une mère sévère. Et Windsor... Je ne peux pas oublier l'expression de son visage dans le rétroviseur sur le chemin de Royal Pointe : soit il ne peut, soit il ne veut pas conduire.

Tristan a une Aston Martin Rapide noire, flambant neuve, tandis que Zayd conduit une Jaguar décapotable identique à celle que j'ai précipitée dans la piscine. Zack, bien sûr, a sa McLaren et Andrew a récupéré sa Lamborghini. Je n'ai aucune idée de ce que conduit Lizzie, mais je suppose que je vais le découvrir, maintenant qu'elle va à Burberry avec nous.

Mon estomac se retourne d'angoisse, mais je refoule ce sentiment. Je ne vais pas me mettre une amie à dos parce que je suis jalouse d'un garçon dont je ne suis pas sûre qu'aucune de nous ne veuille ou qu'elle puisse raisonnablement l'avoir.

Creed se penche en avant, collant sa bouche bien trop près de mon oreille. Je sens son odeur de savon et de linge frais alors qu'il prononce ces mots comme s'il était à moitié endormi :

— Tu es vraiment désintéressée, pour accorder ton

attention à des idiots comme Zack Brooks et Windsor York.

— Ne commence pas, je le préviens, devinant que Creed Cabot va faire quelque chose d'énorme.

« Il va te demander de sortir avec lui. » C'est ce que Miranda m'a envoyé hier soir, avec plusieurs émojis rigolos, *#TeamCreed.*

Oups.

S'il me demande de sortir avec lui, qu'est-ce que je vais répondre ? « C'est trop tôt, désolée, mon pote » ? Ou... « Oh oui, s'il te plaît » ?

Je pousse un gémissement qui le fait ricaner. Son souffle chaud me caresse la peau et j'appuie par mégarde trop fort sur l'accélérateur, ce qui nous arrache un grognement à tous les quatre tandis que nos corps sont plaqués contre les somptueux sièges de cuir blanc. Je ralentis un peu, prenant en compte la nervosité de mon père. Il ne voulait pas que je conduise aujourd'hui, mais j'ai promis d'être prudente.

Et j'ai l'intention de tenir cette promesse.

Après quelques arrêts pour manger et aller aux toilettes, on arrive sur le parking des visiteurs. Je me gare et on sort enfiler nos uniformes. Les autres ne sont pas très loin derrière nous – on a formé une sorte de caravane – et c'est un peu comme un défilé de mode lorsque chaque garçon émerge dans son uniforme de troisième année.

Je préfère penser que la salive dans ma bouche provient des frites froides que je mastique, mais ce n'est pas tout à fait vrai. Je suis à deux doigts d'essuyer la graisse et le sel sur les plis nets de ma toute nouvelle jupe à carreaux noirs et j'admire Zayd du coin de l'œil.

Dans quelques heures – ou peut-être quelques minutes –, il sera tout chiffonné et dépenaillé, ce qui, bien sûr, fait partie de son charme. Mais le voir dans un uniforme repassé et au pli bien marqué, avec veste et cravate, c'est un vrai régal.

En troisième année, les filles portent une jupe à carreaux noirs et rouges (les garçons, un pantalon noir souligné d'une fine rayure rouge), un chemisier blanc impeccable, une cravate à carreaux assortie et une veste rouge. Le choix de chaussettes est le même que l'année dernière : des socquettes blanches avec des rayures en haut ou des chaussettes à carreaux noirs montant à hauteur de cuisse, de genou ou de cheville. Les chaussures sont brillantes et noires, comme toujours, mais c'est la première année qu'un tout petit talon est autorisé pour les filles uniquement (le sexisme est encore une pratique très courante chez Burberry, malheureusement). Miranda affirme que quiconque y renonce est impitoyablement moqué, mais ce n'est pas une surprise : les plébéiens et les Sang-bleu de Burberry Prep adorent se moquer d'autrui, quelle que soit la raison.

— On est prêts ? demande Tristan en redressant sa cravate déjà bien droite et en me fixant de ses yeux gris ardoise.

— Je suis... dans les frites jusqu'au cou, dis-je en sautant du coffre de ma nouvelle voiture.

Je m'essuie vigoureusement les doigts avec une pile

de serviettes en papier. Tristan émet un grognement dégoûté et balaie du regard la roche blanche du parking. Il sort un mouchoir de sa poche avant et referme ses mains sur les siennes.

Mon cœur s'emballe quand je lève les yeux vers lui. Il essuie soigneusement mes doigts avec de lents mouvements sensuels.

Est-ce qu'il... me nettoie les mains ou il me drague ? Je me pose la question alors qu'il s'attelle à cette tâche avec la détermination dont il fait preuve quand il s'attaque à son travail scolaire. Ma poitrine se serre et j'ai du mal à reprendre mon souffle.

— Tiens, garde-le.

Il glisse le mouchoir dans ma paume et recule, soupirant quand il ouvre son sac de cuir pour en retirer un mouchoir de soie noire qu'il plie méticuleusement et renfonce dans sa poche.

J'en reste bouche bée.

— Tu gardes des mouchoirs de secours dans ton cartable ? demandé-je en étouffant un rire.

Il me jette un regard noir, puis s'interrompt lorsque Lizzie sort de la salle de bains, vêtue de son nouvel uniforme. Une putain de vision.

Mes yeux passent d'elle à Tristan, mais il garde un visage de pierre comme toujours et ne laisse rien transparaître.

— De quoi ai-je l'air ? demande Lizzie, gênée. (Elle lisse le devant de la veste rouge.) Je suis tellement habituée à l'uniforme de Coventry Prep que je ne me sens pas à l'aise.

— Tu es superbe, répond Zack, les doigts enfoncés dans les poches de son pantalon et ses yeux sombres fixés sur moi.

— On doit rentrer là-dedans en groupe, déclare Tristan, qui s'adresse à tout le monde comme s'il se prenait vraiment pour le roi.

Windsor s'adosse contre le mur de brique des toilettes et sourit, narquois. Son expression indique que, pour l'instant, il laisse Tristan diriger, mais juste parce que c'est pratique. Dès qu'il en sera autrement, ce sera la guerre entre ces deux-là.

— On est toujours en mode « on voit rien, on dit rien » ? demande Zayd, en haussant son sourcil percé. Parce que ça ne s'est pas trop bien passé la dernière fois.

Tristan gronde et se renfrogne tandis que Creed s'avance pour se planter à côté de moi.

— Non. On est en guerre. Quand on marche dans les couloirs, ils dégagent. Quand on veut les ascenseurs, ils vont se faire voir. On mange à la table des Sang-bleu. On contrôle l'école.

— Et s'ils ne l'acceptent pas ? demande Andrew d'une voix tendue. Qu'est-ce qu'on fait ? N'oubliez pas que Greg, John, Harper et Becky sont dangereux. C'est plus important que de savoir qui s'assied où, ou qui peut utiliser la galerie. J'ai peur. Peut-être pas toi, mais moi, Marnye et Miranda... on pourrait être des cibles.

— C'est pourquoi on se serre les coudes tout le temps, qu'on se déplace par deux au minimum.

Tristan redresse le col de sa luxueuse veste

Burberry rouge avec son petit écusson sur la poche, puis prend la tête de notre groupe pour se diriger vers l'une des voitures de l'académie qui tournent au ralenti. Le conducteur ouvre la portière et Tristan s'écarte, pour que je me glisse à l'intérieur avant lui. Je suis presque sûre d'entendre Zayd grommeler à ce sujet et je souris.

Le cuir colle à l'arrière de mes cuisses. Je réalise alors que je transpire. Je suis nerveuse. Et pas seulement à propos de Harper et de ses potes, mais... à propos des garçons, aussi. Vont-ils me trahir à nouveau ? Parce que me retrouver avec eux tous dans cette voiture me semble en quelque sorte... bien.

Je lève les yeux vers Tristan alors que la conversation des autres passagers remplit l'intérieur de la limousine.

— Ne l'oublie pas, tu es une Idole maintenant, me murmure Tristan tandis que la voiture descend les collines en pente douce qui entourent l'école.

Il tend la main et ajuste le collier que je porte, ce qui me fait rougir.

— Je n'ai pas vraiment l'étoffe d'une Idole, je proteste en esquissant un léger sourire.

Tristan fronce les sourcils et détourne le regard par les vitres teintées, vers la forêt au-delà des collines. Tous ses gestes sont si théâtraux. Je ne suis même pas sûre qu'il le fasse exprès, c'est juste sa personnalité.

Tristan demeure silencieux pendant le reste du trajet, mais mes autres nouveaux amis sont plutôt bavards. Leur conversation m'aide un peu à calmer mes nerfs.

— Tu vas y arriver, me rassure Zayd en m'adressant un clin d'œil avant de sortir de la limousine, son sac de livres jeté négligemment sur l'épaule.

Miranda le suit, puis Creed, Andrew, Zack, Lizzie et Windsor. Tristan et moi fermons la marche et je suis heureuse de constater que la cour au cerf est vide lorsqu'on gravit les marches vers les fontaines et les tours environnantes.

— Allons prendre le petit déjeuner, suggère Tristan avec désinvolture.

On se dirige vers la chapelle, puis vers le réfectoire.

C'est étrange de revenir entre ces murs après tout ce qui s'est passé à Royal Pointe, dans les Hamptons et à ma fête d'anniversaire. Surréaliste, presque. Mes paumes sont moites quand je me cramponne à mon sac à dos et suis le groupe dans le réfectoire.

Je pousse un soupir de soulagement dès l'entrée : la table spéciale, celle qui se trouve sur l'estrade, est vide.

On s'agglutine autour pour prendre nos menus pendant que Miranda se plaint du manque de café, marmonnant que Mme Felton est une nazie de la caféine.

— À Coventry Prep, il y a des buffets de traiteurs à chaque repas, explique Lizzie, assise à la droite de Tristan.

Je suis à sa gauche, à côté de Creed. Il s'est adossé à sa chaise comme s'il était prêt à faire une sieste, mais ses yeux sont intenses, focalisant leur laser sur moi pendant que je fais mine de parcourir le menu.

— Quoi ? demandé-je finalement, en me tournant pour le regarder.

Non, je ne pense absolument pas au jacuzzi. Je veux dire, pourquoi le ferais-je ? À quoi cela servirait-il ? Non, mes joues ne sont pas rouges du tout.

— Pourquoi est-ce que tu continues à me dévisager ?

— J'essaie de trouver comment te demander d'être ma petite amie, avoue-t-il avec toute la confiance et la nonchalance du riche oisif.

Mon visage se vide aussitôt de ses couleurs.

— Quoi ?! hurle Miranda depuis l'autre côté de la table.

Je me sens faible et étourdie tout à coup, à deux doigts de m'écraser, tête la première, dans la belle assiette blanche ornée d'une feuille d'or qui se trouve devant moi. Une tension visible monte parmi les autres garçons, même Andrew. Sauf que lui, je le réalise soudain, est le seul à ne pas nous regarder, Creed et moi. Au lieu de quoi, il observe la porte.

Je tourne alors mon attention vers le point qu'il fixe : Harper, Becky et Ileana, avec une mer de Sang-bleu derrière elles, qui se dirigent droit sur nous, et la tension dans notre petit groupe change d'objet.

— Qu'est-ce que vous voulez ? demande Tristan alors qu'ils s'approchent de la table.

Harper est la seule à monter les quelques marches pour venir se planter juste à côté de nous. Sans hésiter, elle tend la main et fait tomber le verre d'eau de Windsor sur ses genoux. Il laisse faire et se tourne vers elle avec ce regard qui promet une douleur future.

— C'est notre table. Les Sang-bleu mangent sur l'estrade. Tu devrais le savoir : c'est ton arrière-grand-père qui a inventé la tradition des Idoles. Les règles sont les règles, Vanderbilt. Tu n'en es pas exempté sous prétexte que ton nom figure sur la moitié des bâtiments.

— Les Idoles doivent posséder un je-ne-sais-quoi de spécial, Harper. Quelque chose est censé les démarquer du reste de la foule. L'argent, une bonne éducation, leur apparence, des relations, ou une combinaison de tout ça…

Elle ricane et interrompt Tristan avant qu'il ait le temps de terminer.

— Eh bien, on sait tous que tu n'es pas qualifié pour le premier item.

Les Sang-bleu gloussent derrière elle et je serre les poings. Je ne sais pas pourquoi. La dernière personne que je devrais vouloir défendre est Tristan William Vanderbilt, mais je ne peux pas m'en empêcher.

Il déplie sa serviette dans un claquement et la pose soigneusement sur ses genoux. Ses cheveux bleu-noir scintillent dans la lueur des appliques derrière lui. Puis il reprend, comme si Harper n'avait rien dit :

— Tu coches peut-être quelques cases, mais tu es mesquine, pathétique, et tu marches tout au bord du précipice quand il s'agit de jouer selon les règles du Club. Tu es si pitoyable que même si l'argent que ta famille a gagné au prix du sang coulait dans les coffres des Vanderbilt, je ne pourrais tout simplement pas supporter ta présence, sans parler de ton contact. Tu n'es rien d'autre que la petite-fille d'un homme qui a bâti sa fortune sur les décombres du système de santé de ce pays. Maintenant, dégage de ma vue avant que je me mette vraiment en colère.

— Tu n'as que dalle pour te défendre, grogne Harper.

Ses longs cheveux, teints en blond miel, sont si épais et si beaux qu'elle doit s'être fait poser des extensions de cheveux humains. Et longues, en plus. Ses nouveaux cheveux descendent en une cascade brillante jusqu'à ses seins. J'en ai mal aux mains tellement j'ai envie de tout couper. Ce serait tellement satisfaisant. De l'avoir non pas une, mais deux fois.

— Tu penses que tu es une institution ? continue-t-elle. Devine quoi ? L'argent que ta famille a gagné dans le rail, c'est terminé. Fini. À sec. William va te massacrer pour avoir rompu nos fiançailles.

— Peut-être. Et tu ne seras jamais prise au sérieux, parce qu'aucun aristocrate américain qui vaille quelque chose ne voudra t'épouser. Je peux avoir n'importe quelle fille de l'académie, si je veux.

— Je t'en prie, grogne Harper.

Mais le visage de Tristan se tord déjà en un sourire cruel.

— Vraiment ? Parce que j'ai baisé toutes tes amies sauf toi, et même cette traînée ratatinée que tu appelles ta meilleure amie. Imagine un peu.

Les yeux bleus de Harper s'écarquillent et elle balance son bras sur la table, pour faire tomber nos assiettes sur le sol.

— Lève-toi de notre table. (Elle se tourne vers moi.) Et fais descendre cette pute de ma chaise avant qu'elle y laisse une de ses maladies de plouc.

— Harper, va te faire foutre, je crache en lui jetant mon jus d'orange à la figure.

Ses acolytes ont gravi les marches dans la seconde et tous les garçons se sont levés de leur chaise, dont les pieds griffent le sol. On se retrouve dans une sorte d'impasse, là, quand Zack et John Hannibal se font face et que Windsor serre un couteau comme s'il allait poignarder Gregory Van Horn en plein cou.

Les portes s'ouvrent à nouveau, pour livrer passage à Mme Felton entre. Elle s'arrête lorsqu'elle nous découvre dans cette posture de rage et fronce les sourcils.

— Tout va bien ? demande-t-elle d'une voix sévère et accusatrice.

Un long moment s'écoule avant que Windsor ne repose avec une détermination précautionneuse le couteau sur la table. Après quoi il se retourne pour lui faire face avec un énorme sourire dessiné sur son visage princier. Il y a une ombre derrière son regard, que je ne manque pas de remarquer. Comme je l'ai dit, Windsor York est dangereux. Même si je l'aime bien, je vais devoir garder un œil sur lui.

— Formidablement, fantastiquement bien. Ces

mecs-là nous expliquaient juste à quel point les œufs brouillés sont délicieux.

— Mais bien sûr, soupire Mme Felton, agacée. Très bien, tous ceux qui ne mangent pas à la grande table vont se trouver une place ailleurs.

C'est à cet instant précisément que notre serveur apparaît et commence à disposer les plats qu'on a commandés. Creed est le premier à se rasseoir, s'affaissant sur sa chaise comme une poupée de chiffon. Une poupée sexy et musclée aux yeux de glace bleutée qui vient de me demander d'être sa petite amie, mais... quand même.

On prend tous place et Harper se penche pour me siffler :

— Tu es morte, cette fois, la michetonneuse, grogne-t-elle, les yeux étincelants.

— Harper du Pont, la met en garde Mme Felton.

Harper se retourne pour partir, mais trébuche sur la jambe tendue de Wind. Elle tombe durement, dégringolant de l'estrade pour atterrir sur le sol où sa mâchoire s'écrase dans un bruit retentissant et un giclement de sang.

— Oh, mon Dieu ! s'écrie Mme Felton en se précipitant pour aider Harper à se relever avec l'aide de Becky.

Vu que ça a l'air d'un accident, personne n'a de problème, mais je croise le regard de Windsor de l'autre côté de la table et je sais. Ce n'était pas du tout un accident.

Pour l'instant, tout ce que je peux faire, c'est manger

mon pain perdu mais, plus tard, on devra avoir une discussion.

Non, pas seulement lui et moi : tout le monde.

Parce que s'ils veulent jouer à mon jeu, ils doivent connaître et suivre mes règles.

CHAPITRE HUIT

DRAME ET RAGOTS. Voilà ce qui occupe l'intégralité de mon premier jour de retour. Je n'ai jamais été le sujet d'autant de haine et d'autant d'admiration en même temps. Ajouté à cela l'arrivée de Lizzie sur le campus – elle est déjà pratiquement une légende ici – ainsi que la perturbation de la hiérarchie sociale habituelle, et c'est un chaos virtuel.

Nous avons une autre petite confrontation dans la galerie mais, cette fois, Harper et son équipe arrivent en premier et barricadent littéralement la porte, de sorte que nous ne pouvons pas entrer. Après l'altercation dans le réfectoire, le personnel nous surveille, si bien que nous finissons par nous asseoir plutôt au premier rang de la chapelle, où la lumière colorée filtrant par les vitraux baigne la foule de rouges, jaunes et oranges brillants.

Lorsque tout est terminé, je m'effondre sur mon lit et me couvre la tête avec un oreiller. Je suis si fatiguée que je m'endors tout de suite et ne me réveille qu'à l'heure des cours, le lendemain matin. Je me lève en sursaut pour me passer une brosse dans les cheveux, me maquiller et me rendre en salle de classe.

Miranda et Tristan m'attendent pour m'escorter, et nous retrouvons Zayd et Windsor en chemin. Creed et Zack sont ensemble dans une autre classe, et Lizzie et Andrew dans une autre encore.

— Tu as réfléchi à ce que mon frère a dit hier ? chuchote Miranda alors que nous quittons la tour 1 et nous dirigeons vers notre cours de statistiques.

Les garçons nous talonnent. Elle semble aussi impatiente que nerveuse d'entendre ma réponse.

Je rougis, mais hausse les épaules. Entre mon nouvel emploi du temps d'hier et tout ce drame avec les plébéiens et les, euh, ex-Sang-bleu, je n'ai pas eu beaucoup de temps pour réfléchir à ce que Creed a demandé ou pas. Il a dit qu'il réfléchissait à la façon de me proposer d'être sa petite amie. Il n'a pas vraiment demandé.

— Pas particulièrement, j'hésite, mais comme on entre dans la salle de classe de Doctora Meisch, on se tait toutes les deux.

Doctora Meisch semble vraiment cool jusqu'à présent, mais aussi un peu effrayante. On n'a eu qu'un seul cours avec elle et on sait déjà qu'elle travaillait pour le FBI brésilien ou quelque chose du genre. Elle a aussi plusieurs doctorats, alors au lieu de l'appeler Mme Meisch, on l'appelle *Doctora,* le mot espagnol pour « docteur ».

Tristan est le seul à partager ce cours avec Miranda et moi. On s'assoit tous ensemble au premier rang. Aucun des ex-Sang-bleu ne suit le cours de statistiques avec nous. Pourquoi s'en préoccuper ? Au moment d'entrer à l'université, ils auront tous des primes d'héritage (des points supplémentaires sur leur demande d'admission parce que des membres de leur famille auront étudié à l'université) ou de l'argent pour intégrer l'université de leur choix.

Moi, je dois me casser le cul pour être prise dans l'université que j'ai choisie, donc si cela signifie suivre l'un des cours de mathématiques les plus difficiles de Burberry Prep, je le ferai.

Juste après, Tristan et moi, on a maths. Pas de repos pour les méchants.

On ne se parle pas beaucoup, mais au moins j'ai un copain d'étude cette année qui se soucie autant du travail scolaire que moi. Pourquoi, exactement, s'en soucie-t-il à ce point ? C'est un mystère que je n'arrive pas à élucider. Il est clair que son père lui met la pression pour qu'il soit le meilleur, mais il y a autre chose. Peut-être... Tristan aime-t-il vraiment apprendre, réussir par ses propres moyens ?

Ma langue me démange de lui demander pourquoi : « Pourquoi as-tu essayé de me saboter l'année dernière ? » Il m'a énormément déçue, même quand je le détestais. Alors pourquoi ? Je finirai par trouver le courage de lui poser la question. Pour l'instant, je me contente de suivre les deux premiers cours de la journée, de remercier le ciel que nous ayons pu passer le déjeuner sans confrontation, et de profiter de la relative facilité de mon cours d'anglais de l'après-midi avec Lizzie.

Mais dès que j'arrive à mon casier, Zack est là. Il pose sa paume sur le métal et se penche pour me scruter avec les yeux bruns les plus intenses qui soient.

— Marnye, dit-il, alors que Creed arrive à petites foulées pour venir se planter à côté de nous.

Et quand je dis que c'est bizarre de voir Creed Cabot se déplacer à petites foulées, je veux dire que c'est vraiment bizarre. Il peut à peine marcher la plupart du temps, il se traîne dans les couloirs avec un air de supériorité. Là, il a juste l'air énervé, avec le visage aussi écarlate que s'il avait couru jusqu'ici.

— Espèce de fils de pute ! crache-t-il alors que Zack se penche et m'embrasse rapidement sur les lèvres.

Il se retire et me laisse le souffle coupé, tout en levant sa main gauche pour la poser sur ma joue.

— J'ai dit que je ne te méritais pas, je sais, et c'est le cas, mais... (Il prend une grande inspiration, ferme les yeux, puis expire avant de les rouvrir.) Je ne peux pas le regarder te faire des avances comme si de rien n'était. Il veut que tu sois sa petite amie. Eh ben, moi aussi.

Mon cœur bondit, un petit battement pourtant immense et triomphal. Je mordille ma lèvre inférieure.

— Zack Brooks, tu es une merde de classe A.

La bouche de Creed n'est plus qu'une ligne et il serre les poings. Après quoi, il secoue les mains, puis expire et défait les deux boutons supérieurs de sa chemise. Il ne porte pas sa veste – ce qui n'est pas surprenant – et ses vêtements sont légèrement froissés : ce désordre ébouriffé tout à fait étudié fait partie de son charme.

— Je…

Mais je m'arrête pour m'adosser à mon casier et serrer mon sac de livres contre ma poitrine.

— Putain de merde, lâché-je finalement.

— Qu'est-ce qui se passe ? demande Miranda, apparaissant au coin du couloir, flanquée d'Andrew.

Lizzie s'avance à côté d'eux, les yeux papillonnant entre Creed, Zack et moi.

— Ce qui se passe, réplique Creed en s'avançant, c'est que Zack ici présent a décidé qu'il avait des vues sur ma copine.

Il plaque lui aussi sa paume sur mon casier, de sorte que Zack et lui se trouvent à peu près dans la même position. Tous les deux sont trop proches, tous les deux avec leur propre odeur unique mais alléchante.

— Ta copine ? je m'étrangle avec un petit rire. Depuis quand ?

Le visage de Creed se durcit, mais il concentre toute son intensité et sa cruauté sur Zack.

— Tu nous as vus ensemble dans le jacuzzi. Tu sais l'alchimie qu'il y a entre nous. Recule, Brooks.

Je gémis et couvre mon visage de mes mains, mais Zack ne fait que grogner contre Creed.

— Marnye pourrait avoir tellement mieux que toi, dit-il. (Et je lève les yeux d'entre mes doigts pour voir qu'il tremble.) Mieux que moi, aussi, mais je dois au moins lui dire ce que je ressens et entrer dans l'arène. Je lui ai déjà dit que je suis amoureux d'elle ; maintenant, je lui lance une invitation. Marnye, sois ma petite amie.

— Tu lui as dit que tu l'aimais ? demande Creed, l'air perplexe. Quand ?

— Les mecs, c'est seulement le deuxième jour d'école et je ne peux pas respirer.

Ma voix est claire et autoritaire, et les deux garçons m'observent, leurs regards brûlants.

— Pourquoi tu ne peux pas respirer ? demande Zayd qui s'avance vers nous, sans cravate (il a probablement reçu une mauvaise note pour ça de la part de Mme Felton).

Ses manches retroussées dévoilent sa glorieuse collection de tatouages. Il se met à triturer les mèches orange flamboyant de ses cheveux en nous regardant tous les trois.

— On vient tous les deux de lui demander de sortir avec nous, déclare Zack.

Il s'écarte du casier et se tient droit, son blouson en équilibre sur ses larges épaules. Il a un entraînement de football trois fois par semaine maintenant (il a eu des entraînements à Cruz Bay avant même que l'école ne commence), donc il ne peut probablement pas rester plus longtemps. Il ne pourra pas dîner avec nous avant la fin de la saison. Et même là, seulement jusqu'à ce que l'athlétisme débute.

— Tu l'as invitée à sortir avec toi ? bafouille Zayd alors que Zack nous contourne et se dirige vers la porte arrière et les voiturettes de golf qui l'attendent pour le conduire, lui et les autres garçons, sur le terrain.

Dans deux semaines environ, j'aurai mon entraînement de pom-pom girl le mardi et le jeudi. Comme j'ai essayé l'année dernière, je n'ai pas à m'infliger les sélections cette fois, mais tant que la coach Hannah n'a pas fini de choisir les nouvelles recrues, je suis tranquille. Peut-être qu'elle aura assez confiance en nous cette année pour nous laisser concourir ?

— Oui, donc... si tu en avais l'intention, tu arrives un peu tard.

D'un coup d'épaule, Zack écarte Zayd de son chemin et le rocker ricane, lui fait un doigt d'honneur et marmonne une série de sombres jurons. La façon dont il me regarde après me fait un peu peur. S'il m'invite à sortir la prochaine fois...

— Toute cette attitude et ces conneries du genre « elle est à moi, je l'aime, etc. », c'est complètement inutile.

Windsor est là, soudain, appuyé avec désinvolture contre une colonne de pierre comme s'il était là depuis le début, alors qu'il vient de se matérialiser, j'en jurerais.

— Ah ouais, c'est vrai ? réplique Creed en passant de longs doigts dans ses cheveux blond-blanc. Et c'est toi, l'expert proverbial ?

Il se lève et s'avance vers nous, repoussant ses cheveux roux de la paume jusqu'à ce qu'ils soient bien droits.

— Vous êtes affreux, tous les quatre. Pourquoi quelqu'un comme Marnye voudrait sortir avec un ou même les quatre connards qui ont parié pour porter atteinte à son cœur et à sa vie ? Hmm ? On ne devrait pas remettre cette conversation à plus tard ? Harper est déjà en train de faire passer le mot pour une fête vendredi.

— Et on va l'écraser, annonce Tristan depuis le bout du couloir.

Il s'interrompt et plisse ses yeux gris comme s'il sentait la tension dans le groupe. Ou peut-être qu'il a juste remarqué l'expression sur mon visage. Un peu de choc, un peu de confusion, et pour le reste... de l'excitation ?

— Qu'est-ce qui se passe ?

— J'ai demandé à Marnye de sortir avec moi, explique Creed en s'affaissant contre les casiers, les bras croisés. (Il regarde Tristan avec des yeux lourds, à moitié fermés, et sourit, narquois.) Et Brooks aussi.

Tristan fixe Creed, et la tension entre eux deux est aussi épaisse que toxique. Ils sont toujours en compétition l'un avec l'autre, même s'ils n'en sont pas complètement conscients.

— Ah ? fait Tristan.

Sa voix est aussi froide et grise que les pierres qui se dressent au-dessus de nos têtes. Il se tient là, parfaitement tranquille et maître de lui-même, mais il y a une crispation dans sa mâchoire qu'il ne peut cacher. Il tourne son attention aiguisée de Creed vers moi. Il y a tellement de choses dans ce regard que j'ai l'impression de sentir mes genoux se dérober.

— C'est vrai ? Et qu'est-ce que tu as dit, Marnye ?

— Je dirais... si vous vous foutez encore une fois de ma gueule, je ne vous laisserai pas vous pendre avec votre propre corde, je vous en tresserai une nouvelle. Miranda, tu me raccompagnes à ma chambre ?

Je jette un coup d'œil et découvre ma meilleure amie en train de me scruter avant de hocher brusquement la tête et de se précipiter pour prendre mon bras. Juste avant de partir, je regarde le petit groupe d'un air sévère, ignorant pour l'instant les hormones qui palpitent dans mon cœur.

— Vendredi, après les cours, dans ma chambre. On a besoin de bavarder un peu.

Traînant Miranda avec moi, je me dirige vers le hall. Les garçons me regardent partir.

Une minute plus tard, Lizzie trottine pour nous rattraper.

Miranda lui jette un bref regard noir, mais elle ne m'a jamais dit si son antipathie pour Lizzie était due à autre chose qu'au pari. Pour être honnête, c'était une chose terrible, vraiment, mais je ne suis pas entièrement sûre que ce soit la vraie raison de son animosité.

— Es-tu... excitée ? demande Lizzie, en me dévisageant pendant que nous marchons. Ou en colère ? Je ne peux pas vraiment dire.

— En effet, parce que vous avez à peine passé du temps ensemble, grogne Miranda, qui continue, quand je lui lance un regard interrogateur : Quoi ? Elle s'inscrit à Burberry et, tout à coup, c'est une de tes copines ? Tu as oublié ce qu'elle t'a fait ? (Lizzie grimace à côté de moi, mais elle ne discute pas.) Je t'ai vue anéantir Zack devant toute l'école. Il a été viré de l'équipe. D'accord, je ne pense pas que c'était suffisant, mais comment a-t-elle payé pour ce qu'elle a fait ?

Les petits papillons anxieux dans mon ventre prennent leur envol et révèlent tout un tas de nerfs à vif dont je ne soupçonnais pas l'existence.

— Je... C'est compliqué.

Je l'ai invitée au no-man's land pour qu'elle voie que Tristan était fiancé, puis j'ai remarqué qu'elle souffrait tellement que j'ai rayé son nom de la liste.

— Eh bien, je vais te dire ce qui n'est pas compliqué : je ne fais pas confiance à Lizzie Walton et je ne l'ai jamais fait, pas depuis notre enfance. Putain, je ne lui faisais pas confiance quand on portait des couches.

Miranda s'arrête devant ma porte – quelqu'un a déjà peint « Bordel » à la bombe dessus, quelle créativité ! – et tape un talon aiguille noir et brillant sur le sol en pierre comme une enfant. C'est une personne douce et authentique, mais parfois, il est évident qu'elle est gâtée.

— Miranda, commence Lizzie, en levant les mains en signe d'apaisement. Je suis seulement ici pour aider. J'ai été transférée ici pour aider.

— Oui, bien sûr, ironise Miranda qui se tourne vers moi, mains sur les hanches. Elle t'a raconté que Tristan,

Zayd et Creed la suivaient partout comme des chiots pendant l'été ? Puis elle s'est intéressée à Tristan et n'a plus voulu donner l'heure à ses autres amis. Creed a eu le cœur brisé.

— Miranda, arrête, proteste Lizzie en triturant sa jupe plissée à carreaux. C'était il y a longtemps.

— Elle est sortie avec les trois Idoles – Tristan, Zayd et mon frère – pendant tout un été dans les Hamptons.

— C'était il y a des années ! rétorque enfin Lizzie en lissant nerveusement ses boucles brunes.

Une pensée bizarre me vient, un message de première année où j'avais cru déceler une erreur de frappe. « *Si j'avais eu le choix, je serais toujours avec eux.* » Lizzie m'avait envoyé ça. Putain de... merde.

— Je suis fiancée à Marcel maintenant.

— On dirait que tu préfèrerais t'étouffer avec la grosse pierre que tu as au doigt plutôt que d'épouser Marcel Stone. (Miranda ricane et lève ses yeux de glace bleue au ciel.) Ne mens pas en prétendant que tu es venue ici juste pour Marnye. Tu es célibataire et toujours amoureuse.

Lizzie rougit et commence à bégayer. Miranda avance d'un pas, Lizzie en fait un en arrière.

— Tu sembles avoir surmonté ta fascination pour Zayd et Creed, mais la façon dont tu regardes Tristan..., ajoute Miranda en faisant claquer sa langue avant de se tourner vers moi. Si tu t'intéresses à Tristan Vanderbilt, tu as une concurrente directe, j'espère que tu le sais. Elle joue la gentille fille maintenant, mais ça ne durera pas.

Lizzie nous regarde un instant, le visage crispé, tourne les talons et s'en va.

— Miranda, lâché-je, sentant mes propres joues rosir. Qu'est-ce que c'était que ça ?

Je ne sais pas si Miranda était en train de me révéler une vérité que je ne voulais pas admettre ou si elle cherchait à m'attaquer.

En déverrouillant la porte, je m'écarte pour qu'elle puisse entrer. Il n'y a aucune raison de rester dehors toutes seules. On est peut-être plus en sécurité à deux, mais si Harper amène toute sa bande avec elle, on aura de gros problèmes. En fait, maintenant que Lizzie s'est enfuie, je pense que je vais devoir raccompagner Miranda aux tours et demander à deux garçons de me ramener jusqu'à ma chambre.

— Il ne faut pas s'y fier, déclare Miranda en levant le menton, histoire de bien avoir l'air de mériter sa place dans cette école préparatoire huppée.

Je n'aurais jamais deviné qu'elle faisait partie des nouveaux riches. Non, elle ressemble à une aristocrate.

— Soit Tristan veut l'utiliser parce qu'elle a le potentiel pour devenir une Idole et que tout le monde sait qui elle est, continue-t-elle, soit il est toujours amoureux d'elle. Mais ne lui fais pas confiance, Marnye. Surtout pas. (Elle soulève sa chemise et montre la peau nue de sa hanche droite.) Je suis la seule à ne pas appartenir à ce putain de Club de merde. Je suis la seule à veiller sur tes intérêts.

— Tu ne fais confiance à aucun d'entre eux, c'est ça ? demandé-je.

Elle hausse les épaules, laissant tomber sa chemise avec un soupir.

— Andrew, peut-être. Windsor.

Elle détourne le regard alors que je pose mon cartable sur le bord du lit.

— Creed ? demandé-je.

Miranda grimace comme si elle avait mal et se retourne vers moi.

— Je ne fais confiance à personne quand il s'agit de toi.

— Pourquoi ? je fais en sourcillant, surprise.

Le geste suivant de Miranda Cabot me choque au plus haut point.

Elle s'avance, jupe virevoltante, cheveux blond-blanc flottants... puis elle attrape mon visage et m'embrasse. Je n'ai pas le temps de réagir qu'elle se retire et on entend un bruit à la porte. Je suppose que Miranda ne l'a pas refermée derrière elle et on découvre Creed, les yeux bleus écarquillés, bouche bée.

— Tu n'as pas à dire quoi que ce soit, murmure Miranda, en accrochant son sac un peu plus haut sur son épaule. En fait : ne dis rien. Je dois y aller.

Elle se dirige vers la porte, passe devant son frère et s'enfuit dans le couloir. Creed a l'air de ne pas trop savoir s'il doit la suivre ou rester là à m'observer.

— Qu'est-ce que... ? commencé-je, avant de plaquer une main sur ma bouche.

Je suis tellement choquée qu'il n'y a pas de mots.

— Merde ! jure Creed, en attrapant la poignée de la

porte. (Il me regarde droit dans les yeux.) Ferme ça à clé quand je pars, s'il te plaît.

Il claque la porte derrière lui et me laisse seule pour méditer sur ce qui vient de se passer.

J'arrive à peine à mettre le pêne dormant en place que je m'affaisse sur le bord de mon lit. Je me laisse tomber sur le dos en me couvrant les yeux.

Oui.

Je le savais.

La troisième année... va être la plus difficile.

CHAPITRE NEUF

LE RESTE de la semaine est gênant et étrange. Notre petit groupe ne s'adapte pas bien au fait d'être les nouveaux Sang-bleu de Burberry Prep. Résultat, Miranda me regarde à peine, Zack et Creed me regardent trop, et Lizzie est tellement silencieuse que j'oublie parfois sa présence. Tristan est... eh bien, Tristan. Et Zayd et Windsor sont copains, peut-être trop copains. Andrew est le seul à être normal dans le groupe.

On va se faire botter les fesses par Harper, je pense alors qu'elle me fusille du regard depuis l'autre extrémité de notre classe d'histoire. Les derniers jours ont été calmes, mais je doute que la fête de ce soir le soit.

— Donne-moi juste le feu vert et je la fais descendre, murmure Windsor en se penchant vers moi.

Il est assis à ma droite tandis que Zayd s'affale sur son siège à ma gauche.

On vient d'être associés pour un projet de groupe, et j'imagine que je vais effectuer le plus gros du travail. Ou, tout au moins, je serai chargée de donner forme au travail de ces deux-là. Windsor a déjà clairement fait savoir qu'il avait assez d'argent pour une centaine de vies et qu'il ne se souciait pas du tout de ses notes. Il dit qu'il pourrait aller à l'université pour le plaisir, mais seulement s'il y entre sans trop d'efforts. Zayd est assez catégorique sur le fait qu'il veut faire carrière dans la musique, alors... il n'y a que moi qui aie vraiment intérêt à bien faire.

— Hilarant, commenté-je en plissant les yeux, mais le fait est qu'avec Windsor York, je ne suis jamais sûre qu'il plaisante.

C'est un putain de prince, un vrai membre de la famille royale britannique. Il est riche comme Crésus et c'est le seul étudiant de cette école à être milliardaire de plein droit.

S'il voulait que les choses tournent au vinaigre, elles risqueraient de dégénérer, et vite. Je lui jette un coup d'œil, il sourit doucement pour lui-même. Ses yeux noisette sont légèrement plissés alors qu'il observe Harper, Valentina et Abigail qui utilisent leur iPad de l'académie pour faire des recherches. La façon dont il les observe me fait penser aux crocodiles à l'affût d'une proie quand ils se placent sous la surface de l'eau avec leurs seuls yeux qui dépassent.

La cloche de la chapelle sonne et nous nous levons tous.

— Réunion dans ma chambre, maintenant.

Je lance un regard à Windsor qui le fait sourire.

— Tu vois, c'est pour ça que je t'aime bien. Une petite Américaine qui donne des ordres à un prince. Tu ne veux pas mettre un terme à mes souffrances et m'épouser ?

Zayd se hérisse à côté de moi, mais il sait sûrement que Windsor plaisante.

— C'est quoi cette réunion ? demande Zayd.

Je me contente d'un petit mouvement de fermeture Éclair sur la bouche avec mes doigts et je lui adresse un sourire crispé. Il hausse son sourcil percé, ses yeux émeraude pétillent de curiosité, mais il cède et nous suit, Windsor et moi, quand on emprunte le petit chemin de gravier sinueux qui nous ramène vers le bâtiment de la chapelle.

J'utilise mes clés pour nous faire entrer dans ma chambre, ignorant les divers objets jetés contre le montant de ma porte. Je ne les regarde même plus. Au lieu de quoi, je garde l'une des corbeilles à papier de ma chambre près de la porte et j'y dépose tout. S'il y a quelque chose d'utile, comme une boîte de préservatifs non ouverte, je le garde. Désolée, mais je n'ai pas honte.

— Je vais faire du thé pendant qu'on attend, annonce Windsor en se dirigeant vers la kitchenette où il ouvre son armoire spéciale.

Sérieusement, le deuxième jour de mon retour à l'académie, le coursier de l'école a frappé à ma porte et m'a livré un énorme coffret rempli de thés en vrac, de passoires, de tasses, de soucoupes, de théières et de petites cuillères. Il y avait des napperons dedans et, quand j'ai questionné Windsor à ce sujet, il s'est contenté de sourire en me disant que son arrière-grand-mère les avait confectionnés pour lui.

Il m'a fallu une journée entière pour réaliser que son arrière-grand-mère n'était autre que la reine d'Angleterre.

— Une préférence question parfum ? demande-t-il en désignant Zayd avec une cuillère à café en argent. (Parce que, je veux dire, je suis presque sûre que c'est une véritable cuillère à café en argent.) Je sais que Marnye aime les petits déjeuners anglais avec deux morceaux de sucre et une bonne dose de crème.

Il sourit et me lance un clin d'œil qui, sans que je comprenne pourquoi, me fait rougir.

— Du thé ? répète Zayd, l'air complètement perdu. Putain, pourquoi je voudrais du thé ?

— Parce que c'est le nectar des dieux, le met en garde Windsor en fronçant les sourcils. Si tu es vierge question thé, je connais le bon profil pour te mettre en appétit.

— Euh, bien sûr, peu importe, marmonne Zayd, l'air un peu sceptique.

Il semble toujours aussi mal à l'aise dans ma chambre, même si la honte qui a été la sienne pendant toute la deuxième année a disparu. Nos regards se croisent et je me demande s'il ne pense pas à la robe rouge que je portais au gala de remise des diplômes. Elle est toujours dans ma garde-robe, étincelante et jolie, désespérément en attente d'une autre soirée.

— Qu'est-ce que tu vas dire à Creed et Zack ?

demande-t-il d'une voix artificielle – un ton tellement différent de son ronronnement habituel de rock star qu'il attire mon attention.

— Pourquoi ? demandé-je, en repensant à la fin de la première année. Ma réponse t'importe donc ?

Une partie de moi avait vraiment cru que nous allions être ensemble, que je pouvais tomber dans ses bras tatoués quand je passerais une mauvaise journée, qu'il embrasserait mes cheveux et me dirait que tout irait bien. Maintenant, je sais qu'il ne pouvait pas briser le pari du Club Infinity, même s'il l'avait voulu, mais... il devait y avoir un autre moyen de gérer cette situation. Il n'avait pas besoin de me blesser comme ça, de me briser, de m'humilier.

Zayd soupire et regarde le plafond de pierre au-dessus de nous, puis il plaque les paumes sur son visage. Ses manches sont relevées, comme toujours, il a les bras couverts de bracelets en caoutchouc et sa veste est ornée de pin's sur les revers, notamment un gros qui comporte les mots « Inked Pages » et une guitare à l'aquarelle. En dessous, il y en a un avec un snowboard et les mots « Kings of Snow ». Ces deux noms me semblent vaguement familiers, mais je ne suis pas vraiment une experte en culture pop, si bien que les références m'échappent.

— Alors ?

Je me rends compte que je frémis légèrement en attendant sa réponse.

Je n'arrive pas à décider si c'est parce qu'il sent si bon – géraniums, sauge et tabac – ou si c'est parce qu'il a certainement fait quelques exercices de musculation supplémentaires pendant l'été. Mes yeux ne peuvent s'empêcher de suivre la forme arrondie des muscles de ses bras, la façon dont sa peau tatouée ondule sur ses avant-bras lorsqu'il laisse tomber ses mains sur les côtés.

— Et ne me mens pas, ajouté-je. J'en ai marre qu'on me mente. Ça ne me donne pas la sensation d'être protégée : ça m'énerve.

— Tu veux que je sois très honnête, c'est ça ? demande-t-il en baissant la tête pour me regarder droit dans les yeux.

Mon cœur se serre et je hoche la tête. Zayd s'avance et pose ses belles mains tatouées sur mes hanches. Nous sommes si près l'un de l'autre que je dois renverser la tête en arrière pour le regarder.

— Je suis énervé, lâche-t-il.

— Pourquoi ?

C'est le seul mot que j'arrive à prononcer, en me forçant à déglutir malgré le nœud dans ma gorge.

— Parce que tu m'as choisi et que j'ai merdé. Tu aurais pu être à moi et il n'y a plus aucune chance pour moi maintenant.

Zayd glisse sa main droite jusqu'au creux de ma taille et la serre un peu avant de reculer avec un soupir. Je suis sur le point de dire quelque chose – en fait, je ne suis même pas sûre de ce que je vais dire, parce que ma bouche bouge plus vite que mon cerveau – quand Zayd se retourne et m'attrape.

Il plaque sa main gauche sur le côté de mon visage,

pour suivre le contour de ma lèvre inférieure avec son pouce. Il a un nouveau tatouage dans le cou, qui proclame « Plus jamais » et qui a l'air tout frais. Je viens juste de le remarquer parce que nous sommes très proches. Il a plongé dans mes yeux ses iris au vert étincelant et il y a tellement d'émotion dans ce regard que je ne peux pas supporter tout ce déballage.

— Je te voulais avant eux, déclare-t-il, très sérieux. Ils te détestaient, moi je t'aimais bien. Dès le premier instant, quand tu m'as dit d'aller me faire foutre, j'étais à fond sur toi.

— Je ne t'ai pas dit d'aller te faire foutre, chuchoté-je. Je t'ai dit d'aller en enfer.

Zayd sourit, d'un joli sourire ironique, tout en taquinant, l'espace d'une seconde, les anneaux de ses lèvres avec la pointe de sa langue.

— C'est vrai que tu as dit ça. Tu sais à quelle fréquence ça m'arrive ?

— Vu que tu es plutôt un connard, je dirais assez souvent.

Zayd grogne et secoue la tête, avant de se pencher pour poser son front contre le mien. Mes yeux se ferment d'eux-mêmes et je soupire. Même après tout ce qu'il a fait, c'est agréable de le toucher comme ça. Pourquoi ? Je ne suis pas masochiste ou avide de punitions. Peut-être que j'ai l'impression de le voir apprendre de ses erreurs ?

Ne sous-estimez pas à quel point c'est sexy, une personne qui reconnaît ses torts et essaie de se corriger.

— Les filles ne me refusent jamais rien, murmure-t-il en passant son pouce sur ma lèvre.

Pour une raison qui m'échappe, je décide de le mordre et ses yeux s'écarquillent.

— Parfois, si, murmuré-je en retour, tout en tendant la main pour repousser la sienne.

On s'écarte, mais je sais que je ne suis pas la seule à avoir le pouls qui palpite, car je vois celui de Zayd qui bat à toute allure, juste sous son nouveau tatouage. Il me regarde attentivement, un léger sourire aux lèvres.

Son expression tourne à l'aigre quand Wind réapparaît entre nous, brandissant des tasses de thé.

— Désolé de vous interrompre, ça avait l'air terriblement sensuel, mais tenez.

Il gesticule avec les récipients qui s'entrechoquent joyeusement. Je prends ma tasse et ma soucoupe, puis je regarde Zayd accepter la sienne à contrecœur. Une minute plus tard, on frappe à la porte et Windsor l'ouvre pour que les autres puissent entrer.

Zack remarque tout de suite qu'il se passe quelque chose entre Zayd et moi. Il soupire en s'installant confortablement contre ma tête de lit. Alors que les Idoles (et Lizzie) ont l'air de se déplacer sur la pointe des pieds et de se percher sur le bord des meubles, les autres sont parfaitement à l'aise, me rappelant lesquels ont été mes amis l'année dernière, quand j'en avais vraiment besoin.

Et puis... il y a Myron Talbot. Il entre avec Tristan et s'appuie contre le mur, près de la porte. Je ne suis pas du tout sûre de lui mais, encore une fois, je ne suis pas sûre de grand-chose ces jours-ci. La seule chose que je sais, c'est que je ne vais pas laisser cette gêne durer plus longtemps dans notre groupe. Et je ne vais certainement pas laisser Windsor se conduire en justicier autoproclamé.

— Je vais préparer une théière complète, marmonne Wind qui retourne s'affairer à la cuisine.

Je crois qu'il a du mal à rester immobile, pour être tout à fait honnête. Miranda s'est blottie dans un coin de mon lit, mais elle se comporte toujours aussi bizarrement. Malgré moi, je porte les doigts à mes lèvres et elle le remarque, si bien qu'elle rougit comme une folle et regarde tout sauf mon visage. Creed se renfrogne et se détourne aussi, croisant les bras en s'affalant au bout de mon lit.

Tristan se tient debout, raide, de l'autre côté de la porte par rapport à Myron, tandis que Lizzie s'est perchée sur un tabouret avec Andrew à ses côtés.

— Merci d'être venus, je lance en soupirant.

Je cherche à ne pas paraître trop formelle. C'est mon truc quand je suis nerveuse : formalités et faits historiques. En ce moment, mon instinct me pousse à expliquer au groupe pourquoi les planchers de la tour 1 sont en châtaignier mais plaqués d'acajou (parce qu'une épidémie touchant les châtaigniers a commencé au début des années 1900 et anéanti cette variété d'arbre, qui est donc difficile à trouver).

— On doit frapper fort à cette fête, commence Tristan, prenant naturellement le relais.

Il a agi sans même y songer, il est comme ça.

Fermant les yeux, je sirote le thé que Windsor a préparé pour moi et j'essaie de maîtriser mes émotions. Je n'ai jamais été du genre à diriger. En fait, si on y pense, j'ai grandi seule et sans amis, j'ai été torturée au collège et violentée au lycée.

Pourtant je me sens un peu... autoritaire, en ce moment.

— Il ne s'agit pas seulement de la fête, je nuance en mettant tasse et soucoupe de côté.

Mon dos est appuyé contre la jambe de Zack et je brûle de me pencher en arrière pour le câliner comme je l'ai fait le jour où j'ai été attaquée dans la piscine. Je frissonne rien qu'en pensant à cet incident, mais le câlin qui s'est ensuivi avec Zack a été agréable...

— On a tous rejoint ce groupe par nécessité, continué-je. Presque tout le monde ici a des problèmes non résolus avec un autre membre du groupe.

— Marnye…, commence Zack.

Mais j'agite la main pour lui couper la parole, en fouillant dans le tiroir de ma table de chevet. J'en sors mon vrai journal – l'expression de Creed se crispe –, qui contient la liste, l'ancienne et la nouvelle. Pour commencer, je le tends à Zack.

— Tout d'abord, continué-je en laissant mon regard parcourir la pièce, il ne doit plus y avoir de malaise entre nous. Il n'y a rien de mal à exprimer ses sentiments, tant que l'on n'attend ou n'exige rien en retour. Nous sommes tous amis ici… (Zack et Windsor s'esclaffent, mais je les ignore.) Et je… n'ai pas l'intention de choisir quelqu'un pour l'instant. (Je déglutis et lève le menton, pour jeter un bref coup d'œil à Zack, Miranda et Creed derrière moi.) Alors continuons. Harper et ses copains sont des harceleurs et on doit leur reprendre l'école.

— Ce ne sont pas les seuls harceleurs, marmonne Miranda.

Mais je continue. En gros, tout le monde dans cette pièce a été un harceleur à un moment donné. Eh bien, ça n'arrivera plus, pas sous ma surveillance.

Zack, qui est déjà au courant de mes plans de vengeance et de mes règles, passe rapidement le carnet à Miranda, laquelle y jette un bref coup d'œil, puis le remet à Creed. Son regard paresseux s'aiguise rapidement tandis qu'il parcourt les pages.

— Qu'est-ce que tu proposes ? demande Tristan, les sourcils légèrement froncés.

Windsor distribue une tasse de thé à Lizzie, Andrew, puis lui, avant de remplir chaque récipient. Il propose ensuite du lait et du sucre avant de passer à Myron et Zack.

— Si on veut y arriver, on doit faire la paix les uns avec les autres. On doit au moins essayer d'être amis et suivre mes règles.

J'arrache le cahier des mains de Creed et commence par la règle n° 1, mes yeux balayant le groupe une dernière fois avant que je décide d'ajouter :

— Et plus de mensonges. Plus aucun. Les mensonges sont un poison et, même si vous pensez protéger quelqu'un avec un mensonge, vous vous trompez. Au final, ça fait toujours plus mal quand la vérité éclate. (Personne ne pipe mot, mais c'est bon, je suis prête.) Donc, l'année dernière, quand j'ai décidé de prendre ma revanche sur vous, j'ai dressé une liste...

LA FÊTE de Harper se déroule sur un yacht, un peu comme celle de Tristan en première année, lorsqu'ils avaient brûlé ce beau, beau livre. J'essaie de ne pas trop penser à cet incident parce que, brûler un chef-d'œuvre écrit à la main par J.K. Rowling, c'est impardonnable.

— Je n'arrive pas à croire que tu sois organisée au point de mettre toi-même ta vengeance au point, murmure Zayd alors qu'on avance sur la plage comme une unité de combat.

Tristan avance en tête, mais je suis juste derrière lui. Je pense que s'il se détendait un peu, je pourrais passer devant et il décompresserait un poil. Je suis sûre que ça lui plairait aussi de laisser tomber le lourd fardeau qu'il porte, même brièvement.

— Tu es en colère ? demandé-je, parce qu'après que le cahier a été distribué et que j'ai fait mon discours, la chambre est devenue silencieuse.

On n'a pas beaucoup parlé ensuite, je suis sûre que les garçons sont encore en train de digérer ce qu'ils ont lu dans mon cahier. Ce n'étaient pas seulement la liste ou les règles, c'étaient aussi d'autres notes, mes observations sur leurs faiblesses, mes propres souvenirs d'événements passés. Il y avait des entrées réelles, authentiques, avec mes pensées, mes sentiments et mes peines de cœur.

— Putain non, grogne Zayd en passant les doigts dans ses cheveux orange citrouille.

Le vert d'eau me manque. Chaque fois qu'il change de couleur, je suis nostalgique. Mais au moins, je sais que je n'aurai pas à attendre longtemps avant le prochain changement de couleur. Il me regarde de ses grands yeux émeraude. Ai-je déjà remarqué la longueur et la nuance foncée de ses cils ? Il utilise de l'eye-liner, mais pas de mascara ni rien d'autre. Ses cils sont naturellement beaux, je suppose.

— Je veux dire, j'aurais aimé que tu te venges de moi autrement qu'en me faisant perdre mon contrat avec mon label, mais je survivrai, réplique Zayd avec un sourire pour adoucir ses paroles.

— Cette chanson..., commencé-je en souriant fermement.

Zayd grimace. Il sait exactement de quelle chanson je parle, celle qu'il a ridiculisée en la qualifiant de grosse merde auprès de ses amis, celle dont je sais qu'elle n'a pas été composée par un *ghostwriter*. Zayd est peut-être un connard, mais il a une intégrité créative.

— C'est toi qui l'as écrite.

Il ne discute pas, se contente de pincer les lèvres et regarde la lune. La façon dont la lumière argentée fait scintiller ses tatouages est précieuse. Il fait tourner son anneau labial droit avec le bout de sa langue.

— Peut-être.

— Elle était magnifique, commencé-je, mais Zayd n'a pas l'air de me croire.

— Tu penses vraiment que monter sur un bateau avec Harper et ses amis est une bonne idée ? grogne Creed qui interrompt notre conversation. Parce que ça ne s'est pas vraiment bien passé la dernière fois.

Il est clairement le plus irrité par la liste des faiblesses. La façon dont il me fusille du regard à travers ses paupières mi-closes rend son agacement évident.

— Elle n'a pas que des amis à bord de ce bateau, plaisante Tristan, qui s'engage sur le quai sans hésiter.

Deux plébéiens sont à la porte, mais ils s'écartent lorsque Tristan passe. Quand ils me voient, ils échangent un regard, cependant j'ai Zayd d'un côté et Creed juste derrière moi. On entre sans incident, le reste de l'équipe sur nos talons.

Ce soir, on tâte juste le terrain, pour voir comment les autres étudiants réagissent. Ne jamais sous-estimer le pouvoir de la loi de la populace.

— Qu'est-ce que vous foutez sur mon bateau ? grogne Harper en se rapprochant pour intercepter Tristan. Vous êtes pas invités.

Tristan regarde autour de lui, claque des doigts, puis pointe l'index sur la poitrine de Harper.

— Je vois des paris en cours, ce qui en fait une fête du Club Infinity. Tu n'as pas autorité pour m'empêcher d'assister à une réunion du Club. (Il lui sourit et j'ai ce frisson qui court sur ma peau : une araignée qui tisse sa toile.) Alors dégage de mon chemin.

Il la pousse du coude et on le suit. Les yeux bleus de Harper ne nous quittent pas.

On prend l'escalier et on se retrouve sur le pont supérieur, autour de l'une des tables de boisson qu'on revendique pendant que certains d'entre nous vont chercher des rafraîchissements.

Je m'en tiens au soda.

Non seulement mon père est un alcoolique en voie de guérison, mais j'ai l'impression d'avoir besoin de garder mes esprits. Greg et John sont à l'autre bout du pont, à nous reluquer. Ma gorge se noue et je serre les poings.

Windsor remarque ceux que j'observe, en suivant la direction prise par mon regard.

— Ils savent tous les deux nager, non ? demande-t-il négligemment, en s'adressant à Zack.

Mon ami footballeur, avec sa carrure de costaud, regarde le prince et hoche légèrement la tête.

— L'année dernière, ils ont réussi l'épreuve de natation.

— Pas de violence, je répète.

Je me retrouve sous le feu intense d'une paire d'yeux noisette et d'une paire d'yeux marron.

— Pas de violence, juste un peu de fun et de jeu, dit Windsor, attirant l'attention de Creed. Tu joues, mon pote ?

— J'en suis, répond Creed, dont la colère se concentre en un point précis.

Mais au lieu de s'en prendre à moi, il l'oriente sur Greg et John, deux des plus gros harceleurs et, indéniablement, deux des plus gros connards de Burberry Prep, compagnie actuelle comprise.

— Qu'est-ce que vous comptez faire ? demandé-je, alors qu'ils s'esquivent à travers la foule.

Zayd et Tristan échangent un regard avant de les suivre, Myron sur leurs talons. Miranda m'attrape par le bras, puis, lorsque nos yeux se croisent, elle bafouille un peu et me lâche.

Miranda m'a embrassée.

Ma meilleure amie m'a embrassée.

Comment je suis censée réagir ?

Je l'aime, mais je n'ai jamais été attirée par une fille de cette manière. Si je l'étais, je choisirais Miranda sans hésiter.

— Qu'est-ce qu'ils font ? demande-t-elle finalement, mais je n'en ai aucune idée.

Je prends sa main et l'entraîne dans le sillage des Idoles, m'arrêtant quand je les vois se déployer en demi-cercle autour de Greg et John, ce qui les oblige à tourner le dos à la balustrade.

— Qu'est-ce que vous comptiez faire ? demande Tristan en croisant les bras. Vous deux, et ce putain de Ben Thresher, prince du putain de poulet d'élevage industriel. C'est très classe, de s'allier à quelqu'un qui fait tout son blé sur des volatiles maltraités.

— On faisait que s'amuser, réplique Greg en levant les mains en signe d'apaisement.

John, lui, ricane comme s'il n'avait pas peur. Il devrait, pourtant. Il n'a pas retenu sa leçon dans la forêt l'année dernière, quand Creed lui a botté le cul ?

Mais j'ai dit : « Pas de violence ». Les Idoles masculines – plus Wind et Zack – n'ont pas intérêt à tout gâcher.

— Enfilez ça, crache Windsor en leur tendant deux gilets de sauvetage orange. Vous allez en avoir besoin.

John lui en arrache un des mains, puis le balance par-dessus bord.

— Va au diable, espèce de sale petit rosbif de merde.

— Rosbif ? répète Windsor avec un rire dur. Oh, le con !

Il attrape John par la taille et Zack se précipite pour l'aider, bloquant les mains de John pendant que Zayd s'attaque à ses jambes. John hurle et se débat, mais avec trois mecs puissants contre lui, il n'a aucune chance. Sans cérémonie, ils le jettent à l'eau par-dessus le bastingage.

John hurle pendant sa chute et je me précipite vers la balustrade pour le voir disparaître dans un grand bouillon d'écume. Mon cœur s'arrête alors que je regarde la houle d'ébène, en attendant qu'il réapparaisse. Quelques secondes plus tard, il surgit, s'agitant et maudissant les garçons avant d'entamer une impressionnante nage papillon vers le rivage.

Je tourne la tête et vois Greg qui se glisse frénétiquement dans le gilet de sauvetage. C'est peut-être un harceleur et un crétin, or il n'est apparemment pas aussi stupide que John. Il laisse Tristan, Creed et Myron le soulever et le jeter par-dessus bord. Il émerge beaucoup plus vite que John, repoussant ses cheveux détrempés de son visage.

Tristan se penche sur la balustrade et porte une main à sa bouche.

— Si vous revenez, on vous largue encore. Moins il y a d'ordures à cette fête, mieux c'est.

Sur quoi il se retourne et scrute la foule des plébéiens bouche bée d'un regard charbonneux qui bouillonne. Il y a beaucoup de murmures, mais personne ne défie Tristan. Ils préfèrent tous rester à l'écart.

— Eh bien, milady, commence Windsor, avant de s'interrompre lorsque je lève les sourcils. Même si, en réalité, je devrais dire « my lady ». (Il prononce ces deux mots d'une manière élégante et précise.) Mon professeur de diction me flanquerait un coup de règle s'il entendait mes absurdités.

Il fait un signe dédaigneux de la main, puis, curieusement, s'avance et me passe un bras autour de la taille. J'ai du mal à reprendre mon souffle pendant un instant. Une sensation de fièvre, de frénésie s'empare de moi. Windsor est effronté, il flirte avec tout le monde, mais jamais il ne m'a touchée ainsi.

— Était-ce un niveau acceptable de non-violence ? murmure-t-il d'une voix basse et rauque. Parce que la modération n'est pas l'une de mes spécialités.

Mon pouls s'emballe lorsqu'il se penche vers moi, sa bouche à quelques millimètres de la mienne.

— C'était bien, commencé-je.

Même si c'était un peu plus physique que ce que j'aurais choisi, ces garçons... Ce qu'ils ont essayé de me faire ou prétendu qu'ils allaient me faire... Quand j'y pense, j'en ai des sueurs froides. Le contact de Windsor aide un peu.

Non. Pas de mensonges. Pas même à moi.

Son contact... m'aide beaucoup.

— Bien. Parce que la dernière chose que je voudrais, c'est te contrarier.

Windsor se penche vers moi et dépose un baiser sur ma joue, ce qui fait tambouriner mon pouls. Quand il s'écarte, il a le sourire aux lèvres et je remarque que les quatre autres garçons nous observent attentivement. Leurs regards sont empreints de tendres sentiments : jalousie, confusion, possession. Je ne peux pas endurer ça, pour le moment.

J'attrape Andrew par la main et je m'en vais, l'entraînant en bas des marches, dans l'un des salons, pour pouvoir respirer.

— Tu es la seule personne qui ne s'intéresse pas à moi ou qui ne soit pas intéressée par quelqu'un qui m'intéresse ou... qui ne soit tout simplement pas déroutant, lâché-je, le souffle court.

En levant les yeux, je constate qu'Andrew me regarde avec sympathie. Ses yeux bleus expriment la plus grande perplexité.

— C'est vrai, constate-t-il, avant de glousser légèrement. Bon, d'accord, je ne vais pas mentir, j'ai un énorme *crush* pour Windsor York, mais mon radar à gays me souffle qu'on ne fait pas plus hétéro. (Andrew soupire avec mélancolie.) Et en plus, je suis déjà fiancé...

Il détourne le regard. Ses cheveux châtains sont

dorés par les lumières jaunes du salon. C'est un véritable palace ici, avec des canapés en cuir personnalisés, une table basse en verre et une énorme statue qui semble plaquée d'or. C'est au-delà du luxe, ce qui me fait détester encore plus la famille de Harper. S'ils peuvent se permettre un yacht comme celui-ci, peut-être qu'ils n'ont pas besoin de vendre aussi cher leurs stylos injecteurs d'épinéphrine.

— Tu devrais rompre tes fiançailles, suggéré-je à Andrew en remarquant que Lizzie vient vers nous à travers la foule.

Elle s'arrête à proximité, presque hésitante, et en la regardant, j'essaie de décider si elle est vraiment aussi douce et sincère qu'elle en a l'air ou si c'est la plus grosse escroquerie de la terre.

— Et toi aussi, tu devrais, je lui lance, décidant que, même si elle se moque de moi, je vais quand même dire la vérité.

— Je devrais quoi ? demande-t-elle en entrant dans notre petit cercle.

Elle s'est changée pour passer une robe moulante bleu pâle à paillettes qui fait ressortir ses yeux d'ambre. Moi, je suis toujours en uniforme. Je n'ai pas pris la peine de me changer, je ne pouvais pas, pas avec tous ces garçons dans ma chambre. Me déshabiller avec juste une fine porte entre eux et nous... c'était trop.

— Rompre tes fiançailles, je lui réponds, en sentant une houle de fierté et de détermination en moi.

Je sais qui je veux être. Je veux être le genre de personne qui fait confiance aux gens. Je pense que c'est possible, même sans être naïve ou crédule. Lizzie me regarde comme si j'avais perdu la tête.

— Tu n'es pas heureuse avec Marcel Stone. D'après le peu que tu as dit de lui, et les brèves fois où je t'ai vue avec lui, vos fiançailles ne semblent pas trop t'enthousiasmer.

Je jette un coup d'œil à Andrew, qui hausse les épaules.

— Ce n'est pas toujours aussi facile, murmure-t-il.

Je réalise que leur argent ne leur donne pas la liberté qu'ils imaginent. Leur sang bleu ne signifie pas toujours que l'herbe est plus verte. Charlie ne me forcerait jamais à épouser quelqu'un que je n'aime pas. Et il n'aurait jamais basé son amour sur un ultimatum.

Mais je sais aussi que toutes les familles ne fonctionnent pas de la même façon. Toutes les familles ne sont pas unies par l'amour et la confiance. Certaines sont construites sur l'argent et les attentes.

— Non, ce n'est pas facile. Je parie que ça vous compliquerait beaucoup la vie. (Je soupire et les regarde l'un et l'autre.) C'est juste que... vous semblez si tristes, tous les deux, parfois.

Je hausse les épaules, puis je me dirige vers le bar où je m'empare d'une autre canette de soda dans un seau à glace. J'ai oublié la mienne en haut, tout à l'heure, et je ne fais pas confiance aux autres fêtards : ils sont capables de verser de la drogue dans mon verre. Après tout, Andrew l'a fait une fois et il a réussi.

— Mais bref, j'avais juste besoin d'une minute de liberté, je leur explique.

— À cause de ce qui est arrivé à John et Greg ? demande Lizzie, et Andrew secoue la tête.

— Non, à cause de tous ces beaux mecs qui craquent pour elle. (Il sourit quand je lui lance un regard interrogateur.) Quoi ? Allez, il n'y a pas une fille hétéro ou bi dans cette école, ni même un garçon gay, qui ne t'envie en ce moment. Cinq brutes mises à genoux par une belle fille de la classe ouvrière qui ne se laisse pas faire, c'est un vrai conte de fées.

— Cinq garçons..., commence Lizzie, puis je la vois se ressaisir et se forcer à sourire. C'est vrai. Ils craquent tous pour toi, qu'ils te l'aient dit ou non. Il n'y a pas que Creed et Zack.

— Windsor ? demandé-je avec un rire exagéré. Je suis presque sûre qu'il plaisante. (Mais ensuite, je repense à la sensation de son bras autour de ma taille et j'en ai la tête qui tourne.) N'importe quoi.

— Mais si, réplique Andrew, en jetant un coup d'œil à Lizzie qui hoche la tête et m'adresse un sourire compatissant. Et Tristan, il est pratiquement en train de saliver.

Mes yeux rencontrent ceux de Lizzie, mais elle parvient à garder son sourire.

— Comme je te l'ai déjà dit, lui et moi, c'est du passé... et avec chacun d'entre eux, vraiment.

— Mais tu aimes toujours Tristan ?

Mon cœur palpite comme un fou pendant que j'attends sa réponse. Je n'arrive pas à croire que j'ai posé cette question à voix haute. Depuis des mois, je me répète qu'il vaut mieux ne pas savoir, laisser les choses se dérouler comme elles le peuvent, mais... j'ai besoin de savoir.

Lizzie renifle et m'adresse un brusque signe de tête.

— Ne t'inquiète donc pas, lâche-t-elle soudain. Je suis avec Marcel maintenant. Mon père déteste le père de Tristan, et vice versa. Notre couple est impossible.

— Mais tu l'aimes quand même ? insiste Andrew en glissant les doigts de sa main droite dans la poche de sa veste rouge de l'académie.

Comme moi, il n'a pas pris la peine de se changer.

— Oui, répond Lizzie en me regardant fixement.

Je ne sais pas comment réagir ou quoi dire. Andrew siffle et secoue la tête, s'arrêtant au passage de Gary Jacobs. Ses yeux le suivent jusqu'à ce qu'il disparaisse dans le couloir. Il y a là un désir qui se répercute dans le regard de Lizzie. Andrew se tourne vers moi, comme s'il attendait que je dise quelque chose.

— D'accord, je déclare, et Andrew hausse les sourcils.

— D'accord ? répète-t-il en jetant un coup d'œil à Lizzie, puis en se retournant vers moi. Qu'est-ce que ça veut dire ? Tu aimes Tristan, toi aussi ?

— Moi ? je m'écrie, parce que... je ne me suis pas vraiment laissée aller à y penser.

Pas de mensonges, putain. Pas même à moi ! je me répète en serrant les mains si fort que mes ongles laissent des marques en forme de petits croissants dans mes paumes.

Quand Tristan me touche, mon cœur s'emballe. Quand il me regarde, je me sens étourdie. Quand il ne se comporte pas comme un imbécile avec moi – ce qui est rare –, je me pâme. Est-ce qu'il me plaît ? Le roi de l'école ? L'ultime connard parmi les connards ?

— Merde, je jure, en me sentant rougir.

— Je le savais, chuchote Andrew avec un sourire alors que j'enfouis mon visage dans mes mains.

— Je l'aime bien, oui, murmuré-je, sentant la sensation m'envahir dès qu'elle me tombe dessus.

En retirant mes mains, je lève les yeux. Lizzie et Andrew me dévisagent.

— C'est pas un problème, vraiment, me certifie Lizzie avec un sourire triste. Je ne te mettrai pas des bâtons dans les roues. Comme je te l'ai dit, je suis avec Marcel...

— Tristan t'apprécie aussi, lâché-je, même si je m'en veux. (*Pas de mensonges. Pas de putain de mensonges. Ça va être une règle difficile et merdique à suivre.*) Ça se voit qu'il ne s'est jamais remis de sa rupture avec toi.

Lizzie détourne le regard et hausse vaguement les épaules.

— Peut-être, mais... il n'y a pas d'avenir pour nous. Si tu l'aimes bien, tu devrais le choisir.

— La question est : qui est-ce que tu préfères ? me demande Andrew.

Je le regarde fixement avec ce trou d'impuissance qui s'ouvre dans ma poitrine. Lequel je préfère ? Je dois vraiment choisir ?

— Je n'en ai aucune idée, murmuré-je.

Et puis nous nous arrêtons tous lorsque Zack vient se planter près de nous. Il nous examine tous les trois, notamment nos visages rougis, à Lizzie et moi, puis il hausse ses sourcils noirs.

— Tout va bien ici ?

Sa voix est un grondement profond et doux qui fait vibrer mes os. J'adore ça et je l'aime bien, lui.

— Tout va bien, dis-je en soupirant.

Je m'efforce de mettre ces sentiments de côté pour le moment. Harper et Becky viennent d'entrer dans la pièce et me regardent fixement. J'ai des problèmes plus urgents à régler, mais je ne peux m'empêcher de me demander qui m'envierait pour ça.

Avoir cinq mecs – peut-être cinq, parce que Windsor est... eh bien, Windsor – intéressés par moi, ce n'est pas une bénédiction, c'est une malédiction.

Comment je suis censée choisir, bordel ?

CHAPITRE DIX

LES SEMAINES suivantes sont remplies de devoirs, de réunions des clubs – pourquoi ai-je adhéré à tant de clubs ?! –, de répétitions d'orchestre, de pom-pom girls et de luttes presque quotidiennes entre les ex-Sang-bleu et nous.

La foule sur le yacht a clairement été divisée, mais intimidée comme jamais par les garçons.

Pour l'instant, les plébéiens se contentent d'observer, apparemment. Les seules brimades que je reçois proviennent des filles et de leurs copains. Tous les autres ont trop peur pour s'en prendre à moi. Pourtant, il est difficile de prédire ce qui va se passer si les choses se gâtent. La population globale sera-t-elle de notre côté… ou du leur ?

— Miranda ! je l'appelle en courant vers elle dans le hall.

On est déjà le 1er octobre et je sens qu'il faut prévoir des costumes pour Halloween. Ça va être difficile de battre les tenues « macarons » de l'année dernière. Ce n'est pas comme si on ne s'était pas reparlé, pourtant il y a clairement un éléphant dans la pièce. Ce baiser...

Elle marche avec Creed – on s'en tient toujours à la règle des paires – et j'ai Andrew derrière moi.

— Salut, lance-t-elle avec un sourire.

Je le jure, dès que je me place entre les jumeaux, je sens la tension.

— Tu as le temps de dîner au réfectoire ? demandé-je.

Elle acquiesce. Je jette un coup d'œil à Creed, qui me le rend avec des yeux langoureux aux paupières lourdes.

— Ça te dérangerait de raccompagner Andrew aux tours ? On s'y retrouve plus tard et tu pourras me raccompagner.

Je souris, et il acquiesce une fois, brièvement, avant de s'éloigner.

On se dirige toutes les deux vers le réfectoire, puis on s'arrête, reluquant tantôt la table vide des Idoles, tantôt notre ancienne place. Miranda et moi échangeons alors un regard.

— On devrait probablement prendre position et réclamer la table, dit-elle.

— Je préférerais m'asseoir à notre place, mais tu as raison, dis-je avec un sourire.

Miranda sourit à son tour et on monte les marches de l'estrade pour nous asseoir et regarder rapidement les menus avant de commander.

J'essaie de réduire ma consommation de viande,

alors je choisis l'une des recettes végétariennes : poivrons *poblano* farcis au riz et au fromage espagnol. Miam.

Miranda déplie sa serviette sur ses genoux, la replie, la déplie. Elle s'agite.

— On peut parler du baiser ? demandé-je.

Elle me dévisage, bouche bée.

— Non ! murmure-t-elle. (J'éclate de rire.) Pourquoi tu veux parler de ça ?

— C'est pour ça que tu as rompu avec Jessie ? je lui demande.

Elle grimace légèrement, coince ses cheveux blond-blanc derrière une oreille.

— Peut-être.

Le silence s'éternise. Le serveur nous apporte nos boissons : thé glacé pour moi et limonade pour Miranda. Je passe les paumes sur les plis de ma jupe d'uniforme à carreaux.

— Les choses n'ont pas à être bizarres, tu sais. Zack et Creed m'ont demandé de sortir avec eux et... tout va bien.

Ce n'est pas vraiment un mensonge. Les choses sont gênantes, mais on s'en sort. Je n'ai pas arrêté de traîner avec eux. En fait, je traîne avec eux plus que je ne l'ai jamais fait, même plus que l'année dernière, quand ils me faisaient la cour à cause de leur pari.

— Je n'aurais pas dû t'embrasser comme ça. Je n'aurais pas dû te le dire.

Elle me coule un regard de ses yeux bleu glacier et je souris.

— Ça vaut toujours la peine de dire quelque chose, répliqué-je. (Et je le pense vraiment.) Je ne suis pas... en train de prendre des décisions en ce moment. Je veux juste m'occuper de cette histoire de Harper et du Club Infinity, et garder mes bonnes notes.

— Vu ce que ces garçons t'ont fait, ils devraient te laisser sortir avec eux tous jusqu'à ce que tu te décides, déclare Miranda en soupirant.

Elle attrape sa limonade et fourre la paille dans sa bouche. Ce sont des pailles biodégradables maintenant, qui se dissolvent dans l'eau chaude. L'année dernière, Miranda a fait tout un projet sur l'impact environnemental des pailles pour notre cours de biologie. Elle a notamment adressé une pétition à la commission scolaire pour que celle-ci fasse changer les choses, ce qui heureusement a été suivi d'effets.

— Si tu ne me choisis pas, dit-elle en souriant doucement, sache au moins que je suis à 100 % dans l'équipe Creed.

— Je… (Mes joues s'empourprent.) On ne parle pas de mariage ou autre, juste de *crushes* de lycée.

— Oui, et alors ? Certaines amours sont éternelles. (Miranda se tourne pour me regarder.) Mes parents se sont rencontrés au lycée. Ma mère avait dénoncé mon père parce qu'il fumait de l'herbe derrière l'école pendant les cours et il la détestait. Ils sont ensemble depuis. Je suis sûre que Creed pense que tu es son âme sœur ou quelque chose comme ça. (Je ricane, mais Miranda hausse un sourcil.) Il parle du jacuzzi au moins une fois par semaine...

Je lui coupe la parole en plaquant ma main sur sa bouche.

— Pas de ça, murmuré-je en retirant ma main.

Miranda m'observe attentivement pendant quelques secondes, avant de jeter un coup d'œil à la porte pour voir si quelqu'un d'autre pourrait entrer. Il y a un groupe de filles de première année dans le coin le plus éloigné, mais elles sont toutes serrées les unes contre les autres, trop jeunes pour causer des problèmes. Miranda revient à moi.

— Hum, je ne sais pas si je devrais te dire ça...

— Miranda, toute phrase qui commence par « je ne sais pas si je devrais te dire ça » indique clairement que tu ne devrais pas.

— Non, laisse-moi te le dire, poursuit-elle dans un soupir, en balayant sa frange blonde de son front. Creed va me tuer, putain...

— Miranda ! je proteste.

Mais elle lève les yeux au ciel, et je vois que je vais entendre ce qu'elle a à me dire, que ça me plaise ou non.

— Creed est... eh bien, il est comme qui dirait...

Sa voix s'éteint et elle marmonne quelques jurons, pliant et dépliant sa serviette. Quand elle va la déplier pour la cinquantième fois, je tends la main et la pose sur la sienne.

— Arrête ça.

— Creed est comme qui dirait... vierge.

Miranda me dévisage et son regard me coupe le souffle.

— Qu... quoi ? ! je couine si fort que les filles de première année s'arrêtent de parler et se tournent vers nous, avec autant de peur que d'envie au fond des yeux.

Ça n'a tellement rien à voir avec la façon dont on m'a regardée ces deux dernières années que je ne sais pas trop quoi en penser. Inconsciemment, je touche les boucles d'oreilles en opale que Creed m'a offertes pour mon anniversaire. Je m'étais promis de ne pas le faire, mais j'ai cherché des boucles d'oreilles similaires sur Internet... et elles valent très cher. Pas autant qu'une voiture, peut-être, mais ces types sont tous si riches que je n'assimile pas nécessairement une somme supérieure à un meilleur cadeau. Je ricane.

— Il n'est pas vierge.

— Si, s'entête-t-elle en haussant les deux sourcils. Je sais qu'il présente les choses autrement, mais si.

— Tu ne sais pas que...

— Si, je sais ! s'exclame-t-elle en renversant sa limonade dans son excitation. On est jumeaux. (Elle lève les yeux au ciel, comme si ça devait être évident.) Il est vierge. Je le sais de source sûre.

Je suçote ma lèvre inférieure. Je ne suis toujours pas sûre de la croire, mais si c'est vrai, alors Creed est un sacré acteur.

— Pourquoi tu me racontes ça ? Et tu as raison : ce n'était peut-être pas à toi de me le révéler.

Miranda sourit et hausse les épaules.

— C'est vrai, mais j'ai pensé que tu devais le savoir. Je veux dire, je ne pense pas que les quatre autres soient… Je me suis juste dit que ça pourrait signifier quelque chose pour toi.

Je reste silencieuse pendant une minute et notre serveur arrive avec nos commandes. Je suis sérieusement ébranlée par l'info : qu'est-ce que je vais en faire ? Est-ce que ça change quelque chose ? Je repense au jacuzzi.

— Bref, comme je l'ai dit, si tu ne me choisis pas, choisis Creed.

Elle fait une pause et guette ma réaction.

— Tu sais que je t'aime, je lui dis, et elle soupire en baissant la tête.

— Mais pas comme ça ?

Comme je ne réponds rien, on prend toutes les deux nos fourchettes pour manger. Après quoi, on ne reparle plus du baiser, mais Miranda me regarde toujours d'une manière particulière. Je ne sais pas si elle a déjà renoncé, mais je suis contente qu'on ait eu cette conversation.

Elle est ma colonne vertébrale, à l'académie, et elle a raison : elle est la seule ici à ne pas faire partie du Club. Je sens dans mon cœur que je peux lui faire confiance.

Les autres, en revanche… je n'en suis pas si sûre.

CREED et moi recommençons nos séances de tutorat et l'atmosphère est beaucoup plus détendue que l'année dernière. Honnêtement, j'ai l'impression que, pour la première fois, il fait vraiment des efforts. Il écoute quand je parle, et la façon dont il me suit des yeux…

— Miranda est amoureuse de toi, lâche-t-il soudain, interrompant notre séance tranquille du mercredi à la bibliothèque.

Aujourd'hui, il m'a apporté en cadeau une pile entière de *yaoi* (ces bandes dessinées japonaises sur les relations entre garçons). Je lui ai rappelé que l'année dernière, il les avait qualifiées de nunuches et avait levé les yeux au ciel, mais j'ai quand même accepté son paquet emballé, orné d'un ruban, parce qu'il y avait plusieurs numéros que j'avais vraiment envie de lire.

— Hum, j'hésite, sentant le rouge me monter aux joues. Tu as vu tout ce qui s'est passé.

— Elle est exaspérante, tu le sais, non ? lance-t-il en croisant les bras sur la table et en posant la joue dessus. Cette fameuse jumelle, qui drague la fille que je veux.

Ses yeux sont très alanguis en ce moment. Il y a un peu de colère dans sa voix, mais je devine qu'elle n'est pas dirigée contre moi.

— Ah ! Tu t'es donc décidé ?

Je lui décoche un regard. Quand nos yeux se rencontrent, mon ventre se serre. Mais dans le bon sens. C'est un abruti arrogant ; pourtant, bizarrement, je l'apprécie toujours, ce petit richard paresseux.

— Je n'arrive pas à croire qu'elle s'intéresse à toi, elle aussi. Quelles sont les probabilités ? Beaucoup de gens semblent s'intéresser à toi, Marnye Elizabeth Reed.

Creed se redresse et me regarde fixement pendant

une minute. Je ne peux rien dire quand il me regarde comme ça. Ma gorge est trop serrée.

— Tristan m'a appelée Mary Sue, une fois, c'est peut-être ça ?

Creed sourit à ma plaisanterie, ce qui me surprend. D'habitude, la seule mention du prénom en « T » le fait grimacer.

— Honnêtement, continué-je, je ne sais toujours pas trop si vous avez un autre pari en cours.

— Il n'y a pas de pari, réplique Creed qui se renfrogne. Rien qui implique de te blesser ou de te faire du mal, en tout cas.

Qu'il aille se faire voir, parce que j'ai tout à fait le droit d'être méfiante.

— C'est énigmatique, comme réponse, répliqué-je en me penchant sur mon siège pour lui jeter un coup d'œil.

Nos genoux se heurtent et un frisson m'envahit, ce que Creed remarque. Il y répond par un lent sourire, plein de gentillesse.

— Qu'est-ce que tu veux dire par là exactement ?

— Il y avait d'autres paris ou propositions de paris qui t'impliquaient, comme celui avec Zack, signale-t-il. Celui qu'il a tenté quand tu t'es pointée à la fête à l'amphithéâtre.

Ah, oui, la soirée des os humains. Comme si ce n'était pas du tout effrayant. Harper du Pont est vraiment un monstre d'un genre particulier.

— Tu peux m'en parler ? demandé-je. (Le sourire de

Creed devient encore plus méchant.) Et est-ce qu'il y a une raison pour laquelle vous le détestez autant ?

— Marnye, on pourrait parler d'un tas de choses, mais il n'y a qu'un seul sujet qui m'intéresse.

— Creed…, je l'avertis quand il se penche en avant.

Je me lève de ma chaise. D'accord, je l'ai admis. J'ai un petit faible pour lui. Pour Tristan. Pour Zayd. Pour Zack. Windsor... est juste un ami, non ? Ou... peut-être ai-je peur d'admettre que je craque pour lui alors que je ne suis pas sûre d'être appréciée en retour ?

Creed me suit pendant que je me faufile dans les allées pour atteindre le rayon histoire et remettre le classeur rempli de vieux journaux scolaires sur l'étagère. On suit des cours d'histoire différents, mais on a tous les deux le même devoir à rédiger : un essai sur Burberry Prep et sa relation avec la politique à la fin du XVIIIe siècle. Beurk.

— Marnye, répète-t-il, et je me retourne.

C'est encore si nouveau pour moi d'entendre les garçons m'appeler par mon prénom. Zayd m'appelle encore de temps en temps « la michetonneuse », et Tristan et lui emploient « Charity », mais avec une pointe d'affection, maintenant, que j'aime bien. Je suis pour le retour et la réaffectation des mots.

— Quoi ?

Creed se penche vers moi et pose ses mains sur la tablette métallique de chaque côté de mes hanches. Il ne me touche pas, mais il y a à peine un cheveu entre nous. Mon esprit convoque les mots de Miranda : « *Vu ce que ces garçons t'ont fait, ils devraient te laisser sortir avec eux tous jusqu'à ce que tu te décides.* »

— Je suis patient mais, à l'intérieur, je dépéris.

— Arrête de faire ta diva, lâché-je, avant de rectifier : ton prince de pacotille.

Creed m'a toujours paru être un prince plus qu'un roi. Et ce n'est pas parce qu'il est inférieur à Tristan, c'est juste... qu'il est différent. S'il passait moins de temps à essayer d'être ou de battre Tristan, et plus de temps sur ses propres projets, il serait une force sur laquelle on peut compter.

Il sourit et je fais de mon mieux pour ne pas soupirer lorsque son odeur m'envahit. Il sent toujours tellement le propre, comme du coton fraîchement amidonné, suspendu à sécher au soleil et à la brise. *Waouh ! Marnye, tu deviens trop poétique.*

— C'est vrai. J'ai été sur des charbons ardents. Et tu peux pas savoir comme j'ai envie de frapper Zack.

Il se penche et dépose un baiser près de mon œil gauche. Mon corps frissonne, et je l'entends émettre ce grognement de mâle satisfait.

— C'est un type bien, murmuré-je.

Mais j'ai du mal à penser avec Creed si près de moi, son uniforme légèrement débraillé, les trois boutons du haut défaits, qui laissent entrevoir un torse plat et lisse. Il émet un petit son de reconnaissance, mais c'est à peu près tout.

— J'ai très envie de t'embrasser, là, tout de suite, lance-t-il.

Mon pouls s'emballe. J'entends le sang battre dans ma tête.

— Qu'est-ce qui t'en empêche ? chuchoté-je à mon tour.

Ses yeux mi-clos s'écarquillent. Aussi lentement et paresseusement qu'il fait tout le reste, il déplace sa main de l'étagère et la pose sur ma hanche. Son autre main remonte pour me chatouiller le menton de ses longs doigts. Ma tête tombe en arrière et mes yeux se ferment alors qu'il se penche vers moi.

Nos bouches se frôlent, mais à peine. Il y a trop de taquinerie, là-dedans, et je commence à trembler à force de besoins réprimés et d'hormones en folie. J'ai passé deux ans à courir après les Idoles et à être pourchassée par elles. À l'heure actuelle, nous travaillons sur le pardon et nous essayons de construire de nouvelles amitiés.

Avant, il y avait des obstacles devant nous chaque fois que nous nous embrassions, que j'en sois consciente ou non. Mais là, il n'y a que de l'air.

Me hissant sur la pointe des pieds, je vais au bout du contact : mes lèvres se pressent sur les siennes. La chaleur me traverse. Creed s'avance, plaque son corps contre le mien. Il passe un genou entre mes jambes et son bras droit m'enlace la taille. Mon dos est maintenant serré contre les livres et l'avant de mon corps frotte contre Creed. Je sens mes mamelons pointer, mon intimité se réchauffer.

Creed écarte mes lèvres avec sa langue, me goûte et émet un son rauque qui détonne tellement avec sa personnalité insouciante que j'ai presque peur de poser les mains sur ses épaules. Il s'enfonce plus profondément en moi, testant mes limites, mais je suis complètement détendue. Je veux voir ce qui se passe quand on s'embrasse sans retenue.

Ma main droite glisse vers le bas, se faufile sous sa chemise, ma paume sent la chaleur de sa peau. Il gémit et j'oublie, l'espace de quelques secondes, qu'on se trouve dans la bibliothèque. Ma main redescend et j'ouvre d'autorité quelques boutons supplémentaires.

— Putain ! jure-t-il au bout d'une minute, en détournant la tête. Merde ! Pourquoi je t'aime autant ?

On est toujours pressés l'un contre l'autre. Sous ma main droite, je sens son cœur tambouriner dans sa poitrine.

— Ma personnalité de gagnante ? je plaisante.

Creed ricane, mais on est tous les deux haletants et tremblants. Il y a une tension en moi, comme si une corde avait été tendue entre mes lèvres et mon cœur. Je veux... *plus*. Plus que ça. Beaucoup plus.

— La vraie question devrait être : pourquoi je t'aime bien ? Tu es un gros connard, Creed Cabot.

— Un connard insupportable, renchérit-il en se retournant pour me regarder.

Cette fois, les yeux langoureux ne sont pas juste là pour le spectacle. Cette fois, je vois bien qu'il en veut plus, lui aussi. « *Creed est comme qui dirait... vierge.* » C'est ce qu'a dit Miranda. Est-ce que je dois le croire ? Est-ce que c'est important ?

Peut-être que oui ?

Peut-être que je préférerais perdre ma virginité avec quelqu'un de vierge, lui aussi ?

Ou est-ce que je réfléchis trop ?

— On devrait retourner au projet, murmuré-je, sans pour autant retirer la main de sa chemise.

— Je ne vais pas te mentir : j'ai une foutue trique, tel que tu me vois. Pas question que je retourne écrire une bafouille sur des vieux blancs mal embouchés.

— Tu..., commencé-je, mais les mots me manquent.

Je suis coincée entre un gloussement et une nouvelle poussée de désir. Je baisse les yeux, mais Creed me devance en saisissant l'une de mes mains pour la placer juste sur le renflement dur au niveau de son entrejambe. Je laisse échapper un petit bruit et il gémit. Même s'il me relâche, je ne bouge pas la main.

On est tous les deux en train de se dévisager, haletants, frémissants de désir.

— Marnye !

J'entends Miranda m'appeler joyeusement depuis la zone d'étude. Vu qu'elle a trouvé nos affaires, elle saura qu'on est là. C'est comme si on nous avait jeté un seau d'eau glacée dessus, Creed recule d'un bond et se détourne. Il se passe les doigts dans les cheveux en jurant. Moi, je retourne au bureau où je trouve Miranda en train de feuilleter l'un des vieux annuaires que j'ai sortis.

Elle lève les yeux et fronce les sourcils. Quand elle voit son frère juste derrière moi, tenant un livre au niveau de son entrejambe, ses sourcils montent pratiquement à la racine de ses cheveux.

— Qu'est-ce que vous fabriquez ici tous les deux ?

— On discute de la façon que tu as de me copier sans cesse, et ce depuis notre enfance.

Creed soulève son cartable et fusille sa sœur du regard. La plupart des gens reculeraient sous cet œil noir, mais Miranda tique à peine. Elle doit y être habituée.

— Parce que j'ai voulu me faire couper les cheveux quand on avait cinq ans ? C'est ça, te copier « sans cesse » ?

Elle mime des petits guillemets avec ses doigts.

— Je dis juste que, pour une fois qu'il y a une fille que j'apprécie vraiment, tu décides de lui courir après, toi aussi ? Tu es l'incarnation même de la petite sœur ennuyeuse.

Miranda lui lance un crayon qu'il esquive, non sans continuer de se protéger l'entrejambe.

— J'ai dix minutes de moins que toi, connard !

Creed balaie ses cheveux blonds de son front, dans une version masculine de « je repousse mes cheveux en arrière ». Il est étonnamment doué pour ça.

— Je dois y aller. Essaie de ne pas embrasser ma future copine pendant que je suis parti.

Il passe devant nous et Miranda lui lance un autre stylo, qui l'atteint en plein dans la nuque. Il s'arrête un instant pour lui adresser un autre regard dévastateur avant de se détourner et de se carapater.

Mon corps est en feu, putain.

Avoir dix-sept ans, ça craint.

— Qu'est-ce que vous fabriquiez tous les deux dans

les allées obscures, hein ? susurre Miranda, mais je me rassieds en soupirant.

— On s'embrassait juste, dis-je.

Mais je me demande : si on n'avait pas été dans la bibliothèque et que personne ne nous avait interrompus, jusqu'où serions-nous allés ?

CHAPITRE ONZE

MAINTENANT QUE LES permis de sortie du campus ont été restaurés, c'est en fait une possibilité pour nous tous de faire un petit voyage en ville ensemble. Je suis très nerveuse quand on se retrouve dans la cour... jusqu'à ce que j'aperçoive Zayd qui fait semblant de se frotter à la statue du cerf. Ou peut-être qu'il essaie de le monter ? Je ne sais pas trop, mais je me couvre déjà la bouche pour retenir un éclat de rire quand je contourne la fontaine.

— Ne fais pas un pari que tu sais que tu ne peux pas gagner, s'écrie Zayd, en hurlant de rire.

Il grimpe sur le dos du cerf et sort son téléphone. C'est samedi et, je le jure, on dirait qu'une frénésie électronique balaie l'école quand on récupère tous nos téléphones. L'addiction est réelle. Il prend plusieurs photos de lui, puis il remarque ma présence.

— Zayd Warren Kaiser, dis-je, les mains sur les hanches.

J'ai enfilé un jean moulant foncé, des bottes en cuir rouge que j'ai volées dans le placard de Miranda et un haut en forme de corset avec de petits boutons sur le devant. Je me sens bien aujourd'hui, confiante, mais debout dans la brise fraîche de l'automne, je me demande pourquoi je n'ai pas apporté une veste.

— Qu'est-ce que tu fais là-haut ?

— Euh, je monte le cerf ? répond-il, avant de grimacer quand la voix de Mme Felton se fait entendre.

— Monsieur Kaiser, escalader la statue de la cour vous coûtera deux points. Descendez de là tout de suite.

Elle marche jusqu'à la margelle de briques qui entoure la fontaine et croise les bras. Zayd saute de la statue, mais quel que soit le pari stupide qu'il vient de faire, il a clairement gagné. Et vu que Creed boude, je suppose qu'il était l'autre partie dans ce pari.

— Mademoiselle Reed, reprend Mme Felton en me remarquant. Est-ce que tout va bien ?

Elle jette un coup d'œil à Creed et Zayd, puis s'interrompt lorsque Tristan Vanderbilt arrive, vêtu d'un jean noir, de bottes noires et d'une chemise noire à col américain impeccable aux manches retroussées. Je fais de mon mieux pour ne pas baver.

— Tout va super bien, répond Zayd, en passant un bras autour de mon cou. (Il me dépose un baiser sur la joue et je hausse un sourcil.) On est tous amis maintenant.

Mme Felton n'a pas l'air convaincue.

En fait, même Mme Amberton m'a prise à part

l'autre jour pour vérifier ça avec moi. Comme je travaille très dur pour bloquer les mauvais souvenirs, il est parfois difficile de se rappeler que tout le personnel de l'académie m'a vue quand on m'a gravement humiliée. Personne n'a manqué le moment où les Idoles ont jeté ma culotte sur la scène. Personne.

— Je vais bien, mademoiselle Felton, je la rassure.

Mais c'est vrai que, chaque jour, je traîne avec ces mecs. Que se passera-t-il s'ils me trahissent à nouveau ? Que ferai-je ? Cela dit, je suis devenue beaucoup plus forte qu'auparavant. Peu importe ce qu'ils me font, je peux survivre. Je peux m'épanouir.

Et ils feraient mieux de se tenir à carreau, car la deuxième fois, ma vengeance sera centuplée.

— Eh bien, si vous avez besoin d'intimité pour discuter de quoi que ce soit, vous pouvez me voir dans mon bureau.

Elle lance à Zayd un regard très sévère et se dirige vers les portes de la tour 1. Les tours sont très belles, médiévales, avec leurs flancs de pierre blanche qui se dressent vers le ciel. Douze étages chacune, et la maison de tous les étudiants de l'école sauf moi.

— C'était gênant, commente Zayd en retirant son bras de mon épaule.

Je les examine, Creed et lui.

— Alors... sur quoi portait le pari, cette fois ? demandé-je sèchement.

Le tatouage de l'infini barré sur ma hanche semble brûler de haine. Je n'ai même pas commencé à travailler sur Harper et Cie, mais quand je le ferai, ils le sauront. J'essaie juste de prendre mes repères. La troisième année est extrêmement importante, il va falloir s'inscrire dans les universités. En fait, je me prépare déjà au processus, à tous les formulaires d'aide financière, aux demandes de bourses (je n'ai aucun problème à être identifiée comme la boursière de l'université si cela signifie que je peux y entrer), et aux tests.

D'ici la fin de cette année, je dois avoir choisi mes écoles et envoyé mes candidatures avant la fin de l'été. Il semble très étrange que mon destin entier repose sur les décisions que je prends maintenant. Cela pourrait littéralement changer le cours de ma vie. Le fardeau paraît lourd pour une adolescente, mais qu'est-ce que j'en sais ?

— Je lui dois la guitare Gibson SG signée de John Lennon et George Harrison, celle que j'ai gagnée au cours d'un précédent pari, soupire Creed, ce qui fait sourire Zayd.

— Ne parie pas avec un filou, ironise-t-il.

Puis il lève son téléphone pour me montrer que chevaucher le cerf n'était pas la seule chose qu'il devait faire. Non, il était plutôt en train de le baiser. Je lève les yeux au ciel, puis je ressens un petit frisson lorsqu'un grand corps chaud s'approche de moi.

En jetant un coup d'œil par-dessus mon épaule, je découvre Zack en jean, t-shirt et veste de sport. En fait, vu qu'on vient de m'en donner une destinée aux pom-pom girls, c'est ce que j'aurais dû porter pour combattre le froid.

Les yeux sombres de Zack me regardent et je frissonne quand une brise froide balaie les feuilles sèches dans la cour, les faisant tourbillonner autour de mes pieds. Il les remarque aussi et il ne lui faut qu'une fraction de seconde pour se débarrasser de sa veste et la poser sur mes épaules.

— Zack…, commencé-je, mais il secoue la tête.

— Prends-la.

— Il fait froid dehors, je proteste.

Sauf qu'il a déjà pris sa décision. Les bras croisés sur son large torse, il me fixe jusqu'à ce que je soupire et enfile les manches.

— On y va ? demande Tristan.

Windsor sort de la tour 3 et nous adresse un petit signe de la main.

— Je croyais que Miranda venait, dis-je, mais Creed secoue la tête.

— Vérifie ton téléphone.

Je lutte pour refouler les souvenirs de cette journée à la bibliothèque, la semaine dernière. Beurk. Je sors mon téléphone du petit sac en forme de harpe que Lizzie m'a offert pour mon anniversaire, et je jette un rapide coup d'œil à mes textos.

« Le truc de volley-ball est arrivé ! Je suis vraiment désolée ! » Elle a ajouté un tas d'émojis de pleurs, de cœur et de mains en prière et je souris. Andrew a déjà dû se retirer pour travailler sur une dissertation qui lui pose problème, Lizzie s'est retrouvée en binôme avec Myron sur un projet scientifique qu'ils doivent terminer. Donc... il n'y a que les mecs et moi.

On retourne dans la ville de Lujo pour récupérer des pièces pour nos déguisements d'Halloween, déjeuner et peut-être visiter la librairie. C'est l'une des plus anciennes de Californie et Zack m'a taquinée en me parlant du bâtiment dans lequel elle se trouve : je suppose que c'est à la fois le rêve de tout architecte et le fantasme ultime d'un passionné d'histoire.

— On y va en voiture ? demandé-je, ressentant un petit hoquet d'excitation et de nervosité.

Normalement, les étudiants ne sont pas autorisés à garder ou à utiliser des voitures personnelles sans permission spéciale, mais on le fait tous quand même. Ça ne veut pas dire qu'on peut rouler à toute allure sur la route. Si on a demandé des permis de sortie du campus pour aujourd'hui, c'est dans le but de passer la nuit dans un petit Bed and Breakfast en ville.

Je ne me doutais pas que j'allais me retrouver rien qu'avec les mecs.

Mon cœur bat la chamade et je m'accroche à la petite valise à roulettes qu'Andrew m'a achetée.

— J'ai réservé une voiture, annonce Tristan en fixant les poignets de sa chemise retroussée. Se garer à Lujo est un cauchemar et l'hôtel n'a pas son propre parking.

— C'est un Bed and Breakfast, je lui rappelle avec un sourire. Nuance !

Il me lance un drôle de regard, mais on est interrompus par une énorme limousine blanche qui s'arrête au bord du trottoir. Un chauffeur en sort et ouvre la portière. Les garçons me laissent monter en premier.

Je me rencogne à l'autre bout de la banquette, à côté d'un seau de glace où une bouteille de champagne prend le frais.

— C'est pour nous, annonce Tristan en haussant les épaules.

Même si je les ai vus beaucoup boire, je suis toujours surprise par leur désinvolture à ce sujet. La plupart des adolescents se contentent d'un pack de six bières, mais pas les pourris gâtés de Burberry Prep. Non, ils ne condescendent qu'aux alcools forts, champagne et bons vins. La bière est un dernier recours.

— C'est-à-dire, pour ceux d'entre nous qui boivent, précise Tristan. Il y a des sodas, des jus de fruits et des thés glacés dans le frigo.

— Merci, j'ironise, tandis que Zayd s'empare de la bouteille de champagne et en fait sauter le bouchon, provoquant un sursaut général.

Je prends une bouteille de thé glacé non sucré dont je dévisse le bouchon, en me demandant comment Tristan a réussi à nous dégoter cette limousine et tous ces trucs alors qu'il ne fait aucun doute à mes yeux que son père est en colère contre lui.

Creed pose la question avant moi.

— Comment tu as convaincu ton père d'envoyer une voiture alors qu'il veut te tuer ?

— Je lui ai pipeauté que j'emmenais Harper à un rendez-vous de rattrapage, et il a accepté sur-le-champ, répond Tristan en jetant un coup d'œil à sa Rolex rouge et noire.

C'est celle que j'ai récupérée dans la poubelle. Il ne l'a pas enlevée depuis que nous avons commencé l'école et je soupçonne que cela a quelque chose à voir avec son père.

— Elle devrait arriver dans la cour à peu près...

Tristan appuie sur le bouton du toit ouvrant, qui commence à s'écarter, ce qui permet à une lumière dorée de se répandre à l'arrière de la limousine. Il me jette un regard et me tend la main.

— Aide-moi.

Je prends sa paume et sens une petite secousse d'électricité me traverser alors que Tristan et moi sommes tous deux debout sur le siège, regardant par le toit pendant que la limousine s'engage sur l'allée circulaire.

Harper se tient sur les marches, vêtue d'une robe noire moulante et de talons, et nous observe, bouche bée. Alors Tristan me fait pivoter vers lui, prend mon visage dans ses mains et m'embrasse passionnément.

Pendant un instant, j'oublie où je suis, ce qu'on fait et pourquoi. Je ne pense qu'au goût chaud de sa bouche, à la façon dont sa langue prend le contrôle de l'instant. Il embrasse incroyablement bien, son expérience en la matière ne fait aucun doute. C'est quelque chose de sexy à sa façon, de même que j'apprécie le fait que Tristan sache exactement comment prendre soin de moi.

Zack émet un grognement frustré et je m'écarte, haletante.

Mais le but a été atteint : Harper est furieuse.

Elle dévale les marches et nous crie quelque chose que je n'entends pas. Le sourire de Tristan est vraiment mauvais ; seulement, maintenant que je n'en suis plus la victime, je suis fascinée.

Il a une délicatesse sombre, une cruauté sensuelle qui m'attire comme une flamme appelle un papillon de nuit. Je sais que je serai brûlée et je m'en fiche. Mes ailes vont s'embraser, se ratatiner et je vais tomber, mais cette paume chaude et sèche sera là pour me rattraper.

Merde.

Je recommence.

À débiter des trucs poétiques.

Je me réfugie dans la limousine où je retrouve mon siège. Zayd me laisse tranquille pendant environ deux secondes avant de m'attirer sur ses genoux. J'aime tellement la sensation de son torse que je me détends.

— C'était une jolie petite vengeance, commenté-je avec un sourire.

Normalement, je n'aurais jamais fait une chose pareille. Mais Harper a franchi tellement de limites. Elle a essayé de me noyer dans une piscine. Par comparaison, ses sentiments momentanément blessés, ce n'est rien.

— Je suppose que M. Vanderbilt ne sera pas content quand il découvrira que tu lui as menti ? intervient

Windsor, qui tient un verre de champagne et observe Tristan de ses yeux noisette étincelants.

— Harper ne dira rien. Elle aura trop honte.

Tristan accepte un verre que lui tend Creed et le boit à petites gorgées, fermant ses yeux gris anthracite pendant quelques secondes. Quand il les rouvre, il me regarde fixement alors que je suis assise sur les genoux de Zayd, et ses doigts se resserrent sur le pied du verre.

— Et si tu te trompais ? demandé-je.

Le visage de Tristan se crispe légèrement.

— Alors je vais payer cher, répond-il avec un soupir. Mais ça viendra plus tard. Pour l'instant, je veux juste profiter de mon week-end.

— Tu vas aussi te déguiser en casse-croûte ? demandé-je.

Miranda, Andrew, Zack, Windsor et moi, on a déjà choisi un thème pour Halloween : la nourriture. Pop-corn, hot-dogs, frites, etc. Tout ce qui peut être grignoté et amusant. Lizzie est partante aussi, de même que Zayd, et Miranda a certifié que Creed serait d'accord si elle lui disait de le faire.

Tristan est le seul dont je ne suis pas sûre, et le seul que j'aie vraiment du mal à imaginer dans un costume loufoque.

— Me déguiser en casse-croûte ? répète-t-il, ce qui fait rire Windsor.

— C'était l'idée de Marnye, dit-il en souriant. Je vais faire exprès de divulguer une photo de moi, pour que ça devienne viral. Ma mère va s'arracher les cheveux. Elle déteste les scandales, vous savez.

— Donc tu fais tout pour les multiplier ? demandé-je.

Windsor sourit, ce qui équivaut à un oui catégorique.

— Casse-croûte, répète Tristan, et je hoche la tête.

— Tu sais, comme si tu pouvais y aller en bol de fruits, ou sac de graines mélangées...

— Tristan aime les graines, ça devrait lui convenir, m'interrompt Zayd, que j'ignore.

— ... en cookie géant, part de pizza, ce genre de choses. (Je souris et Tristan me regarde comme si j'étais folle.) Croyez-moi : j'y suis allée en macaron vivant l'année dernière. C'est possible de le faire avec goût. On te trouvera quelque chose. Je te rappelle que c'est toi qui voulais présenter un front uni devant les autres élèves. Quel meilleur moyen qu'en s'habillant de la même façon pour Halloween ?

Tristan ne dit rien d'autre, mais je le vois fixer le lointain, pendant que tournent les rouages de son esprit. Tout le monde se tait pendant un moment. Je sens que Zack m'observe et accorde trop d'importance au fait que je sois assise sur les genoux de Zayd.

Il l'a toujours fait. Maintenant que j'y pense, c'est plutôt... intime. Je tourne mon regard vers Zayd. J'ai les bras enroulés autour de son cou, on est vraiment proches. Assez proches pour s'embrasser.

Je me mordille la lèvre et regarde ailleurs.

Windsor rompt la tension en parlant d'Halloween et de son projet de donner une fête chez lui. D'habitude, on l'organise au cimetière du campus, ce serait donc une façon de faire bouger les choses. Il sera intéressant de voir combien de personnes se joindront à nous... et combien resteront avec Harper.

Aïe.

Toutes ces intrigues politiques me rendent folle.

Mais après tout, Tristan aime la folie, non ?

JE SUIS SI EXCITÉE quand on arrive à Lujo que je suis la première à sortir dès l'ouverture des portières, pour sauter pratiquement dans le café où je suis allée avec Creed et Miranda. D'après les mecs, les filles ont fait leur pari juste avant le bal d'hiver. Autrement dit, quand il m'a acheté ces chaussures, il le savait. Je mets cette information de côté, regarde dans la vitrine et contemple la mer de jolies pâtisseries.

Windsor jette sa carte sur le comptoir avant même que quiconque ait passé commande et déclare qu'il se charge de l'addition. C'est une forme de contrôle de sa part, je pense. En fait, je suis presque sûre que, s'il voulait savoir pourquoi Tristan s'occupait de la voiture, c'était parce qu'il voulait le faire lui-même.

— Regarde, un biscuit Union Jack, je lui indique en souriant, le doigt pointé vers une rangée de biscuits dont le glaçage imite le drapeau britannique. Ça devrait te rappeler ta patrie.

— Oh vous, les Américains, avec vos cookies, s'esclaffe-t-il. C'est des foutus biscuits. Un biscuit avec un glaçage.

— Les biscuits, on les mange avec une sauce. C'est des putains de cookies, Wind.

Je commande un éclair et un chai glacé à la femme derrière le comptoir. Windsor m'imite, me suit sous l'arcade, jusqu'à la zone latérale où je m'étais installée la dernière fois que je suis venue. Je choisis une place légèrement différente, près de la cheminée au fond, dans le canapé.

Wind s'assied à côté de moi, son corps enfonce le coussin et touche le mien.

Il tend le bras et passe ses doigts entre les miens, ce qui fait bégayer mon cœur dans ma poitrine. Vu qu'il me touche tout le temps, ce n'est pas vraiment un problème, mais... quelque chose semble différent maintenant.

— J'ai dit qu'on pourrait sortir ensemble et que ce serait amusant, tu te souviens ? demande-t-il. (Je hoche la tête : comment pourrais-je oublier ?) Eh ben, si tu envisages l'un de ces idiots, tu devrais aussi considérer mon offre.

Je reste là une minute, à respirer l'odeur du café et du sucre, le léger parfum de fumée du feu. En dessous de tout ça, il y a l'odeur de Windsor, cet effluve de jonquille et de cirage. Une combinaison très étrange, mais très précise. L'odeur de cirage provient sans doute des bottes de cuir qu'il porte toujours, cirées à la perfection. Le doux parfum floral... je me demande parfois si je l'imagine.

Les autres garçons arrivent. Zack pose mon chai et ma pâtisserie sur la table en jetant un regard à Wind. Il repousse quelques mèches de ses beaux cheveux roux de son front, ce qui les hérisse comme toujours.

— Tu paies pour moi ? demande-t-il, avec son intonation enjouée. Sois un pote, Zack, et aide un mec dans le besoin.

— Tu peux te procurer ta propre putain de nourriture, réplique Zack, en s'installant de l'autre côté de moi.

Windsor lui fait un doigt d'honneur, mais soupire et se lève quand même. Les autres sont déjà assis, sinon je pense que l'un d'eux aurait pu prendre sa place.

Ça ne se serait pas bien passé.

Mes doigts me picotent à l'endroit où il les a touchés, si bien que je secoue la main avant de prendre mon chai. La boisson est épicée et douce à la fois, avec son parfum d'anis étoilé, de cardamome et de vanille. Hmm. C'est tellement bon.

— Tu sais que le festival des fiertés de Lujo est dingue, dit Zayd, en se penchant pour appuyer ses coudes sur ses genoux. Ce serait un rêve de jouer pendant ce festival.

Il baisse les yeux sur sa pile de biscuits au sucre glace et soupire.

— Quand est-ce que je peux rencontrer ton groupe ? demandé-je. (Il me jette un regard surpris.) Je veux dire, tu ne parles jamais d'eux, mais vous devez passer beaucoup de temps ensemble, non ?

— Chaque seconde libre que j'ai quand je ne suis pas à Burberry ou en vadrouille dans le bus de tournée de mon vieux, répond Zayd avec un sourire. Tu nous as googlés, non ? Tu les as vus, cette bande de trous du cul.

Il sort son téléphone de sa poche et me le tend, pour que je puisse faire défiler les photos. Au bout d'une vingtaine de clichés, j'en vois un où il est torse nu devant un miroir, abdos serrés, qui prend un selfie ridicule.

J'étouffe un rire et je continue à faire défiler les clichés, pour trouver une photo de Zayd nu.

Sa… eh bien, autant appeler un chat un chat… sa queue est bien en vue. Je la vois intégralement, y compris le piercing à son extrémité.

— Putain, mec, fait Zack en m'arrachant le téléphone pour le jeter à notre ami rocker.

Zayd l'attrape, l'air confus, puis baisse les yeux pour examiner la photo, qui lui tire un large sourire. Il lève les yeux.

— Qu'est-ce que tu en penses ? demande-t-il.

Mes joues sont rouge vif lorsque Windsor revient et s'assied à côté de moi.

— Tes amis sont très beaux, dis-je.

— Je voulais parler de mon corps, surtout de ma queue, fait-il en secouant la tête.

— Oh, bordel de merde ! lance Creed, affalé sur une chaise comme si l'endroit lui appartenait.

Tristan et lui échangent un regard et je souris en engloutissant l'éclair pour ne pas avoir à répondre.

CHAPITRE DOUZE

APRÈS AVOIR TERMINÉ AU CAFÉ, on a fait le tour de toutes les boutiques de la rue principale, afin de rassembler ce dont on avait besoin pour nos costumes, puis on est allés au B&B à l'heure de l'enregistrement.

On a une suite familiale qui, en fait, n'est qu'une succession de chambres reliées par des portes communicantes. On a trois chambres, dont une avec un coin salon, et une baignoire géante qui est en quelque sorte… en plein milieu de la chambre.

— Ne vous méprenez pas, ça a l'air extra, mais pourquoi juste à côté du lit ?

Zayd saute dans la baignoire et s'y allonge, les chevilles croisées à côté du robinet. Son t-shirt remonte sur le devant et j'aperçois des tatouages, ainsi qu'un soupçon de poils noirs qui me certifient que ce que j'ai vu sur son téléphone n'était pas imaginaire. Il y a vraiment quelque chose en dessous de cette ceinture.

Et par quelque chose, je veux dire sa queue. Mes joues rougissent alors qu'il réplique :

— Primo, est-ce que tu viens d'utiliser le mot « extra » sans ironie ? Secundo, la baignoire est dans la chambre parce que c'est une suite nuptiale et que les mariés sont censés baiser dedans.

— Très classe, comme toujours, lâche Tristan, qui revient, l'air irrité, de sa visite de la suite. Décidons qui va dormir où.

Je l'ai vu passer un doigt sur le haut d'un cadre pour vérifier qu'il n'y avait pas de poussière, puis pousser un soupir exagéré. Personnellement, je trouve ce petit Bed and Breakfast adorable.

— Marnye et moi ici, déclare Zayd. Et vous autres, deux par chambre, un par lit. Voilà.

Sauf qu'il n'y a qu'un seul grand lit dans cette chambre, donc non, pas question.

— Et si... je dormais seule ici et que vous preniez les autres lits ?

Je croise les bras en fixant Zayd et Tristan.

— Je ne dors pas avec un de ces connards, ricane Zayd, qui bondit hors de la baignoire et m'attrape par les jambes et autour de la taille pour me soulever dans ses bras.

Je couine quand il me fait tournoyer et me jette sur le lit. Je rebondis pendant une brève seconde avant qu'il ne me recouvre de son corps et ne me coince les bras au niveau des poignets.

— Je préférerais rester ici avec toi, Charity.

— Tu peux toujours rêver, murmuré-je en retour.

Savoir que Zayd me taquine est une chose, mais l'avoir sur moi comme ça, c'est... tout à fait différent. On se regarde et je devine que je ne suis pas la seule à le sentir. Un muscle de la joue de Zayd se contracte, j'ai soudain du mal à respirer. On sent tous les deux la tension. Putain, on la sent depuis le premier jour. Dès que nos regards se sont croisés, j'ai su qu'il y avait une alchimie entre ce trou du cul de rock star et moi.

Zayd gémit et descend de mon corps, mais le mal est fait. Mon cœur bat la chamade, une perle de sueur coule entre mes seins.

— Le canapé fait lit escamotable, indique Zack depuis l'autre pièce. Je vais dormir là. C'est toujours mieux que d'avoir à partager un lit avec Sa Majesté.

J'entends les charnières grincer quand il le déplie. Alors je me lève et me dirige vers le coin salon pour le regarder commencer à faire le lit.

— Je n'ai pas pissé au lit depuis des années, rétorque Windsor en ouvrant les rideaux. (Après un coup d'œil au ruisseau qui coule derrière la propriété, il se retourne vers Zack, affichant un énorme sourire.) Cela dit, la dernière fois qu'on a partagé un lit, je me suis réveillé avec ta trique qui me poignardait la jambe.

— N'importe quoi, grogne Zack, tandis que Creed braque ses yeux bleus sur eux.

— Quand est-ce que vous avez dormi dans le même lit ? demande-t-il en s'asseyant dans l'un des fauteuils.

Il pose ses bottes marron Barker Black sur la table basse. Windsor se retourne lentement, lèvres retroussées par un rictus cruel. Parfois, j'ai l'impression qu'être dans la même pièce que ces mecs-là, c'est comme se retrouver dans une fosse aux serpents. Il y a beaucoup de venin et j'attends toujours que l'un d'eux attaque.

— Quand on a dormi avec Marnye, le dernier jour de deuxième année, répond Windsor, comme si c'était la chose la plus naturelle du monde.

— Tu veux dire quand vous avez dormi à côté de Marnye, crache Tristan d'une voix glaciale. Personne ne va croire que l'un de vous a couché avec elle, alors pas d'insinuations.

Il a l'air si énervé que je ne peux m'empêcher de le regarder.

— Et si je l'avais fait, ça te rendrait furieux ?

Windsor lui lance un défi, les mains dans les poches de son pantalon blanc. Il porte une chemise blanche à col boutonné, manches courtes et fines rayures, et les bottes noir brillant qu'il ne quitte jamais, comme s'il s'apprêtait à faire du cheval.

— Tu ne l'as pas fait, rétorque Tristan.

Sa voix tranche l'air soudain tendu du salon. Les yeux bleus de Creed suivent la scène avec une pointe d'impatience, à croire qu'il prendrait un réel plaisir à les voir se battre l'un contre l'autre.

— Avec qui Marnye couche ne vous concerne pas, grogne Zack qui les interrompt. Donc laisse tomber et va te faire foutre.

Tristan ricane et je vois déjà la soirée partir en vrille. Alors je m'avance au centre de la pièce.

— Ça suffit. Vous ne pouvez pas continuer à vous battre, ce n'est pas juste. Je ne comprends pas bien.

Ma voix est dure et tranchante, si bien qu'ils se tournent tous vers moi. Mon cœur bat si fort que je prie pour ne pas m'évanouir. J'expire et passe les doigts dans mes cheveux. Je regarde autour de moi : pour une fois, ils sont tous silencieux. Plutôt choquant quand on connaît un peu ces mecs-là. Ce sont tous des mâles alpha. Un groupe de durs à cuire.

— Je suis désolé, dit Zack. (S'il n'avait pas l'air aussi sincère, je le soupçonnerais de flagornerie.) Tu as raison. Tu ne mérites pas d'avoir à gérer cette merde après tout ce qu'on t'a fait subir.

Il s'assied au bord du canapé-lit avec un petit soupir.

— Je… je sais que tu veux sortir avec moi, lui dis-je en sentant mes joues s'échauffer, puis je tourne les yeux vers Creed. Et toi. (*Respire, Marnye, respire.*) Mais toi, Zayd ?

Il se tient juste devant la porte de la chambre, à m'observer de ses yeux émeraude qui étincellent. Les mains dans les poches, il ferme les paupières à la fin d'une expiration.

— J'ai tellement merdé avec toi, Marnye, murmure-t-il, la voix si rauque que s'il devait enregistrer une chanson en ce moment, l'émotion ferait sans doute pleurer son public. J'ai été intéressé dès le premier jour. Je te l'ai dit.

— Tu es intéressé maintenant ? murmuré-je, luttant pour que les mots sortent.

Je suis tellement crispée que ma peau est douloureusement tendue.

Zayd me regarde droit dans les yeux.

— Je suis intéressé. Sérieusement intéressé, putain.

Creed émet un grognement frustré et Zack se renfrogne.

Je me tourne alors vers Tristan. Il est debout dans l'embrasure de la porte, à côté de moi. Nous sommes si près que je vois son pouls s'emballer. En apparence, il semble calme. Mais je vois bien que ce n'est qu'une façade. Il est en train de bouillir intérieurement.

— Et toi ?

— Quoi, moi ? réplique-t-il, froid comme un putain de glaçon.

La lame de son regard gris me transperce.

— Je t'intéresse ?

C'est très difficile de prononcer ces mots, de poser une question qui me turlupine depuis presque deux ans. Je veux l'entendre le dire. Je pense brièvement à Lizzie, mais... je dois savoir ce que Tristan ressent, quoi qu'il arrive ensuite.

Il pose une main sur le montant de la porte au-dessus de ma tête et se penche vers moi.

— Est-ce que ce n'est pas assez évident ? demande-t-il, ses lèvres charnues retroussées sur un sourire.

Ses cheveux sont magnifiques, des mèches bleu-noir qui glissent doucement sur son front.

Je reste ferme, même lorsqu'il pose sa main gauche sur ma hanche et appuie son pouce sur mon os pelvien, ce qui me fait haleter.

— Ce n'est pas une réponse. Oui ou non ?

Tristan me fixe pendant si longtemps que je me demande s'il va me répondre. Puis je me souviens de ce moment à Paris, devant la tour Eiffel. Il y avait beaucoup de tension, son visage était très doux, presque tendre. Il allait me dire quelque chose avant que Windsor ne nous interrompe, je le sais.

Je me souviens de leur dispute en français et je regrette de ne pas avoir choisi la langue de l'amour plutôt que l'espagnol ou le japonais. Une partie de moi sait qu'il y a quelque chose dans cette conversation que j'aurais voulu entendre.

— Une bonne question subsidiaire serait : aimes-tu toujours Lizzie et, si oui, tes sentiments pour la fille Walton sont-ils du même ordre que ceux que tu éprouves pour Marnye ? intervient Windsor, pleinement conscient qu'il met des bâtons dans les roues de cette conversation.

Je pourrais le tuer en cet instant.

Le visage de Tristan s'assombrit et il ricane, se tournant vers Windsor comme s'il allait déclencher un combat qui ne se terminerait pas sans effusion de sang. Je les visualise tous les deux qui s'affrontent à coups de poing. Je pose une main sur son torse et m'interpose entre eux, tournant un regard vers le prince.

— C'est quoi ton problème, Wind ? je crache, sentant ma colère et ma frustration remonter à la surface. Pourquoi tu compliques la situation ?

Il est vraiment la brute suprême. C'est son truc, et je n'arrive pas à savoir s'il traîne avec moi parce qu'il aime ça ou pas. Tout ce qu'il dit et fait, c'est une blague destinée à en mettre plein la vue.

Il sourit toujours et s'avance vers moi, jusqu'à ce qu'on soit collés l'un contre l'autre.

— C'était une question valable : Tristan aime Lizzie, Lizzie aime Tristan. Donc tu te situes où, là-dedans, Marnye ? Je ne veux pas te voir souffrir.

— Je te crois, dis-je avec une sensation d'oppression dans la poitrine. Mais je sais aussi que tu as une conscience sociale suffisante pour ne pas mettre le sujet sur la table dans un moment comme celui-ci. Tu n'arrêtes pas de plaisanter sur le fait que nous pourrions sortir ensemble et nous amuser, mais je suis incapable de déterminer si tu plaisantes, si tu es sérieux ou...

Windsor York, prince de cette putain d'Angleterre, passe son bras autour de moi et m'attire si vite contre lui que je n'ai pas le temps de finir ma phrase. Au lieu de quoi, je trouve ses doigts sous mon menton et sa bouche pressée contre la mienne.

Sa langue suit ma lèvre inférieure avant de plonger dans ma bouche, la luxure et la passion tourbillonnant à travers son contact pour s'insinuer en moi. Il y a soudain tellement de tension entre nous que je peux à peine respirer. Non, pas à peine, je ne peux pas. Je ne respire plus. Comment le pourrais-je alors qu'il m'embrasse comme s'il avait attendu toute sa vie de me trouver ?

Il n'y a pas de taquinerie dans ce baiser, il n'y a pas de blague.

Il n'y a que de l'intention, claire et nette. Elle se perçoit dans la façon dont il me tient, me touche, m'embrasse. Un feu ardent tourbillonne dans mon sang, qui me dresse contre le monde. Il n'y a rien que je veuille plus en cet instant que lui, mon putain de prince à moi.

Il s'écarte brusquement, dans un geste théâtral comme toujours, faisant glisser les doigts de mon menton à ma mâchoire, touchant mes cheveux. Il sourit, mais il y a là une chaleur que je n'avais pas remarquée avant, ou qu'il a très bien su cacher.

— Milady, je suis très intéressé. Tu es tellement... tout ce que je ne savais pas vouloir. Tu détestes l'argent. Tu détestes les connards. Tu ne te laisses pas emmerder. Chérie, laisse-moi faire de toi une princesse.

— Arrête ça, je m'étrangle, car je suis maintenant certaine qu'il plaisante à nouveau.

Je m'écarte de lui et il me laisse partir, me scrutant de ses yeux noisette qui étincellent alors que je plaque mon dos contre le mur entre Tristan et lui.

Le roi de Burberry Prep n'est pas un petit souverain heureux en cet instant.

— Espèce de fils de pute, grogne Tristan, et Windsor sourit.

— Fils de princesse, en fait. Arrière-petit-fils de reine. Autant présenter ces choses-là avec exactitude. Tu es peut-être une « figure royale américaine » (Wind mime des petits guillemets avec ses doigts.), moi, je suis vraiment membre d'une famille royale. (Il sourit.) Dixième dans l'ordre de succession au trône, assez prestigieux pour être important, mais pas assez pour que quelqu'un se soucie de mes faits et gestes. J'ai mon propre argent, ma propre vie. Si je veux sortir avec une petite Américaine désargentée, je peux. Et toi ? Est-ce que tu as le droit d'aimer Marnye ?

Tristan s'avance, puis se tourne pour me regarder. Il a le mérite de contrôler le rictus de colère qui lui déforme les traits et de refroidir son expression, se passant la langue sur la lèvre pendant qu'il m'observe.

Ses yeux se posent sur mon visage, puis il se tourne vers moi, pour m'attraper par les hanches et m'asseoir sur le bord de la table basse. Il lève les deux mains et plonge les doigts dans mes cheveux, m'attirant à lui pour un autre baiser.

Sérieusement, à ce stade, mon esprit, qui a mis les voiles, sombre dans le néant. Je suis juste une boule d'émotions sans aucune logique.

Le désir ardent que j'ai en moi va crescendo lorsque Tristan explore ma bouche de sa langue. Son baiser est aussi tranchant et froid que lui, mais il est traversé d'une lave en fusion. Si j'arrive à faire fondre sa carapace d'acier et à creuser jusqu'à ce qui se cache en dessous... il sera un putain de feu d'artifice. Ses doigts m'agrippent les hanches, s'enfoncent juste assez pour que la sensation soit à la fois douloureuse et agréable.

Ça me rappelle le bal d'hiver, et cette fameuse nuit sur le bateau. « *N'oublie pas que Creed n'est pas le seul à être intéressé.* » La façon dont il m'a embrassée à ce moment-là et la façon dont il m'embrasse maintenant... sont identiques.

Ce n'étaient pas que des conneries, alors ? Le sentiment d'appartenance qui était le mien quand on était assis tous ensemble à table ? Il était réel. Bien réel, merde.

Tristan s'écarte et pose son front contre le mien, le souffle court. Puis il s'en va comme s'il venait de se brûler et traverse le salon en courant pour gagner sa chambre. Il s'enfuit.

— Stop.

C'est le seul mot que je lâche. Je n'ai même pas besoin de le crier. Le sens de cette seule syllabe est assez clair. Tristan s'immobilise et tourne le regard vers moi, les pupilles dilatées, le gris de ses yeux pareil à des braises qui couvent sous les cendres.

— Quoi ?

On le dirait sur le point de craquer. Il a besoin d'être seul pour décompresser, c'est sûr. Mais pas avant qu'il ait répondu à ma question.

— Est-ce que tu es intéressé ? Un baiser n'est pas une réponse. Je veux l'entendre avec des mots.

Je lève le menton et Tristan pivote, les narines dilatées par la colère. Il ferme les yeux et détourne le regard comme s'il souffrait.

— J'ai déjà essuyé la colère de mon père pour toi, renoncé à la fortune de ma famille, ce n'est pas...

— Ce n'est pas une réponse.

Mon cœur bat très fort, les autres m'observent attentivement. J'attends, sans le lâcher des yeux. Lizzie n'est pas loin de mon esprit en cet instant, mais tout ce que je peux faire maintenant, c'est commencer ici, avec une simple réponse à ma question. S'il est intéressé par Lizzie, c'est un choix qu'il devra faire seul. S'il se soucie d'elle, alors... il doit se décider. Je ne peux pas le forcer.

— Oui.

Juste ce mot.

Qui ressemble à un défi.

« Dommage, j'aurais volontiers relevé le défi. »

Il m'a dit ça, il y a longtemps, le jour où on s'est rencontrés. On dirait qu'il va avoir ce qu'il voulait.

— Vous cinq..., commencé-je, toujours assise sur le bord de la table basse. Vous allez devoir vous battre pour moi, si vous me voulez. Mais pas à coups de poings, de paris ou de conneries. Je veux dire que vous allez devoir laisser tomber vos barrières et passer du temps avec moi.

— Marnye…, commence Zack d'une voix douce.

Je lève la main. Je n'ai pas fini. Mes joues sont enflammées par la gêne et mon corps est en feu comme jamais auparavant. Si je ne le dis pas maintenant, je n'en serai plus jamais capable.

— Pour vous racheter de ce que vous m'avez fait.

Je lance à Windsor un regard à moitié confus. Si l'on s'en tient aux faits, il n'a jamais été qu'un ami pour moi. Le problème, et ça je le sais vraiment, c'est qu'il a des arrière-pensées. Rien de ce qu'il fait n'est simple ou sans calcul, alors je suis désolée, mais il va devoir se plier aux règles du jeu, lui aussi.

— Pour vous racheter de ce que vous m'avez fait, je

répète, vous allez tous devoir... me courtiser en même temps.

— Te courtiser ? s'étonne Zayd avec un petit sourire crispé. C'est tellement vieux jeu.

Je relâche mon souffle, ferme les paupières et appuie ma tête contre le mur. J'ai besoin de... quelque chose pour décompresser de toutes ces émotions. Je relève la tête et rouvre les yeux pour scruter leurs visages. Les émotions que j'y lis vont de la stupéfaction de Windsor à la colère froide de Creed, et tout ce qu'il y a entre les deux.

— Vous allez devoir sortir avec moi, en même temps, tous les cinq. Et pas d'autres filles, ajouté-je en appuyant sur le dernier mot. Je ne plaisante pas. Si je vous vois avec une autre fille...

— Je n'ai pas touché une autre fille depuis la première année, proteste Tristan. (J'en reste baba : c'était plutôt un coureur de jupons. Est-ce que je le crois vraiment ?) Alors c'est bon. Je m'en fiche. Rien d'autre ?

Il est très professionnel en ce moment, mais... peut-être dans le bon sens ? Il parle comme il le fait en classe, comme s'il prenait des notes et cherchait le meilleur moyen d'obtenir un A, de gagner.

— Je…, commencé-je, mais mon esprit devient totalement vide. Non, je pense que c'est tout. On sort ensemble et on fait... ce qu'on ferait si on sortait ensemble. C'est... C'est tout.

Je descends d'un bond de la table et cours dans ma chambre, dont je referme la porte derrière moi.

Je reste là, juste le temps de reprendre mon souffle, avant d'enfiler mon maillot de bain, un peignoir et de descendre à la piscine.

L'eau est glacée, mais nager me vide la tête. C'est tout ce dont j'ai besoin en ce moment, une tête claire. Et l'équivalent d'une douche froide. D'une douche très froide.

PLUS TARD DANS LA NUIT, je suis allongée dans le lit *king size* que j'occupe toute seule, à regarder une bête émission de fin de soirée, ce qui est malgré tout un plaisir pour moi, compte tenu de la politique de Burberry qui interdit tout appareil électronique apporté de l'extérieur. Bon, parfois, le week-end, je regarde des trucs sur mon téléphone, mais c'est sympa d'avoir un grand écran pour changer.

Au moment où je cherche à tâtons la télécommande pour éteindre l'appareil, j'entends un craquement et un fracas, puis Zack qui jure furieusement.

En me levant du lit, je me déplace et ouvre la porte qui sépare ma chambre du salon. Et puis je porte une main à ma bouche.

La vieille barre métallique du canapé-lit s'est pliée et brisée sous le corps musclé de Zack. Il se débat maintenant pour sortir du fouillis de couvertures et d'oreillers. Une fois que j'ai maîtrisé mon rire, je me précipite pour l'aider. Bien sûr, quand je prends sa main et que je tire, c'est comme si je tirais sur une montagne de muscles. Il me laisse faire semblant de croire que je l'aide et dégringole de l'empilement, simplement vêtu d'un boxer.

Mon cœur tambourine un grand coup, qui propulse tout le sang de mon corps vers ma tête et... d'autres endroits.

— Putain de lit à la con, jure-t-il, en se penchant pour récupérer son téléphone de sous les couvertures.

Son boxer glisse légèrement et j'entrevois une raie des fesses.

Mais... une raie des fesses plutôt sexy. Il a des fossettes dans le bas du dos, et des muscles que mes mains brûlent de toucher. Ce n'est pas comme regarder la raie d'un plombier. Je plaque une main sur ma bouche pour retenir un nouveau rire nerveux.

Zack se lève et me dévisage, haussant ses sourcils bruns.

— Qu'est-ce qu'il y a de si drôle ? demande-t-il, d'une voix profonde de baryton.

Je tends la main et presse son biceps, aussi lisse, dur et chaud qu'un rocher chauffé par le soleil.

— Eh bien, tes muscles viennent de casser un lit. Et tu m'as montré un sacré morceau de fesses quand tu t'es penché.

— Tu trouves que mes fesses sont drôles ? demande-t-il, avec un petit sourire en coin. Parce qu'il se trouve que j'aime beaucoup les tiennes.

Je rougis et je réalise que j'ai caressé son bras pendant tout ce temps, malaxé, même. J'écarte la main d'un coup sec et recule de quelques mètres. La façon dont il me regarde… Les ténèbres qui l'habitent deviennent des ombres profondes et chaudes qui se promènent sur moi.

— Je n'ai pas dit que je n'aimais pas, je le taquine. Tu as besoin d'aide pour réparer le lit ? ajouté-je, parce que dans un B&B aussi petit, il est peu probable qu'il y ait une chambre de rechange ou même quelqu'un à la réception à qui parler.

— Bon, dit Zack, en retirant la literie pour la jeter de côté, je pense qu'on est un peu au-delà de la réparation.

Il tente de rassembler les morceaux cassés et de transformer le lit en canapé, mais c'est impossible. Il n'y a rien à sauver.

— Le sol, ça ira, lâche-t-il après qu'un des ressorts rouillés est littéralement tombé.

Je reste en retrait alors que Zack s'aménage une petite couchette pathétique à même le sol.

Je me mordille la lèvre inférieure et me tords les mains dans le devant de mon débardeur.

On dirait l'un de ces mangas *yaoi* que Creed m'a achetés, dont les personnages vont dans un hôtel où, par mégarde, ils n'ont réservé qu'un lit au lieu de deux… qu'ils finissent par devoir partager...

Mouais. On se croirait vraiment dans un dessin animé japonais, un manga ou une romance.

Je rougis lorsque Zack jette ses oreillers pour former un tas. Il me regarde.

— Tu peux partager mon lit, lâché-je dans un murmure essoufflé.

Zack se retourne. Il m'examine, dans mon débardeur rose pâle et mon short au tissu fin et fragile. C'est super doux et confortable, mais je suis soudain consciente comme jamais de mes tétons. Probablement parce que je ne porte pas de soutien-gorge. Ou de sous-vêtements.

Si je dois partager un lit avec l'un des mecs les plus sexy de l'école, je devrais peut-être commencer par penser à porter ces accessoires-là ?

— Tu en es sûre ? demande-t-il. Rien ne t'y oblige, tu sais.

Il fixe ses beaux yeux ombrageux sur moi. Ses iris sont marron, oui, mais avec une nuance de miel dans la faible lumière de la lampe de chevet. Zack a dû s'endormir sans l'éteindre, car elle était déjà allumée quand je suis entrée.

— Je... non, ça va, dis-je en écartant quelques mèches de cheveux roses de mon visage. Prends juste des oreillers.

Je souris pour détendre l'atmosphère, mais il y a une tension entre nous qui augmente depuis... merde, je ne sais pas. L'année dernière ?

Je retourne dans la chambre, la chaîne Comedy Central en fond sonore pendant que je bâtis une petite barrière d'oreillers entre nous. C'est un peu puéril, mais tant pis.

Zack sourit en posant son oreiller sur le côté gauche du lit et s'y installe. Son grand corps déforme le matelas. Je me retrouve soudain avec les mains moites et le cœur qui bat la chamade.

— Qu'est-ce que tu attends ? demande-t-il en s'appuyant contre son oreiller, bras croisés derrière la tête. Est-ce que mes fesses sont effrayantes à ce point ?

— J'ai dit « drôles », pas « effrayantes », je marmonne en grimpant de mon côté du lit.

Je m'allonge sur les couvertures. Vu qu'il fait un peu chaud ici, je ne ressens pas le besoin de me glisser dessous pour le moment. Lui non plus apparemment.

On reste silencieux pendant quelques minutes, à regarder un épisode particulièrement croustillant de *South Park*. C'est l'un des plus anciens où l'un des personnages principaux, Stan, vomit chaque fois que son *crush*, Wendy, le regarde. Je ressens ce phénomène à un niveau spirituel. Mes *crushes* – tous les cinq, hum – me rendent malade. Mais, bon, dans un très bon sens.

C'est hyper perturbant.

— Tu sais... je pensais qu'en te laissant tranquille, je faisais ce qu'il fallait, lâche Zack quand une publicité démarre.

Beurk, j'avais oublié à quel point les pubs étaient ennuyeuses. Comme j'utilise des applications de blocage de publicités sur mon téléphone, je n'ai plus à les regarder.

Je reste silencieuse, faute de savoir quoi dire.

Il se retourne et s'appuie contre le mur de coussins pour m'observer.

— Mais tu voulais que je me batte depuis le début, hein ? (Je ne réponds rien, mais Zack sourit.) Maintenant que je le sais, j'espère que tu es prête.

— Prête pour quoi ? demandé-je, alors qu'il se

redresse puis pose les bras de part et d'autre de moi, un sourire malicieux sur le visage.

Je ne lui ai pas encore rendu sa veste Letterman. Pour être tout à fait honnête, j'aime la porter. J'aime son odeur, ce parfum sportif que je reconnais en un instant, mais qui semble toujours offrir de nouvelles notes. Cette fois, je sens la menthe, la muscade et la lavande.

— Que je devienne *hardcore,* déclare-t-il en tendant la main et en glissant ses doigts le long de mon cou.

Un petit gémissement s'échappe de ma gorge avant que je puisse le refouler. Zack se penche alors sur moi. Exactement comme avec Creed, je l'embrasse aussi intensément que si aucune limite, aucune barrière, rien ne nous retenait.

C'est tellement bon, cette poussée rafraîchissante de désir sans culpabilité. Bon, d'accord, il y a peut-être un tout petit peu de culpabilité, mais je me dis que c'est la dernière pièce de ma vengeance qui se met en place. Je peux sortir avec ces mecs, explorer mes sentiments pour eux et je n'ai pas à me décider tout de suite. Je n'ai pas à choisir.

Un autre gémissement m'échappe et voilà que mes doigts s'enfoncent dans les dorsaux de Zack, pour le tirer vers moi, encore plus près. Il me laisse m'accrocher à lui, semble même aimer ça. On s'ajuste, de sorte que je suis plus ou moins allongée et lui... plus ou moins allongé sur moi.

Le poids de son corps est agréable, sa peau est chaude et lisse sous mes mains.

Sa main droite glisse sur mon flanc, remonte mon débardeur, et je gémis, me trémoussant sous son corps. La voix de Creed me vient à l'esprit : « *Arrête de trembler comme ça, tu vas me faire bander.* »

Si je continue, alors Zack...

Je m'ajuste à nouveau et il se retrouve entre mes cuisses, son corps dur et chaud, qui sent si bon. Je fais glisser mes doigts le long de son dos, sans me priver de le griffer, et il pousse ce grognement que je sens jusque dans mes os. Je me cambre vers lui, pressant mes seins contre sa poitrine.

Nos baisers ralentissent un peu au bout de quelques minutes, s'installant dans un rythme chaud et sensuel. C'est alors que je sens son érection entre mes cuisses, qui presse contre son boxer. Je suis pleinement consciente du fait qu'il n'y a que deux fines couches de tissu qui nous séparent.

Je glisse les paumes entre nous, dans l'intention de repousser un peu Zack, mais je finis par être excitée quand je sens la surface dure de ses pectoraux et les pointes raidies de ses mamelons. J'émets un petit râle de plaisir et il gémit, tendant la main pour caresser ma poitrine à travers le tissu fin et doux de mon t-shirt.

Le plaisir est si intense que je me jette dans les oreillers, rompant le baiser tant je halète. Zack descend la paume jusqu'à ma taille dénudée. Sa peau est chaude et moite contre la mienne, puis il remonte vers le haut jusqu'à plonger sous le tissu et attraper mes seins.

Le son qui franchit mes lèvres est si étranger que je

sursaute presque, tremblante lorsque Zack ricane et se blottit contre ma clavicule.

— Si tu ne te tais pas, tu vas réveiller le reste de ces abrutis.

— Que je me taise ?

J'avais oublié la signification de ce mot pendant un instant. Zack me sourit et baisse la tête vers mes seins. Quand il prend mon téton dans sa bouche, je gémis si fort que je suis sûre d'être entendue par les autres. Les sensations sont si nouvelles, si puissantes, que j'ai du mal à respirer.

L'envie, le désir et le besoin me traversent en spirale, enflant dans mon intimité pour se déployer jusque dans chaque parcelle de mon corps. Je suis soudain si avide de plus que je ne sais pas quoi faire de moi-même. Zack se penche en avant et sa trique frôle la chaleur de mon entrejambe.

On s'immobilise tous les deux au bruit d'une porte qui s'ouvre et je m'extirpe de sous son corps, si bien que j'atterris à genoux par terre.

Je me relève précipitamment et j'arrange mon t-shirt, le pouls déchaîné.

Zayd entre dans le salon, ouvre le minifrigo et en sort un soda avant de s'arrêter et de se retourner pour me regarder, debout en pyjama devant la porte. Je ne suis pas sûre qu'il puisse voir Zack. Ses yeux passent sur le canapé-lit cassé et la pile de couvertures au sol, puis reviennent sur moi.

— Je savais que j'aurais dû prendre ce putain de

canapé-lit, grogne-t-il, faisant sauter la capsule de son soda.

Zack regagne son côté du lit et gémit, un bras jeté sur ses yeux.

Zayd et moi, on se fixe mutuellement du regard pendant un long moment, très intense. Je détaille sa silhouette musclée et tatouée. Lui aussi est torse nu et mon corps palpite en réponse.

Merde.

Merde, merde, merde.

Ma mère, qui a perdu sa virginité jeune, a utilisé le sexe comme un outil et une arme pour obtenir ce qu'elle voulait. Ayant refusé d'être comme elle, je me suis retenue, j'ai repoussé les sentiments naturels qui naissaient en moi. Mais en regardant le corps tatoué de Zayd, puis en jetant un coup d'œil à un Zack torse nu, je me demande combien de temps encore je vais être capable de rester saine d'esprit.

— Peut-être que tu aurais dû, murmuré-je, puis je m'excuse pour me retirer dans la salle de bains, faire couler la douche et me glisser sous le jet.

Il y a un besoin profond en moi sur lequel il est difficile de mettre des mots. Je me fais jouir moi-même, puis j'ouvre l'eau froide pour un dernier jet glacé, et je me recouche.

Zack est déjà endormi quand je reviens, mais je suis presque sûre de voir des mouchoirs dans la poubelle de son côté.

On ne parlera pas de ce qui a failli arriver pendant pas mal de temps.

CHAPITRE TREIZE

LE LUNDI après notre voyage en ville, c'est la semaine des parents.

Papa arrive comme d'habitude, mais il est plus maigre que la dernière fois que je l'ai vu et il a surtout moins de cheveux. Ce spectacle me stresse au plus haut point, mais je refoule ces émotions en passant le plus de temps possible avec lui, en organisant des pique-niques dans les jardins, en l'invitant à regarder le numéro de pom-pom girls sur lequel nous avons travaillé et en lui faisant écouter le solo de harpe que j'ai répété.

Il jette un regard méfiant aux garçons, mais il ne dit rien, et je fais de mon mieux pour lui montrer que je suis bien ici, que je suis heureuse.

On évite les ex-Sang-bleu et leurs familles. Ce n'est pas difficile, vu que j'ai Kathleen Cabot dans les parages la plupart du temps, qui fait la conversation à papa et qui, d'une manière générale, dresse une barrière de vibrations qui proclament : « Ne me cherchez pas ». Cette femme est une légende, et la personne la plus riche de l'école. Personne ne la dérange.

Pour la troisième année consécutive, le père de Zayd ne vient pas. Il semble résigné à ce stade, mais je m'efforce de l'inviter à passer du temps avec Charlie et moi. Ce qui est vraiment intéressant, c'est que William Vanderbilt ne se montre pas non plus. J'aurais pensé qu'il serait là, à harceler son fils.

— Il est probablement en train de réfléchir à la meilleure façon de me punir, commente Tristan avec un air renfrogné.

Il serre les poings, le regard fixé vers l'avant de la propriété, ses yeux gris assombris par la colère. Si William traitait son fils aussi mal auparavant, alors qu'il se pliait plus ou moins à ses ordres, que va-t-il se passer maintenant ?

Mon cœur souffre pour Tristan, mais je ne sais pas exactement ce que je peux faire.

William Vanderbilt est un milliardaire – ou un ancien milliardaire, si les rumeurs qui courent sur l'épuisement de la fortune familiale sont vraies – et je ne suis qu'une lycéenne avec un cahier, une liste de règles et un coup de cœur.

Le vendredi, nous assistons au grand match et, cette fois, je ne sabote pas Zack, je l'encourage. Il porte Burberry Prep vers sa plus grande victoire de la saison et une chance de participer aux séries éliminatoires. Quand il sort du terrain, tout en sueur et couvert de boue, qu'il me prend dans ses bras et m'embrasse devant tout le monde, je le laisse faire.

C'est comme ça que les rumeurs commencent.

À Halloween, elles galopent.

— Ton nom, avec le mot « salope », est gribouillé sur tous les miroirs de la salle de bains, m'annonce Miranda, en jetant le couvercle de sa boîte à chaussures contre le mur avec frustration. J'ai utilisé la ligne d'urgence pour signaler le graffiti, mais Mme Felton m'a répondu que le personnel était déjà au courant et qu'il tâchait de le faire disparaître. Quand je l'ai interpellée en lui disant que, non, ce n'était pas le cas, elle m'a répliqué que c'était pareil dans tous les sanitaires des élèves du campus.

Miranda souffle et rejette sur ses épaules des mèches de cheveux d'un blond brillant. Elle est tellement en colère qu'elle en tremble.

Je suis d'un calme presque troublant quand j'examine ma tenue qui étincelle sur le lit.

Je vais me déguiser en chewing-gum cette année. Oui, comme je vous le dis. Ça n'a pas l'air très glamour jusqu'à ce que vous voyiez la robe rose à paillettes, les talons argentés brillants avec des petits papiers de chewing-gum en guise de nœuds, et la coiffure fantaisie que j'ai confectionnée avec du matériel de bricolage que les garçons et moi avons acheté en ville.

— Pourquoi tu ne pètes pas un câble ? demande-t-elle alors que Lizzie utilise un fer pour lisser ses cheveux bouclés.

Elle a décidé de se déguiser en banane, mais en

banane sexy parce que, allez, on en a déjà parlé. Vous vous souvenez de *Lolita malgré moi ?*

Lizzie porte une combinaison jaune moulante qui épouse ses courbes. On a tous travaillé ensemble sur les costumes du groupe, donc le haut a ces plis de tissu d'un jaune doux qui se déploient comme le haut d'une banane qu'on aurait pelée. Elle a des boucles d'oreilles en forme de banane et de gros talons compensés jaunes à pois blancs.

— Parce que c'est ce que Harper et Cie espèrent ? suggéré-je, en expirant et en arrangeant le sac à main recouvert de papier d'emballage que j'ai confectionné.

J'ai utilisé un morceau intact de gros chewing-gum rose pour le fermoir. Ça, et j'ai réalisé un petit « corsage » en tressant des papiers d'emballage argentés. Pour compléter le look, je me suis maquillée dans des teintes pétillantes, rose vif, et j'ai dessiné un énorme cercle rose à côté de ma bouche, comme si je soufflais une bulle en permanence.

Pour Miranda, on a opté pour « pastèque sexy » – je sais, je sais, soyez indulgents – et sa tenue vaut vraiment le coup d'œil. Elle porte une robe rouge moulante avec un ourlet vert, et des petites graines noires parsemées dessus. La hanche droite est légèrement déchirée, ce qui montre sa peau en dessous.

Andrew a fini par choisir d'être une barre de chocolat, mais en travesti. Il porte une robe avec un haut marron asymétrique et une jupe argentée froncée pour donner l'impression que l'emballage a été retiré. Honnêtement, c'est assez brillant. Il a aussi une perruque brune, trop de maquillage, des talons, et l'air plutôt heureux.

— C'est vrai, admet Miranda en me regardant récupérer mon costume sur le lit pour aller me changer dans la salle de bains.

Elle n'a fait aucune réflexion quand je lui ai raconté ce qui s'est passé à Lujo, la conversation sur les rendez-vous et l'histoire avec Zack. Peu importe ce qu'elle en pense, elle a continué à me soutenir.

Je lui suis archiredevable.

On finit de se préparer et on retrouve les garçons dans le hall.

C'est assez surréaliste de les voir tous réunis comme ça. Au sens strict, chacun d'entre eux est mon petit ami. J'ai des petits amis. C'est fou, non ? Une partie de moi sait que ce n'est pas permanent, que ça ne durera pas longtemps, qu'un groupe de mecs alpha comme ça ne peut pas rester soudé pour toujours, mais l'autre partie de moi veut juste profiter du moment.

Je fais partie d'un groupe. Je me sens protégée. En sécurité.

Mon regard se porte d'abord sur Tristan, car de tous les garçons, il était le seul à avoir refusé de révéler son déguisement jusqu'à présent.

Je suis presque sûre de mourir en le voyant.

— Putain de merde.

Les mots m'ont échappé avant que je puisse les retenir et je me plaque une main sur la bouche.

Il laisse son magnifique sourire se dessiner sur ses lèvres, puis s'avance pour se dresser devant moi.

— Réglisse noire, tu aimes ?

Il porte une veste en cuir recouverte de longs morceaux de réglisse noire. En dessous, il a revêtu un t-shirt en résille et un pantalon en cuir, ainsi que des mocassins coûteux ornés de morceaux de réglisse entrecroisés avec art au niveau des orteils. Il a même un nœud papillon fait de bonbons autour du cou.

Mon cœur commence à battre la chamade lorsqu'il s'avance vers moi et pose les mains sur les hanches de mon étincelante robe rose. Elle est un peu trop courte et trop serrée à mon goût, mais c'est la seule que j'aie pu trouver qui correspondait au thème de mon costume.

— Ta vue et ton odeur sont divines, commente-t-il avec un rictus.

Il se penche pour inspirer l'odeur de chewing-gum qui m'enveloppe. Son parfum habituel de cannelle et de menthe poivrée a été remplacé par celui de la réglisse noire, mais ça ne me dérange pas. En fait, j'aime ce truc, même si tous les gens que je connais détestent ça.

— Toi aussi, murmuré-je, quand il me dépose un baiser dans le cou, geste délibérément destiné à me faire bouillir le sang.

Ça marche.

J'expire et m'éloigne avant d'être trop submergée par sa présence. Je vois les autres mecs et leurs costumes. On a tous travaillé dur, il faut que je contemple tout.

Zayd est déguisé en barquette de frites – ou de « *chips* », comme les appelle Windsor –, mais d'une manière si habile qu'il est en même temps sexy à mort. Il porte une salopette à jambes courtes. Ses bretelles sont jaune vif et la partie short est rouge, comme une barquette. Il s'est peint un grand « M » blanc de McDonald's sur les fesses et confectionné une broche à partir d'un sachet de frites commandé dans un drive-in. Il les a collées ensemble et je l'ai aidé à vaporiser de la gomme-laque dessus.

Heureusement, il n'a pas l'odeur de son amuse-gueule préféré et, lorsqu'il m'embrasse, il sent le mélange habituel de clous de girofle, de tabac et de sauge que j'ai appris à apprécier.

— Tu es plus que sexy dans cette tenue, me murmure-t-il alors que Miranda se moque et lève les yeux au ciel, s'écartant pour que Lizzie puisse se faufiler dans la pièce.

Comme elle a eu besoin d'une minute de plus pour se maquiller, elle est un peu en retard.

Mais dès qu'elle apparaît, je sens que Tristan et elle se regardent.

C'est trop à gérer pour ce soir, alors je me tourne vers Creed et je souris. Le jumeau de Miranda est une tranche de pastèque, lui aussi, mais au lieu d'une robe, il porte une chemise rouge avec des graines noires et une découpe sur le côté qui montre ses abdos durs comme la pierre. Autour de son cou, il a même une chaîne avec un morceau de pastèque. Pendant que je l'examine, il soulève le quartier de fruit et en prend une grosse bouchée.

— Au moins, je ne suis pas un pirate cette fois, se contente-t-il de commenter, et je souris.

Son pantalon est vert et, honnêtement, moche comme un pou, mais il s'accorde avec le costume. Et puis comment Creed Cabot pourrait-il ne pas être séduisant ?

— C'est toujours ça, en effet.

Je le laisse prendre mon bras, ignorant le fait que Lizzie et Tristan ont une conversation à voix basse que je ne peux pas entendre. Elle rit et il lui sourit. Mon estomac vrille et je ferme les yeux pour éviter un accès de jalousie.

Ce n'est pas juste de ma part de réagir comme ça.

J'ai cinq hommes autour de moi et Lizzie n'a qu'un fiancé lointain, qu'elle n'aime même pas. Si Tristan et elle sont faits l'un pour l'autre, alors...

— Windsor, tu es ridicule, je proteste, parce qu'il est déguisé en sachet de thé géant.

Il porte littéralement une chemise transparente avec des feuilles marron séchées collées et cousues à l'intérieur. Une longue corde à laquelle est accrochée une énorme étiquette carrée pend sur son épaule et se balance au rythme de ses mouvements. « English Breakfast Tea », proclame-t-elle au-dessus du dessin d'une couronne.

Ses cheveux roux sont hérissés, comme d'habitude, et il a une cuillère à thé en argent derrière l'oreille.

La référence n'est pas perdue pour moi. « Né avec une cuillère en argent dans la bouche », cela signifie « riche », n'est-ce pas ? Ha, ha.

— Ne suis-je pas l'incarnation du jeune Adonis ? fait-il, avec sa robe qui tourbillonne autour de ses jambes nues.

Il porte des bottes, mais je ne suis pas sûre de ce qu'il y a d'autre sous cette tenue ridicule. Au moins des sous-vêtements, j'espère, mais connaissant le prince, il n'y a peut-être rien du tout.

— J'ai déjà posté plusieurs photos sur Instagram et ma mère a perdu la tête. (Il sourit comme si c'était la meilleure chose qui soit.) Oh, le scandale ! Elle ne va certainement pas apprécier les références aux sachets de thé.

Il m'adresse un clin d'œil et je lève les yeux au ciel.

— Au moins, tu es une bonne tasse de petit déjeuner anglais, répliqué-je en le laissant prendre mon autre bras.

Zack se tient juste en face de moi, et me dévisage. On est un peu gênés l'un vis-à-vis de l'autre depuis le voyage, mais seulement parce que chaque fois que je le regarde, la chaleur me traverse et j'imagine sa bouche sur mes seins.

Je me dis que si je peux encore parler à Creed après l'incident du jacuzzi, ça devrait aller avec Zack aussi.

Mais en plus, il y a le fait que le costume de Zack est... en quelque sorte inexistant.

— Je me sens ridicule, marmonne-t-il alors que j'essaie de décider si je dois rire... ou pleurer... ou le traîner dans ma chambre pour une autre séance de pelotage.

Il est censé être une part de pizza, mais en réalité, il

porte juste un sous-vêtement, un débardeur et des baskets. La part de pizza, faite de feutrine jaune, marron et rouge pour le fromage, la croûte et le pepperoni, a été collée à un boxer noir très serré. En haut, il porte un débardeur estampillé par le logo d'une pizzeria locale.

Il est à peu près nu.

— Et j'y suis allé en travesti arc-en-ciel l'année dernière, donc ça en dit long.

Je décide que le rire est le meilleur remède et je me permets de lui glousser au nez jusqu'à ce que Miranda éjecte son frère du passage, me prenne par le bras et m'entraîne dans le couloir.

On se dirige à travers bois comme l'an dernier, et je suis tout étourdie et excitée lorsque je déverrouille les portes de la Maserati. Miranda, Creed et Windsor me rejoignent. Andrew prend sa Lamborghini rouge avec Lizzie, Tristan et Myron. Le meilleur ami de Tristan nous attendait dehors, adossé à un arbre et habillé en un super-héros que je n'identifie pas. Ce qui n'est pas surprenant, vu que je n'ai jamais été très portée sur les super-héros.

Zack et Zayd prennent la McLaren orange, et on forme une petite caravane dont les phares balaient l'obscurité, en direction d'une des maisons familiales de Windsor dans les montagnes. Presque tous ceux qui ont assez d'argent, à Burberry Prep, possèdent une maison à quelques heures de cette région. C'est considéré comme l'une des parties les plus belles et les plus exclusives du pays, un nouveau havre californien, bien plus tendance auprès des super-riches que L.A. ne l'a jamais été.

Heureusement, les lois sur le zonage ici empêchent la construction de trop de nouvelles maisons, alors j'espère qu'elle restera isolée pendant longtemps encore.

Environ une heure et quinze minutes plus tard, on s'engage sur un long, long chemin jusqu'à un énorme portail, puis on attend que Windsor sorte pour taper le code. Il y a déjà des gens sur place, les traiteurs et les organisateurs de fêtes que le prince a engagés avec son propre argent. Comme ils ne font pas partie du personnel habituel qui s'occupe de la propriété, il jure que personne ne saura qu'on a fait la fête ici jusqu'à ce qu'il soit trop tard.

Lorsqu'on entre, la maison est décorée comme un magasin d'Halloween, des accessoires partout, des lustres avec des têtes de mort, des candélabres qui brûlent. Je crie lorsque je marche accidentellement sur un déclencheur et qu'un zombie géant se jette sur moi.

— Oh, Charity ! s'amuse Zayd, me prenant dans ses bras alors qu'on commence à rire tous les deux.

Il me porte dans la cuisine – et merde, quelle cuisine ! – et me pose sur l'îlot central. Lequel îlot est plus grand que la cuisine du nouveau logement de mon père, pourtant elle-même deux fois plus grande que celle que nous avions dans le wagon.

— Il en faut beaucoup pour me faire peur, je te jure.

Et puis une araignée géante tombe du plafond, et je crie à nouveau, dans une explosion de rires. Windsor me sourit et tend les bras, faisant tomber quelques feuilles de « thé » sèches de son costume.

— Qu'en penses-tu, milady ? Je ne t'ai pas dit que je te traiterais comme une princesse ? Tout cet endroit, toute cette fête, c'est pour ton plaisir.

Sur quoi, il fait une profonde révérence, puis se redresse. Je souris comme une folle, mais même si je considère ses mots comme stupides, je les aime aussi.

— Tu as eu les citrouilles ? je lui demande, et il me lance un regard coquin, du genre « À votre avis, Votre Majesté ? »

On se dirige vers le jardin pour trouver d'autres décorations accrochées aux arbres, des toiles d'araignée géantes qui s'étendent sur le toit et une série de tables avec des nappes orange et noires. Elles sont couvertes de citrouilles, de peinture, d'outils de sculpture et de toutes sortes de livres de modèles.

Comme on n'a pas participé à la fête de l'école cette année (on est en troisième année, donc bien trop cool pour une fête dans le gymnase), on peut passer du temps ensemble et sculpter des citrouilles avant que les autres élèves n'arrivent.

Windsor s'assied à côté de moi, fait tourner sa citrouille, soupire et me jette un coup d'œil.

— Mon amour, je n'ai pas la moindre idée de ce que tu t'attends à me voir faire de ce truc.

Je souris et tends le bras par-dessus ses genoux pour attraper le livre de modèles posé à côté de lui. Au lieu de me laisser l'atteindre, il m'attire sur ses genoux et on reste une minute dans cette position, sa bouche tout près de mon oreille. Je frissonne quand il murmure contre elle :

— J'espère que tu vas apprécier ta fête d'Halloween.

— Je l'apprécie déjà.

Après quoi, je l'aide à choisir un modèle dans le livre, à l'épingler sur le flanc de la citrouille et à suivre les lignes avec la petite roue crantée. Lorsqu'il s'agit de découper le haut de la citrouille et de la vider de ses entrailles, il finit par passer ses bras autour de ma taille et me laisser faire le travail.

Je m'en fiche.

J'adore faire ça.

Je pense que les autres garçons sont jaloux. En tout cas, je suis sûre que Zayd l'est. Il m'apporte du cidre, puis des biscuits, et s'assoit ensuite tout près de nous, du côté gauche. Mais ça ne me dérange pas. Ce qui me dérange, même si j'essaie de m'en abstenir, c'est de regarder Lizzie et Tristan sculpter des citrouilles côte à côte.

Ça me fait peur.

Même si ça ne devrait pas.

Je me concentre plutôt sur Windsor et sur ce qui s'avère être une Jack-o'-lantern spectaculairement merdique. Ce n'est pas grave. Une fois que la bougie sera à l'intérieur, et allumée, le résultat sera superbe... de loin.

On aligne nos créations dans l'allée, puis on ouvre les portes à la foule.

Tout se passe bien jusqu'à ce que les ex-Sang-bleu arrivent.

Je laisse échapper un soupir en regardant Harper, Becky et Ileana franchir la porte d'entrée ouverte, habillées en... eh bien, je ne suis pas vraiment sûre. Elles ressemblent toutes à des maîtresses dominatrices pour moi. Puis je réalise qu'elles portent toutes des badges et tiennent des matraques. J'en conclus donc qu'elles sont des flics sexy ?

Comme c'est... original.

Harper me voit tout de suite et sourit. Ses nouvelles mèches luxuriantes de cheveux blond fraise flottent derrière elle. Je jure devant Dieu, même si c'est la dernière chose que je dois faire, que ces extensions lui seront retirées. Je parie qu'elles lui ont coûté bien cher, en plus.

— Vu que tu t'es incrustée à ma fête, je me suis dit que j'allais m'incruster à la tienne, lance-t-elle en s'approchant de moi.

Je ne recule pas, malgré mon tatouage qui me lance (d'accord, je sais que je l'imagine, mais je jure que je le sens), et la liste creuse un trou incandescent dans mon sac. Si je ferme les yeux, je peux la voir.

Vengeance sur les Sang-bleu de Burberry Prep
Une liste de Marnye Reed

Les filles : Harper du Pont, Becky Platter et Ileana Taittinger
Leurs acolytes : Anna Kirkpatrick, Ebony Peterson, Gregory Van Horn, Abigail Fanning, John Hannibal, Valentina Pitt, Sai Patel, Mayleen Zhang, Jalen Donner, Kiara Xiao et ~~Ben Thresher.~~

La plèbe

Avant d'être diplômée de Burberry, je verrai tous les noms de cette liste barrés, réduits en cendres et emportés par le vent. Trous du cul. Chaque personne de cette liste (sauf les plébéiens, mais je n'ai aucune idée de la manière de m'y prendre avec eux) était sur le bateau du lac.

Un. À. Un.

Ils allaient laisser Harper me casser les doigts et me priver pour toujours de ma capacité à faire de la musique. Ils allaient laisser Greg, John et Ben m'agresser sexuellement. En ce qui me concerne, ils sont tous coupables. En plus, toutes les filles étaient dans la piscine ce jour-là. Ce n'est pas une paire de mains qui m'a poussée sous l'eau, mais plusieurs.

Beaucoup, beaucoup de mains.

— Bienvenue, lance Windsor qui apparaît à côté de moi.

Il a cette lueur spéciale au fond des yeux qui m'a fait peur dès le premier instant. À la seconde où il a rencontré les Sang-bleu de la Burberry Preparatory Academy, il était prêt à se jeter dans la bagarre. En le regardant maintenant, je vois ce même concentré d'énergie qui me rappelle un loup à l'affût.

Windsor York cherche une proie.

— On espère que tu apprécieras la fête de Marnye, poursuit-il en souriant lorsque Harper lui lance un regard étrange.

Elle devine qu'il se passe quelque chose, mais elle

sait aussi que si elle ne fait pas une apparition ici, elle est fichue. Ileana et Becky échangent des coups d'œil derrière elle, pourtant elles ne disent rien avant d'aller se chercher des boissons.

Les autres ex-Sang-bleu – j'ai commencé à les appeler « la Compagnie » dans ma tête, parce que « Harper et Cie », ça me semble logique – se sont déjà fondus dans la foule et ont disparu.

Mon estomac se tord lorsque je vois Kiara Xiao me fusiller du regard. Son costume d'ange penche plutôt vers le côté diabolique, si vous voyez ce que je veux dire. Je ne suis pas en train de traiter toutes les filles de salopes ou quoi que ce soit, je dis juste qu'à mon avis, les anges ne portent pas de petits bikinis blancs et des bottes de cow-boy.

— Eh, lance Windsor, qui me passe son pouce sur les lèvres. Ne les laisse pas t'atteindre.

Je réplique en criant par-dessus la musique :

— Si tu te montres si copain avec elles, je m'inquiète, parce que tu as quelque chose de prévu.

Il m'interrompt d'un baiser et je suis tellement surprise que je me laisse enlacer. Embrasser Windsor est... surréaliste. On a été amis pendant une année entière, et maintenant... Dès que je l'ai vu, j'ai été attirée par lui. Il le sait, je le sais. Et pourtant, tout ce à quoi je pense, c'est à ses précédentes invitations. « *Ce sera amusant, mais ça ne durera pas longtemps.* » Pourquoi a-t-il dit ça ? Le pense-t-il encore ?

Je recule, entraînant Windsor avec moi jusqu'à ce qu'on soit collés contre un mur.

Il pose ses paumes de chaque côté de moi et s'écarte juste assez pour me sourire.

Le clip *Everybody (Backstreet's Back)* des Backstreet Boys passe sur l'écran géant derrière Windsor, le thème d'Halloween étant tout à fait approprié pour l'occasion. Je ne le regarde pas vraiment, cependant. Non, je regarde un prince, ses pupilles dilatées et la légère trace d'humidité sur sa lèvre inférieure après m'avoir embrassée.

— Tu t'inquiètes trop, milady. Détends-toi. J'ai planifié tout ça pour toi.

Il m'embrasse à nouveau et mon cœur s'emballe dans ma poitrine. C'était comme un rêve quand il a débarqué à l'académie, a déclaré que j'étais la plus belle fille de l'école et a endossé ma vengeance comme étant la sienne. Mais chaque pièce a deux faces et je me demande ce qui va se passer quand celle de Windsor va se retourner.

PLUS TARD, lorsque la plupart des fêtards sont ivres, je suis assise avec Zayd et Creed dans l'une des salles de jeu, à jouer au poker. Cette fois, l'enjeu est relativement faible. Celui qui gagne m'emmène en rendez-vous le week-end prochain (ce qui me rend très nerveuse). Mais si je gagne, je peux les emmener tous les deux. Je suis presque sûre que c'est un scénario gagnant-gagnant-gagnant, et ça me convient.

Au bout d'un moment, je commence à remarquer que la pièce se vide.

C'est ce qui me rend nerveuse.

Une fois notre partie terminée – j'ai gagné, les mecs, désolée –, je me rends dans le hall principal et je trouve Harper en train de hurler au visage de Tristan.

— Où sont mes amis, bordel, espèce de psychopathe ? crie-t-elle.

Quelqu'un baisse la musique. Tristan reste là, les doigts dans les poches. Lizzie se tient d'un côté de lui, Windsor de l'autre.

Creed et Zayd échangent un regard.

— Mais qu'est-ce qui se passe ? je leur demande.

Je pivote sur moi-même, la gorge étrangement serrée. Évidemment, je veux ma vengeance. Je ne veux simplement pas que les choses deviennent aussi glauques qu'elles l'ont été sur le lac.

— On doit prendre position pour te protéger, explique Zayd, d'une voix douce. Mais on ne veut pas que tu aies à te mouiller autant. Ce sont les affaires du Club et tu ne devrais pas avoir à t'en mêler.

Je me retourne quand Zack déverrouille la porte de l'autre côté de l'entrée.

La Compagnie sort en titubant, en jurant et en criant. Ils étaient tous là, à part Harper.

Et... ils sont tous chauves.

Totalement et complètement chauve.

Bouche bée, je dois plaquer mes deux mains sur mes lèvres. Harper les découvre ainsi et pousse l'un de ses cris de ptérodactyle. Alors Tristan et Windsor l'attrapent par les bras et la poussent sur l'une des chaises. Lizzie s'avance avec une tondeuse à la main pendant que Harper hurle.

Plusieurs amis de Harper se précipitent pour l'aider, mais Zayd, Creed, Zack, Myron et même Andrew interviennent pour les retenir. La plèbe se délecte de ce drame et je remarque que pas un seul d'entre eux n'intervient, ni pour aider, ni pour aggraver la situation.

— Miranda…, chuchoté-je quand elle m'attrape le bras, les yeux écarquillés.

Elle me jette un coup d'œil, mais je vois qu'elle sait aussi bien que moi ce qui se passe ici.

— Je vais te tuer, putain ! hurle Harper quand Lizzie lui rase le crâne. Je vais envoyer un tueur à gages régler son compte à la pute que vous vous partagez !

Des extensions brillantes et magnifiques tombent sur ses genoux gainés de simili cuir.

Je ne réagis pas. Dans le passé, j'aurais pu grimacer, ou avoir honte, ou... quelque chose. Ce soir, je... je ne suis pas sûre de ce que je ressens. Je m'avance pour me placer devant elle, attendant que Lizzie ait terminé son horrible corvée et recule en éteignant la tondeuse.

Harper est tellement en colère qu'elle crache.

Si elle n'avait pas essayé de me tuer – ou si elle ne menaçait pas de me tuer maintenant –, j'aurais peut-être eu de la peine pour elle. Je suis un peu énervée contre les mecs qui ne m'ont pas informée de leur plan.

On en reparlera plus tard.

Windsor et Tristan libèrent Harper et elle se relève,

tout en se tâtant la tête. Une fureur sans mélange allume son regard quand elle pose les yeux sur moi et je vois bien que je suis devenue la source et la cible uniques de sa haine.

Peut-être parce que je suis une cible facile ?

— Est-ce que tu as la moindre idée de l'erreur que tu viens de commettre ? ricane Harper, tellement en colère qu'elle en tremble.

Certains des garçons de la Compagnie ont l'air de vouloir se battre contre nous, mais ils regardent autour d'eux, se rappellent dans quelle maison ils se trouvent et changent d'avis.

— J'espère que votre petite pute en vaut la peine, crache Harper en regardant mes garçons tour à tour. On sait bien que vous sortez tous avec elle.

— On n'a jamais essayé de le cacher, rétorque Creed dans son costume de pastèque.

Il devrait avoir l'air ridicule, mais avec cette petite entaille qui révèle ses abdominaux, ses beaux cheveux blanc-blond et ses yeux bleus de glace, il est tout sauf ridicule. En fait, l'expression de son visage est la même que celle qu'il arborait lorsqu'il combattait Derrick Barr et lorsqu'il affrontait Greg et John dans les bois. C'est son visage de combattant je-vous-envoie-tous-chier.

— En fait, continue-t-il en se plaçant à côté de moi, un bras autour de ma taille, on en est tous très fiers. Parce que même si on sort tous avec elle en même temps, ça veut dire qu'on ne sort pas avec toi.

Harper l'ignore et sort, ses acolytes sur les talons.

John nous adresse un doigt d'honneur et nous insulte tous avant de descendre les marches pour grimper dans son Aston Martin. S'ensuit un crissement de pneus sur le gravier, puis le silence.

Tristan balaie l'assistance de la lame grise de ses iris et sourit.

— Soit vous êtes avec les Sang-bleu, soit vous êtes contre nous. Vous êtes ici avec les Idoles et notre Cercle fermé, ou pas. (Tristan et Creed échangent un regard avant que le premier ne reprenne la parole.) N'oubliez pas : ils ont resserré les rangs alors qu'on recrute toujours.

Tristan fait un signe du menton, la musique reprend et la fête continue.

Miranda me jette un coup d'œil, m'attrape la main et m'entraîne sur la piste de danse. Peut-être que, comme moi, elle sait qu'on aura le temps de parler plus tard. Pour l'instant, je ne sais pas si je suis frustrée par les garçons ou flattée par ce qu'ils ont fait pour moi.

C'est toujours agréable de se sentir protégée, mais je ne veux pas que ce sentiment me coûte trop cher.

CHAPITRE QUATORZE

MALGRÉ TOUTES SES fêtes et ses drames, la Burberry Preparatory Academy est le meilleur lycée du pays, et même des étudiants comme Zayd et Windsor font le plein de cours et d'activités parascolaires. Les élèves comme Tristan et moi, en revanche, sont complètement débordés.

Il me faut presque une semaine entière pour trouver un moment pour parler aux garçons en tant que groupe. Creed et moi avons une heure d'étude à la bibliothèque et j'invite les autres à se joindre à nous.

Ils se répartissent tous les cinq autour de la longue table et je me dis que leur façon de s'asseoir est révélatrice de leur personnalité. Creed s'affale, Tristan a le dos bien droit, Zayd pose les talons sur la table, Windsor, les coudes, et il se penche vers l'avant. Zack, lui, a les bras croisés sur son large torse.

Je souris.

C'est seulement lorsque je me remets à écrire dans

mon cahier que je prends conscience de l'évidence : j'ai un petit ami. Non, pas seulement un petit ami, mais cinq. Quoi qu'il en soit, je commence à noter mes sentiments (et ne vous inquiétez pas, je cache mon carnet dans ma table de toilette, scotché au-dessus d'une pile de serviettes), et c'est seulement à ce moment-là que je réalise vraiment dans quoi je me suis embarquée.

J'ai accepté de sortir avec ces types. Je sors avec eux.

J'ai cinq petits amis, putain.

Ils ont tous une part de cruauté en eux, une bande veloutée de ténèbres entremêlée à leur âme. La question qui se pose maintenant est : puis-je canaliser cette cruauté, ces ténèbres, pour en faire quelque chose de positif ?

— C'est tellement calme ici, commente Zayd en s'adossant à sa chaise et en levant les yeux vers les carreaux de cuivre décoratifs qui ornent le plafond flamboyant de la bibliothèque. Pas étonnant que je ne vienne jamais. Le calme me stresse. J'aime le bruit.

— On en est bien conscients, marmonne Creed en agitant une main paresseuse. Tu parles juste pour entendre le son de ta propre voix ; c'est une constante.

— Et si tu allais te faire foutre ? rétorque Zayd, tout sourire, en lui adressant un doigt d'honneur.

Je les laisse faire pendant une minute, puis j'éteins l'iPad fourni par l'académie et le range dans mon cartable.

— Qu'est-ce qu'on fait ici de toute façon ? poursuit Zayd en levant son sourcil percé. On devrait être au réfectoire en train de dîner à la table d'honneur. Harper et ses potes chauves y sont sans doute déjà.

Je souris parce que, admettons-le, l'expression « potes chauves » est hilarante.

— Vous ne m'aviez pas prévenue de ce que vous aviez prévu à la fête, dis-je.

Windsor et Zack échangent un regard avant que le prince ne se retourne vers moi.

— Tu sais quel pari j'ai fait pour entrer dans le Club Infinity ? demande-t-il en penchant la tête sur le côté, petit sourire aux lèvres. Je mettrais ma main à couper que ça te tue de ne pas le savoir.

Je pince les lèvres et le scrute.

— Ça m'a peut-être traversé l'esprit une fois ou deux.

— Ah, dit Windsor en se penchant sur la table et en prenant ma main. Tu mens, maintenant ? C'était pourtant l'une de tes règles, non ? Pas de mensonges ?

Il porte les jointures de mes doigts à ses lèvres. Ses yeux noisette me renvoient une couleur vert-or tandis que son sourire double de taille.

— Bien. Je meurs d'envie de savoir, alors dis-le-moi, pour l'amour de Dieu.

Je retire ma main et fais semblant d'essuyer les traces de son baiser sur mon blazer rouge. En réalité, ça me picote et j'aimerais qu'il n'ait jamais cessé de m'embrasser.

— J'ai parié que je pourrais te garder en sécurité jusqu'à la fin de la deuxième année.

Je suis sidérée. Windsor et Zack échangent un autre

regard. Zack a l'air perplexe, les épaules tendues. Il soupire lourdement, mais je vois qu'il est soulagé quand il commence à parler.

— Ce soir-là, dans l'amphithéâtre, quand tu es allée parier avec les filles et que je me suis assis avec les garçons... j'ai parié la même chose avec eux.

Je hausse les sourcils. À l'en croire, il aurait tenté un pari ridicule qu'ils n'accepteraient jamais, juste pour les distraire. Je suppose que ce n'est pas ainsi que les choses se sont passées.

— J'ai parié que je pouvais veiller à ta sécurité. Ou plutôt, j'ai voulu faire le pari… et j'ai eu l'idée avant lui.

Zack jette à Windsor un regard que le prince fait semblant de ne pas remarquer.

— D'accord..., commencé-je quand Tristan soupire.

Mon esprit tourbillonne. Donc Windsor m'a rencontrée, a senti une occasion en or et l'a saisie. Il m'a sauvée de la piscine. Il a assuré mes arrières. Bien sûr, il y a eu un pari. Bien sûr, ce foutu Club y était impliqué.

— Et on n'a pas accepté le pari de Zack, parce qu'on n'avait pas intérêt à le gagner, explique Tristan en se tournant vers moi pour me regarder un instant.

— Comment j'étais censé le savoir, putain ? grogne Zack, et les deux garçons se toisent.

— Avec qui vous avez parié ? demandé-je, en redirigeant mon attention sur Wind.

Il m'adresse un sourire crispé et secoue la tête.

— Les autres membres du Club. Des idiots. Ça n'a

pas d'importance. Gagner m'a permis d'entrer dans le Club, là où je devais être. Je m'y suis inscrit pour toi.

Je secoue la tête, puis je porte les doigts sur mes tempes. Est-ce que je crois Windsor digne de confiance ? Bien sûr. Mais parfois, je pense que ses motivations sont discutables. Il a rejoint le Club pour moi ? Je lui lance un regard suspicieux. Il m'adresse un petit sourire lent, confiant et sûr de lui que je n'ai pas envie d'aimer même si c'est le cas.

— C'est vrai, réplique-t-il. Que tu le croies ou pas.

Je lève la tête et plaque mes paumes sur la table.

— Ça n'explique pas pourquoi vous ne m'avez pas parlé de votre plan. Parce que c'était un peu plus lourd que ce que j'aurais voulu, mais aussi assez brillant.

Je souris en pensant à la Compagnie et aux perruques fantaisistes des filles. Les garçons se contentent de leurs crânes chauves et lisses.

— Pourquoi ne pas m'avoir prévenue ? j'insiste. Même par omission, un mensonge reste un mensonge.

— On veut te protéger, réplique Zack. Et pas seulement physiquement, émotionnellement aussi.

Son blouson teddy rouge et noir est tendu sur ses larges épaules. Le simple fait de le regarder me rappelle le poids de son corps, la chaleur de sa bouche. Aïe ! Je suis sûre d'avoir passé les derniers mois à reluquer les mecs. Je me dis que tant que j'ai de bonnes notes (j'ai encore surclassé Tristan pendant la semaine des parents, donc un point pour moi), je mérite un peu d'indulgence.

— Ce qu'il essaie de dire c'est... laisse-nous être les

trous du cul, traduit Zayd avec un petit sourire diabolique. On est doués pour ça, après tout.

— Tu as une sorte de...

Creed s'interrompt et agite paresseusement la main. Je le jure, quand je ferme les yeux, je peux l'imaginer vêtu d'une veste de velours bleu avec de la dentelle au bout des manches : un aristocrate dans un vieux château en ruines. Il a peut-être de l'argent, mais il n'a pas besoin d'épouser une fille avec un nom fantaisiste pour agir comme s'il méritait de s'asseoir sur un trône. Il est l'incarnation du luxe, la définition même de l'opulence et de la somptueuse extravagance.

— Douceur, oui, c'est le mot, termine-t-il en claquant des doigts avant de se pencher vers moi. (Son parfum de savon frais flotte dans l'air.) Tu as de la douceur en toi, mais une douceur qui n'est ni achetée ni payée avec de la naïveté. On apprécie.

— On adore, le corrige Tristan, qui passe une main sur la soie lisse à carreaux rouges et noirs de sa cravate.

Son sourire en coin est teinté de ténèbres, baigné d'ombres, et je sais alors avec certitude que, quel que soit le garçon que je choisirai, je ne le changerai jamais. La façon dont Zack a affronté Ileana dans le gymnase, la réduisant presque en miettes en quelques phrases. La façon dont les yeux de Windsor brillent quand il complote quelque chose. Les mots cruels que Zayd a crachés à Becky dans la salle de musique. Ce vitriol qui bouillonne en eux, ce mépris gratuit de l'autorité et cette attitude insouciante qu'on ne peut pas dompter, ils les ont dans le sang, ces garçons fortunés de Burberry Prep.

Je n'arriverai jamais à dompter les mauvais garçons de l'académie.

Je ne suis pas sûre de le vouloir.

— Donc vous me suggérez... de vous laisser faire le sale boulot ? demandé-je.

Mon cœur bat la chamade. Je me sens prise de vertiges, étourdie comme une déesse entourée de démons. Mais j'aime ça, la façon dont ils contrebalancent ma personnalité, totalement opposée dans tous les domaines qui comptent. Et les opposés s'attirent vraiment. À l'intérieur, je brûle. À l'extérieur, je reste cool, calme, détendue. Ou du moins, je le pense. Je sens des gouttes de sueur perler sur mon front, dégouliner le long de ma colonne vertébrale, glisser entre mes seins.

Ah, mes seins !

Je n'ai jamais été aussi consciente d'eux de toute ma vie.

— C'est exactement ce qu'on suggère, susurre Windsor, le visage dans une main tout en m'adressant une sorte de sourire plein d'ivresse amoureuse.

Le truc, c'est que je ne pense pas qu'il fasse semblant. Je suis presque sûre qu'il est amoureux, sauf qu'à mon avis, l'objet de son amour, c'est plutôt le sale boulot mentionné plus haut, pas nécessairement moi.

— Ne va pas salir tes mains à la douceur de miel et laisse-nous faire.

— Mes « mains à la douceur de miel » ? je répète en m'étranglant de rire.

— Passe-moi ta liste, dit Tristan, la main impérieusement tendue.

Ce n'est pas une demande, c'est un ordre. Est-ce que je veux y obéir ? Il me fixe de ses beaux yeux gris, m'observe, attend. Je déglutis et fouille dans mon sac pour en sortir le carnet et détacher la page de la liste avant de la lui donner. Il me sourit de ce petit sourire sinistre et méchant. Ensuite, je déchire la page des règles et je la lui tends aussi.

— Joue sale, mais joue selon mes règles. Je ne te pardonnerai jamais si tu ne le fais pas.

Tristan accepte, mais il n'a plus l'air aussi excité.

MAINTENANT QUE J'AI une équipe à moi, un petit ami (ou deux, ou trois, ou cinq) et une meilleure idée des universités qui m'intéressent et de ce que je veux faire de ma vie, j'ai l'impression que l'année passe à toute vitesse. À un moment, je fais la leçon aux garçons à la bibliothèque, et l'instant d'après, je me prépare pour les vacances d'automne.

— Je veux aller à l'université de Bornstead, j'annonce en m'asseyant à côté de Zayd derrière le rideau de l'auditorium.

Je n'ai aucune idée de la manière dont il s'y est pris pour me convaincre, mais apparemment je suis en train de m'inscrire au concours de talents. Les auditions ont lieu aujourd'hui, parce que dans un endroit comme Burberry Prep, même quelque chose d'aussi stupide qu'un concours de talents doit être surveillé, noté et évalué.

— Bornstead ? répète Zayd.

Il s'appuie contre le dossier de sa chaise et replie les bras derrière sa tête. Il a changé de couleur de cheveux pour passer à un lavande cendré qui ne demande qu'à être touché. Sans réfléchir, je me lève et passe les doigts dans ses cheveux. Un gémissement horriblement gênant s'échappe de la belle bouche de Zayd et toutes les personnes assises dans les coulisses avec nous se retournent pour regarder dans notre direction. Je rougis sans pour autant arrêter de le toucher.

— C'est une école chic. Tu as les notes qu'il faut, c'est sûr, mais il te faudrait une autre bourse pour te la payer, non ?

— En effet, je conviens, mais c'est ce que je veux.

J'ai déjà commencé à travailler sur le dossier et je me suis forcée à passer au moins trois heures par semaine dans le laboratoire d'informatique de la bibliothèque pour pouvoir soumettre des demandes et des essais à tous les programmes de bourses que j'ai pu trouver.

— Meilleur lycée du pays, meilleure université du pays. Tu vises haut, Marnye Reed ! Enfin, si quelqu'un peut le faire, c'est bien toi.

Le nom de Zayd est appelé. Il se lève, attrape sa guitare et se penche pour mettre un bras contre l'un de mes flancs. Nos visages si proches que je sens la menthe qu'il suce, il se penche et pose sa joue contre la mienne. Tout ce que je veux, c'est qu'il m'embrasse, mais ce connard se retire et se tourne vers la scène.

Je me faufile vers l'interstice dans le rideau pour le regarder s'installer au micro.

Les yeux émeraude de Zayd me remarquent et il m'adresse un clin d'œil.

— Présentez-vous et veuillez nous parler de votre prestation en quelques mots, s'il vous plaît, lance M. Carter, assis à la même table que lorsque j'ai gagné la première place pour la harpe.

Assis juste à côté de lui, Zayd m'avait surpris en applaudissant ma prestation. Je pense qu'en plus, c'était une réaction très sincère. Cela fait du bien de savoir que tous les moments que j'ai passés avec les garçons n'étaient pas des conneries.

— Zayd Kaiser, annonce-t-il. Et je vais... interpréter une chanson que j'ai écrite.

Son timbre rauque de rock star fait fondre toutes les filles dans la salle, moi comprise.

— Quel est le titre de la chanson ? demande M. Carter, l'air de s'ennuyer au-delà de toute limite.

Il a la main posée sur son iPad pour remplir la rubrique d'un formulaire. Zayd et sa musique, ils sont tellement plus que ça. Je resserre la main sur le tissu du pantalon noir que je portais lors du concert. Il est tellement confortable, c'est incroyable. Si j'avais le temps de faire autre chose que l'école, des activités extrascolaires et passer du temps avec mes amis, j'ajouterais probablement à cette liste la mise au point d'une pétition pour abolir les exigences en matière d'uniformes spécifiques à chaque sexe.

— Je ne lui ai pas encore donné de titre, commence Zayd, en passant la sangle de sa guitare par-dessus sa tête, puis en tortillant ses cheveux gominés qui se dressent alors en épis.

— Choisissez-en un, s'il vous plaît.

M. Carter lève les yeux et hausse un sourcil quand Zayd me regarde à nouveau.

— Que diriez-vous de... (Il se tourne vers notre professeur de musique et sourit.) « Charité » ?

M. Carter acquiesce et Zayd soupire, se racle la gorge, ferme les yeux et expire. Lorsqu'il les rouvre, il a retrouvé son énergie d'interprète. Ses doigts tatoués grattent la guitare et il entame la belle petite mélodie, douce et triste, qui fait battre mon cœur.

Contempler ses doigts tatoués qui animent l'instrument me donne des frissons.

— *« Ce premier regard du matin, une telle douceur de miel, la seule chose pour laquelle je vis.* (Zayd continue de jouer, plongé dans la chanson tout en se mordillant la lèvre inférieure en jouant.) *Rien ne pourra jamais enlever la première rougeur du matin, l'or brillant de ses cheveux. La façon dont elle me déteste me donne envie d'elle. »*

— C'est vraiment ridicule.

C'est Harper qui s'ébroue derrière moi, mais il y a trop de professeurs ici pour qu'elle puisse faire quoi que ce soit. Je ne suis pas inquiète.

— *« Aucune fille ne flamboie autant que Charity, aucun rayon de soleil ne dégage autant de lumière. Les orages d'été ne pourront jamais me faire vaciller, cette pluie chaude et sucrée, le goût de sa bouche chaude.* (Il ferme les yeux et caresse sa guitare comme j'aimerais qu'il me caresse… Eh ! Est-ce que je viens de penser ça ?! Oui, je l'ai pensé. Et je n'en ai pas honte.) *Si complexe, si peu confus. Juste comme elle l'aime, le monde entier comme son huître, tout ce dont j'ai besoin.* »

Il lâche ce dernier mot et, je le jure, je me pâme. Suçotant ma lèvre inférieure, j'attends, pleine de tension, qu'il termine la chanson. J'ai tellement envie de l'embrasser, là, tout de suite…

Je vais bientôt assister à un concert d'Afterglow, je pense, en essayant d'imaginer Zayd avec une guitare électrique, sur son trente et un, donnant un concert complet à une foule en adoration. J'ai regardé certains de ses précédents spectacles sur YouTube mais, aussi impressionnants qu'ils soient, je parie que ce n'est rien comparé à une performance en direct. Il y a une énergie charismatique qu'il apporte dans une pièce et qu'il est impossible de transmettre via les médias. Impossible.

Quand Zayd termine la chanson, mes pieds bougent avant que je puisse m'en empêcher.

Je finis sur la scène, les bras autour de son cou. Plusieurs filles assises dans l'auditorium me huent, mais je les ignore. Le trou du cul tatoué que j'ai détesté, puis aimé, puis détesté, et maintenant... peu importe ce que je ressens pour lui, il m'attrape par la taille et m'embrasse comme s'il croyait vraiment aux paroles de sa chanson.

On s'embrasse si longtemps que M. Carter doit taper sur le micro pour nous demander d'arrêter.

Je serais gênée si je n'étais pas aussi enthousiaste.

C'est mon tour et l'un des élèves en première année d'orchestre fait rouler ma harpe sur la scène.

Je m'assois pour jouer *Watching the Wheat* de John Thomas (une pièce obscure des années 1980 – je vous avais dit que j'étais loin d'être branchée) et je vous jure que la harpe n'a jamais sonné aussi bien.

J'ai toujours joué avec mon cœur. C'est juste que mon cœur déborde, maintenant.

Penser que ce résultat a quelque chose à voir avec ces garçons, c'est terrifiant.

Je vais devoir veiller à garder tous ces nouveaux sentiments sous clé.

– ILS SE PRODUISENT tous au concours de talents, explique Miranda dans la cour.

L'eau bouillonne dans la fontaine derrière elle. Elle a une belle queue-de-cheval haute, un short noir et un haut blanc portant le logo de Burberry Prep. Les vacances d'automne sont là et c'est comme si la première année recommençait : Miranda part pour un camp de volley-ball et Charlie travaille à Napa. Je ne pense pas qu'il devrait travailler en ce moment, mais les factures doivent être payées.

Alors je lui ai parlé de l'argent, de l'argent gagné au poker.

Je l'ai appelé, parce que je trouvais lâche de lui envoyer le message par texto, de révéler que j'avais près de quatre-vingt mille dollars sur un compte que j'avais à peine touché. Bien sûr, Charlie étant Charlie, il a refusé d'y toucher. Il m'a dit de garder cette somme pour l'université.

Je croise les bras et je soupire. Je suis plus que frustrée. Papa devrait me laisser rentrer à la maison et m'occuper de lui. Au lieu de quoi, je joue mon Harry Potter cantonné à Poudlard. Seulement, au lieu de la magie, cette école est pleine de beaux garçons. Cinq en tout cas. Et ils restent tous pendant les vacances pour assister aux fêtes stupides du Club Infinity.

La différence, cette fois, c'est que Lizzie est aussi de la partie.

— Quoi ? demandé-je, en clignant des yeux et en me reconcentrant sur ma meilleure amie.

On n'a pas reparlé de… ce baiser. Pas depuis un moment. Je ne sais pas si elle a abandonné ou si elle est toujours intéressée. Franchement, j'ai peur de découvrir la réponse. Je ne veux pas que des sentiments romantiques s'interposent dans notre amitié. Si je suis honnête, c'est le même problème avec les garçons. Avec quatre d'entre eux, si ce n'est les cinq, la relation que nous venons de nouer ne fonctionnera pas. Serons-nous toujours amis après ? Cela m'effraie de penser le contraire, car j'apprécie énormément leur compagnie.

— J'aurais dû obliger Andrew à rester ici avec toi, murmure Miranda en soupirant quand le bus s'arrête et que son coach appelle les filles à y grimper. Qui a besoin d'un voyage à Tokyo quand on peut être ici, dans la magnifique Burberry Prep, où se déroule une sérieuse joute du Club Infinity ? (Elle fait une pause dans son discours, se penche et me dépose un gros bisou sur la joue.) Prends soin de toi, ne fais rien de stupide et essaie de ne pas te faire tuer par Harper avant que je ne revienne, OK ?

— Que voulais-tu dire à propos du concours de talents ? demandé-je avant qu'elle ne s'éloigne.

Elle hausse les épaules, rejette sa queue-de-cheval en arrière, puis me décoche un regard.

— Si tu crois que tes nouveaux amis ne vont pas tout foutre en l'air, tu vas voir ce qui t'attend.

Et sur un clin d'œil, Miranda rejoint son équipe, en me plantant là, perplexe.

Si le vieil adage « œil pour œil » est vrai...

— VOUS ALLEZ leur jeter de la peinture dessus pendant qu'ils jouent, c'est ça ? demandé-je, quand je trouve Tristan et Creed qui m'attendent près des portes en verre teinté conduisant à la chapelle.

On essaie toujours de s'en tenir au principe du chaperon. Si les garçons ont attaqué toute la Compagnie de leur propre chef, que se passera-t-il si toute la Compagnie me trouve seule ?

— De la peinture ? répète Tristan, l'air ennuyé.

Il me jauge de ses yeux gris et il laisse un petit sourire coquin lui retrousser les lèvres.

— Non, pas de la peinture, répond Creed, dont les cheveux blonds accrochent la lumière. Je peux te le promettre. (Il se contente d'un petit clin d'œil au regard que je lui lance.) Pas de mensonges, promis.

— Pas de mensonges à proprement parler, j'en suis sûre, mais vous me faites clairement tourner en bourrique.

— C'est vrai, Creed ? demande Tristan, en penchant la tête sur le côté. On la fait tourner en bourrique ?

— Peut-être, répond lentement l'interpellé.

Ils forment un duo délicieusement diabolique. S'ils passaient autant de temps à collaborer qu'à se battre l'un contre l'autre, ils seraient redoutables ensemble. Je me demande si je ne suis pas en train d'en voir le début ici même. Creed me sourit, retroussement mortel de ses lèvres qui fait battre mon cœur.

— Mais on s'en fout. On a des sujets de préoccupation plus importants, comme la manière dont on va passer une semaine entière ensemble sans assister au moindre cours.

— Je croyais que vous aviez les conneries du Club Infinity pour vous occuper ? j'objecte.

Les deux Idoles échangent un regard. Ils sont tous les deux si beaux dans leur uniforme que ça ne me dérange même pas qu'ils doivent le porter tous les jours. Bien que ce soit toujours un plaisir de voir quels vêtements ils choisissent quand notre temps n'est plus régi par l'académie.

— Juste quelques petites fêtes ici et là. Le reste du temps, on est... libres.

Tristan s'avance vers moi et Creed se place de l'autre côté. Je suis encadrée par deux glorieux Adonis maintenant. Je me mordille la lèvre. Tristan tourne autour de moi et passe un doigt le long de mes omoplates, ce qui me fait frissonner.

— Libres pour effectuer tout le sale boulot, poursuit Creed en suivant ma lèvre inférieure avec son pouce.

Tristan revient se placer à ses côtés et je me rends compte que je tremble légèrement. Le fait qu'ils se mettent à flirter avec moi de cette façon me donne l'impression d'être sous les feux de la rampe. Ma peau est tendue, douloureuse et chaude.

— Qu'est-ce que tu vas faire pendant qu'on est occupés ? chuchote Creed, en se penchant pour déplacer ses lèvres contre mon oreille. Lire toutes tes BD favorites qui racontent des histoires d'amour cochonnes entre garçons ?

— Ses « BD favorites qui racontent des histoires d'amour entre garçons » ? susurre Tristan, avant d'éclater de ce rire somptueux qui me fait frissonner. Tu aimes regarder les garçons s'embrasser ?

Il lève les yeux au moment où Creed se relève et tend ses longs doigts vers la porcelaine lisse de la mâchoire de son ami. Tristan se penche de façon aguicheuse, les yeux fermés, et ses lèvres effleurent la joue de Creed, juste à la commissure de ses lèvres.

— Oh, délicieux !

— Va te faire foutre, grommelle Creed, en repoussant mollement Tristan tandis que celui-ci éclate d'un rire tout aussi cruel que son sourire. Marnye peut aller lire des histoires de mauvais garçons qui passent les doigts sous la chemise d'autres garçons. (Il glisse sa paume sous ma veste pour me saisir par la taille.) Ou dans leur pantalon...

— Arrête ça, chuchoté-je.

J'attrape son poignet quand il essaie de plonger une main sous la ceinture de ma jupe. Les mots de Miranda tintent dans ma tête comme une cloche. *Vierge, vierge, vierge.* Mais l'est-il vraiment ?

— Oui, je comprends. Je ne peux pas me promener seule dans l'école vide quand Harper est prête à me trancher la gorge. Je vous laisserai m'enfermer dans ma chambre pendant que vous ferez la fête ce soir.

— Ce soir, nous n'avons rien d'autre à faire que te laisser nous divertir, réplique Creed en me guidant vers la porte que Tristan ouvre pour nous.

Ils font un travail presque troublant, à se partager ma personne. C'est à se demander s'ils ne se sont pas déjà partagé une fille auparavant – autre que Lizzie, s'entend. Mais d'après ce que je sais, cette histoire a été plutôt platonique.

Lizzie.

Elle sera avec Tristan pendant les fêtes de la semaine, pas moi.

J'ai mal au ventre tout à coup et je reconnais tout de suite l'émotion : la jalousie.

— Zayd a volé la clé du théâtre de l'école, explique Tristan en glissant sa main droite dans la poche avant de son blazer.

Il balaie le couloir des yeux pendant qu'on marche.

Il sait tout comme moi que, même à trois, on peut tomber dans une embuscade.

— On regardera un film d'horreur, quelque chose d'horrible et de sanglant.

— Tristan aime le sang, dit Creed, ce qui provoque un haussement de sourcil chez moi et un sourire chez les deux garçons.

— Combien de membres de la Compagnie restent sur le campus ? demandé-je.

— La Compagnie ? réplique Tristan en fronçant un sourcil noir.

Je lui réponds d'un sourire un peu penaud et je remue les plis de ma jupe.

— C'est comme ça que j'ai commencé à appeler les ex-Sang-bleu. Dans ma tête, je les appelais juste Harper et Cie, et j'ai pensé que c'était plus facile de les baptiser « la Compagnie ».

— Zayd les appelle les Harpies, précise Creed après avoir bâillé. Ce qui semble approprié, tu ne trouves pas ?

Je souris alors qu'on s'engage dans les couloirs du bâtiment de la chapelle, qu'on monte l'escalier et qu'on arrive au théâtre à deux étages qu'on n'utilise que pour regarder des films éducatifs ennuyeux.

Zayd, Windsor, Zack... et Lizzie sont là quand on arrive. Myron est là, lui aussi, déjà assis dans l'un des luxueux fauteuils de cuir noir à repose-pieds automatique. Même s'il est bizarre et sombre, et qu'il n'est qu'un acolyte effrayant à côté du charme élégant et méchant de Tristan, je suis contente que Myron

Talbot soit là. S'il n'y avait que moi, les garçons et Lizzie Walton, la scène pourrait être bizarre.

— Salut, lance-t-elle en agitant la main à mon intention, grand sourire aux lèvres. (Elle m'attrape le bras comme Miranda le fait toujours et m'entraîne vers l'avant de la salle pour que j'aie un siège de choix.) On a choisi *Simetierre* pour ce soir, la nouvelle adaptation, pas l'ancienne.

— Je n'ai jamais vu l'original, j'admets.

Je suis un peu une novice pour ce qui est des films d'horreur. Je finirai probablement par passer la moitié du film le visage enfoui contre une épaule. Zack s'assied à ma gauche et je sens cette petite... étincelle en moi. C'est nul, je sais, mais comment le décrire autrement ? Il me sourit, sa lèvre inférieure charnue attire mon attention. Il y a une petite fossette en son centre où je brûlerais de pouvoir passer la langue.

— J'espère que tu es prête à découvrir une facette de moi que tu n'as jamais voulu connaître, je le préviens, histoire de laisser à Zack une chance de se débiner.

— Il n'y a aucune partie de toi que je n'aimerais pas connaître, réplique-t-il, ce qui fait gémir les autres garçons.

— Putain, mon pote, lâche-lui un peu la bride, tu veux ? Laisse-nous la possibilité de faire la cour à la dame.

Windsor, qui occupe le siège derrière moi, m'enlace de ses bras. Quelles émotions, bon sang ! Je suis toute nouée à l'intérieur mais de telle manière que je ne veux jamais me dénouer. Est-ce que ça a un sens ? Je n'en ai aucune idée.

— Je dis juste la vérité, rétorque Zack en plaçant ses mains derrière la tête.

Il a troqué son uniforme pour un marcel noir moulant et un short de surf noir. Il doit savoir combien je trouve ses bras magnifiques, avec tous ces muscles, la puissance de ses biceps.

Zayd est assis devant moi, ses cheveux lavande cendré implorant une autre caresse de ma part. Tristan, lui, est assis à côté de Lizzie. Ce n'est pas ce que je préfère au monde, mais je passe outre. Je vais jouer franc jeu. Si quelque chose se passe entre eux, qu'il en aille ainsi. Je ne vais pas forcer les sentiments, les manipuler ou essayer de les détruire. Quel intérêt j'y trouverais ? Il n'y a pas de rancœur entre Lizzie et moi. Pas d'animosité. Ce que nous ressentons est ce que nous ressentons.

— Alors, comment ça fonctionne, ce truc de rendez-vous amoureux en groupe ? demande Myron d'une voix grave.

Il a la main plongée dans un bol de pop-corn. Zayd triture la télécommande et je sens un infime effluve de beurre et de sel dans l'air. Une minuterie se déclenche quelque part, qui tire un gémissement de plaisir chez Zack. Il se lève pour aller s'en occuper. Je prie pour qu'il s'agisse de pop-corn frais.

— Occupe-toi donc de tes affaires et laisse-nous aux nôtres, réplique Tristan qui s'adosse à son fauteuil et en actionne le bouton du repose-pied.

L'accessoire se soulève doucement, faisant du même coup remonter ses mocassins brillants à la hauteur de ses genoux. Il continue d'appuyer dessus jusqu'à ce que ses chevilles soient encore plus hautes et qu'il se retrouve presque en position allongée.

— J'essaie juste de comprendre comment le sexe fonctionne entre vous, insiste Myron.

Tristan se penche en avant, laissant retomber ses pieds de part et d'autre du fauteuil afin de pouvoir balancer une taloche dans la nuque de son ami.

— Occupe-toi de tes affaires, Talbot. On ne couche pas avec Marnye… pas encore.

Tristan et moi échangeons un regard par-dessus les genoux de Lizzie et un frisson me secoue. J'essaie vraiment de ne pas penser qu'ils ont fait l'amour, tous les deux, mais... ils ont dû le faire, non ? Je veux dire, impossible pour moi de poser la question, alors à quoi bon me ronger les sangs à ce sujet ?

— Est-ce qu'on a des règles pour ça ? demande Zack qui réapparaît avec le pop-corn et me le tend. Je veux dire, est-ce qu'on essaie d'y aller doucement ou...

Nos doigts se frôlent, et je ressens à nouveau cette sensation étincelante qui pétille.

— On ne fait que... sortir ensemble, murmuré-je, sentant mes joues s'empourprer.

Je lève la main droite pour ébouriffer mes cheveux. Avant de partir, Miranda leur a donné une petite ondulation sexy que j'aimerais savoir recréer moi-même. Je l'ai même laissée me maquiller de sa main qui ne tremble jamais. Peu importe le nombre de tutos que je regarde sur YouTube, je ne suis pas douée pour ça.

— Ce qui arrivera arrivera. (Je fais une pause, voyant Lizzie poser sur moi ses jolis yeux d'ambre.) Ou n'arrivera pas. Ce qui n'arrive pas, c'est bien aussi.

— Un soda ? demande Wind quand il a fini de rire.

Une glacière est posée sur le siège voisin du sien. Il me tend un Coca glacé, puis distribue des bières à tous les autres. Parfois, je me demande ce que ça ferait d'être ivre, juste une fois. Mais je n'arrive pas à savoir si c'est la dépendance enfouie dans mon ADN qui parle, ou la curiosité naturelle.

— Très bien, déclare Zayd en démarrant le film, volume à fond. Voyons voir le genre de poule mouillée qu'est vraiment Marnye.

Il se retourne et j'aperçois le tatouage « Jamais plus » dans son cou. J'ai envie de lui demander ce que ça signifie, s'il s'agit ou non d'une référence à ma personne. Ou bien je suis juste égocentrique ?

Soudain, il se redresse dans son siège pour se mettre en appui sur ses genoux, se pencher en avant et déposer un baiser sur l'un des miens. Une bouffée de chaleur me traverse et je sens une perle de sueur ruisseler sur ma tempe.

— Eh, Charity, si jamais tu as peur, viens t'asseoir sur mes genoux, d'accord ?

Je lui lance un morceau de pop-corn, qu'il attrape dans sa bouche.

On rit tous les deux, mais seulement jusqu'à ce que le film commence. Et finalement, voyez-vous, je me retrouve sur des genoux. Zack étant le plus proche de moi, c'est à lui qu'échoit cet honneur. Je passe le reste du film avec l'acier de son bras autour de ma taille et le visage enfoui dans le creux chaud et odorant entre son cou et son épaule.

J'aimerais pouvoir passer toutes mes soirées de cette manière.

CHAPITRE QUINZE

LES GARÇONS et moi passons la majeure partie des vacances ensemble, à prendre le petit déjeuner au réfectoire ou à avaler ses petites boîtes de céréales dans ma chambre au dortoir. Mais le mercredi arrive et ils disparaissent pour aller à leurs fêtes. Je ne suis pas sûre des paris qu'ils y font, mais j'ai le sentiment qu'ils se rapportent tous à ma liste.

Quelque chose d'énorme est en train d'arriver.

La Compagnie ou les Harpies, ou quel que soit le nom qu'on leur donne, vont le payer très cher. Je le sens.

J'essaie de ne pas m'en faire et de profiter d'un peu de temps libre pour réviser, me détendre dans ma chambre, lire et jouer de la harpe – mais seulement quand M. Carter est là pour me protéger – ou envoyer des SMS à Miranda, Andrew et papa.

Le samedi, les garçons me surprennent en se présentant à ma porte.

— Viens, Marnye, dit Zack en tendant la main vers moi.

Lizzie et Myron ne sont pas avec eux, et je hausse un sourcil en regardant mon débardeur et mon sweat-shirt. Je commence à protester, je ne suis pas vraiment habillée pour sortir, mais Zack, sourire aux lèvres, m'attrape le poignet pour me tirer hors de la pièce et me prendre dans ses bras.

— C'est une soirée pyjama, explique-t-il.

Je remarque alors qu'il est pieds nus et qu'il porte un short ainsi qu'un débardeur ample qui dévoile tous ses tatouages. Il fume aussi une cigarette au clou de girofle que je lui arrache habilement des lèvres pour la taper contre le sol en pierre et la jeter dans la poubelle la plus proche.

— Vous portez tous vraiment des pyjamas, je constate en étudiant le pyjama en satin noir impeccable de Tristan, avec sa subtile rayure blanche, et ses pantoufles fourrées qui ressemblent à des mocassins en daim.

Creed porte un pantalon de pyjama en lin blanc, et rien d'autre – pas de haut, pas de chaussures. Zack est en boxer ample et vieux maillot de foot. Quant à Windsor, il est habillé tout ce qu'il y a de sérieusement, en pyjama de flanelle orné de pingouins.

Des pingouins.

Des putains de pingouins de dessins animés.

— Tu es sûr que tu es un prince ? je lui demande.

Il s'arrête, fouille dans le sac qu'il porte à l'épaule et en sort deux couronnes en plastique doré. Il en met une sur ma tête, puis place l'autre sur le roux flamboyant de ses cheveux.

— Je ne l'étais pas jusqu'à maintenant, réplique-t-il, ses yeux noisette brillant de malice. Mais avec ma princesse à mes côtés et les bijoux royaux bien en sécurité dans cette magnifique tenue de couronnement (Il touche son entrejambe et je lève les yeux au ciel tandis que les autres garçons se moquent.), j'en suis maintenant certain : je n'ai absolument pas l'étoffe d'un roi. Prince, je veux bien. Les princes ont la possibilité de batifoler, de baiser et d'écraser des yachts dans les ports.

Je m'arrête presque de marcher devant la franchise avec laquelle il vient d'énoncer sa vérité. Mais je regarde alors d'un peu plus près et je vois les ténèbres et les ombres danser derrière son masque d'émerveillement joyeux et insouciant. Windsor York souffre à l'intérieur. Ce qui ne va pas, exactement, je ne le sais pas, mais je veux le découvrir.

— Bref, poursuit-il en faisant fi de ses émotions, je suis parfaitement apte à être un prince, mais jamais un roi. C'est peut-être pour cela que j'aime tant les scandales ? Toute cette attention me donne le vertige.

Il passe son bras sous le mien et notre petit groupe se dirige vers la bibliothèque.

Les plafonds caverneux, les colonnes de livres imposantes et la lueur chaleureuse des lampes nous invitent à entrer mais, lorsque je regarde autour de moi, je remarque que tous les bibliothécaires ont disparu.

— Le personnel est réduit sur le campus en ce moment, déclare Zayd, en faisant tournoyer un énorme trousseau de clés. Et j'ai volé le passe-partout, donc on est au poil. On a cet endroit pour nous tout seuls. (Il tend ses bras tatoués pour indiquer l'énorme bibliothèque.) Beauté, ta bibliothèque t'attend.

Je souris en suivant Tristan et Creed parmi les rangées de romans. L'odeur fraîche de l'encre et du papier nous enveloppe. Une pensée me vient à l'esprit.

— C'est toi qui as volé les clés de mon casier et de ma chambre en première année ? demandé-je, et Zayd grimace.

Il lève vers moi des yeux émeraude pleins d'excuses.

— Qu'est-ce que je peux dire ? Je suis un putain de connard.

Il fait une pause et attend que je le rattrape, puis il prend l'une de mes mains dans la sienne. Il la serre un peu, puis porte mes phalanges à ses lèvres pour y déposer un baiser. Ses anneaux de lèvres me chatouillent la peau.

— Je suis désolé, Charity. Vraiment.

— Je t'ai pardonné, Zayd, lui dis-je, en me perdant dans son regard. Ne me déçois plus jamais, d'accord ?

Il m'attire vers lui et me soulève dans ses bras en riant, pour me porter jusqu'à un cercle de bougies blanches.

Les garçons ont écarté l'une des tables d'étude et formé un cercle avec des bougies et des oreillers. Il y a plusieurs bouteilles d'alcool rassemblées là. Le liquide d'un brun ambré profond brille à la lumière des flammes. Tristan prend place à côté et je remarque qu'il y a exactement six coussins disposés là pour nous.

— On a zappé le reste de la fête du Club, déclare-t-il d'une voix douce, véritable régal pour les oreilles. Vu qu'on avait accompli ce qu'on devait faire.

— Et c'était super amusant, ajoute Creed, en s'étendant sur son propre oreiller.

Il a l'air complètement ramolli, vu comme il se prélasse.

— Si la Compagnie ne voulait pas avoir à affronter une tempête de feu, elle n'aurait pas dû tirer la première, grogne Zack.

Les ténèbres dont je me souviens depuis le collège reviennent en force. Ses yeux bruns sont lourds et, pendant que je l'observe, il passe les doigts dans ses cheveux bruns. Quelque chose est en train de se passer entre lui, son père et son grand-père. C'est évident. Je veux dire, sa famille a été complètement privée de fonds et Zack envoyé à Lower Banks High avec moi. Ça ne peut pas être pire que ça. Quel genre d'homme forcerait son petit-fils à aller dans une école qui produit des membres de gangs, des marginaux et des trous du cul ?

D'accord, Burberry Prep est aussi une pépinière de trous du cul, mais quand même.

Cette fois, cependant, quand je vois la noirceur de Zack remonter à la surface, je ne m'en éloigne pas comme je l'ai fait quand il a commencé à démolir Ileana dans le gymnase. Non, cette fois, je regarde ce qui se passe et je me demande ce que je peux faire pour aider.

« *À partir de maintenant, je ferai tout pour être un homme meilleur. Même si ce n'était pas à Marnye de m'apprendre à en être un, elle l'a fait, malgré elle...* » Ce n'est peut-être pas mon boulot, mais je veux aider Zack. Je veux aider tous ces garçons. Et peut-être que c'est un problème. Réformer un mauvais garçon, transformer une brute, ce sont des idéaux assez nobles. Dans le monde réel, ça se passe rarement sans dommages. Mais ces garçons sont mes amis maintenant, ils sont... Je leur ai pardonné. Vraiment.

C'est libérateur d'une certaine façon, ce pardon. Et c'est cathartique, en quelque sorte, de découvrir qu'ils sont vraiment humains à l'intérieur. Qu'ils ont des désirs et des besoins, des plaisirs et des peines, des fautes et des héroïsmes. Au fond... ce sont juste des gens.

Zayd me dépose sur mon propre coussin et prend celui à ma droite. Je me sens d'humeur poétique encore une fois. Ça doit être toutes les hormones.

Oui.

C'est tout.

Ces putains d'hormones.

— On a pensé que tu aimerais jouer à « Action ou vérité ». Comme à une fête du Club Infinity, mais sans toutes les conneries, dit Zack, en se tournant vers moi.

Il me scrute avec son regard expressif, si plein d'ombres.

— Les règles s'appliquent toujours, intervient Zayd

avec un sourire. (Il désigne Tristan d'une main tatouée couverte de bagues et un poignet plein de bracelets en caoutchouc provenant de concerts passés.) Interdiction de se dégonfler. Pas question. Maintenant, passe-moi le rhum.

Tristan verse une bonne dose d'alcool dans un gobelet en plastique rouge (ce ne serait pas une fête sans ces accessoires !) et le fait circuler dans le cercle jusqu'à ce qu'il arrive à Zayd. Chacun des autres reçoit la boisson de son choix : vodka pour Creed, bière pour Zack, gin pour Windsor et cognac pour Tristan. Boisson qui me semble appropriée pour lui. C'est à son image que je me représente sa voix, douce et veloutée. Je n'en ai jamais bu, mais j'ai déjà entendu papa quand il se lançait dans de vibrantes digressions à son sujet.

Les garçons m'ont apporté un tas de boissons fraîches, toutes non alcoolisées, et je souris. Ils n'oublient jamais et j'apprécie.

— Une fois que tu auras vidé cette bière, Zack, lâche Zayd de sa voix rauque de rock star qui retentit dans la bibliothèque silencieuse, on pourra jouer à faire tourner la bouteille. Mais seulement si Marnye est celle qui la fait tourner. Je n'embrasse aucun de vous, bande d'idiots.

— Il le faudra bien, si on joue à « Action ou vérité », répliqué-je en souriant.

Zayd me regarde et hausse son sourcil percé, tout en souriant.

— Il paraîtrait que tu aimes les romances gay, s'esclaffe-t-il, ce qui me fait rougir.

— Je lis occasionnellement des mangas qui parlent d'amour entre garçons, mais c'est à peu près tout.

— Ne la laissez pas vous abuser : ces trucs sont pratiquement pornos, lâche Creed, toujours couché sur le flanc, la tête appuyée sur le coude. Sexe anal, pipes, beaucoup de sperme. Des seaux de sperme.

Je manque m'étouffer en dévissant le bouchon d'une bouteille de jus tropical. Ananas, je pense. Agréable et acidulé.

— Tu es aussi grossier que ta sœur.

— Donc tu préfères lire du porno plutôt que d'en regarder ? demande Zack avec un rire dont les vibrations se répercutent en moi. Ça facilite nettement les choses sur le campus, c'est sûr. Nique la règle du téléphone interdit.

— Je travaille sur le moyen de craquer cette merde d'interdiction depuis le premier jour. J'ai trouvé comment faire entrer un téléphone en douce, mais je vous jure qu'il n'y a littéralement aucun service ici et le Wi-Fi est verrouillé. C'est vraiment des fachos sur le sujet.

Zayd s'allonge sur le ventre, son gobelet déjà vide, et s'appuie le menton sur les mains.

— J'ai un téléphone satellite, déclare Windsor en déboutonnant les deux premiers boutons de son ridicule pyjama pingouin (que j'aime beaucoup en fait.) Les applications ne s'ouvrent pas dessus, mais je peux passer des appels. C'est tout.

— C'est à cause de ma mère, explique Creed, toujours vautré sur son coussin comme une poupée alanguie. Elle a aidé le directeur Collins à mettre en place le réseau fermé. À moins d'être un génie de la technologie comme elle, vous ne pouvez pas entrer. Dites adieu aux posts Facebook de la semaine pendant que vous êtes chez Burberry.

— Heureusement que Marnye a son porno sur papier, ajoute Tristan en me souriant. (Je le vise avec le bouchon de mon jus, de l'autre côté du cercle, mais il le rattrape comme si de rien n'était.) Pour ma part, je préfère... baiser en vrai, plutôt que de regarder du porno. Bien que je sois le premier à l'admettre : j'ai eu un petit passage à vide ces derniers temps.

— Il y a aussi les Kleenex et la vaseline, ajoute Zack d'un ton léger.

Je rougis en repensant à la poubelle pleine de mouchoirs au B&B. Merde, c'est embarrassant ! Au moins, je sais que je n'étais pas la seule à me toucher cette nuit-là.

— Oh, crois-moi, j'ai des jouets dans mes chambres. C'est mieux que des mouchoirs et du lubrifiant. Mais ils n'aident pas quand Marnye est dans les parages.

— Tristan, tais-toi ! je m'écrie, mais il continue à me sourire de cette façon pas si gentille que ça.

— Commençons, murmure-t-il, d'une voix à la mélodie enjôleuse. C'est parti pour « Action ou vérité ». Je commence. Marnye. (Ha, ha. Bien sûr que Tristan veut passer en premier et, bien sûr, il me regarde droit dans les yeux.) Action ou vérité ?

— Vérité, murmuré-je, parce que j'ai peur de savoir quel genre de défi il entend me lancer.

Franchement, je devrais avoir aussi peur de ce qu'il va me demander comme vérité, mais je me dis que c'est le moindre des deux maux. Tristan ricane et secoue la tête. Ses cheveux noir corbeau tombent sur son front en mèches chatoyantes.

— Marnye, Marnye, Marnye, c'est la solution de facilité. Mais bon, soit, vérité : est-ce que tu es vraiment vierge ?

Tristan est assis bien droit, les jambes repliées, les mains jointes sur les genoux. J'aimerais bien le voir se laisser aller pour une fois, se mettre minable.

— Oui.

Rien de plus, mais prononcer ce mot devant ces mecs le modifie complètement. Je les sens qui me regardent. Je peux imaginer le goût de leurs lèvres, à chacun, la sensation de leurs mains, l'étincelle incandescente qui brûle en moi quand on établit un contact visuel.

Tristan sourit, hoche la tête, puis lève la main pour me désigner.

— Très bien. À toi, maintenant.

Creed sourit, lui aussi, et la façon dont il est allongé me fait penser à un chat domestique paresseux, tout content et imbu de lui-même.

— Bien. Je choisis Creed, dis-je avec un regard dur. Action ou vérité ?

— Action.

Ses yeux aux paupières lourdes me lancent un défi.

— Je te mets au défi d'embrasser Tristan Vanderbilt sur les lèvres.

Le sourire qui illumine mon visage exprime un pur plaisir. Zayd hurle de rire et Zack grimace. Windsor reste assis là, toujours la même lueur pétillante au fond des yeux.

L'aîné des jumeaux Cabot me regarde d'un air renfrogné et s'assoit, rejetant énergiquement ses cheveux blond-blanc de son visage.

— Tu penses que je n'en suis pas capable ? se moque-t-il, avec cet air hautain plein de confiance en soi qui accompagne chacun de ses mouvements. Tu es sur le point d'apprendre une rude leçon, mademoiselle Reed.

Creed s'agenouille et rampe vers Tristan. J'ai une impression de déjà-vu, comme si j'avais lu une scène semblable dans un manga, un livre ou autre. Peut-être cette version revue d'*Alice au pays des merveilles* que Miranda m'a fait lire ? Quel en était le titre ? *Les Aventures d'Allison au pays d'en dessous ?*

Bon, ça y est.

Je suis toujours excitée.

Je me mordille la lèvre inférieure, puis je regarde Creed s'approcher d'un Tristan renfrogné et lui prendre le visage dans ses mains.

— Je t'en prie, grogne Tristan, en lui repoussant les mains, pour l'attraper par les poignets. On sait tous les deux que tu es passif et moi actif. Autant s'en tenir à nos rôles.

— Va te faire foutre, grogne Creed en tentant de retirer ses poignets.

Tristan ne le lâche pas et tous deux se lancent un

regard noir. Tristan garde une main sur les poignets de Creed et pose l'autre sur le côté du visage de son ami. Tous deux m'observent.

— C'est sans doute une revanche pour toutes les fois où on a parié que les filles du Club Infinity s'embrasseraient, murmure Tristan.

Puis, les yeux toujours rivés aux miens, il se penche et presse sa bouche sur celle de Creed, lui écartant les lèvres avec sa langue.

Pendant cinq secondes de béatitude, je vois un fantasme se réaliser, deux des garçons les plus cruels de l'académie s'embrassent, les jambes partiellement emmêlées. Les doigts de Tristan montent se plonger dans les cheveux de Creed et c'est le moment que ce dernier choisit pour mettre fin à leur baiser, repoussant Vanderbilt avec une grimace.

— Si je ne te connaissais pas mieux, je pourrais penser que je t'intéresse vraiment, marmonne Creed en s'essuyant la bouche avec son bras.

— Ne va pas te faire des idées, ronronne Tristan alors que Creed se lave la bouche avec une généreuse gorgée de vodka.

Ce dernier agite la main en direction de Zack.

— À toi, Brooks. Action ou vérité ?

— Action, dit Zack en plissant les yeux et en concentrant son attention sur Creed afin de le défier. Vas-y, Cabot, lâche la bête qui est en toi.

— Je te mets au défi de te faire jouir. Là, devant tout le monde.

Le visage de Creed est un masque de méchanceté

alors qu'il crache sa directive et Zack laisse échapper une série de jurons, en se passant les doigts dans les cheveux. Il me jette un coup d'œil et mes joues deviennent chaudes.

— Tu peux refuser et opter pour une vérité, suggéré-je.

Mais Zack a un air déterminé qui me fait peur.

— Dans notre version du jeu, on a une seule chance d'échanger une vérité contre une action, ou vice versa. Si on échoue encore, on perd et on est éliminé.

Zayd se redresse, comme s'il se préparait à un jeu particulièrement vicieux. Ces garçons aiment vraiment les paris, qu'ils le fassent ou non dans le cadre officiel du Club Infinity. C'est un symptôme de leurs privilèges, du fait qu'ils ne désirent rien. Ils ont besoin de défis, ils en raffolent.

— Le gagnant, il obtient quoi ? demandé-je.

Zayd sourit, en haussant ses épaules tatouées.

— Le droit de se vanter ?

— Que diriez-vous d'un trophée ? répliqué-je.

— Aïe, Charity, aïe ! fait-il en grimaçant, avec l'air de qui frotte une brûlure.

— Je vais le faire, lâche Zack, les narines dilatées.

Après quoi, il inspire profondément, puis... crache dans sa paume. *Putain de merde !* Il glisse une main dans son caleçon, ses yeux fixés sur les miens. Je ne vois rien, mais je remarque le changement dans sa respiration, ses pupilles dilatées, la sueur qui perle sur son front.

— Putain de *hardcore*, mec, s'esclaffe Zayd en buvant un autre verre de rhum. Montre-nous la marchandise.

— Ferme-la, tête de nœud, grogne Zack en fermant les yeux.

Je ne sais pas combien de temps il lui faut, mais avec la façon dont la peau me démange et dont mon cœur se réchauffe, cela me semble durer une éternité. Je me déplace et me tortille sur le coussin, heureuse de ne pas être assise sur les genoux de quelqu'un.

Avec un gémissement profond et guttural, Zack termine son affaire : ses muscles se contractent, son corps frissonne sous l'effet de l'orgasme. Il expire brusquement et baisse la tête pendant une minute. Windsor fouille dans le sac à côté de lui et en sort un rouleau de serviettes en papier, qu'il lance à Zack.

— Je... reviens tout de suite.

Zack prend les serviettes en papier et je détourne le regard pour lui accorder une seconde d'intimité. Il disparaît ensuite vers les sanitaires.

— Putain de merde, murmure Zayd avec un petit rire. Il l'a vraiment fait. Peut-être que je ne le déteste pas tant que ça, après tout ?

— Y a-t-il une raison pour laquelle tu le détestais au départ ? demandé-je, en regardant les trois Idoles.

— À part le pari qu'il a fait avec Lizzie ? demande Zayd, en haussant les épaules. Je ne sais pas. Il a toujours été un connard. Il n'a jamais aimé le statu quo. (Il sourit en coin et tend la main pour ébouriffer mes cheveux rose et or.) Un peu comme toi, je suppose.

— Oui, je conviens.

Mais mon cœur ne s'est toujours pas calmé et je n'arrive pas à en croire mes yeux. Zack qui se masturbe, juste devant moi. *Et j'ai aimé ça, moi aussi.* C'est si mal, d'être assis dans un endroit où on n'est pas censés être, grâce à un trousseau de clés volé, à boire de l'alcool fort et à jouer à un jeu sans réelle récompense.

Juste parce que.

On fait ça pour le plaisir.

Zack revient assez rapidement, le visage rougi, et s'assoit, avec un genou relevé sur lequel il appuie son coude, et le visage dans sa main. Il me regarde aussi et hausse ses larges épaules.

— J'espère que tu n'es pas genre traumatisée à vie, ironise-t-il, ce qui me vaut l'un de ses rares sourires chaleureux.

— Si je devais blâmer quelqu'un pour le traumatisme, ce serait ce putain de Creed, rétorqué-je, en lui jetant un coup d'œil.

Je prends une gorgée de mon jus de fruit. Il me fixe juste de ses yeux alanguis, puis sourit.

— Très bien, lâche Zack, en se redressant pour s'adresser à Windsor. Votre Majesté, Action ou vérité ?

Windsor lève la main et arrange sa couronne en plastique.

— Vérité. Parce que n'importe quel idiot peut sauter à travers des cerceaux, mais c'est beaucoup plus difficile de mettre son âme à nu. Vas-y, espèce de branleur.

Zack lui adresse un doigt d'honneur, mais le geste n'efface en rien l'expression de supériorité hautaine sur le visage du prince.

— OK. Comme tu veux. (Zack lève sa bouteille de

bière vers ses lèvres charnues et étudie le prince d'un regard scrutateur.) Pourquoi tu as crashé le yacht dans le port ? Il y a encore une fille à l'hôpital, n'est-ce pas ?

Le visage de Windsor... Mon Dieu ! Si seulement je pouvais décrire la façon dont il se ferme. La dureté qui se dégage de ses traits est dix fois pire que le masque de pierre de Tristan.

— Techniquement, rétorque-t-il d'une voix glaciale, ça fait deux questions. Choisis-en une.

— Comment tu as fini par t'écraser ? répète Zack.

Windsor se lève pour ôter sa couronne, la faisant tourner entre ses doigts. Ses yeux noisette sont si sombres qu'ils ressemblent plus au gris anthracite de Tristan qu'à leur éclat habituel aux multiples facettes.

— J'avais pris trop de coke, trop d'alcool et j'étais en colère : je n'avais pas les idées claires.

Il s'arrête de parler et me regarde fixement.

— Pourquoi ? demandé-je, mais Windsor se contente de se tourner vers Zayd et d'ignorer ma question.

— À toi, le rocker. Action ou vérité ?

— Euh, commence Zayd, en se roulant sur le dos, pour pouvoir contempler les carreaux en étain du plafond. Action.

Même avec l'atmosphère bizarre et la réponse douteuse de Windsor à la question de Zack, c'est plutôt confortable ici. Comment ça pourrait ne pas l'être, avec tous ces livres ?

— Je te mets au défi d'envoyer un SMS à ton père pour lui dire à quel point tu détestes être ignoré, répond Windsor en lançant sa couronne au centre du cercle. Tout de suite. Envoie-lui un message pour le lui dire.

Il lève les yeux et rencontre le regard de Zayd.

— Pas question, proteste celui-ci en se cabrant comme s'il avait été frappé. Tu es stupide, fou ou les deux ? Si je lui envoie un message de cet ordre, il va s'en prendre à moi. Il n'aime pas quand je lui sors des trucs comme ça.

— Alors je te mets au défi de dire à Marnye ce que tu ressens pour elle.

— C'est fondamentalement une vérité, murmure Zayd, en plongeant les doigts dans ses cheveux lavande cendré. Tu aimes vraiment remuer le couteau dans la plaie, hein ?

Windsor se borne à sourire.

— J'aime juste l'honnêteté chez les autres, même quand ça fait mal.

— Même si tu n'es pas transparent toi-même ? répond Zayd par une boutade, et les deux hommes se regardent fixement. Putain, très bien alors. (Il tourne la tête vers moi, nos regards se croisent.) Je t'ai dit que je t'aimais bien depuis le premier jour, n'est-ce pas ?

— En effet.

Zayd continue de me fixer.

— Eh bien, je t'aime davantage que toutes les filles que j'ai rencontrées.

— Ça s'appelle « Action ou vérité », pas « Action ou connerie », s'insurge Wind.

À quoi Zayd répond par un grognement. C'est un

son purement musical, aussi, comme s'il se trouvait en train d'interpréter l'une de ses chansons les plus torrides.

— Dixit le mec qui a donné une non-réponse lui-même. (Zayd se retourne vers moi et soupire, posant son front dans sa main pendant plusieurs secondes sans cesser de me regarder.) Je pense... peut-être que je suis amoureux de toi depuis la fête d'Halloween. Pas celle de la première année, mais... celle de la deuxième. Quand tu es arrivée déguisée en cookie, que tu as dansé comme une folle et que tu as entubé Creed avec le faux journal.

— Amoureux de moi ? je répète et Zayd soupire, fermant ses yeux verts.

— Oui. À peu près.

OK, c'est tout. Entre les garçons qui s'embrassent, la masturbation et les confessions amoureuses, ça ne ressemble à aucune soirée pyjama que j'aie jamais faite. Et puis je me rends compte que je n'ai jamais vraiment eu d'amis avant, autrement dit que les seules soirées pyjama auxquelles j'aie assisté sont celles de Miranda et moi.

— « Oui, à peu près » ? je répète encore.

Zayd me regarde en clignant des yeux.

— Action ou vérité, Charity ? murmure-t-il.

Sa voix est rauque, comme s'il venait de casser une pierre et de me montrer la plus belle géode à l'intérieur.

— Vérité.

Parce que je ne pense pas pouvoir bouger de cet endroit, et encore moins faire quelque chose d'embarrassant comme me toucher devant tout le monde.

— Lequel d'entre nous préfères-tu ? demande Zayd.

Mon cœur bégaie plusieurs fois avant de reprendre un rythme galopant.

— Je ne sais pas.

Et il n'y a pas de réponse plus vraie.

CHAPITRE SEIZE

IL NEIGE VRAIMENT à Burberry Prep cette année, ce qui est très bizarre. Nous sommes en Californie centrale, pour l'amour du ciel.

— Réchauffement climatique, déclare Miranda, alors qu'elle se tient là, les paumes levées vers le ciel.

De petits flocons fondent sur sa peau. Ce soir, c'est le concours de talents, mais personne ne s'en soucie vraiment, puisque tout le monde veut jouer dans la neige ou – en fonction de son année d'étude – parler du bal d'hiver, du voyage au ski ou, pour nous, les troisième année, de l'option d'un week-end à San Francisco pour aller voir un ballet ou écouter une symphonie.

Ce n'est pas difficile de savoir ce que je veux faire. Même si papa et moi avons utilisé les billets que Zack nous a achetés plusieurs fois déjà, je n'en ai jamais assez. On a même utilisé le troisième billet pour emmener notre vieille voisine, Mme Fleming. Elle est peut-être sourde, mais elle affirme qu'elle a pu sentir les vibrations et que ça ne l'a pas empêchée d'apprécier le spectacle.

— Tu sais ce que John m'a dit aujourd'hui ? me demande Andrew, les mains dans les poches.

Il frissonne alors qu'un duvet blanc s'installe sur les jardins. La couche de neige n'est pas encore assez épaisse ou lourde pour qu'on s'amuse dedans, mais ça commence à venir. Tous les élèves de Burberry Prep prient pour que la quantité soit suffisante pour faire de la luge.

— « Si le réchauffement de la planète est réel, pourquoi fait-il aussi froid ? » mime Miranda en levant les yeux au ciel de façon spectaculaire. On l'a tous entendu aujourd'hui. Au moins, il a été exclu du lycée par Mme Felton pour avoir déchiré le soutien-gorge de cette pauvre fille de première année. C'est un vrai connard.

— Vous avez tous décidé de ce que vous alliez faire comme activités d'hiver ? demandé-je, interrompant la conversation. (La dernière personne au monde dont j'ai envie de parler, c'est John Hannibal. En tant qu'humain, il est pourri et les idées politiques de son père sont nulles.) Parce que je vais au concert, vous le savez ?

— Où que tu ailles, les garçons te suivront, dit Andrew, presque avec nostalgie. (Il s'appuie sur la table de pique-nique et regarde les flocons tourbillonner, un bonnet blanc rabattu sur les oreilles.) Je suis plus que jaloux. J'aimerais que les garçons me suivent partout comme des chiots perdus.

— Ils le feraient si tu laissais libre cours à ta folie, réplique Miranda, s'interrompant lorsque Lizzie et Tristan apparaissent.

Ils franchissent les portes de la chapelle. Oh, là, là ! Mon cœur bat la chamade quand je les vois ensemble, mais je fais comme si de rien n'était. Comme je l'ai dit, je dois laisser les pièces s'ajuster comme elles peuvent. Je ne suis pas dans le sabotage.

Le jour de Thanksgiving, on a mangé tous ensemble au réfectoire, où les cuisines de l'académie avaient préparé un repas assez traditionnel. Lizzie s'est aussi assise à côté de Tristan et je me suis rendu compte qu'elle le cherchait vraiment. Elle fait un effort. Pourtant, elle porte toujours sa bague de fiançailles. Elle est aussi déchirée qu'Andrew, entre la réalité et un rêve lointain.

Je suis un peu une optimiste courageuse : je choisis toujours le rêve.

— Tristan, tu vas à San Francisco ou..., commencé-je avant de laisser ma phrase en suspens.

Je me blottis dans l'un des sweat-shirts à capuche de Zack, qu'il a laissé dans ma chambre par accident. Il est grand et doux et j'aime trop son odeur pour le lui rendre. Pamplemousse et muscade, voilà ce qu'il sent.

— Je vais à San Francisco, répond-il, et Lizzie se mord la lèvre.

— Je me farcis le bal d'hiver, lâche-t-elle avec un

petit soupir. Mon père a obtenu un laissez-passer de visiteur pour que Marcel puisse m'emmener.

Elle n'a pas l'air particulièrement heureuse et je remarque que les épaules de Tristan se crispent.

Il passe devant elle et sort de sous l'auvent, afin de pouvoir contempler le ciel crépusculaire et la neige tourbillonnante.

Zack sort quelques secondes plus tard, me repère dans son sweat à capuche et sourit en s'asseyant à côté de moi. Comme, même avec le sweat à capuche volé, j'ai toujours froid, je me réfugie contre son corps et je finis par m'asseoir entre ses jambes, son grand corps chaud drapé autour du mien. C'est ce que je préfère, être avalée par Zack et son lourd manteau d'hiver.

— On doit t'acheter une nouvelle veste, déclare-t-il, mais on sait tous les deux que j'en ai déjà une, que Miranda m'a achetée l'an dernier : je préfère porter son sweat à capuche, c'est tout. Non pas que ça me dérange que tu portes mon pull.

Il rit et se blottit contre mon oreille, ce qui provoque l'envol de gros papillons dans mon ventre, de toute une nuée. Ses bras musclés s'enroulent autour de moi, me serrent fort, et je me détends.

— Tu vas faire le voyage à San Francisco ? je lui demande.

Miranda pousse un soupir théâtral. Elle a l'air d'un mannequin avec ses cheveux brillants, sa tenue de ski de marque et sa veste rose vif. Elle pointe un doigt sur moi et me donne une tape sur le front.

— Eh, espèce de foldingue, je te l'ai dit : où que tu ailles, les mecs te suivront, arrête de demander.

— Et toi ? demande Zack, car Creed n'est pas le seul à savoir que Miranda m'a embrassée.

D'une certaine façon, ils le savent tous et ils en sont jaloux à mort. Peut-être la voient-ils comme une menace sérieuse ?

— Bien sûr que je vais à San Francisco, ricane-t-elle en regardant l'heure sur sa montre. C'est un droit dont disposent les troisième année. (Elle laisse retomber son bras et me coule un regard.) C'est presque l'heure de se préparer. Enfin, si tu ne veux pas monter sur scène avec des cheveux en bataille et un maquillage mal fait.

— Qu'est-ce que tu es mignonne ! je la taquine en ramassant un peu de neige pour la lui lancer.

— On doit être à l'heure pour le concours de talents, intervient Tristan en se tournant vers nous, les mains enfouies dans les poches de son manteau de laine gris. C'est impératif.

— Vous, vous avez prévu quelque chose, les mecs, je constate en jetant un coup d'œil à Zack.

Mais il ne laisse rien transparaître. Son visage affiche l'expression sérieuse, profonde et sombre qui lui est habituelle. Je tire sur une mèche de ses cheveux bruns, mais il se borne à hausser les sourcils sans rien dire.

Après tout, ça n'a pas d'importance.

Je suis sur le point de le découvrir de toute façon.

L'AUDITORIUM EST BONDÉ, mais un sentiment général d'irritation agite la foule. La présence est obligatoire, sauf que tout le monde veut juste se défouler dans la neige. Personnellement, je n'ai rien contre. Le spectacle figurera parmi mes centres d'intérêt pour ma demande d'admission à l'université, et sert aussi à m'entraîner pour le concert d'hiver. La semaine prochaine, je me rends à Los Angeles pour une compétition de pom-pom girls, donc je ne pourrai pas jouer de la harpe de tout le week-end.

Une partie de moi se demande si je ne devrais pas quitter l'équipe. Je ne suis pas particulièrement investie ou excitée par les déhanchements de pom-pom girl, ni par le sport en général, mais c'est un bon moyen de rester en forme et ça ajoute de l'intérêt à mon CV. Quoi qu'il en soit, même si la moitié des filles de l'équipe sont des membres de la Compagnie qui nous détestent, les garçons et moi, je ne peux pas laisser tomber la coach Hannah et les autres juste avant notre première vraie compétition.

On a participé à quelques trucs locaux, mais on n'est pas encore revenues avec des médailles ou des trophées. Je ne pense pas que ce sera différent cette fois-ci, pourtant on s'est beaucoup améliorées depuis le début de la troisième année, alors qui sait ?

Zayd est l'un des premiers artistes à monter sur scène et il reçoit un accueil chaleureux de la part de la foule. Une partie de son succès, j'en suis sûre, tient à sa tenue : un pantalon en cuir serré qui moule ses fesses comme une seconde peau et un débardeur ample et déchiré avec le logo d'un vieux groupe sur le devant. Il joue peut-être de la guitare acoustique, mais on le dirait prêt pour un concert de rock.

Je me faufile hors des coulisses, pour me planter au bord de l'auditorium, le cœur battant lorsqu'il joue sa chanson devant tout le lycée. Becky crie quelques conneries de derrière le rideau, mais je ne laisse pas ses éructations me déranger, car elles n'expriment que sa jalousie. Ça, et Zayd... il a dit qu'il m'aimait, non ?

C'est énorme, ces quelques mots. Ils veulent dire beaucoup.

Juste avant de quitter la scène, Zayd m'adresse un clin d'œil et un baiser, s'incline et sort de scène par la gauche.

Vu que j'arrive juste après lui, je dois me dépêcher de gagner les coulisses avant que la harpe ne soit mise en place. La foule me reçoit avec un mélange de huées et d'acclamations. Ça n'a pas d'importance à ce stade. J'y suis habituée. Après l'incident de première année, les premières fois où j'ai joué ont été difficiles, mais c'est devenu de plus en plus facile, et je sais que je ne peux pas laisser la peur m'empêcher de faire ce que j'aime.

Alors je m'assois sur le tabouret et je fais courir mes doigts sur les cordes, en fermant les yeux et en laissant la mélodie flotter dans l'air comme les flocons de neige qui tourbillonnent dans le noir d'ébène du ciel. Il règne un froid vif qui rend le monde beaucoup plus vivant. Parfois, lorsque je joue de la harpe, j'ai l'impression de tisser des sons à partir de l'air, de placer des notes aléatoires dans un métier à tisser jusqu'à ce que je crée quelque chose de complètement nouveau.

Comme c'est souvent le cas, je m'évade en pinçant les cordes, je me balance légèrement au rythme de la musique. Je perçois quelques bruits et mouvements en provenance des coulisses, un grognement très distinct et quelques disputes, mais je n'y prête pas attention. J'en suis à la partie de la chanson où le rythme s'accélère et j'ai l'impression de chatouiller l'instrument, de le faire rire et chanter chaque fois que je l'effleure de mes doigts.

Levant les yeux, je repère plusieurs sièges vides à l'avant de l'auditorium, là où les garçons devraient être assis. Miranda, Lizzie et Andrew sont là, mais aucun de mes garçons. Pas un seul. Je termine mon morceau et j'écoute les applaudissements épars et les quelques cris rauques qui sont rapidement étouffés par le personnel.

Je me lève, je m'incline et me dirige vers les coulisses pour trouver Zack, Windsor et Zayd dans un face-à-face avec les Harpies.

— Un jour, on va t'attraper au bon endroit au bon moment, ricane Jalen Donner en frottant un peu de sang sur son visage avec sa manche. Je vais tuer Tristan Vanderbilt, putain. Il est où, cette chochotte, d'ailleurs ? Trop occupé à baiser la copine d'un autre ?

— Tu as une sacrée chance, me lance Ileana Taittinger en ricanant.

Elle est vêtue d'une ridicule combinaison blanche. Toutes les filles de la Compagnie participent à un numéro de chant et de danse sur la chanson *All I Want for Christmas Is You* de Mariah Carey. D'après le peu que j'en ai vu pendant les auditions, c'est assez horrible.

— Comment ça ? demandé-je, en croisant les bras sur la robe rouge que je porte.

Elle est brillante, ravissante, assez longue et fluide pour être portée pendant que je joue.

Windsor s'avance et prend une épée sur l'un des supports pour la prochaine représentation de *Casse-Noisette* par le club de théâtre. Il fait tournoyer la lame de bois et adopte une position de combat qui montre clairement qu'il a eu sa part de leçons d'escrime.

— Ces branleurs ont pensé qu'ils pouvaient nous avoir, répond-il. Ils allaient jeter des pétards sur scène pendant que tu jouais.

Mes sourcils se haussent.

Merde.

Un pétard aurait facilement pu m'arracher les doigts. Peut-être que c'était le but, non ?

Je regarde le sol et vois, éparpillés, des pétards, des allumettes et quelques briquets. Quand Harper et Becky sortent du vestiaire, elles n'ont pas l'air contentes de me voir debout, indemne.

— Jolies perruques, commenté-je.

Kiara se jette aussitôt sur moi. Zack l'attrape et la repousse, ce qui la fait trébucher sur ses talons.

— Ne touche pas à ma putain de petite amie, ou tu verras à quelle vitesse j'enfreins sa règle de non-violence. Tu vois, elle a vraiment de la classe. Moi, je suis un putain de connard. Je n'ai pas peur de parler des affaires de ton père, ou des trois jeunes femmes enceintes qui le poursuivent pour obtenir une pension alimentaire.

— Ferme ta gueule de connard ! grogne Kiara, qui souffle, exaspérée.

La musique du trio de plébéiennes en scène est assez forte pour couvrir notre dispute. Bien sûr, il n'y a aucun membre du personnel ici. Je me demande combien de professeurs ont été payés par Harper pour regarder de l'autre côté.

Mais voilà que Mme Amberton et Mme Highland arrivent de l'extérieur, séparées par une Ebony Peterson éplorée. Je n'ai aucune idée de la ruse à laquelle elle recourt, mais elle se renfrogne dès qu'elle me voit.

— D'où viennent tous ces feux d'artifice ? demande Mme Amberton.

Son regard se lève pour rencontrer le mien. Elle semble sincèrement préoccupée, ce qui est agréable. Je me force à sourire.

— Un des garçons de première année a laissé tomber une boîte et s'est enfui, répond Harper en s'éventant.

Son body est si serré qu'il lui moule le sexe. Je jure sur ma vie que je ne pourrais pas inventer ça même si j'essayais. Sa perruque est manifestement chère, car elle est faite de véritables cheveux humains, aussi brillants que ceux de Miranda.

À la première occasion, je la lui arrache.

La chanson jouée sur scène s'arrête, la foule applaudit.

— Harper du Pont et les Sang-bleu, annonce M. Carter.

Je lève les yeux au ciel. « Ex-Sang-bleu » aurait été plus approprié.

— Merde ! ronronne Zayd alors que les filles passent devant lui en se pavanant. Littéralement, je vous prie. Je veux vous voir ramper dedans.

— Bouffe-la, ta merde, Zayd, grogne Becky quand elle parvient à son niveau.

— Eh, lance Zack en me prenant par le coude, va t'asseoir dans le public avec Miranda, d'accord ?

Je lui décoche un regard.

— Tu te souviens de notre petite conversation ? demande Windsor en faisant tourner l'épée en bois sous le regard suspicieux des garçons de la Compagnie.

Je pense que le prince pourrait en fait être capable de leur botter le cul avec, s'il le voulait. Enfin, jusqu'à ce qu'il reçoive une réprimande et un avertissement de Mme Highland pour avoir joué avec des accessoires qu'il n'était pas censé toucher.

— À nous de jouer les sales types, murmure Zayd en me poussant vers l'escalier.

J'obéis et vais prendre le siège entre Miranda et Lizzie.

Les lumières de la scène s'assombrissent et la chanson commence. Lentement, le projecteur se rallume et Harper se retourne, saisit le micro et chante les notes de Mariah dans une imitation assez impressionnante de la célèbre chanson. Ce n'est visiblement pas pour rien qu'elle est à la tête de la chorale.

Mais dès qu'elle commence à danser, je ne peux plus me retenir de rire.

— Elle ressemble à un lapin des neiges dérangé, chuchoté-je, et Miranda et Lizzie ricanent aussi.

Les autres filles – Becky, Ileana, Abigail, Valentina, Kiara, Mayleen, Anna et Ebony – se joignent à Harper pour une danse chorégraphiée, tout en attrapant leurs propres micros.

Le résultat est tout simplement... hilarant. Je suis désolée, j'essaie de ne pas enfoncer les autres, mais ces filles ont essayé de me tuer, donc elles peuvent faire les frais d'une critique sans fard.

À la moitié de la chanson, alors que je suis presque sûre de ne plus pouvoir en supporter davantage, neuf garçons de la plèbe que je reconnais à peine apparaissent de derrière le rideau, pour venir se planter derrière les filles pendant qu'elles sont occupées à chanter et concentrées sur le public.

Les perruques sont arrachées, et c'est le chaos. La chanson continue en arrière-plan dans les haut-parleurs, en rappel infime de la voix de Mariah. Le cri de ptérodactyle de Harper résonne dans son micro juste avant que les garçons se retirent comme s'ils attendaient quelque chose de plus.

C'est alors qu'un rouge visqueux se déverse d'en haut, recouvrant les Harpies de la tête aux pieds tandis qu'elles hurlent.

Mais cette fois, je ne pense pas qu'il s'agisse de

peinture. Creed ne mentait pas. Non, mes garçons y sont allés à fond : c'est du sang.

La salle entière est silencieuse quand la chanson se termine. Tristan et Creed apparaissent du côté opposé de l'auditorium, pour se glisser subrepticement dans deux sièges vides. Zack, Windsor et Zayd sortent juste après, s'asseyant au bout de la première rangée, à une dizaine de sièges de moi.

Harper est debout, haletante et tremblante, flanquée de ses copines, en larmes pour la plupart.

Le rideau tombe devant elles, constellé de culottes épinglées dessus.

Putain. De. Merde.

La musique s'éteint et l'auditorium éclate de rire.

C'EST une bonne chose que je sois hors de la ville pour la compétition de pom-pom girls : le sang coule à Burberry Prep. Maintenant, quand je me venge, je les laisse se pendre avec leur propre corde. Les garçons... sont définitivement en train de distendre un peu les règles avec leur créativité. Ils cisèlent la cruauté pour en faire une perfection sans faille, tout comme un sculpteur sculpte le marbre ou la pierre.

C'est impressionnant et un peu effrayant, aussi.

Pendant le court voyage à Los Angeles, je me porte volontaire pour partager une chambre avec la coach Hannah (nous sommes un nombre impair, donc quelqu'un doit s'y coller) et je veille à ne pas boire ou manger quoi que ce soit qui ne sorte pas d'un récipient ou d'un emballage scellé. Quant à mes cheveux, je garde un œil dessus en permanence, soyez-en bien sûrs. Pas question de les laisser me surprendre avec une tondeuse.

On parvient à rapporter une médaille d'argent à la maison, ce qui est impressionnant, compte tenu de l'atmosphère peu harmonieuse qui règne dans l'équipe.

Quand je rentre, je trouve les garçons meurtris par une bagarre. Pas un seul d'entre eux n'a réussi à s'en sortir indemne.

— Qu'est-ce qui s'est passé ? demandé-je, en levant la main pour passer délicatement mon pouce sur le coquard à l'œil gauche de Windsor.

Il sourit et attrape mon bras d'un geste si vif que mon cœur saute un battement. Il embrasse l'intérieur de mon poignet et me fait sursauter lorsqu'il passe sa langue sur mon pouls.

— À peu près ce que tu penses, ma chérie. On a eu une vilaine dispute dans la cour.

— Ils ne se battent pas *fair play*, en plus, commente Creed, en touchant les éraflures sur sa joue.

C'est la marque d'un combat impliquant des femmes, là.

— Les filles étaient dans le coup, elles aussi ? demandé-je.

Zack acquiesce.

— On ne les a pas touchées, si c'est ce qui t'inquiète. On a une certaine intégrité, mais cela a compliqué un peu notre affrontement à dix-sept contre huit. Si Lizzie n'avait pas été là, les choses auraient été bien pires. Elle s'est attaquée à Harper pour toi.

— J'ai essayé, en tout cas, nuance-t-elle, la lèvre fendue.

Au moins, elle a encore tous ses cheveux.

— Dix-sept contre huit..., commencé-je, en pensant à la composition de l'équipe. Mon Dieu !

OK, donc les neuf Harpies, les huit garçons de la Compagnie, et le compte est bon, non ? Contre mes garçons, Lizzie, Andrew, et Myron. Ou du moins, c'est ce que je suppose. Miranda ne porte pas de marque.

— Ça en valait vraiment la peine, poursuit Creed, en repoussant sa jumelle d'une tape quand elle tente de lui appliquer un gant de toilette chaud sur le visage. Ils nous ont tendu une embuscade dans le noir avec des tondeuses et des ciseaux. Une vraie bande d'idiots. On portait tous des putains de chapeaux. On n'est pas stupides.

— Vous cherchiez les ennuis ? demandé-je, en croisant les bras.

— Les ennuis nous trouvent, ronronne Tristan depuis son siège. On n'a pas besoin de les chercher.

Il est assis dans un énorme fauteuil de cuir noir qui ressemble au parfait fauteuil de lecture. On est dans sa chambre de la tour 3, où je n'étais jamais venue. Imaginez, il y a une cheminée ! Je suis très jalouse.

— Est-ce que l'un d'entre eux fait le voyage à San Francisco ? demandé-je.

Tristan secoue la tête. Il ne sait pas. Super.

— Les choses vont empirer avant de s'améliorer,

c'est ça ? demandé-je, en sentant monter l'horrible nausée dans mon estomac.

C'est de la culpabilité, voilà ce que c'est. Tout ça, c'est à cause de moi. C'est vrai, les garçons ont dit qu'ils voulaient s'occuper de la situation, mais... ce n'est pas seulement leur combat.

Il faut que je passe à la vitesse supérieure.

— Ne le fais pas, murmure Zack, en posant ses grandes mains sur mes épaules pour y exercer une forte pression avec ses doigts puissants. Je vois ton intention écrite sur ton visage.

Oh, mon dieu. J'adorerais qu'il masse mon corps dénudé avec des huiles… Ouh, là, là.

— Fais-nous confiance pour nous occuper de ça, ajoute-t-il. Botte plutôt le cul de Tristan dans le domaine universitaire, OK ?

Tristan baisse son regard gris et je sais que, même si nous sortons ensemble, cela ne signifie pas qu'il ne fera pas tout son possible pour prendre ma place en tête de classe.

— Laisse-nous nous occuper du Club Infinity, conclut-il.

Il y a quelque chose dans sa voix qui me souffle qu'il ne parle pas seulement de la version junior. Un frisson me parcourt la colonne vertébrale, mais j'acquiesce. À partir de ce moment-là, quand je dors, je veille à garder à côté de mon lit la batte de baseball que j'ai empruntée au gymnase.

CHAPITRE DIX-SEPT

COMME L'ANNÉE DERNIÈRE, le voyage à San Francisco coïncide avec les vacances d'hiver. Ce vendredi avant les vacances, alors que tous les première année se préparent pour le bal d'hiver, on empile les valises dans la cour et on fait le point sur les étudiants qui se rassemblent autour de la statue du cerf.

Elles sont toutes là, les Harpies. La Compagnie. Peu importe le nom qu'on leur donne. J'aime les synonymes, je prendrai les deux.

— Bien sûr qu'elles sont toutes là, ricane Creed, adossé à un pilier avec un air insouciant de privilégié. (Il agite la main, dédaigneux.) Aucune troisième année ne veut rester coincée au bal d'hiver, sauf si tu es Lizzie Walton et que ton père te déteste.

— Arrête ça, grogne Tristan, et j'observe attentivement les deux hommes échanger un long regard de colère.

Ils détournent les yeux sans qu'il y ait de vainqueur,

et Tristan croise les bras, fixant Harper. À juste titre. Elle me traque dans les couloirs, je le jure. Si je me relâche une seconde, ce sera ma tête qui sera rasée, mon cul botté ou... pire. Parce que, clairement, elles en sont toutes capables.

— Évitons-les et essayons de passer un bon moment, marmonne Zayd, cigarette aux lèvres alors qu'il se cache dans un coin de la tour 2 pour essayer de faire fonctionner son briquet malgré le vent tout en évitant de se faire attraper par un des professeurs. Dieu sait que mes vacances d'hiver vont être très pénibles. Mon père est en tournée en Europe, donc je vais être traité comme un putain de *roadie*, censé transporter du matériel et combattre de vieilles groupies ridées. Beurk. Alors que moi, je veux juste un sapin et une putain de bûche.

— Tu es toujours le bienvenu, dis-je, et il sourit.

Son expression n'est pas entièrement heureuse cependant.

— Si je pensais que Billy me laisserait faire, réplique Zayd en levant ses yeux verts au ciel de façon théâtrale, j'accepterais cette offre sans hésiter.

— L'offre m'intéresse, intervient Windsor en m'étudiant.

Il porte à nouveau la couronne en plastique et je ne sais pas si cela se veut ironique ou si c'est pour me rappeler que, même avec une couronne bon marché, il reste un prince. Une chanson de Billie Eilish me vient à l'esprit : *You Should See Me in a Crown.*

— Si tu n'as rien de prévu avec ta famille, il y a

toujours une place pour toi à notre table.

Du moins, je pense. Papa ne serait peut-être pas ravi si je ramenais Zack ou une des Idoles à la maison mais, au moins, il n'a pas de raison de détester Windsor York. Pas encore en tout cas. Jamais, espérons-le.

— Très bien, tout le monde, lance Mme Felton avant de donner un coup de sifflet, ce qui fait froncer les sourcils de Tristan. Dans les camionnettes, s'il vous plaît.

— Comme si on était des chiens, murmure-t-il.

Pourtant, il s'écarte du mur, me prend la main et m'entraîne vers l'une des luxueuses camionnettes Mercedes Benz noires garées dans l'allée circulaire. Il y a juste assez de place pour six élèves, trois par rangée, dont l'une est orientée vers l'arrière, de manière que les six occupants puissent se faire face.

Miranda grogne et donne un coup de pied dans le tibia de Creed, mais elle finit par être reléguée dans la camionnette suivante avec Lizzie, Myron, Andrew et deux mecs de la plèbe que je ne reconnais pas. C'est généralement une bonne chose par ici : si je ne les reconnais pas, c'est qu'ils ne m'ont pas assez tourmentée pour qu'on le remarque.

Le trajet jusqu'à San Francisco est un peu long, juste au nord de Cruz Bay, et le long de la même route côtière. Mais cela ne me dérange pas. Alors qu'on s'éloigne du campus de Burberry Prep, que les flocons de neige tombent et fondent en un instant, je me trouve en fait nerveuse d'excitation.

Non seulement le ballet et l'orchestre symphonique

de San Francisco sont célèbres, mais je vais passer quatre jours entiers avec les mecs avant la longue période des vacances d'hiver, ce qui ne m'a jamais dérangée avant. En fait, je l'attendais avec impatience, mais cette année... mes sentiments sont mitigés. J'ai hâte de voir Charlie et de dormir dans mon propre lit, mais j'aimerais pouvoir emmener les mecs avec moi.

Windsor se retourne et triture la stéréo, malgré le soupir exaspéré de Mme Felton, et on se retrouve avec la chanson *(I Left My Heart) In San Francisco* de Tony Bennett. Cette chanson, au moins, je la reconnais. Je suis meilleure avec les vieux tubes qu'avec les actuels.

— Ma mère passe la plupart de son temps à San Francisco, dans une petite maison étouffante de Nob Hill, dit Creed, en repliant un genou sur le siège pour l'entourer de ses bras. Elle travaille dans la Silicon Valley et essaie de rivaliser avec tous les connards misogynes de l'industrie technologique. Le plus drôle, c'est qu'elle est bien meilleure qu'eux dans ce qu'elle fait.

— Tu savais que Nob Hill avait des manoirs appartenant aux quatre grandes familles du chemin de fer ? demandé-je.

Tristan sourit. La richesse de sa famille s'est aussi construite sur les chemins de fer, mais les Vanderbilt ne sont pas considérés comme faisant partie des quatre grands. Pour autant que je sache, il n'y a pas de manoir Vanderbilt à San Francisco.

— L'un des magnats, Crocker, s'est mis en colère contre un pauvre croque-mort nommé Nicholas Yung qui refusait de vendre sa propriété. Les autres voisins de Yung avaient vendu et les Crocker possédaient tout le quartier, sauf la propriété Yung. Par dépit, Crocker a construit une clôture de trois étages pour bloquer le soleil pour les Yung.

J'expire et Zack sourit.

— C'est tellement sexy quand tu parles d'histoire, Marnye.

Je lui réponds par un sourire, puis je hausse les épaules.

— Que cela vous serve de leçon : c'est comme ça que je vois les super-riches. Dégoûtants, rancuniers et avides. Crocker ne pouvait même pas comprendre que ce pauvre homme, ce croque-mort, avait aussi des droits de propriété. Il avait tout autant le droit de vivre là qu'un baron du rail.

Je repousse quelques mèches de cheveux de mon visage. Quand je serai à la maison, j'irai au salon de coiffure pour les faire couper à nouveau. Les cheveux longs, c'est bien et c'est joli, mais une fois qu'on est passé aux cheveux courts et qu'on mesure la simplicité de leur entretien, il est difficile de revenir en arrière.

— Ces vieux riches peuvent être de vrais ignares, n'est-ce pas ? demande Creed.

Tristan lui lance un regard narquois.

— Comme si ta mère n'était pas littéralement l'une des raisons pour lesquelles les valeurs immobilières de San Francisco crèvent le plafond et sont bien trop chères pour que le plébéien moyen puisse s'acheter une maison.

Tristan lève le menton de façon triomphante, pour suggérer qu'il a marqué un point, et je lève les yeux au ciel, accompagnant mon soupir d'une claque sur le front.

— S'il te plaît, n'appelle pas les gens ordinaires des « plébéiens » dans la conversation de tous les jours. À l'école, c'est juste un terme. Dans la vie réelle, c'est embarrassant.

— C'est bien quand même, réplique Zayd, installé sur le siège à côté de moi dans un désordre tordu et informe de membres tatoués. De voir comment vit l'autre côté, tu sais ? Ce n'est pas aussi affreux que je le pensais.

— L'autre côté ? je répète avec un petit rire, et il hausse les épaules, l'air poliment chagriné.

— Tu sais, les prolos, les paysans... (Je lui lance un regard qui l'oblige à s'arrêter, sourire éclatant aux lèvres.) Aucun de ces termes-là ?

— Et si tu t'entraînais à dire les « gens » ? suggéré-je.

Zack sourit comme s'il pensait avoir une longueur d'avance sur les autres. Bien sûr, il est allé à l'école à Lower Banks, donc il a une certaine crédibilité, mais il a aussi pensé qu'il était acceptable de choisir une fille au hasard et de la mettre à genoux pour un pari. Il m'a presque tuée, ce qui me souffle qu'il n'est pas mieux que les autres : au moins, à l'époque, il ne considérait pas que la population générale était digne du même respect que ses pairs.

— Pourquoi tu m'as choisie ? demandé-je soudain.

Je remarque que Windsor échange un regard avec Zack. Ils sont amis maintenant, plus que les autres garçons. Tout ce temps passé ensemble pendant la deuxième année leur a fait du bien.

Zack Brooks me regarde, pas particulièrement heureux de la direction prise par la conversation.

— On pourrait revenir sur les barons du chemin de fer ? murmure-t-il.

Toutefois, je reste assise là à le dévisager. Je veux savoir la vérité et je sens qu'il y a là quelque chose de plus qu'un acte de malveillance aléatoire. Comme je ne réponds pas, Zack soupire et passe les doigts dans ses cheveux brun brillant. Ils sont beaucoup plus longs cette année que l'année dernière, bien qu'ils soient encore relativement courts.

— Marnye... (Il jette un coup d'œil par-dessus son épaule en direction de Mme Felton, mais je ne vais pas entrer dans les détails. Elle ne sait probablement même pas de quoi nous parlons.) Putain !

— Surveillez votre langage, monsieur Brooks, le réprimande-t-elle sans prendre la peine de se retourner.

Zack lève les yeux au ciel, puis concentre son attention sur moi. Creed et Tristan l'observent, avec une pointe d'acuité dans le regard. Zayd semble mal à l'aise et Windsor a l'air de déjà savoir.

— Ce n'était pas toi, en particulier, balbutie Zack en me regardant, plein de remords. C'était Adam Carmichael. Ta mère est mariée avec lui, non ?

Je me sens blêmir et je m'avance sur mon siège.

— Tu m'as choisie à cause d'Adam Carmichael ? j'insiste, sentant la nausée m'envahir.

Adam est le type qui a incité ma mère à abandonner sa fillette sur une aire de repos au milieu de nulle part. C'est une ordure, une pure ordure. Et aussi le père d'une sœur que je n'ai jamais rencontrée.

— Pas moi, fait Zack avec un long soupir. Lizzie.

— Mais pourquoi ? Les Walton et les Carmichael ont une sorte de querelle ?

— Adam a eu une liaison avec la sœur de Lizzie, explique Tristan, la voix aussi froide et posée que d'habitude. (Ce n'est qu'un masque, je le sais maintenant, mais sacrément solide.) Elle n'avait que dix-huit ans à l'époque, et lui... la quarantaine, au bas mot. (Mon estomac se serre.) Lizzie le déteste depuis.

— Alors elle m'a choisie à cause de lui ? demandé-je, à quoi Tristan acquiesce. Je n'ai rien à voir avec Adam, je ne l'ai même jamais rencontré.

Mon esprit est en ébullition en ce moment. Je m'adosse au siège de cuir à côté de Creed. Comment je suis censée traiter tout ça ?

— On devait choisir quelqu'un, murmure Zack. Et ta sœur Isabella était trop jeune. Je suis désolé, Marnye. Vraiment désolé, putain.

— Ce sera une punition, monsieur Brooks, lâche Mme Felton à l'instant où je ferme les yeux et appuie ma tête contre l'épaule de Creed jusqu'à ce que je m'endorme.

Si les garçons parlent pendant le reste du trajet, je ne les entends pas.

TOUS LES TROISIÈME année sont logés à l'hôtel Fairmont, qui se trouve à environ dix minutes de route de l'orchestre symphonique, en fonction de la circulation. C'est un hôtel de luxe, c'est évident dès que je franchis la porte. Charlie et moi, on ne pourrait jamais nous permettre de séjourner dans un endroit pareil. En fait, on ne peut pas se permettre de loger en ville du tout. Quand on vient écouter l'orchestre, on rentre en voiture après.

— C'est quoi ce bordel ? chuchoté-je alors que Creed ouvre la porte d'une chambre au dernier étage.

Miranda est juste derrière moi, mais les autres garçons ont disparu dans d'autres pièces pour déposer leurs affaires. Je loge avec les Cabot, grâce à Kathleen. L'académie fournit gratuitement des chambres d'hôtel standard, mais c'est deux élèves par chambre et les paires sont déterminées de façon aléatoire. Les surclassements coûtent cher, sauf que, comme Creed l'a dit plus tôt, « ce n'est littéralement rien ». Je préfère donc leur générosité au risque d'être appariée à Anna, Abigail ou Mayleen.

Imaginez ce qu'elles me feraient pendant mon sommeil.

— La suite présidentielle, annonce Creed en bâillant.

Je ne pense pas qu'il veuille se montrer irrespectueux (bien qu'il ne se soucie probablement pas beaucoup du luxe splendide qui nous entoure). C'est juste que... eh bien, il est toujours en train de bâiller, de se prélasser et de s'affaler sur les meubles.

— Ton lit est derrière cette porte. (Il me la montre du doigt, puis se renfrogne.) Et, malheureusement, je dois partager l'autre avec ma sœur.

— Une suite immense comme celle-ci ne contient que deux lits ? demandé-je.

Je m'approche de la baie vitrée et sursaute de surprise. On a une vue à 270 degrés sur la ville. Je vois le Golden Gate Bridge ainsi qu'Alcatraz. C'est plus qu'incroyable. Je suis tellement excitée que, lorsque Creed s'avance vers moi, main dans la poche, je passe les bras autour de son cou et serre très fort.

Miranda nous regarde depuis les sièges, le sourire crispé. Quand j'ai fini d'étreindre son frère, je vais l'étreindre aussi. Elle rit et me tapote le dos, avant de me repousser. Je remarque que ses joues sont roses et que son pouls bat la chamade. Peut-être qu'elle craque encore pour moi ? Je rougis tant je suis gênée.

— C'est ridicule, non ? confirme Miranda en traînant sa valise vers la chambre située à l'autre extrémité de la suite. On peut faire rentrer vingt personnes dans cette pièce, mais on ne peut vraiment y dormir qu'à quatre personnes au maximum.

Elle hausse les épaules et retourne dans sa chambre, fermant la porte derrière elle tandis que je me concentre à nouveau sur la baie vitrée. Les seuls projets pour ce soir incluent un dîner tardif dans le restaurant en bas, mais on va assister à un concert demain et à un ballet dimanche. Lundi, on a une journée entière pour explorer les musées.

— Elle t'aime vraiment bien, tu sais, commente Creed en soupirant. (Il se passe les doigts dans les cheveux.) Ne t'avise pas de lui briser le cœur, me prévient-il en m'attrapant par le menton. Ne brise pas le mien non plus.

Il se penche pour m'embrasser et je me hisse sur la pointe des pieds pour le rejoindre à mi-chemin, enroulant les doigts autour de ses épaules minces mais toujours musclées.

Notre baiser enflamme chaque partie de mon corps, mes lèvres, mon cœur, mon âme. Il s'amplifie comme il l'a fait dans la bibliothèque et je me retire avant que Miranda ne puisse sortir et nous voir. Creed émet un petit gémissement en me sentant reculer. Ses doigts glissent le long de la courbe de ma taille, avant de retomber finalement sur ses flancs.

Ses yeux s'attardent sur moi jusqu'à ce que je disparaisse derrière la porte de ma chambre. Il me faut une minute assise sur le rebord de mon lit à respirer avant d'avoir assez d'énergie mentale pour me lever et me changer en prévision du dîner.

Chaque fois qu'ils me touchent, je sens quelque chose bouger en moi, une chaleur sauvage qui s'éveille dans mon corps et dont je ne sais que faire. Mon désir est presque douloureux.

Ce sentiment, il ne va pas durer longtemps sans me déchirer complètement.

CHAPITRE DIX-HUIT

ON S'HABILLE tous pour le concert, les garçons en smoking et les filles en robe longue à paillettes. Je porte une robe blanche qui ressemble un peu à une robe de mariée, mais dont je ne peux pas vraiment me plaindre puisque je l'ai volée à Miranda. Et quand je dis « volée », je veux dire qu'elle a apporté des tas de vêtements dans ma chambre et me les a fait essayer jusqu'à ce que je trouve quelque chose qui m'aille.

Le concert symphonique et le ballet, le lendemain, sont tout aussi magnifiques que je l'espérais. Le jeu de la harpiste sur scène est hypnotique, c'est vraiment un objectif à atteindre.

— Si je n'avais pas déjà décidé que je voulais être professeure, je commencerais sérieusement à penser à faire carrière dans la musique.

Je suis allongée sur mon lit à côté de Creed, toujours vêtue de ma longue robe blanche avec une fente qui remonte jusqu'à la hanche, tandis qu'il desserre sa cravate et déboutonne sa veste.

— Tu veux être professeure ? demande-t-il, intrigué.

On patiente ensemble pendant que Miranda se douche dans l'autre pièce. Mes pieds nus cognent contre ses Barker Black vernies et je remue les orteils.

Un sourire se dessine sur mes lèvres et je jette un coup d'œil à Creed. Rencontrant son regard lourd, je sens un petit frisson me parcourir. *Ne pense pas au jacuzzi,* je m'intime mais, bien sûr, je ne pense qu'à ça.

— Je ne sais pas si tu as remarqué, mais je suis plutôt douée à l'école. (Je m'adosse aux oreillers avec désinvolture.) Et j'aime ça, aussi. Si je pouvais, je serais étudiante professionnelle pour le reste de ma vie.

Creed sourit et se redresse pour ôter sa veste qu'il jette négligemment sur le sol. Il se tourne sur le côté pour me regarder, en appui sur un coude. Ses yeux suivent le décolleté de ma robe et je lève inconsciemment une main pour taquiner ma clavicule avec mes doigts.

— Ce n'est pas à ça que sert l'université ? demande-t-il, en se rapprochant un peu plus.

Il tend ses longs doigts pour faire descendre ma manche le long de mon épaule. Puis il se penche et dépose un baiser brûlant sur ma peau déjà chaude.

— Il suffit de devenir médecin et tu iras de toute façon à l'école quasiment toute ta vie.

Il se rapproche un peu plus, armé de son sourire de chat paresseux, et place son bras droit sur mon flanc gauche, afin de couvrir partiellement ma poitrine. Vu la façon dont Creed est allongé, mon instinct est de me pencher vers lui, d'enrouler un bras autour de son cou et de l'embrasser.

— J'aime l'environnement académique, dis-je en m'efforçant de contrôler ma respiration. Je veux aller à Bornstead et, si tout se passe bien, j'aimerais aussi y enseigner un jour. J'ai déjà commencé à travailler sur ma candidature.

Creed hausse les sourcils et me regarde comme si j'étais folle.

— Tu as déjà commencé à travailler dessus ? répète-t-il, incrédule, si bien qu'une partie de sa fameuse nonchalance paresseuse disparaît pendant une minute. Déjà ?

— C'est ce qu'il faut si tu ne peux pas compter sur un héritage, je plaisante. Et si tu as désespérément besoin d'une bourse d'études pour pouvoir y aller.

Je ne peux m'empêcher de lever une main pour caresser la mâchoire lisse de Creed comme Tristan l'a fait dans la bibliothèque. Dès que cette pensée me vient à l'esprit, une nouvelle bouffée de chaleur me traverse et je reprends mon souffle.

Creed ferme les yeux et se penche vers moi, enfouissant le visage dans le creux de mon cou et de mon épaule. Quand il respire, son souffle flotte contre mon pouls, léger comme un baiser de papillon.

— Ma mère dit que si je n'améliore pas mes notes et n'entre pas à l'université, elle va me mettre dehors et me couper les vivres.

Presque honteux de cet aveu, il se blottit plus étroitement contre moi.

— Je ne pense pas que Kathleen te ferait ça, j'objecte car, même si elle est bouleversée par les agissements de Creed, elle l'aime trop pour le voir souffrir.

Creed lève la tête pour me regarder, rapprochant nos lèvres au point que c'en est fou. Je sens son haleine contre ma bouche et tout ce que je veux, c'est l'embrasser. Tu parles d'une grosse et méchante brute, quand on le connaît. Au contraire, il a l'air doux et angélique dans la lumière dorée de la lampe de chevet.

— Tu ne la connais pas comme je la connais. Elle est intelligente, motivée... (Creed fronce légèrement les sourcils.) Un peu comme toi, je suppose. Elle a travaillé dur pour obtenir tout ce qu'elle a et elle attend de Miranda et de moi qu'on fasse pareil. Je ne peux pas la décevoir.

Et c'est là, le véritable nœud de la situation. Creed tient absolument à s'intégrer à sa famille, qu'il soit prêt à l'admettre ou non. Il est terrifié à l'idée de décevoir sa mère.

— Eh ! (Je lui pose doucement les mains sur les joues et je l'attire un peu plus près, de sorte que lorsque je parle, il peut sentir mes mots contre ses lèvres.) Tu m'as comme tutrice, lâché-je avec un petit sourire. Donc tu n'as vraiment pas à t'inquiéter. Je ferai tout ce qu'il faut pour te remettre sur les rails. Commençons par le commencement : où veux-tu aller à l'université ?

Creed lève les yeux vers moi. Son masque de

paresseux insouciant laisse voir le feu qui brûle au fond de ses yeux alanguis, affectueux et lascifs à la fois.

— Pourquoi te préoccupes-tu autant de ce qui m'arrive ? demande-t-il, en se déplaçant de façon à ne plus rester en surplomb au-dessus de moi.

Non, il est plutôt allongé sur moi maintenant. Je le sens à tous les bons endroits, glissé entre mes cuisses et terriblement beau dans ce smoking gris anthracite.

— Je t'ai traitée comme une vraie merde. Alors pourquoi ? Pourquoi ? Qu'est-ce qui te plaît chez moi ? La plupart des filles aiment l'argent, ou le prestige de sortir avec une Idole, ou peut-être qu'elles veulent juste baiser avec moi. Mais il ne s'agit jamais d'autre chose. Sauf... avec toi.

Il pose les deux paumes à plat sur le lit et se hisse sur ses bras pour me regarder droit dans les yeux. Je sens mon cœur s'emballer, soudain prise de vertige. Je sais que si je me tenais debout, mes genoux lâcheraient.

— Tu es farouchement protecteur envers ta sœur, commencé-je, le souffle court. Et tu aimes tellement tes parents qu'il y a de la souffrance dans tes yeux quand tu parles de décevoir ta mère.

Je prends une profonde inspiration alors que Creed se redresse sur ses genoux et commence à desserrer sa cravate, à coups de mouvements langoureux et fluides pendant qu'il m'observe avec une intensité que je ne lui ai vue que pendant les combats. Mais ce n'est pas une intensité colérique, ni violente : c'est de la détermination.

— Par-dessus tout, j'aime que tu aies le courage

d'admettre avoir commis une erreur. Beaucoup de gens ne retiennent jamais la leçon, pas une seule fois de toute leur vie.

Creed s'agenouille, fait coulisser le satin bleu de sa cravate à travers le nœud et la jette au sol. Il lève ses longs doigts et commence à déboutonner son impeccable chemise blanche.

Je ne suis toujours pas sûre de ce qu'on fait, mais j'aime ça. Miranda doit avoir fini de se doucher, non ? Pourtant, je n'entends rien et le salon entre les deux chambres est sombre et vide. Creed descend du lit, s'approche de la porte pour la fermer et s'appuie contre le battant de bois. Il fait passer sa chemise par-dessus ses épaules et la laisse tomber sur le sol.

— Tu n'as jamais dit où tu voulais aller à l'université, j'hésite, en me redressant sur mes coudes pour mieux le regarder.

Il est assez évident que j'essaie de changer de sujet, la tension dans l'air est si épaisse qu'on pourrait la trancher au couteau. Les paupières de Creed s'abaissent, si bien qu'il ne me regarde plus que par des fentes d'un bleu aussi intense que des éclats de saphir dans un visage de porcelaine.

— Bornstead, répond-il succinctement en retirant ses chaussures, puis ses chaussettes.

J'ai l'impression que mon cœur va éclater dans ma poitrine, mais je réussis à garder une voix calme pour demander :

— Pourquoi Bornstead ?

Un battement de cœur de silence, deux, trois. Creed

se déplace jusqu'à moi sur le bord du lit. Son regard est si intense que j'ai du mal à le croiser.

— Parce que…, commence-t-il dans un souffle.

Il se penche et capture ma lèvre inférieure entre ses dents. Il l'aspire dans sa bouche pendant une minute, la taquinant avec sa langue au point de me faire gémir. Il me relâche avant de finir sa phrase :

— C'est là que tu vas.

Creed se recule sur le lit et me couvre de son corps en s'installant entre mes cuisses. J'enroule mes bras autour de lui pour l'embrasser avec l'intention de ne jamais le lâcher. Comme les choses commencent à devenir chaudes et pesantes, la pensée me vient.

— Je peux te poser une question ? murmuré-je contre son oreille, gémissant lorsqu'il embrasse ma gorge, y laissant probablement des suçons que je devrai cacher demain matin.

— Tout ce que tu veux.

Pauvre Creed ! Il pourrait très bien regretter ses paroles.

— Est-ce que tu es vierge ?

Les mots se sont échappés de mes lèvres avant que je puisse y penser. Ils restent suspendus dans l'air entre nous comme un nuage, comme une bulle de bande dessinée attachée à ma grande bouche.

Creed Cabot se fige, puis se redresse, me regardant de haut. Ses cheveux dorés sont ébouriffés et une grimace déforme ses traits.

— Qu'est-ce qui t'a donné cette idée ? rétorque-t-il.

J'ai un léger mouvement de recul. Il ne lui faut

qu'une minute pour comprendre. Il pince les lèvres, ferme les yeux et pose deux doigts sur sa tempe.

— Putain de Miranda. Je n'ai jamais eu autant envie de tuer ma jumelle qu'en ce moment.

— Alors... c'est vrai ? demandé-je, en proie à une étrange et stupide poussée d'excitation.

Mais il n'y a rien de mal à ça, n'est-ce pas ? C'est juste que ça semble... comme si c'était plus facile du moment qu'on est tous les deux inexpérimentés et qu'on ne sait pas ce qu'on fait.

— Toi et tes règles débiles, grogne-t-il en me regardant comme s'il ne savait pas trop quoi penser ou faire. Pas de mensonges, c'est ça ?

Je souris, touchée par sa soudaine vulnérabilité. Elle confère un adorable petit défaut à sa perfection lisse et polie.

— Pas de mensonges.

— Merde. (Creed se passe les doigts dans les cheveux, puis se tourne vers moi.) Oui, c'est vrai.

Mon cœur trébuche, tombe, s'écorche le genou et se relève. Je me sens à la fois meurtrie et fragile, le rouge me monte aux joues.

— Merde, chuchoté-je, retenant un rire. Les autres sont au courant ? (Creed me lance un coup d'œil qui insinue clairement que je suis dingue et il secoue la tête.) Non, et pas question que tu le leur avoues, c'est ça ? (Il détourne vivement le regard, comme s'il avait honte.) Ne sois pas contrarié. Ce n'est pas comme si l'académie entière ne savait pas que j'étais vierge, moi aussi.

Creed se retourne et se penche pour m'embrasser à nouveau. Il a perdu un peu de son insouciance, alors j'essaie de la faire revenir en nouant mes bras autour de son cou. Nos bouches travaillent furieusement l'une sur l'autre, nos langues lèchent nos lèvres inférieures, glissant sur le bord de nos dents. Mes ongles s'enfoncent dans la peau nue du haut de son dos et sa main gauche se glisse par la fente de ma robe, taquinant ma cuisse avec la chaleur sèche de sa paume.

Nos corps bougent ensemble, comme ils l'ont fait dans le jacuzzi et, bientôt, nous gémissons tous les deux, nous nous frottons l'un contre l'autre à tous les endroits qui comptent.

Cette fois, quand sa main gauche se faufile le long de l'élastique de ma culotte et descend plus bas, je ne l'arrête pas. Creed garde ses doigts sur le tissu, les faisant glisser sur la chaleur palpitante de mon sexe, ce qui me rend plus humide encore.

— Dis-moi quand tu veux arrêter, murmure-t-il en mordillant le lobe de mon oreille.

Le fait est que... je ne suis pas sûre de vouloir arrêter. Je continue à me trouver dans ces situations et à me demander, à vouloir, à avoir besoin, pour ensuite me refuser et finir frustrée.

Non, je ne veux pas m'arrêter.

Ses longs doigts pleins d'élégance me taquinent jusqu'à ce que je sois haletante, bougeant mes hanches pour répondre à chaque contact. Il me caresse tant et si bien que je suis une vraie loque, les cheveux emmêlés, la peau moite, le cœur tambourinant comme un troupeau de chevaux. Et puis, avec toute sa perfection paresseuse et insouciante, il écarte ma culotte et taquine ma vulve avec un seul doigt.

Notre baiser s'approfondit juste avant qu'il ne l'insinue à l'intérieur, jusqu'à la jointure. Un plaisir que je n'avais jamais ressenti auparavant me traverse et je plante mes ongles dans le dos de Creed, ce qui le fait grogner. Nous restons ainsi ensemble un moment, figés dans une position intime, laissant la nouveauté de la situation nous envahir.

Et puis, il commence à bouger, de lents va-et-vient, dedans et dehors, jusqu'à ce que je tremble, que je frémisse et que j'en redemande. Mes lèvres remuent, mais aucun son n'en sort. Creed tremble, lui aussi, il transpire. Une perle de sueur glisse du bout de son nez et atterrit sur mes lèvres. Je la lèche et il gémit, fermant les yeux alors qu'il insère un deuxième doigt. C'est un peu serré, mais pas inconfortable.

Je mordille sa lèvre inférieure, l'aspire dans ma bouche, puis je frissonne quand il passe son pouce sur mon téton qui pointe. Soudain, je n'ai plus qu'une envie, celle d'ôter la robe, trop serrée, presque oppressante.

Quelqu'un frappe à la porte, ce qui nous arrête en plein élan. Creed y jette un regard irrité.

— Eh, dis à cet idiot que j'ai fini de me doucher, qu'il peut avoir la salle de bains.

— Je lui dirai, dis-je d'une voix étranglée.

Est-ce que j'ai l'air bizarre ? Est-ce qu'elle s'en aperçoit ? Est-ce qu'elle a compris ?

— OK, bonne nuit.

J'imagine Miranda faire un signe de la main en se dirigeant vers sa chambre. Dans un soupir, j'appuie ma tête contre les oreillers et Creed recourbe ses doigts, stimulant des parties de mon corps dont j'ignorais l'existence. Son pouce glisse vers le haut, sur la douleur lancinante qui avait tant besoin d'être apaisée, alors que je ne m'en rendais pas compte.

On recommence à s'embrasser, et poser ma bouche sur la sienne, c'est comme respirer. J'ai soudain besoin de lui comme de personne auparavant. Je me frotte contre sa main jusqu'à ce qu'il jure et se retire, me laissant pantelante et endolorie. Je me redresse sur mes coudes tandis que Creed se lève, haletant.

— Préservatif ? demande-t-il. (Devant ma gêne, il s'arrête et me regarde, me regarde vraiment.) Enfin, si c'est ce que tu veux. J'ai attendu très longtemps, et toi aussi. Inutile d'insister si ça ne te tente pas.

Il reste là à me dévisager, un bel aristocrate torse nu avec la structure osseuse d'un prince et l'air hautain d'un roi. Sa bouche féroce, aussi habile à insulter qu'à embrasser, se fend d'un demi-sourire.

— C'est incroyable, murmuré-je, en éprouvant une pointe de culpabilité.

Et les autres mecs ? Qu'en est-il de Zack et de la douce tristesse qu'il porte dans son grand corps musclé ? Et la confession de Zayd dans la bibliothèque, et la honte qu'il a portée pendant toute une année ? Et puis, il y a Windsor et Tristan... J'imagine que le sexe ne signifie pas grand-chose pour eux. Ils en ont eu assez, c'est sûr. Non, je veux quelque chose de plus de leur part. Je veux qu'on me tienne, qu'on me cajole, qu'on me touche. Je veux qu'on me parle, qu'on m'écoute... qu'on m'aime.

J'ai besoin de voir leur vulnérabilité.

— Ça me tente, répliqué-je en me redressant pour poser les pieds sur le bord du lit et désigner ma valise du menton. J'ai des préservatifs dans mon sac.

Creed hausse un sourcil blond.

— Comment ? Pourquoi ?

Je croise son regard, le visage rougi, le corps en feu. Une tempête ardente tourbillonne en moi... et je suis encore en train de faire de la poésie. Merde ! Mais c'est tellement vrai.

— On me jette des préservatifs, on les fourre dans mon casier et on les empile devant ma porte depuis le début de la première année. Je suis vierge, pas idiote. Je savais que le sexe finirait par arriver, alors pourquoi me débarrasser de préservatifs en parfait état ?

— Ils pourraient être troués, objecte Creed.

Mon sang se glace. C'est plus que de l'intimidation, ce serait pratiquement une agression sexuelle.

— Non, je ne garde que ceux qui sont dans des étuis scellés, je le rassure.

Il acquiesce, se penche et défait ma valise, écartant une culotte de dentelle rose embarrassante pour finir par trouver ce qu'il cherche. Alors qu'il se relève et cherche le bouton de son pantalon, je me penche afin d'éteindre la lumière.

En me levant, je manque de trébucher, tant mes

jambes sont faibles et tremblantes du fait de toutes ces nouvelles sensations.

Creed m'attrape par le coude et m'attire dans le creux de son bras gauche. À l'aide des longs doigts de sa main droite, il fait glisser les bretelles de ma robe jusqu'à ce qu'elle forme une flaque scintillante près de mes pieds. Il fait sombre, mais les lueurs de la ville diffusent juste assez de lumière pour que je puisse voir le contour de son beau visage.

— Ne te joue pas de moi sur ce coup-là, murmuré-je, sentant mes larmes me picoter très légèrement les yeux. Ne fais pas de moi un pari, Cabot.

Je suis forte maintenant, mais je ne veux pas avoir à être forte pendant une expérience pareille. Je veux me perdre dans l'instant, puis me retrouver en Creed Cabot. C'est ça le but. C'est pour ça que j'ai attendu jusqu'à maintenant, jusqu'à dix-sept ans. C'est comment, quand et où je veux le faire.

— Plus jamais, grogne-t-il, avec une telle férocité dans la voix que je frissonne.

Pendant un bref instant, je repense au tatouage sur le côté du cou de Zayd, puis Creed m'embrasse à nouveau. Il défait mon soutien-gorge d'une main, avant de m'aider à l'enlever. Sa main soulage le poids de mon sein, le palpe et en pétrit la chair douce. Son pouce effleure mon téton et je tremble.

On se retrouve sur le lit, les lumières scintillantes de San Francisco éclairant nos profils pendant qu'on s'embrasse, puis Creed baisse son pantalon et s'en débarrasse. On tâtonne un peu pour trouver le préservatif et l'enfiler, ma culotte tombe. Je suis si essoufflée que j'en ai la tête qui tourne.

Creed grimpe sur moi, emmêle ses doigts aux miens et les plaque au-dessus de ma tête.

— Dernière chance, Marnye, murmure-t-il en me lâchant d'une main et en utilisant l'autre pour la glisser entre nous.

Je m'attends à ce qu'il y ait des ratés, mais Creed est compétent, même dans ses premières fois. *Putain, c'est en train de se produire.* Fermant les yeux, je relâche mon souffle et j'attends qu'il me touche entre les jambes avec plus que sa main.

Avec une lenteur presque douloureuse, Creed avance le bassin et me pénètre. En une seconde, on passe de vierges à... pas vierges. Du moins, dans une vision étriquée du monde sur la façon dont la virginité fonctionne. Il y a tellement d'autres façons, tellement d'autres opinions, mais on a au moins ça, un instant d'union parfaite.

— Ça fait mal ? demande-t-il, d'une voix beaucoup plus douce que d'habitude.

— Non, murmuré-je à mon tour.

Il me lâche la main, ce qui me permet d'enrouler les deux bras autour de son cou. Il utilise ses coudes pour se maintenir partiellement en place, mais je sens le poids de son corps me plaquer contre le matelas, les formes lisses et dures de ses muscles lorsqu'il se retire, puis me pénètre à nouveau.

— C'est bon, lâché-je d'une voix rauque, profonde, presque étrangère à mes propres oreilles.

— Oh que oui, ronronne Creed en se frottant à mon cou.

Il bouge lentement au début, jusqu'à ce qu'on soit tous les deux couverts de sueur, puis il accélère, va plus profond, plus fort. Il n'y a pas de limites entre nous, et j'ai l'impression de me désagréger de la meilleure façon possible.

Nous émettons tous les deux des sons doux, naturels, des grognements et des gémissements qui s'entremêlent dans l'obscurité.

Une douleur désespérée enfle dans mon bas-ventre, un mouvement lancinant, si bon qu'il en est presque douloureux. Quand ça s'arrête, j'arque le dos et je me presse contre Creed qui m'embrasse dans le cou et continue à bouger ses hanches, me poussant tout au bord du précipice.

Je tremble et je halète tandis qu'il atteint son propre orgasme, frissonnant au-dessus de moi, les muscles tendus comme des pierres avant qu'il ne se détende soudain et ne s'effondre sur moi.

Nous restons ainsi pendant plusieurs minutes avant que Creed ne gémisse et ne se lève, glissant du lit pour jeter le préservatif puis me rejoindre.

Je suis pratiquement paralysée, allongée sur le dos et fixant le plafond. Au loin, je peux entendre le faible hurlement d'une sirène de police.

Creed s'allonge sur le flanc, posant la tête sur ses mains pour me regarder. Il respire encore difficilement, et je frissonne lorsqu'il passe la langue sur sa lèvre inférieure. Honnêtement... je pourrais probablement tout recommencer. Peut-être une centaine de fois encore. Un millier même.

— Tu vas le dire aux autres ? demande-t-il. Au sujet du sexe, je veux dire, précise-t-il quand je jette un regard dans sa direction.

— Je...

C'est une très bonne question. Je ne viens pas de leur reprocher de mentir par omission ?

— Je veux dire, je sais que tu ne vas pas me choisir tout de suite.

— Pas encore, chuchoté-je.

Il se redresse pour se rapprocher de moi et balaie quelques cheveux de mon front en sueur.

— Non. Je ne m'attends pas à ce que tu me choisisses encore. Pas avant que j'aie fait mes preuves. (Il se penche et m'embrasse sur la bouche, fort, possessif. Mes orteils s'enroulent littéralement dans les draps.) Et je te les donnerai, ces preuves, Marnye. Souviens-toi de mes paroles : je te les donnerai, putain.

LE LENDEMAIN MATIN, je me réveille un peu endolorie mais satisfaite d'une manière à laquelle je ne m'attendais pas. Je souris comme une idiote en m'asseyant et en me passant les mains sur le visage. Je jette un coup d'œil pour trouver Creed nu et angélique dans son sommeil, le bas de son corps à peine couvert d'un drap.

— Salut, chuchoté-je, en poussant son épaule. (Il

grogne et entrouvre un magnifique œil bleu.) Il faut qu'on se lève. Je pense qu'on…

La poignée de la porte bouge et, alors que je pousse un petit cri, choquée, la porte s'ouvre.

— Tu ne devrais pas laisser traîner ta clé si…, commence Miranda, avant de s'arrêter.

Je suis assise, la poitrine dénudée, avec son jumeau nu à côté de moi. Merde. Merde, merde, merde.

— Oh, mon Dieu, s'étrangle-t-elle en laissant tomber la carte magnétique sur le sol. (Elle plaque les deux mains sur sa bouche.) Tu n'as pas fait ça. Dis-moi que tu n'as pas fait ça.

— Miranda, intervient Creed, en s'asseyant, non sans veiller à ce que le drap couvre tous ses, hum, attributs. Attends.

Mais ma meilleure amie s'est déjà retournée pour s'enfuir. La porte de la suite claque alors qu'elle disparaît. Je suis plus que mortifiée, et légèrement triste, aussi. Je sais que Miranda craque pour moi. Je le sais. Et je l'aime plus que je ne saurais l'exprimer, mais juste… pas de cette façon. Je ne peux pas choisir ma sexualité, pas plus qu'elle ne peut choisir la sienne. Si je le pouvais, elle serait mon premier choix dans le monde entier.

— Putain, grogne Creed, qui se lève puis se retourne, le drap toujours resserré autour de ses hanches. Je ne regrette rien. Je suis prêt à recommencer. J'ai juste…

— Va chercher ta sœur, dis-je.

Il acquiesce et disparaît dans la partie principale de la suite.

Même si je m'habille aussi vite que possible, Creed me devance et sort de la chambre en jean et chemise blanche moulante. J'enfile une robe jaune, des chaussures plates, et je me dirige vers le hall, où je me heurte au torse large et musclé de Zack.

— Tu vas bien ? demande-t-il.

Je me mordille la lèvre. Merde !

Je suis un peu endolorie, et totalement perdue dans un monde enchanté. Ma tête est définitivement dans les nuages.

— Miranda vient de partir. Je suis... je la cherche, j'explique alors que Tristan, Zayd et Windsor apparaissent autour du comptoir, jonglant avec les produits du buffet du petit déjeuner.

Zayd sourit et me lance une pomme que j'attrape par miracle.

— Qu'est-ce qui cloche avec Miranda ? demande Zayd.

Je jurerais que Wind et Tristan me regardent comme s'ils savaient.

— Elle..., commencé-je, bientôt obligée d'appuyer mon dos contre la porte de la chambre d'hôtel pour garder mon équilibre. Elle a vu quelque chose qui ne lui a pas plu.

Zack fronce un sourcil sombre et pose une paume sur la porte au-dessus de ma tête. Il se penche et me lance un de ses regards scrutateurs. Il est grand et large, et sent le pamplemousse... Je frissonne, ce qui m'amène à comprendre que je me trimballe un plein camion d'hormones aujourd'hui.

— Tu as baisé avec Creed, c'est ça ? demande Tristan, qui a sérieusement l'air de s'ennuyer à mourir.

Incapable de le voir vraiment, par-delà la large silhouette de Zack, je ne peux pas dire si c'est une façade ou non.

— « Baisé » ne serait pas le mot que j'utiliserais, murmuré-je alors que Zayd fronce les sourcils et que Zack se raidit de la tête aux pieds. Mais on a fait l'amour, oui.

— Comment c'était ? demande Windsor.

Si j'étais arrivée à voir plus de lui que ses cheveux roux qui dépassent derrière Zack, j'aurais pu le gifler.

— Sérieusement ? je m'étrangle. S'il te plaît, bouge, que je puisse trouver Miranda.

Je m'efforce sans succès d'écarter Zack de mon chemin. Il se tient juste là, cette montagne inébranlable de muscles, qui me regarde avec une sorte de tristesse dans les yeux laissant rapidement place à… de la détermination ? On dirait qu'il est prêt à botter le cul de Creed.

— C'est lui que tu choisis ? demande Zack, mais je lève alors les yeux vers ses iris marron, et la douleur en moi s'intensifie.

— Je ne choisis personne. Je te l'ai dit. À ton tour de comprendre qu'on n'a pas toujours ce qu'on veut, qu'on doit parfois partager et que nos actions ont des conséquences. Les autres l'apprennent au jardin d'enfants.

Je cherche à nouveau à le dépasser quand il m'attrape par les poignets et me coince les bras au-dessus de la tête, faisant glisser ses lèvres vers les miennes dans un baiser qui défie les âges.

Il y a tant de choses écrites dans la chaleur de ses lèvres : une promesse de combat, un feu qui brûle et une demande possessive qui me fait frissonner. Il passe sa langue sur ma lèvre inférieure et se retire, me laissant face à un Zayd renfrogné.

Il me tend un verre de lait, puis referme ses doigts tatoués sur ma main lorsque je m'en saisis.

— Elle a grimpé à toute allure jusqu'au salon d'affaires, avec Creed sur ses talons. (Zayd fait comme s'il allait lâcher prise, puis resserre brièvement sa main, en me regardant droit dans les yeux avant de sourire.) Eh, je t'ai dit que je n'aimais pas trop les vierges, de toute façon. Tu es une proie rêvée maintenant, hein ?

— Ne sois pas grossier, rétorqué-je quand il me lâche enfin avec un petit rire.

— Je suis une rock star, Charity, on est comme ça ! lance-t-il derrière moi.

Je dois cacher un petit sourire en passant devant Tristan et Windsor. Aucun d'eux n'a l'air particulièrement préoccupé, mais je n'arrive pas à savoir si c'est parce que le sexe ne signifie vraiment rien pour eux, ou s'ils sont simplement de très bons acteurs.

J'attrape la rampe, gravis l'escalier et fouille du regard le salon d'affaires. Comme je n'y trouve pas mon amie, je me dirige vers le toit-terrasse et je la découvre affalée sur une chaise, avec Creed à genoux devant elle. Miranda pleure, ses cheveux blond-blanc pendent comme un drap brillant de chaque côté de son visage et elle essuie son petit nez délicat avec une serviette en tissu.

— Miranda, je balbutie.

Elle lève vers moi des yeux pleins de larmes. Je m'assieds sur la chaise à côté d'elle avant de lui prendre la main.

— Je savais que je ne t'intéressais pas comme ça, murmure-t-elle alors que Creed et moi échangeons un regard. Mais je... Au moins j'avais de l'espoir avant. Même si ce n'était qu'un lambeau. Maintenant que vous avez... Mon Dieu, beurk. Je suis désolée, mais maintenant que vous avez été ensemble, je sais que ça n'arrivera jamais. Pas une fois.

— Mandy, chuchote Creed, avec une telle douceur et une telle affection que je me transforme presque en flaque d'eau. Marnye et moi, on t'aime tous les deux. On ne voulait pas te faire de mal.

— Je sais, murmure-t-elle en contemplant ses genoux avec culpabilité. C'est juste que... je veux que quelqu'un me regarde de la façon dont vous vous regardez.

Je rougis, bégayant pour trouver la bonne réponse. Est-ce que Creed et moi nous regardons vraiment d'une manière spéciale ?

— Miranda, tu as dix-sept ans, s'esclaffe-t-il. Tu as tout le temps de trouver une fille qui s'intéresse à toi. Ne te précipite pas.

— Maman et papa se sont rencontrés au lycée, soupire-t-elle. Tu crois aussi à l'amour de jeunesse. Je sais ce que tu ressens pour Marnye.

Le soleil éclaire son beau visage. Les joues de Creed s'empourprent, mais il lève le menton de la manière la plus exaspérante et arrogante qui soit.

— Tu trouveras quelqu'un qui t'aimera plus que la lune, s'entête-t-il, et c'est la chose la plus douce que j'aie jamais entendue de ma vie... énoncée de la manière la plus arrogante possible. (Je ne sais pas si je l'aime ou si je le déteste à ce moment-là. Peut-être un peu des deux ?) Et si tu ne la trouves pas, tu m'auras toujours, moi. Je suis ton putain de jumeau. On est inséparables. Tu es coincée avec moi pour la vie. Tu le sais, n'est-ce pas ?

Miranda acquiesce et soupire, me regarde et tente misérablement de rejeter ses cheveux en arrière. Oui, elle est toujours aussi nulle.

— Au moins, j'espère qu'il t'a bien traitée, dit-elle, et j'acquiesce, me sentant moi aussi au bord des larmes. Je lui ai dit que s'il couchait avec toi et qu'il jouissait aussi vite que dans le jacuzzi, tu ne le reprendrais jamais et il resterait seul pour toujours.

Un rire s'échappe de ma bouche alors que Creed se renfrogne et lève les yeux au ciel.

— Je te ferai savoir que je l'ai fait jouir avant de jouir moi-même. Je parie que tu n'as jamais donné d'orgasme à une fille.

— Y a pas de doute, vous êtes bien jumeaux, je

m'étrangle malgré ma gêne. Grossiers comme pas possible et je vous aime tous les deux pour ça.

— Peu importe. Si je ne peux pas t'avoir, Marnye, alors tu sais que je suis dans l'équipe Creed jusqu'au bout. Laisse tomber ces autres trous du cul et marie-toi dans la famille Cabot. Ma mère t'aime déjà.

Mon cœur se sent léger et étourdi, quoique lourd et douloureux en même temps.

« Laisse-les tomber », a-t-elle dit.

Mais ce n'est pas si facile, ça ne l'est jamais.

CHAPITRE DIX-NEUF

LES VACANCES d'hiver semblent très longues sans mes amis. Ils sont en train de devenir une seconde famille pour moi, et je me languis déjà d'une autre fête de groupe comme celle que nous avons faite pour mon anniversaire au bowling. Je leur envoie des textos tous les jours, ainsi qu'à Miranda, Lizzie et Andrew, et j'essaie de trouver un moyen de dire à mon père que j'ai enfin un petit ami.

Ou plutôt... cinq petits amis.

Il a l'air beaucoup plus malade qu'avant et j'ai peur de le stresser, alors j'opte pour la lâcheté et je ne dis rien. Du moins pour le moment. Je sais que je ne pourrai pas éternellement cacher mes relations, mais pendant ces deux semaines au moins, je profite de sa compagnie. Ces petits moments – jouer aux jeux vidéo avec lui dans le salon, l'écouter lire *Une visite de saint Nicolas* à haute voix et confectionner des biscuits de

Noël ensemble – sont des choses dont je me souviendrai pour le reste de ma vie.

« Ton corps me manque déjà », m'envoie Creed la veille de Noël, et je me mords la lèvre, éteignant l'écran de mon téléphone avant d'avoir la gêne de sentir papa lire ce texto par-dessus mon épaule.

— À quelle heure arrive ton ami ? me demande-t-il.

On s'immobilise tous les deux lorsqu'on entend frapper à la porte. J'ouvre pour découvrir Windsor, emmitouflé dans un manteau brillant bordé de fourrure. Sourire aux lèvres, il traîne une valise dans une main, un sac de voyage en bandoulière sur l'épaule opposée.

— Entrez, Votre Majesté, je ronronne (ou du moins j'essaie, car je suis nulle à ce jeu-là).

J'ouvre la porte et le fais entrer. Je n'ai eu qu'un jour pour voir les mecs avant le début des vacances, donc je ne sais pas encore exactement ce qu'ils pensent tous de la question du sexe. On n'en a pas beaucoup parlé dans les textos.

— Merci, madame, répond Windsor sans se départir de son sourire.

Il entre et laisse papa prendre sa valise à roulettes, insistant pour se charger de son sac marin lui-même. Peut-être qu'il remarque la faiblesse de Charlie ? Mon cœur se serre et je ravale la boule dans ma gorge.

— Il vaudrait mieux que ce soit de la fausse fourrure, lui dis-je en désignant sa veste, et il sourit.

— La dame à Paris a dit que c'était du raton laveur. Elle m'a assuré qu'elle n'était pas « allée tirer sur cette pauvre chose dans la tête ni quoi que ce soit du genre ». Je suis presque sûr que c'est un animal mort sur la route.

Il m'adresse un clin d'œil et pose son sac sur le sol près du canapé. Je lui proposerais bien une chambre d'amis... si on en avait une. Non. Désolée. Mais on a ce joli canapé et quelques couvertures supplémentaires. Avec les lumières blanches scintillantes du sapin de Noël et le feu qui crépite dans la cheminée, c'est plutôt confortable.

Je lève les yeux au ciel, mais comme c'est souvent le cas avec Windsor York, je ne sais pas s'il plaisante ou non.

— Du cidre de pomme ? demande papa.

Windsor penche la tête, ôtant son bonnet pour ébouriffer ses cheveux roux.

— Avec plaisir, monsieur Reed, merci.

— Comment se passe cette histoire de host club pour toi ? demande papa en entrant dans la cuisine, et je jette un regard à Windsor.

Si l'on en croit la lueur dans ses yeux noisette, il trouve la scène hilarante.

— Fantastique, monsieur.

— Tant mieux.

On entend papa remuer dans la cuisine pendant un petit moment avant que le doux son de la musique de Noël ne sorte des haut-parleurs, ce qui nous donne un moment d'intimité dans la petite maison.

— Je viens avec des cadeaux, lâche Windsor en se débarrassant de sa veste et en désignant d'un geste le sac marin géant. Rien d'aussi extravagant que la voiture, cette fois, car je ne veux pas vous mettre mal à l'aise, mais j'espère que tu aimeras ce que j'ai choisi.

— S'il y a une culotte en dentelle dans l'une de ces boîtes et que je l'ouvre devant mon père, je jure sur les boules de neige de Frosty le bonhomme de neige que je te tue.

Windsor ricane et s'approche de moi, replie les doigts autour de mes bras et me regarde dans les yeux.

— Pourquoi est-ce que je t'offrirais une culotte en dentelle devant ton père ? demande-t-il en se penchant pour déposer sur mes lèvres le plus doux et le plus léger des baisers.

Ça aussi, ça ressemble à une taquinerie, et je finis par le repousser pour pouvoir reprendre mon souffle. Si ça le dérange que j'aie couché avec Creed, il n'en laisse toujours rien paraître.

— Parce que tu as dit que tu allais le faire – pendant qu'on visitait le musée d'art, en plus. L'agent de sécurité t'a entendu et a commencé à s'esclaffer. C'était embarrassant comme jamais.

Wind s'assoit sur le canapé et croise les jambes au niveau des genoux. Ses bottes sont brillantes de la rosée récoltée dans l'herbe humide. Il n'y a pas de neige ici à Cruz Bay, pas si près de l'océan.

— Eh bien, ma chère, réplique-t-il, c'était une blague. La culotte en dentelle est un cadeau réservé aux moments intimes.

Il fouille dans sa poche, dont il sort une culotte de dentelle rouge et noire avec de minuscules clochettes dessus, et me la lance. Je l'attrape pour déchiffrer le mot griffonné sur les fesses.

— « Vilaine » ? je lis d'une voix sèche, un sourcil levé.

Windsor tire un deuxième sous-vêtement d'une autre poche – il en a combien ?! – et me le jette aussi. Il a des ailes d'ange et le mot...

— « Gentille » ? Sérieusement ?

— Je me suis dit que je devais te laisser choisir, murmure-t-il lorsque papa revient dans la pièce.

Je m'empresse de fourrer les deux culottes dans mes poches arrière.

On s'assoit avec du cidre et on regarde une série de films de Noël merdiques, Wind et moi dans le canapé, papa dans son fauteuil préféré. Lorsqu'on est prêts à aller se coucher, la plupart des biscuits de Noël sont partis et la tarte au potiron que j'ai achetée à la boulangerie locale pour demain déjà consommée.

— Si vous vous trouvez dans la chambre en même temps, laissez la porte ouverte, ordonne papa qui se lève et s'étire en bâillant. Et n'oubliez pas : c'est une petite maison, les gémissements traversent les murs.

— Papa ! je m'écrie, mais Windsor se contente de rire.

— Oui, monsieur, on n'oubliera pas, dit-il alors que Charlie lui lance un long regard appuyé avant de disparaître dans sa chambre.

Sa porte n'est pas fermée depuis cinq minutes qu'on l'entend ronfler. Honnêtement, il faudrait probablement un train de marchandises pour le réveiller.

— Eh bien... tu as des couvertures et des oreillers, dis-je alors que Windsor s'allonge sur le canapé, les bras croisés derrière la tête. Tu as besoin d'autre chose ?

— Que dirais-tu d'un petit bisou pour me souhaiter bonne nuit ? demande-t-il.

Je m'immobilise pour le regarder étendu sur le canapé. J'ai envie de grimper sur ses genoux et de le câliner, mais... même si papa dort profondément, ce n'est peut-être pas la meilleure idée.

— Juste un alors, dis-je, mais quand je me penche pour embrasser Windsor, il me prend dans ses bras jusqu'à ce que je sois allongée sur lui.

— Peut-être deux ou trois. Je suis jaloux de Creed, tu sais, et je peux être un vrai connard quand je suis jaloux.

— Tu n'avais pas l'air jaloux, murmuré-je.

Quelque chose sur les traits de Windsor se durcit. Il glisse ses doigts dans mes cheveux fraîchement coupés et teints et attire ma tête vers la sienne.

— Je l'étais, pourtant.

Notre baiser, lent et sensuel, a le goût du cidre de pomme. C'est l'un de ces baisers qu'il n'est pas facile d'oublier, l'un de ceux qui marquent éternellement la mémoire au fer rouge.

Avant que je m'en rende compte, il a les mains sous mon chemisier, qui caressent mon dos nu. J'ai défait ses boutons, mes paumes glissent sur les surfaces lisses et dures de sa poitrine. On s'embrasse bien après le carillon de minuit de l'horloge qui trône sur la cheminée, dans les premières lueurs de l'aube d'hiver.

Mon corps est en feu, palpitant et brûlant de connaître un autre aperçu de ce que j'ai expérimenté à l'hôtel. C'est en fait Wind qui me repousse, la respiration haletante et brutale.

— Tu devrais filer dans ta chambre avant que je ne fasse quelque chose digne de la vilaine culotte dans ta poche, dit-il.

Je rougis de la tête aux pieds, tout en repoussant une mèche de cheveux derrière une oreille. Je sens son érection coincée entre nous, pressant contre le bas de son sweat-shirt.

— Comme quoi ? chuchoté-je.

Le regard qu'il me jette... est vraiment très vilain.

— Comme te pencher sur ce canapé, murmure-t-il en m'embrassant une dernière fois sur les lèvres. Et te montrer ce que fait un non-vierge dans une chambre à coucher.

— Tu savais que Creed était vierge ? je m'étrangle. Comment ?

Wind se contente de hausser les épaules et de me repousser doucement.

— J'ai mes canaux, répond-il, en me regardant me lever, puis repartir lentement, à contrecœur, vers ma chambre.

Il est tout ce dont je rêve pour le reste des vacances d'hiver.

LA RENTRÉE des classes en janvier est un peu un choc pour l'organisme. J'oublie toujours combien la vie est frénétique, combien le monde réel revient vite. Je dois m'occuper des pom-pom girls, de l'orchestre, des demandes de bourses et des cours qui sont si lourds que je me demande pourquoi je me suis inscrite à autant de matières en premier lieu. Je n'aurais pas pu être normale et choisir poterie, peinture ou autre, n'importe quoi pour alléger la charge ?

J'ai aussi l'impression de me promener avec un petit secret excitant dans ma poche arrière.

Je ne suis plus vierge. C'est bizarre de penser ça. Encore plus bizarre quand Creed et moi sommes dans la même pièce. Il pianote sur la surface de la table de la bibliothèque pendant que je tente de lui donner des cours particuliers.

— Je ne pense pas du tout aux maths, me glisse-t-il, et je lève un regard noir vers son beau visage arrogant.

Je pousse la tablette vers lui.

— Commence à y penser si tu veux vraiment entrer à Bornstead, je plaisante après l'avoir fusillé du regard. Maintenant, vérifie ce problème. Tu as fait une erreur de débutant et je sais que tu peux la corriger si tu essaies.

Il se débrouille pour que ses doigts s'attardent sur le dos de ma main, ce qui me fait frissonner, avant de finalement m'obéir et d'étudier l'écran.

De l'autre côté de la table, Miranda lève les yeux au ciel et retourne à ses devoirs.

Une fois que nous avons terminé, les jumeaux me raccompagnent jusqu'à ma chambre, s'assurent que je suis en sécurité à l'intérieur et attendent que j'aie verrouillé avant de repartir.

Tel est notre rituel : au moins deux membres de notre équipe – je devrais vraiment m'habituer à nous appeler les Sang-bleu de Burberry Prep puisque c'est ce que la plupart des plébéiens commencent à dire de nous maintenant – me suivent chez moi, attendent que j'aie vérifié et verrouillé la chambre, puis retournent aux tours.

C'est seulement à partir de la fin janvier que les problèmes commencent.

Tristan et Zayd me déposent, comme d'habitude, et me disent au revoir, m'amenant à regretter d'être seule ici, dans les quartiers rénovés du concierge. Avant, j'aimais bien avoir mon propre espace. Maintenant, je me sens juste seule et isolée. Parfois, quand je vais dans les tours, je trouve les autres qui rient et plaisantent dans les couloirs, entrant et sortant de leurs chambres respectives.

Je veux ça, moi aussi.

Mais bon, je suis ici grâce à une bourse d'études, alors je ne me plains pas. Au lieu de quoi, je lave mes soucis sous la douche, enfile un pyjama et m'assois sur mon lit pour commencer à réviser l'examen de statistiques de demain. Tout semble aller bien jusqu'à ce que j'entende la poignée de la porte vibrer légèrement sur un bruit d'une serrure.

Comme on a toujours eu peur que les Harpies volent ou reproduisent l'une des clés du personnel et s'introduisent chez moi, on a installé un verrou, une chaîne, et j'ai toujours les caméras de l'année dernière. Si quelqu'un entre par effraction, ce sera dur pour lui. J'aurai une preuve vidéo.

— Qui est-ce ? demandé-je, en me dirigeant vers la porte pour regarder par le judas.

Je ne vois rien que du noir. Quelqu'un a dû mettre la main dessus ou bien il a été recouvert de ruban adhésif ou autre. En reculant de quelques pas, je me dirige vers le téléphone d'urgence pour appeler un membre du personnel.

Je n'aime pas la façon dont ça se passe et, même avec les verrous supplémentaires, je ne me sens pas en sécurité.

Dommage qu'on ne soit que jeudi, sinon j'aurais eu mon portable avec moi.

Je décroche le combiné et jette un coup d'œil à la liste de numéros plastifiée et collée au mur. Juste avant de commencer à composer le numéro de Mme Amberton, je remarque qu'il n'y a pas de tonalité. Fronçant les sourcils, j'appuie plusieurs fois sur le bouton de l'unité murale, pour essayer de la faire démarrer.

Rien.

Et je remarque alors que le cordon du combiné n'est plus fixé au mur.

— Putain, je jure en me retournant et en voyant que la porte a déjà été déverrouillée et repoussée aussi loin que possible.

Quelqu'un utilise une enveloppe épaisse pour faire sauter la barre de verrouillage, tandis que, vraisemblablement, une autre personne utilise une corde qui part de la chaîne de verrouillage pour passer sur le dessus de la porte. La chaîne glisse et la porte s'ouvre, même si je fonce m'écraser contre elle.

Plusieurs autres personnes poussent de l'extérieur et je finis par perdre pied et reculer en trébuchant alors que les neuf filles se glissent dans ma chambre. Mayleen referme la porte derrière elles, avant de reverrouiller toutes les serrures.

— Bonjour, Marnye, lâche Becky en me regardant de travers.

Toutes, elles portent encore leurs uniformes, elles sont jolies, maquillées et coiffées de perruques fantaisistes pour couvrir leurs têtes chauves.

— Bonjour, Becky, dis-je.

Mon cœur s'emballe. Par chance, les garçons ne sont pas là. C'est... Bon, je vais peut-être mourir, mais au moins je ne serai pas violée avant.

Merde, ma vie est devenue sombre tout à coup.

Je les observe attentivement tandis qu'elles m'entourent, puis je me baisse pour attraper la batte de baseball qui est posée à côté de mon lit et, d'un mouvement brusque, je décris un arc qui atteint Becky Platter en plein sur le côté de la hanche.

Pas de violence, c'est une bonne règle.

Mais elle ne s'applique pas à l'autodéfense. Je frapperai chacune de ces filles avec une batte de baseball si ça peut me permettre de rester en vie.

Becky crie et trébuche. Je profite de ce moment de confusion pour la dépasser et m'agripper aux serrures de la porte. Malheureusement, les mécanismes censés me protéger se retournent contre moi. Il y a trop de serrures et pas assez de temps.

Quelqu'un m'attrape par les cheveux courts du sommet de mon crâne et me traîne en arrière pendant qu'une autre fille veut me confisquer la batte de baseball. Trop tard. Je la balance sauvagement pour me défendre et j'entends un grognement quand l'arme frappe Anna Kirkpatrick en plein dans l'estomac.

— Putain de salope ! hurle Kiara en se cramponnant si fort à la batte qu'elle s'envole de ma main et s'écrase sur la théière en porcelaine que Windsor a laissée sur le comptoir de la cuisine.

La théière se brise en mille morceaux et je suis projetée sur le lit par la force de toutes ces mains.

Contre une ou deux filles, je pouvais m'en sortir. Mais contre neuf ? Je suis dans la merde.

— Dépêchons-nous avant qu'un de ses petits copains se pointe, lance Ileana Taittinger en ouvrant mon armoire pour en sortir le fer à repasser.

Chaque élève en a un dans sa chambre. Mme Felton adore donner des punitions pour les uniformes froissés. Creed et Zayd s'en sont pris des tas. Tristan, lui, préférerait mourir plutôt que d'avoir un seul pli sur ses vêtements.

— Tu as la tondeuse ? demande Ebony Peterson.

Abigail Fanning lui lance quelque chose. Ebony l'attrape, puis actionne un interrupteur tandis que Harper branche le fer à repasser et que les autres filles, comme Valentina Pitt et Kiara Xiao, m'immobilisent.

Je me débats si fort que je réussis à décocher un coup de pied qui atteint un ongle d'Ebony. Elle laisse tomber la tondeuse sur le sol et l'appareil en plastique explose. Son moteur s'éteint et s'ensuivent quelques instants d'un silence stupéfait.

— Tu te fous de moi ? crache Harper, le doigt pointé vers la salle de bains. Va chercher des ciseaux, un rasoir ou, putain, même un couteau. Je m'en fous qu'on lui arrache une partie du cuir chevelu.

Elle teste le fer pour voir s'il est chaud, puis se renfrogne. Il ne doit pas l'être. Pas encore.

Je me débats encore plus fort, ruant et envoyant des coups de pied. Si quelqu'un s'approche de ma bouche, je mords. Sans pitié.

Malheureusement, personne ne le fait.

— J'ai un rasoir et de la crème à raser, annonce Becky en revenant au trot, Ileana sur ses talons.

Elles grimpent toutes les deux sur mon lit et commencent à me tartiner du gel à la fraise dans les cheveux.

— Ne faites pas ça, je lance. J'ai des caméras cachées ici. Quoi que vous me fassiez maintenant, c'est filmé. Et envoyé en direct sur mon téléphone.

Je me moque de mes cheveux. C'est la chaleur de plus en plus forte du fer qui m'inquiète.

— Eh bien, c'est dommage alors, ironise Harper en tapotant sur le fer avant d'émettre un petit sifflement. Tu n'as pas ton téléphone ce soir, hein ? Et le temps que tu le récupères demain, tu sauras qu'il ne faut pas nous embêter.

Un sourire se dessine sur ce qui aurait dû être une très jolie bouche. Chaque fois qu'elle se renfrogne, cette illusion est balayée et la méchante montre sa tête hideuse sous la princesse.

Becky prend le rasoir et commence à me raser les cheveux sur les tempes. Ils ont beau être courts, un rasoir jetable n'est pas fait pour des cheveux aussi épais. Il s'encrasse rapidement. Ileana s'en saisit, l'essuie sur mon couvre-lit et recommence.

— Je vais prendre des ciseaux, suggère Valentina, qui se dirige vers la kitchenette et fouille dans mes tiroirs.

Sur ces entrefaites, Harper a quelque chose en main. Un morceau de métal avec une courte poignée en bois. En fait, plus je le regarde... plus je me rends compte que ça ressemble à une marque, une de celles que les ranchers font chauffer à blanc pour marquer leurs vaches.

Elle remarque mon regard et tourne la marque pour que je la voie bien.

— Elle te plaît ? demande-t-elle en clignant innocemment des yeux. Je l'ai fait faire spécialement pour toi. J'ai fait écrire dessus « Michetonneuse ». J'ai pensé qu'on pourrait l'apposer sur ton grand front, pour que le monde entier sache qui tu es vraiment.

Elle s'empare du fer sur la table à repasser pliante rangée dans un meuble mural encastré, puis le plaque sur mon bras nu.

La douleur est si intense que je me débats encore plus fort et réussis à déloger quelques filles. Mais je le remarque à peine, parce que je suis submergée par la souffrance chauffée à blanc de la chair brûlante. Je commence à pleurer sans même le vouloir, tant la douleur est atroce.

Harper écarte le fer du creux de mon coude et y appuie la marque pour la chauffer.

Je me bats toujours contre les autres filles, ce qui leur complique beaucoup la tâche de me raser le crâne.

— Dépêche-toi, Harper. Cette sale pute est bien plus forte qu'elle paraît.

Le sifflement d'Ileana provoque des vibrations qui annoncent une migraine imminente. Ou bien peut-être que c'est la brûlure au second degré sur mon bras. Difficile à dire.

La chef des Harpies, Mlle du Pont elle-même, grimpe sur le lit et se met à califourchon sur ma taille.

Son sourire est horrible – un alligator qui ouvre ses mâchoires avant d'engloutir sa proie.

Un faible bruit se fait entendre du côté de la porte, mais je suis trop concentrée sur la marque qui m'arrive droit sur le front pour y prêter attention. Le bruit d'un verrou qui glisse attire l'attention de Harper juste avant que la porte ne soit enfoncée.

Zack est là en un instant, il attrape le bras de Harper et l'éloigne si brutalement du lit qu'elle heurte le sol dans un craquement inquiétant. La marque incandescente dégringole avec elle et heurte sa lèvre inférieure. Elle hurle de douleur tandis que les autres garçons se précipitent dans la pièce.

— Lâche-la, bordel, ordonne Zack en attrapant le poignet de Becky pour la tirer violemment en arrière.

Ileana et les autres s'écartent alors que Tristan entre dans la pièce et écrase du pied la main de Harper.

Je tremble encore lorsque Zack me prend dans ses bras et me plaque contre sa poitrine.

— N'essaie pas de te relever, prévient Tristan en appuyant plus fort sur la main de Harper. (Les autres filles échangent des regards, incapables de décider si elles doivent se battre contre les garçons.) Lancez un seul coup de poing et je casse la main de votre reine.

— Lâche-moi ! hurle Harper.

Mais Tristan ne bouge pas d'un pouce. Sa grâce de prédateur prend possession de ses membres, tandis que ses yeux argentés sont braqués sur leur cible.

Juste derrière lui, Creed, Zayd et Windsor se déploient au fond de la pièce. Quelques secondes plus tard, Myron arrive, Lizzie à ses côtés.

— Ça va, Marnye ? demande Zayd, haletant.

Il me considère de ses yeux verts écarquillés alors que mon crâne est recouvert de mousse à raser et que mon bras arbore une brûlure. J'acquiesce. Je veux dire, j'aurais vraiment besoin d'analgésiques et d'aloe vera, mais je pense que ça ira. Oh, et de la glace. Je tuerais pour un pain de glace en ce moment.

— Ça va, dis-je, la voix tremblante de douleur.

Zayd, qui le remarque, se renfrogne et lance à Becky un regard de pure haine.

— Tu es une putain de connasse, crache Tristan en déplaçant son poids vers l'avant jusqu'à ce que Harper crie. On a des images vidéo de toute cette histoire. Tu t'imagines que je ne vais pas les utiliser ?

— Tu penses que mes parents n'ont pas d'influence sur le personnel de l'académie ? lui hurle-t-elle en réponse. Je vais être suspendue de l'école et on me tapera sur les doigts. Trois fois rien.

Tristan lui broie la main sous son talon et elle couine de douleur.

— Tu devrais aller trouver tes petits amis – et ne me dis pas que tu ne les baises pas, aussi bien John que Greg. J'ai aussi des images vidéo de vos galipettes.

— Attends, tu te tapes Greg ? chuchote Abigail, mais personne n'y prête attention.

— Qu'est-ce que vous leur avez fait ? demande Valentina en se tordant les mains. Où ils sont ?

— Ils rentrent chez eux, répond Creed, appuyé contre le montant de la porte, les mains dans les poches.

Il joue le Sang-bleu blasé, mais je vois l'inquiétude lui plisser le front quand il me regarde.

— Ils ont été pris en train de partager avec toute l'école des photos de nu non autorisées d'autres élèves, répond Windsor, d'une froideur de glace.

Il a vraiment l'air de s'amuser. Mais il y a aussi ces ténèbres qu'il ne parvient plus à me cacher derrière ses yeux.

— Vous avez mis des nus sur leurs téléphones ? se moque Ileana.

Windsor se retourne et la regarde, sourcils froncés.

— Non. Ils les avaient déjà. Je suppose que cette fois, ils les ont envoyés à toute l'école par accident. Et si Harper a d'assez bonnes relations pour échapper à la politique de tolérance zéro sur l'intimidation, Greg et John, eux, n'en ont pas.

Abigail se faufile entre Zayd et Creed et s'enfuit dans le couloir, en martelant la pierre de ses talons.

— Au revoir, Greg, lâche Tristan avec un petit signe dérisoire d'une main. Au revoir, John. Oh, malheureusement, le père de John ne sera pas réélu, donc... tu peux aussi dire au revoir au futur sénateur des États-Unis que ton père avait trié sur le volet. C'est juste un jour d'adieux aigre-doux, n'est-ce pas ?

— Il baisait le fils de sa secrétaire, un ado de dix-sept ans, murmure Zack à mon oreille, en m'embrassant doucement. Pendez-les à leur propre corde, non ?

Je m'accroche à lui, le souffle court.

— Et n'oubliez pas la famille de Greg, intervient Windsor à son tour.

— Non, comment on pourrait ? ironise Zayd en allumant une cigarette. Pas quand les médias s'en donnent à cœur joie avec tous les documents qui ont fuité. Combien de saisies illégales ont-elles été effectuées, ces dix dernières années ?

Il entre dans ma chambre et ouvre la fenêtre de la

salle de bains, avant de poser sa botte sur le couvercle fermé des toilettes, pour pouvoir fumer.

— Vous ne pouvez pas jouer avec les membres du Club Infinity comme ça ! grogne Harper au moment où Tristan lâche enfin sa main et qu'elle se remet debout. C'est contraire aux règles. C'est à ça que servent les paris. On n'implique pas les affaires, la politique ou les médias.

Tristan récupère la marque « Michetonneuse » avant qu'elle puisse s'en emparer et la jette dans ma poubelle.

— On a parié qu'on pouvait garder Marnye chez Burberry jusqu'à ce qu'elle soit diplômée. En revanche, pour y arriver, tous les coups sont permis.

— On verra, ricane Harper en touchant l'ampoule en train de se former sur sa lèvre inférieure.

Ça commence à saigner, mais je n'ai pas la moindre compassion pour elle. Elle attrape Becky et Ileana par le bras et se dirige vers la porte.

— Attends, je lance, et elle s'arrête, le regard venimeux. (Je passe la langue sur ma lèvre inférieure, toute sèche.) L'année dernière, quand je collectais des informations sur vous tous... j'ai découvert que John avait des chlamydias. Je suis vraiment désolée. Au moins, ça se soigne, non ?

Harper ouvre des yeux comme des soucoupes et pousse ses amies dans le couloir. Les autres filles suivent. Myron et Lizzie referment la porte.

— Il avait vraiment des chlamydias ? demande Zack.

— Une fois, il a laissé son cahier par terre pendant un entraînement de football, dis-je en hochant la tête. Et j'ai jeté un coup d'œil dedans.

— Heureusement que vous avez arrêté de baiser les filles Sang-bleu pendant la première année, commente Creed en regardant Tristan et Zayd. On dirait que les choses se sont dégradées ensuite.

— Je viens de recevoir mes résultats de MST, susurre Tristan, ce qui fait sourire Zayd.

Zayd jette sa cigarette dans l'évier et vient se placer au centre de la pièce, les mains dans les poches, verrouillant ses beaux yeux émeraude à mes iris marron.

— Pareil, mon frère. On est clean. On n'osait pas toucher Marnye avant d'être sûrs.

— Le jeu est lancé, souffle Tristan.

Il fait un pas vers moi, mais je ne me souviens pas de ce qui se passe ensuite parce que j'ai tellement mal que je m'évanouis.

CHAPITRE VINGT

LA BRÛLURE sur mon bras est à peu près de la taille d'une pomme, et c'est certainement une brûlure au second degré, selon l'infirmière de Burberry Prep. Elle me réprimande pour que je fasse attention avec le fer à repasser, appelle mon père et me fait asseoir pendant qu'il s'occupe de moi.

Une fois que la nouvelle de ce qui s'est passé se répand, l'attitude de la plèbe change. Quand je marche dans le couloir, les gens se bousculent pour s'écarter de mon chemin. Si je monte dans un ascenseur, tout le monde s'en va. Et pour l'instant, personne ne s'assied à la table haute à part nous.

— Harper n'en a pas encore fini, déclare Windsor en s'allongeant sur l'herbe, les yeux fixés sur le ciel bleu.

On est en février maintenant et, au sens strict, c'est toujours l'hiver, pourtant la journée a été plus que magnifique, ensoleillée et lumineuse avec à peine un souffle de brise.

Dieu merci, car j'en avais vraiment besoin.

Tristan contemple la couverture à carreaux et le panier de pique-nique comme s'il n'avait jamais pique-niqué de sa vie. Peut-être que c'est le cas ? Plongée dans mes pensées, je colle mon bras contre ma poitrine.

— Loin de là, renchérit-il. Comme la plèbe est habituée à avoir trois Idoles féminines, j'ai inscrit Lizzie et Miranda comme tes pairs, poursuit-il.

Je lève la tête pour le regarder, un sourcil haussé. La tête de Zayd est sur mes genoux et mes doigts s'enfoncent inconsciemment dans ses cheveux lavande.

— Pour moi, tu es la seule Idole, marmonne Zayd, et je souris.

Miranda et Jessie ont recommencé à se voir, mais Jessie est mal à l'aise à l'idée de se comporter comme fille en couple devant moi. On dirait que tout le monde est au courant du *crush* de ma meilleure amie. Peut-être ai-je été la dernière à le découvrir ? Et bien sûr, ça m'a flanqué un coup.

— Je suis d'accord, convient Zack, en piochant dans un sac de bretzels, les yeux rivés sur moi. Je suppose que vous serez tous les trois les Idoles côté garçons ?

Creed hausse paresseusement les épaules.

— Naturellement.

Je ne le regarde pas. Si je le fais, des souvenirs charnels vont surgir. Et la pelouse d'un établissement scolaire, avec des dizaines d'étudiants dans le jardin, n'est pas l'endroit pour commencer à se sentir gagnée par l'excitation. Bien que quelqu'un pourrait vouloir le dire à Jasmine May et Chris Sanchez.

— Pour le Cercle fermé, on a Windsor et toi, poursuit Tristan, et Zack sourit.

— Naturellement, l'imite Zack avec un sourire.

Tristan le dévisage de ses yeux gris argent.

— Pour remplir le reste des rangs, je vais commencer à recruter principalement parmi les première année. Comme ils n'étaient pas là lorsque Marnye s'est fait harceler, on risque moins de se retrouver avec un renard dans le poulailler.

— Comme si tu savais ce qu'est un poulailler, je le taquine.

Il tourne son regard gris vers moi. Il y a une lueur amusée dans ses prunelles, qui me fait sourire.

— Tu étais le fiancé de Harper, poursuit Windsor en fermant les yeux. Dis-moi : maintenant qu'elle a été mise au pied du mur et qu'on a pris le contrôle de l'école, qu'est-ce qui va se passer ?

Tristan ne répond rien, mais il y a dans ses yeux un air distant que je n'aime pas. Je ne l'ai jamais vu auparavant. Il regarde les jardins en soupirant, puis il secoue la tête. Ses cheveux noir corbeau flottent doucement autour de son visage.

— Elle a déjà dû agir de bien des manières, c'est juste qu'on ne le sait pas encore.

— Eh bien, elle ne peut pas révéler que mon père a couché avec des prostituées ou s'est drogué : le monde entier est au courant. Et les affaires de ma grand-mère sont clean.

Zayd se redresse légèrement, se penchant en arrière pour que sa tête soit en quelque sorte posée sur mes seins. Je le repousse sur mes genoux.

— J'imagine qu'on le découvrira à la prochaine réunion officielle du Club ? suggère Zack.

Tristan opine énergiquement.

— Ça arrive combien de fois ? demandé-je.

— Au moins six fois par an, soupire Creed. Parfois plus selon les caprices du conseil d'administration.

— Le Club Infinity a un conseil d'administration ? demandé-je, incrédule.

Creed acquiesce.

— Les deux parents de Harper y sont. Elle est coriace.

— Vous allez vraiment avoir des problèmes pour tout ça ?

Je me passe la langue sur les lèvres et j'attends une réponse, mais aucun des garçons ne me regarde ou ne la donne.

Ce qui me fait peur.

Me terrifie, même.

LA SAINT-VALENTIN APPORTE AUTANT de vengeance que de romance.

Les Sang-bleu – et cette fois, je parle de nous et de notre nouvelle équipe – ont diffusé un décret dans toute l'école stipulant qu'aucune des Harpies ou de leurs compagnons ne doit recevoir de roses.

Quiconque est pris à leur en envoyer est pire qu'un plébéien.

— Ce genre de tactique politicienne ne me vient jamais à l'esprit, dis-je en repoussant mon assiette pour m'emparer de mon thé glacé.

Zack, Zayd et moi sommes assis au réfectoire, en train de dîner et de nous préparer pour demain. Il y a l'habituelle *garden-party* en soirée et, maintenant qu'on est assis sur les trônes de Burberry Prep, on n'a pas d'autre choix que d'y aller. Ou du moins, on doit faire une apparition.

— Non ? demande Zayd en souriant. Même pas pousser nos voitures dans la piscine ? C'était génial.

Il plonge les doigts dans son eau glacée et m'en asperge. Je fais de même avec un peu de thé glacé.

— Bien sûr, mais ça, c'est évident, dis-je en haussant les épaules sur un sourire. Bien sûr que vous allez être contrariés si votre voiture est plongée dans une piscine. Mais ne pas recevoir de roses le jour de la Saint-Valentin ? Qu'est-ce que ça peut faire ?

— C'est pour ça que je t'apprécie, dit Zayd en tirant sur un de ses anneaux labiaux. Parce que tu ne penses pas comme eux. Tu n'as pas idée à quel point quelqu'un comme Becky a de l'attention et de l'approbation des autres. Ne pas recevoir de roses à la Saint-Valentin, c'est comme être rasée, à ses yeux. Crois-moi : c'est une douce, douce vengeance dans sa plus belle forme.

La porte du réfectoire s'ouvre et les autres garçons viennent prendre place autour de la table. Creed fait glisser son pied sur ma jambe. Je rougis en feignant de ne rien remarquer. La nuit dernière, il s'est faufilé dans ma chambre au milieu de la nuit, et on... eh bien, on a répété ce qui s'était passé à l'hôtel.

Il est entré sans un mot, a remonté mon t-shirt au-dessus de mes seins, dont il a sucé doucement la chair et il m'a pénétrée avec un gémissement qui retentit encore à mes oreilles. Rien que d'y penser, mes tétons durcissent. C'est tellement neuf, toute cette affection physique. J'en ai des frissons rien que d'y penser.

— Quels sont les plans pour demain ? demande Windsor en se penchant sur son siège et en repliant les mains sur le devant de son uniforme.

Je suis amoureuse des vestes rouges, des cravates à carreaux et des chemises blanches. Elles vont me manquer. Mais encore une fois, les uniformes des quatrième année sont noirs : cravates noires, chemise noire, veste noire, jupe/pantalon noir.

— On va à la *garden-party*, on prend une table et on fait une cour de dingue à notre nouvelle copine ? suggère Zayd avec un sourire.

Zack frappe la table de sa paume, ce qui fait trembler la vaisselle. Tout le monde se retourne pour le regarder ; ses yeux bruns ne sont plus que deux fentes, son regard est fixé sur moi. Je frissonne sous son intensité.

— Non.

— Non ? répète Creed.

Windsor hausse les sourcils. Tristan a l'air de s'ennuyer et Zayd est irrité.

— Comment ça, « non » ? demande le rocker, en frottant sa main tatouée sur son bras également tatoué.

— Je veux dire que j'ai été calme, j'ai été gentil, et c'est terminé. Je pensais que c'était ce que Marnye voulait. (Zack s'arrête puis se rassoit sur sa chaise, levant le menton d'une manière qui l'estampille tout autant membre de la cour royale de Burberry Prep que n'importe quel autre mec.) Mais ce n'est pas le cas. Elle veut que je me batte pour elle, alors c'est ce que je vais faire, putain. Je l'emmène en rendez-vous, rien qu'elle et moi.

— Dixit qui, bon sang ? grogne Zayd, se levant.

Je lui attrape le bras et il s'assoit, laissant échapper une bordée de jurons.

— Où veux-tu m'emmener ? demandé-je, le cœur battant, persuadée que ça va être bien.

Zack est prévenant. Il m'a acheté une putain de harpe à pédales pour Noël.

— J'ai des passes hors campus pour l'après-midi. J'ai pensé qu'on pourrait aller à la librairie, où je t'achèterais d'autres mangas d'amour entre garçons. Et puis... peut-être un pique-nique au bord du lac.

— Tu es sérieux ? demande Zayd, en se penchant tellement sur sa chaise que j'ai peur qu'il ne se renverse. Qu'est-ce qui te fait croire que tu auras Marnye pour toi tout seul le jour de la Saint-Valentin ?

— Parce que je l'ai demandé en premier, répond Zack d'une voix froide et sombre. (Il se tourne pour me regarder.) Qu'est-ce que tu en penses ?

J'observe les autres, mais ils ne laissent rien transparaître.

— On pourra toujours te faire la cour à la *garden-party*, déclare Windsor, ce qui me surprend. Vas-y. On aura tout le temps pour d'autres rendez-vous.

Zayd jure, mais il jette ensuite sa serviette dans son assiette et lance une main tatouée en l'air.

— Oui, bien sûr, M. Riche et Royal se la joue chevaleresque et tout. Très bien. Vas-y, amuse-toi, mais rappelle-toi que lorsque je t'inviterai quelque part, lâche-t-il avec un sourire, tout en fixant Zack du regard, ce sera bien mieux qu'un putain de pique-nique.

LA SAINT-VALENTIN EST JUSTE un jour de lycée normal, couronné par le rituel théâtral des roses. Cette fois, je me retrouve avec un énorme bouquet. Je suis presque sûre qu'elles viennent de mes amis, qu'ils soient ou non des petits amis, mais Zayd avait raison : cela fait vraiment du bien d'être désirée et appréciée.

Après avoir placé ma gerbe de roses colorées dans un pichet d'eau (je n'ai pas vraiment beaucoup de vases à disposition), j'enfile une courte robe rose et des ballerines blanches, et je m'arrête en passant la porte : une petite pile de cadeaux m'attend sur le seuil.

Aucun des garçons n'ayant l'intention de demeurer en reste, il y a un petit quelque chose de la part de tout le monde, sauf de Zack.

— Ce que je veux te donner ne peut pas être emballé, lâche-t-il, appuyé contre le mur de pierre à côté de ma porte, vêtu d'un jean, d'une chemise noire moulante et de sa veste Letterman rouge et noire.

Je rougis et me passe la langue sur la lèvre inférieure.

— Regarde-toi, un vrai poète romantique, murmuré-je, en posant soigneusement la pile de cadeaux sur mon lit pour plus tard.

Quel plaisir ce sera de rentrer à la maison ! Quelle fille ne voudrait pas aller en rendez-vous avec son petit ami footballeur sexy, puis revenir à une pile de cadeaux joliment emballés par ses quatre autres petits amis ?

Je commence à me sentir gâtée.

Zack me prend le bras et on sort, traversant le bosquet ensoleillé pour gagner le parking des visiteurs jusqu'à sa McLaren orange. Il ouvre les portières – qui se soulèvent comme dans *Retour vers le futur* – et me tient la main pendant que je monte, toujours en gentleman.

Conformément à ce qu'il a proposé, on va à la librairie où on fait le plein de *yaoi,* c'est-à-dire de mangas japonais super sexuels comme je les aime. Je n'ai même plus honte de l'admettre. Zack décide de tenter autre chose et finit par se décider pour le *yuri,* une version lesbienne de mes livres. Il dit ne pas vraiment aimer les mangas, mais j'apprécie qu'il veuille bien essayer.

— Je ne savais pas non plus que c'était mon truc jusqu'à ce que... eh bien, j'en ai lu quelques-uns et maintenant, c'est définitivement mon truc, commenté-je, alors qu'on retourne à la voiture et que Zack pose le sac géant de nos livres sur la banquette arrière.

Le lac où nous pique-niquons est celui-là même où j'ai assisté à ma première fête du Club Infinity, dans la partie nord-est du campus. Quand on arrive, une table de pique-nique est déjà dressée avec une nappe blanche, un panier d'apparence ancienne et des bouteilles de cidre pétillant.

Je rougis et me mordille la lèvre.

— C'est trop ringard ? demande Zack, en fourrant les mains dans ses poches.

Sauf que non, ça ne l'est pas, alors je secoue la tête.

— Pas pour moi, répliqué-je en prenant un siège.

Je découvre qu'à l'intérieur du panier, il a glissé tous mes aliments préférés : du raisin noir, du salami et des crackers, du houmous et des bretzels, des chips de banane séchée et du chocolat noir au sel de mer.

L'endroit choisi par Zack est si proche de l'eau que lorsque j'enlève mes chaussures, je peux y tremper mes orteils. Bien sûr, même s'il fait beau, on est encore en février et le lac est plutôt glacé. Les oiseaux gazouillent, les arbres bruissent agréablement dans le vent.

— Tu sais que je ne plaisante pas ? me demande-t-il en se levant pour venir s'asseoir à côté de moi, si près que je sens la chaleur de son corps.

— Je n'ai jamais pensé que c'était le cas, répliqué-je, mais il secoue déjà la tête.

— Non, mais... quand je t'ai vue ce matin-là après... (Inutile de l'énoncer : nous savons tous les deux exactement de quoi il parle. « Après que tu as couché avec Creed. ») J'ai su que je ne déployais pas assez d'efforts. Marnye.

Il attrape mon poignet et me tire sur ses genoux. Les garçons font souvent ça et je les laisse faire parce que j'aime. J'aime vraiment, vraiment ça.

— Ces derniers temps, tu m'as posé des questions sur l'université et mes projets d'avenir. Mais tu sais quoi ? Tu es mon projet d'avenir. Tu es ce que je veux.

— Zack..., commencé-je.

Mais il lève la main et passe les doigts sur ma joue. Son cœur s'emballe aussi vite que le mien. Je le vois dans la pulsation frénétique de sa gorge.

— C'est vrai. Tu l'as dit toi-même : on a tout. On ne veut rien. Mais c'est faux. La seule chose que j'ai toujours désirée avec passion, c'est toi.

Il attire mon visage à lui, puis m'embrasse. Son haleine sent le raisin sucré. Sa langue me goûte aussi soigneusement que j'ai goûté le chocolat plus tôt. Et les sons qu'il émet sont si profonds et si teintés de désir que je me demande s'il me trouve aussi décadente que j'ai trouvé notre dessert.

On commence à s'embrasser, mes mains s'enroulent autour de son cou, mes doigts jouent avec les poils fins et doux à la base de son cuir chevelu. Je suis à califourchon sur lui à présent et je prends conscience que ma robe est bien courte. Elle remonte déjà, si bien que je frissonne quand une brise fraîche balaie le lac et me donne la chair de poule.

— Retournons à la voiture, murmure-t-il, et j'acquiesce, glissant pour qu'il puisse se lever.

Son premier geste, c'est de me passer sa veste Letterman. Elle est dix fois trop grande pour moi, mais j'adore nager dans tout ce tissu parfumé au Zack.

— Elle est aussi longue que ta foutue robe, murmure-t-il, mais d'un air très approbateur.

On remballe le reste de notre pique-nique et on prend le sentier sinueux qui retourne à la voiture.

Zack se glisse sur le siège passager et m'attire sur ses genoux. La fermeture des portes de sa McLaren orange nous isole dans notre petite bulle privée. Il m'enlace et je me délecte de ce sentiment de force, de protection.

— Oh, Marnye, murmure-t-il en me posant l'une de ses grandes mains dans la nuque pour m'attirer à lui et m'embrasser.

La façon dont Zack Brooks embrasse est très différente de celle des autres garçons, lente, sensuelle et romantique, une façon qui ne peut être feinte. Il y croit vraiment, à ces choses-là, à ces romances « j'emmerde le reste du monde, le soleil brille éternellement, des nuages roses flottent dans le ciel ». Les âmes sœurs. Ensemble pour toujours. Le premier amour.

Je gémis lorsque Zack suçote ma lèvre inférieure. Le léger frôlement de sa barbe me chatouille tandis qu'il déplace sa bouche le long de ma mâchoire puis de ma gorge, où il prête une attention particulière à l'accélération de mon pouls. Entre mes cuisses, je peux le sentir durcir dans son jean. Et sa veste Letterman nage sur mes épaules, décorée à la fois pour le football universitaire et l'athlétisme.

Il fait remonter ma robe le long de mes jambes et me caresse les fesses.

— Retournons à l'académie, murmure-t-il en m'attirant contre lui.

C'est tellement bon que je n'ai pas envie de m'arrêter. Mais il a raison. Je ne suis pas prête à faire l'amour dans une voiture de sport au bord du lac. Le niveau est un peu trop haut pour une novice comme moi.

— OK, dis-je, la voix tremblante, me demandant déjà si je suis folle.

Je n'ai eu des rapports sexuels que deux fois dans ma vie. Et il y a un mois et demi, j'étais encore vierge.

Je vais vraiment rentrer chez moi avec un deuxième garçon ?

Je me demande pourquoi c'est si important. Je tiens à Creed et je tiens à Zack. Si j'avais un pistolet sur la tempe en ce moment, je ne suis pas sûre que je pourrais choisir entre les deux, alors qu'y a-t-il de mal à retourner dans ma chambre ? Je... l'aime.

Mon corps s'enflamme et je pousse la portière, laissant Zack sortir pour qu'il puisse s'installer sur le siège conducteur. Je ne lui parle pas de la pensée que je viens d'avoir. Je n'y songe même pas.

Le sexe... je peux le supporter.

Je ne suis pas sûre d'être prête pour le reste.

ZACK et moi sommes debout en silence dans l'ascenseur de la tour 3. Il a les bras croisés sur son large torse, le pantalon, hum, bombé à un certain endroit. Il regarde le plafond et expire. Je ne peux étouffer un rire.

— Quoi ? demande-t-il en haussant un sourcil, l'air presque aussi nerveux que moi.

Je relève la tête et me mordille la lèvre, jetant un coup d'œil latéral à mon reflet dans le mur de miroirs. J'ai du mal à me reconnaître, avec ces cheveux courts et dorés. Le seul dommage causé par l'attaque des Harpies est qu'ils sont un peu plus courts sur les côtés qu'avant. Miranda a tout nettoyé pour qu'il n'y ait pas de zones qui fassent tache, et je dois dire que c'est encore mieux qu'avant.

— C'est juste... nous. Toi et moi. On est si nerveux.

Il éclate alors de rire et passe une grande main sur son visage.

— C'est vrai, admet-il lorsque la porte s'ouvre et qu'on entre dans le hall.

J'attends, anxieuse, que Zack déverrouille la porte de son dortoir et s'écarte pour que je puisse entrer. Il ne prend pas la peine d'allumer les lumières, mais se dirige vers la fenêtre du salon et écarte les rideaux. Même si le soleil s'enfonce derrière l'horizon, il y a encore assez de lumière orange doré pour qu'on y voie.

— Tu... tu n'es pas vierge, n'est-ce pas ? demandé-je à voix basse, avec une petite pointe de jalousie.

Qu'est-ce qui aurait pu se passer s'il ne s'était pas éloigné de moi au collège, s'il était resté et si notre relation s'était épanouie à partir de la graine de notre premier baiser ? Enfin, peut-être qu'il n'était pas prêt ? Peut-être que je ne l'étais pas ?

— N-non. (Zack fait une pause et se tourne vers moi pour me regarder, en expirant brusquement.) Mais je suis clean. Je … Zayd et Tristan m'ont entendu parler de faire des tests, et ils m'ont copié, putain.

Il se renfrogne brièvement et se dirige vers le coin cuisine, où il s'empare d'une enveloppe kraft sur le plan de travail en pierre pour me le remettre.

— Oh, donc c'est toi qui y as pensé en premier ? je le taquine en ouvrant le dossier dont je parcours les pages.

Mes joues s'échauffent avant que je ne le referme et le lui rende. C'est tellement adulte, tout ça. Ce qui s'est passé entre Creed et moi était un peu plus... désordonné.

— À peu près, me taquine Zack à son tour, tout en jetant le dossier de côté.

Il pose ses mains sur mes hanches et me plaque contre le plan de travail. Son odeur de sportif m'enveloppe, aphrodisiaque qui me pousse à l'audace.

— Il y a autre chose que tu voudrais savoir sur... d'anciennes petites amies ? Parce que je ne veux en parler qu'une fois et ensuite passer à autre chose. Je les emmerde toutes. Elles ne sont rien comparées à toi.

— Ne les rabaisse pas comme ça, murmuré-je, la gorge nouée. Tenir des propos du genre « tu n'es pas comme les autres filles » est un outil du patriarcat. En fait, tu savais que dans les années 1920...

— Oh, putain, oui ! Continue à parler d'histoire et de politique, murmure Zack, en faisant onduler ses hanches contre moi, pour que je puisse sentir sa trique à travers son jean. C'est chaud comme la braise !

— Menteur, chuchoté-je.

Pourtant il se baisse et prend ma main pour la poser sur son entrejambe. Ses yeux sont en fusion quand je les rencontre.

— Est-ce que ça ressemble à un mensonge ? demande-t-il.

Je suis à deux doigts de m'excuser pour aller couiner dans la salle de bains. Plusieurs fois cette année, je me suis réveillée, j'ai regardé autour de moi et je me suis demandé à qui appartenait cette vie. C'est surréaliste.

— Avec combien de filles as-tu couché ? demandé-je.

Zack fait une pause, comme pour réfléchir un moment.

— Cinq.

Je grimace et il hausse ses larges épaules.

— Avant que toute cette histoire ne soit terminée, tu pourrais avoir cinq mecs à ton actif, Marnye.

Il pose une main sur ma joue et frotte son pouce sur ma mâchoire. Mais il a raison. Sur quelle estrade de moralité je dois me tenir pour le juger ? Qu'est-ce que la moralité de toute façon ? Et est-ce que c'est vraiment un débat que je veux avoir avec moi-même, la main posée sur l'entrejambe de Zack Brooks ? Non. Non. Définitivement non.

— Autre chose ? Des noms ? Des circonstances ?

— Non. (Je secoue la tête avec véhémence.) Non, ça suffit. Merci.

— Je peux me concentrer sur le fait de te faire l'amour maintenant ? demande-t-il, ce qui me met en feu.

— Me faire l'amour ? me récrié-je quand Zack me prend dans ses bras musclés et m'emporte dans sa chambre.

Il ouvre ses rideaux, pour qu'on puisse voir le coucher de soleil, puis il enlève sa chemise. Son corps est un véritable pays des merveilles. Des épaules larges, une taille fine, ces muscles qui forment un « V » parfait sur ses hanches. Je suis pratiquement en train de baver en le regardant. La seule chose dont je ne suis pas fan, c'est le tatouage de l'infini sur sa hanche droite.

— Te faire l'amour, Marnye. Je te l'ai dit avant et je vais le redire. Je n'en ai pas honte, putain. Je t'aime.

— Arrête, Zack, murmuré-je, mais il n'a pas l'air d'en avoir l'intention.

Il enlève ses chaussures et ses chaussettes, puis arrache mes chaussures plates et les jette contre le mur. Il a laissé la veste Letterman sur moi.

— Pourquoi est-ce si difficile pour toi de l'accepter ? demande-t-il en rampant sur le lit où il s'arrête à quatre pattes au-dessus de moi.

Ses yeux bruns sont si profonds que j'ai l'impression de pouvoir tomber dedans et y dégringoler pour toujours.

— Tu es digne de mon amour et même plus. Parfois,

je me demande si l'univers n'essaie pas de me donner une leçon en t'offrant autant de petits amis. Je ne suis pas suffisant. Tu nous mérites tous.

Je prends son visage entre mes mains et il se penche pour m'embrasser, goûtant ma bouche avec des mouvements lents et fluides, tout en s'installant sur moi, de sorte que nos corps se fondent l'un dans l'autre. Ses doigts remontent ma robe comme il l'a fait dans la voiture, mais cette fois, il n'y a pas de risque d'être vus.

Il trouve ma culotte et s'écarte, se séparant de ma bouche avec un gémissement.

— Tu as très bon goût, murmure Zack, en retirant complètement ma culotte rose à cœurs qu'il jette sur le sol.

Doucement, avec mille précautions, il m'écarte les genoux. Mon cœur bat la chamade. Il faisait nuit quand Creed et moi avons fait l'amour. Il ne fait absolument pas nuit ici. Au début, l'idée que Zack me regarde me fait flipper.

— Tu es belle, Marnye. Chaque partie de toi.

Je tremble lorsqu'il s'avance, s'installe entre mes cuisses et me goûte d'une manière totalement différente de la précédente.

Les yeux humides, je renverse la tête dans les oreillers, haletant comme si je courais un marathon et laissant les sensations de la bouche et de la langue de Zack s'installer en moi. C'est tellement bon que je finis par enfouir mes doigts dans ses cheveux couleur chocolat et m'y accrocher pour la vie. Il grogne, mais il ne s'arrête que lorsque je tremble et frissonne, le corps en rébellion contre les vagues de plaisir.

Semblant sentir que c'est le moment, Zack glisse deux doigts en moi et me donne un orgasme qui secoue mon corps si fort que je tremble encore quand il se relève et me regarde comme si j'étais la plus belle chose qu'il ait jamais vue.

— Je dois enlever la veste ? murmure-t-il en souriant lorsque je secoue la tête.

J'ai du mal à me souvenir de mon propre nom en ce moment et encore plus à faire des phrases. Zack m'embrasse à nouveau, caresse mon corps, pétrit mes seins à travers le tissu de la robe. Je laisse mes mains explorer son corps musclé, m'arrêtant pour taquiner ses tétons. Il a semblé aimer ça, au B&B, alors...

Rien n'a changé depuis et, bientôt, il gémit contre moi, balançant son corps revêtu de jean contre la nudité du mien.

Le soleil disparaît finalement sous l'horizon, mais la lune est suffisamment pleine pour qu'on puisse la voir, et on n'est pas pressés de se lever pour allumer les lumières.

Au bout de plusieurs minutes, Zack défait son jean et se lève, jetant son pantalon et son caleçon sur le sol. Il remonte sur le lit avec moi et guide ma main vers lui, me montrant comment le caresser et le taquiner jusqu'à ce qu'il remue dans ma paume, haletant fortement.

— Maintenant, murmuré-je quand ma peau

commence à être chaude et douloureuse, comme si elle emprisonnait mon esprit.

— Avec plaisir, murmure-t-il, en mordant ma lèvre inférieure.

Il tend la main pour ouvrir le tiroir de sa table de chevet. Il y a une boîte de préservatifs non ouverte dedans. Bien. Pendant une seconde, j'ai été sur le point de paniquer. J'avais juste supposé qu'il n'avait couché avec personne depuis son transfert à Burberry Prep... Mais encore une fois, je ne veux pas savoir. Quoi qu'il en soit, je ne veux pas savoir.

— Je ne sais pas comment toi et Creed... (Il s'arrête, parce qu'il serre les dents comme un fou.) Mais s'il y a une autre position que tu veux essayer...

— Oh ! Hum...

Mon cœur bat la chamade et je sens que je rougis quand je me hisse sur les coudes, et puis... vous savez, je me retourne.

Zack ricane et le son vibre en moi, prenant possession de tout mon corps, jusqu'à mon sang et mes os. Il enfile le préservatif, puis me plaque ses grandes mains sur les hanches. Il se positionne contre moi et j'enroule mes doigts dans les draps. Il n'est pas aussi lent que Creed lorsqu'il me pénètre, mais j'aime ça quand même. Je pousse un petit cri.

Nos corps se connectent complètement et je vois des étoiles filantes.

— Je te tiens, Marnye, murmure-t-il en commençant à bouger.

Et avant la fin de la nuit, j'ai frissonné, joui et me suis effondrée plus d'une fois contre lui.

Je m'endors enveloppée par la sécurité de ses grands bras musclés, sa veste toujours sur mes épaules, son cœur battant contre ma joue.

CHAPITRE VINGT-ET-UN

IMPOSSIBLE DE TROUVER en ligne le moindre guide d'étiquette sur la façon d'annoncer à quatre de vos petits amis que vous avez couché avec le numéro cinq. Cela n'existe tout simplement pas.

— Ils étaient furieux ? murmure Miranda, les yeux écarquillés, alors que je suis assise dans le canapé de l'appartement qu'elle partage avec Creed.

Quand va-t-il revenir, que je puisse le voir avant de retourner dans ma propre chambre ?

— C'est juste que... je ne comprends pas comment ça marche, lâche Lizzie en grimaçant légèrement. Je suis du genre jalouse, je suppose. Je ne pourrais jamais partager.

Ses boucles souples sont relevées en une queue-de-cheval haute. Elle est par terre, en train de racler un pot de glace avec une cuillère.

— Moi non plus, j'admets avec un haussement d'épaules coupable. (Je replie mes genoux sur le canapé et enroule mes bras autour.) Mais je n'ai pas à l'être. Ils n'ont pas le droit de sortir avec quelqu'un d'autre, c'est comme ça que notre arrangement fonctionne. Je leur ai dit que c'était leur punition pour tous les sales coups qu'ils m'avaient faits. Pour une fois dans leur petite vie de privilégiés gâtés, ils ne peuvent pas tout avoir exactement quand et comme ils le veulent.

— Je trouve que tu as changé Creed en mieux, déclare Miranda.

Il y a une douceur dans son regard qui devient plus visible au fil des jours. Plus elle passe de temps avec Jessie, moins elle me regarde de cette manière. Non pas que ça me dérange. C'est juste que... l'amour non réciproque, ça craint.

J'observe Lizzie sans le vouloir et ses yeux d'ambre croisent les miens.

Peut-être son amour pour Tristan est-il payé en retour ? Je n'en ai aucune idée. On ne parle pas beaucoup de Lizzie.

— Alors…, commence Miranda. (Je lève la tête, pressentant qu'elle est sur le point de sortir une grossièreté.) Est-ce que vous avez couché ensemble, Tristan et toi ?

— Mandy ! je proteste, mais elle me repousse.

Elle vient de manger un des chocolats à la beuh que Zayd m'a donnés en première année. Je n'en ai encore jamais goûté, mais Miranda les a trouvés dans mes affaires et en a mangé un il y a environ... quarante-cinq minutes. Je suis sûre que les effets du THC se font sentir maintenant.

— C'est bon, on est entre copines, réplique-t-elle. (Andrew lève les yeux de son écran de téléphone.) Quoi ? Tu pourrais être une de nos copines, toi aussi, si tu arrêtais de lécher les bottes de ton père et que tu lui avouais vouloir te taper Gary Jacobs.

— Je ne suis pas prêt pour ça, mais d'accord, merci, rétorque Andrew en levant les yeux au ciel, avec un regard en coin à Lizzie. Tu n'es pas obligée de répondre à sa question, tu sais.

— Je sais, murmure Lizzie, en me jetant un nouveau regard. Mais c'est bon, ça ne me dérange pas. Non, Tristan et moi, on n'a jamais couché ensemble. On s'est embrassés, mais... c'est à peu près tout.

Mon cœur s'emballe, même si j'ai l'impression d'être une garce, et je fais de mon mieux pour réfréner mes émotions. Qu'ils l'aient fait ensemble ou non n'a rien à voir avec mes sentiments envers Tristan.

Je ne sais pas pourquoi je me focalise sur ce point. Je viens juste de coucher avec Zack.

Le passé n'a pas d'importance, sauf en tant que leçon d'histoire, une série d'erreurs dont il faut tirer des leçons. C'est le présent qui nous définit, et le futur que nous regardons avec espoir. *Me voilà encore d'humeur poétique.* J'ai cherché en ligne, vous savez, le surgissement spontané de mots dans le cerveau, et le symptôme qui ne cessait de revenir en numéro un était l'amour. Encore et encore et encore.

De frustration, j'ai jeté mon téléphone contre le mur et manqué de le casser.

— Donc, ils n'étaient pas énervés ? demande

Miranda, ce qui nous ramène au début de la conversation.

— Jaloux, peut-être, dis-je, en pensant à la mâchoire serrée de Zayd. Mais pas en colère contre moi. Les uns contre les autres, plutôt.

— J'aimerais avoir un harem qui se bat pour moi, dit Lizzie avec un soupir mélancolique, juste avant que la porte ne s'ouvre et que Creed n'entre.

Il me voit assise là et se débarrasse de sa veste rouge de l'académie, affichant ce sourire cavalier que je détestais auparavant mais que je convoite maintenant avec une frénésie que je ne peux expliquer.

— Tu es venu pour baiser ? demande-t-il avec un petit clin d'œil coquin.

Il s'avance et déploie son long corps de prince désossé sur le canapé entre Lizzie et moi.

— Non. Tu t'es réveillé avec l'intention de te comporter en connard aujourd'hui ? demandé-je. (Mais tout ce que j'obtiens, c'est une paire d'yeux bleus aux paupières lourdes et mon cœur qui s'emballe.) On était juste en train de discuter de ce qui s'est passé entre Zack et moi.

Creed se renfrogne, mais ne dit rien. Comment le pourrait-il ? Il a fait tout son possible pour s'exhiber avec des filles devant moi, l'année dernière, juste pour que je me sente seule et triste, et pour exciter ma jalousie.

Moi, je ne fais rien de tout ça pour qu'il se sente mal.

Même si...

Combien de temps puis-je sortir avec tous les garçons sans les blesser ?

Comment puis-je en choisir un sans détruire les autres ?

Ce n'est pas une question à laquelle je suis impatiente de trouver une réponse.

LES VACANCES de printemps me donnent une autre chance de parler à Charlie de mes nouveaux petits amis. J'en ai bien l'intention ; cependant, quand je rentre à la maison, il m'annonce d'emblée qu'il n'est plus soigné dans le centre médical de la famille de Harper mais... ailleurs.

La première personne que j'appelle en cas de panique, c'est Windsor. Je me tapis dans un coin de ma chambre, près du placard, en espérant que papa ne m'entendra pas parler au téléphone.

— Wind, il change de centre de traitement, je lance, avant même que le prince ait eu le temps de me saluer.

S'ensuivent une longue pause et le rire lent et naturel d'un homme qui sait que le monde lui appartient.

— Oui, je sais. J'allais te parler de ça quand je suis passé.

— Tu es passé ? demandé-je, et Windsor rit à nouveau.

— Je n'ai nulle part où aller pour les vacances de printemps, alors j'ai pensé...

Je ferme les yeux et m'appuie contre le mur. C'est un comportement typique de Windsor York, faire l'innocent alors qu'en réalité, il a toujours été calculateur.

— Tu pensais revenir ici ?

Je nous regarde dans le miroir de courtoisie de l'autre côté de la pièce, moi et mes grands yeux marron, pleins de peur pour Charlie. Je ne peux pas le perdre. Je ne peux pas perdre mon père, putain, sinon cette nouveauté pétillante que je ressens quand je suis avec les garçons, elle va juste s'évanouir dans un bruit de fond terne. Tout mon monde va s'effondrer.

— Seulement si tu es d'accord, dit-il. (J'entends le bruit d'un matelas qui grince alors qu'il s'installe.) J'allais te dire que malgré les règles du Club, je ne fais pas confiance à Harper et à sa famille. J'ai transféré ton père dans un établissement médical encore meilleur, qui appartient à un ami de ma mère.

— Tu as changé le centre de traitement de mon père sans m'en avertir ? demandé-je.

La pause qui s'ensuit est longue, très longue. Je ne suis pas vraiment en colère, mais c'est l'exemple parfait de la raison pour laquelle, bien que je fasse confiance à Wind, je ne sais que penser de lui. D'un côté, je suis ravie, mais de l'autre, j'aurais préféré qu'il me consulte.

— C'était un truc de dernière minute, réplique-t-il, l'air soudain fatigué. (Et c'est bizarre, parce que Windsor York n'est jamais fatigué.) Je ne voulais pas saper ta prise de décision avec ton père, je suis juste... submergé et j'essaie de faire les choses sans accrocs dans l'emploi du temps qui est le nôtre, si tu vois ce que je veux dire.

— Toi ? Je m'étrangle. Tu es submergé ?

— Ça arrive, une fois par lune bleue, dit-il, recouvrant un peu de sa confiance royale habituelle dans la voix. Il se passe beaucoup de conneries dans les coulisses du Club Infinity, tu sais. Quand tu finiras par accepter de te marier avec moi et que tu en feras partie, tu t'en apercevras par toi-même.

— Plutôt mourir que d'appartenir à ce club, répliqué-je joyeusement, ce qui fait rire Windsor.

— Je m'en doutais, mon amour. C'est pourquoi j'y ai adhéré pour toi.

Il y a une longue pause pendant laquelle je glisse le long du mur avec soulagement et j'y appuie ma tête. On s'occupe toujours de papa. OK. Tant mieux. Il n'a pas l'air bien, mais il jure que cette nouvelle huile de CBD que Mme Fleming continue d'apporter fait des merveilles pour lui. Il a l'air heureux, au moins.

— Tu peux venir dîner avec nous vendredi, je lance à Wind, pressée qu'on soit déjà vendredi, pour que je puisse le voir.

Il me rend heureuse quand il est là. Même s'il est bizarre et fait des choses douteuses, son charisme agit comme une drogue. Je veux juste en avoir plus.

— Apporte un peu de cidre pétillant sans alcool pour mon père, il aime les bulles.

— Et pour toi ? Une autre culotte ?

— Si tu m'apportes une culotte, je ne la porterai pas, je plaisante.

C'est quand il se tait que je réalise comment sonne ma réplique.

— Bien. Je vais en apporter plusieurs alors, peut-être que comme ça, tu resteras sans culotte pendant des jours.

Windsor raccroche avant que j'aie le temps de répliquer par une plaisanterie (probablement pas si spirituelle) de mon cru.

WINDSOR YORK se présente avec une caisse en bois géante remplie de luxueuses bouteilles de cidre sans alcool de toute la Californie ; mon père en est pratiquement bouche bée.

— De tous tes amis, c'est mon préféré, murmure-t-il en ouvrant la cuisine et en passant les doigts sur les étiquettes des bouteilles.

Je reste là un moment, à regarder le dos de Charlie, puis – parce que Windsor a cette qualité magique de faire surgir l'honnêteté – lâché-je tout à trac :

— Je sors avec lui.

Papa s'immobilise et jette un coup d'œil par-dessus son épaule. Il cligne des yeux pour cacher sa surprise avant de se retourner pour me faire face.

— Vraiment ?

Je hoche la tête. Papa se lève pour ajuster son chapeau et siffle.

— OK, waouh ! Je veux dire, je ne m'attendais pas à

ça, mais il a l'air poli et soigné, et au moins, ce n'est pas une brute.

Oh, papa, si tu savais : Windsor York est LA brute des brutes. Il aime faire du mal aux gens qui aiment faire du mal aux gens. Je veux dire, ce n'est pas aussi grave que ce que font les Harpies, mais quand même...

— Tu n'es pas... en colère ? demandé-je.

Il m'adresse ce sourire doux et sucré qui me fait peur. Je ne veux pas voir ces sourires-là, ces sourires qui disent : « Un jour, je ne serai plus là, alors tu dois apprendre des choses de moi pendant qu'il est encore temps. » Je déteste ça.

— Mon bébé, tu auras dix-huit ans dans moins de six mois. Tu as d'excellentes notes, une ambition dont un mec comme ton vieux père ne pourrait que rêver et un brillant avenir. Si tu aimes ce garçon, je fais confiance à ton jugement. De plus, tu as largement dépassé le stade de ta vie où je peux microgérer chaque petit détail de ton existence.

Je lui souris et il me sourit en retour. Quand on se serre dans les bras, je suis à deux doigts de lâcher le reste de l'histoire, celle des quatre autres garçons. Mais la porte de la salle de bains s'ouvre et les pas de Windsor s'arrêtent dans l'entrée de la cuisine. Ses cheveux roux sont un peu plus longs sur le dessus maintenant ; ils sont ébouriffés et accentuent son air sexy.

— Je peux faire quelque chose pour vous aider à préparer le dîner ? demande-t-il en retroussant les manches de sa chemise blanc et bleu à rayures. Je pourrais peut-être vous servir un verre de cidre, comme ça, vous vous asseyez dehors et vous vous détendez ?

Windsor hausse ses sourcils roux, et mon père lui lance un regard du genre « Je suis impressionné, fiston ».

— Ce serait... incroyable, en fait, concède Charlie dans un petit rire. J'ai eu une longue journée de travail, j'aimerais bien lever le pied.

Il désigne toute la nourriture étalée sur le plan de travail. On est allés acheter de quoi cuisiner notre ragoût de légumes préféré aujourd'hui et il y a beaucoup de choses à émincer.

— Considérez que votre repas est prêt, réplique Windsor.

Papa m'adresse un petit clin d'œil en se dirigeant vers la porte vitrée coulissante qu'il ouvre pour sortir dans la chaleur du soleil de printemps.

— Tu sais comment préparer un ragoût de légumes ? demandé-je.

Windsor tourne ses yeux noisette vers moi et se déplace pour se planter en face de moi alors que je m'adosse au plan de travail. Il pose ses mains de part et d'autre de moi et attrape les liens de mon tablier, qu'il attache en un joli petit nœud avant qu'un petit sourire coquin n'illumine son visage. Il m'embrasse sur la joue.

— Je me suis dit que tu serais le chef cuisinier et moi, ton sous-chef. Après tout, je n'ai rien contre un petit jeu de pouvoir. Apprivoise-moi, maîtresse.

Il m'embrasse si doucement que je me demande

presque si je n'ai pas imaginé son baiser. Après quoi, il s'écarte et fouille dans la poche de son short blanc pour trouver une nouvelle culotte qu'il me lance. Celle-ci porte le mot « Princesse » sur les fesses. Je le scrute, suspicieuse.

— Eh ben, tu as promis que tu ne porterais rien dessous si je t'apportais ça. Et souviens-toi, c'étaient tes règles : pas de mensonges.

— Ha, ha.

Je lui adresse un doigt d'honneur et range la culotte dans ma chambre, avant de revenir à la cuisine où je trouve Wind dans le tablier de papa, en train de se verser un généreux verre de cidre dont il prend une gorgée. Il soupire, puis verse un deuxième verre qu'il emporte dehors à Charlie. Quand il revient et ferme la porte coulissante pour éviter de faire entrer la chaleur, je lui lance :

— Prêt à travailler ? Parce que la bonne nourriture ne se fait pas toute seule, contrairement à ce que tu as pu penser en grandissant. Des gens travaillent réellement dans les coulisses de ces cuisines.

— N'en dis pas plus, réplique Windsor en me fixant d'un regard de défi. Tu sais que je ne recule jamais devant un combat. Dirigez-moi, milady.

On travaille ensemble pour hacher toutes les bonnes choses – pommes de terre, champignons, céleri, oignons, carottes, ail, romarin, thym et tomates –, puis on s'efforce de mettre le tout à mijoter dans une marmite. Après, on a un peu de temps pour se détendre et, comme papa est au téléphone avec son ami Mack, de l'université, on va dans ma chambre. Windsor s'installe aussitôt sur mon lit.

Il tapote la place à côté de lui. Même si je ne suis pas tout à fait sûre que ce soit une bonne idée, je m'assieds.

Il passe un bras autour de ma taille et se blottit contre mon dos.

— Merci de m'inviter sans cesse à m'incruster même quand tu passes du temps avec ton père.

Il prononce ces mots contre ma peau nue, ses lèvres remuant sensuellement contre la petite bande de chair nue entre le haut de mon pantalon de survêtement et le bas de mon débardeur.

— Y a-t-il une raison pour laquelle tu aimes venir ici ? demandé-je.

Cherche-t-il, comme Tristan, à échapper à un parent abusif ou quelque chose du genre ?

Windsor se redresse, s'appuie sur un coude et me regarde avec des iris mouchetés d'or, de vert, d'argent, de brun et d'ambre. On dirait que toutes les couleurs du monde sont contenues dans ces yeux.

— J'aime juste passer du temps avec toi, répond-il. (Mon cœur bat si violemment que je pourrais presque avoir le hoquet.) Et j'aime beaucoup ton père. Le mien est mort. Il me manque parfois.

Wind marque une pause puis se redresse, pour m'attirer dans le cercle de ses bras jusqu'à ce que nous soyons blottis l'un contre l'autre d'une manière que Charlie n'apprécierait peut-être pas s'il faisait une apparition dans la chambre.

Pourtant... c'est si bon. Je me dis qu'une minute ou

deux de plus ne peuvent pas faire de mal. Quand papa est au téléphone avec Mack, ils parlent parfois pendant des heures.

— Tu as apporté ta valise, je constate.

Windsor sourit contre mon cou.

— Je vais encore descendre dans cet horrible B&B, celui qui est hanté et qui a un mauvais service client.

— Ils n'ont pas un mauvais service client, c'est juste qu'ils ne sont pas très affectueux, je proteste, en proie au besoin irritant de défendre le Bayside Bed and Breakfast contre ce gosse de riche gâté. Mais l'histoire du fantôme, c'est vrai. En 1902, une femme...

Windsor fait pivoter ma tête juste ce qu'il faut pour pouvoir se pencher et m'embrasser par-dessus mon épaule, posant les deux mains sur mes seins et les serrant juste ce qu'il faut pour me faire gémir.

Il recule soudain, me libère et relâche brusquement son souffle, comme s'il n'était pas conscient de ses faits et gestes.

— Putain de merde, Zack a raison. Tu commences à parler de faits historiques, et c'est juste... Ça doit être la passion dans ta voix.

Pour une fois dans sa vie, Windsor semble un peu effrayé.

— Wind, commencé-je, parce que j'ai le cœur douloureux. Tu as le droit de sortir avec des roturières ?

Je me retourne pour le regarder et je le vois. C'était là depuis le début, dès le premier instant. Il est mon ami depuis qu'il a posé un pied sur le campus de l'académie, mais il a aussi craqué pour moi. Un vrai *crush*.

Il hausse un sourcil rouquin et tend la main pour rejeter mes cheveux en arrière.

— Je te l'ai dit : parmi tes fréquentations du moment, je suis probablement le garçon qui a le moins d'obligations. Milady, réfléchis-y : épouse-moi.

— Arrête de plaisanter, je proteste en le frappant à la poitrine. Même si j'épouse quelqu'un un jour, je soupire, je vais d'abord aller à l'université. À Bornstead, si je peux.

— Je demanderai à ma mère de t'écrire une lettre de recommandation, lâche Windsor, mine de rien.

Cette perspective a beau m'enthousiasmer, je ne suis pas sûre de pouvoir l'accepter. Non, je veux accomplir cette tâche par mes propres moyens. Wind, qui s'est immobilisé, semble remarquer l'expression de mon visage.

— Laisse-moi au moins t'aider à payer tes études. Ton esprit est plus que brillant, mon amour. (Il tend la main et me plante un doigt au centre du front.) Tu feras de grandes choses un jour.

Je souris, puis j'entends le bruit du couvercle en verre de la casserole qui tinte. Je me lève du lit pour aller vérifier le plat.

Une fois le ragoût terminé, Windsor et moi nous asseyons dehors avec Charlie et je suggère, comme en passant, que le prince passe le reste de la semaine avec nous, afin que nous puissions tous aller pêcher ensemble et peut-être nous affronter dans une autre partie de bowling. Wind prétend aimer les défis, non ? Mon père est un as du bowling.

Bizarrement, Charlie est d'accord (bien que la règle de la porte ouverte s'applique toujours), et Wind s'intègre si bien à notre petite famille que j'en oublie presque que quatre autres petits amis m'attendent à Burberry Prep.

Presque.

CHAPITRE VINGT-DEUX

CREED et moi sommes assis dans le kiosque de l'arrière-cour. Il étudie comme un fou et je regarde ma liste de vengeance dont je raye des noms. Je suis là au cas où il aurait besoin de moi, mais il a fait tellement d'efforts ces derniers temps qu'il n'aura aucun problème à obtenir des A et des B dans ses matières, à mon avis.

Je vais te botter le cul, Tristan Vanderbilt, je pense en examinant les noms dans le cahier que j'ai récupéré en le lui volant.

Vengeance sur les Sang-bleu de Burberry Prep
Une liste de Marnye Reed

Les Harpies : *~~Les filles :~~ Harper du Pont, Becky Platter et Ileana Taittinger*
La Compagnie : *~~Leurs acolytes :~~ Anna Kirkpatrick, Ebony Peterson, ~~Gregory Van Horn~~, Abigail Fanning, ~~John~~*

~~Hannibal~~, Valentina Pitt, Sai Patel, Mayleen Zhang, Jalen Donner, Kiara Xiao et ~~Ben Thresher.~~

~~La plèbe~~

Après un moment de réflexion, je décide de rayer les plébéiens de ma liste. D'abord, on a complètement pris le contrôle de l'école et on me vénère comme une Idole. Si ce n'est pas de la vengeance, je ne sais pas ce que c'est. Deuxièmement, le pardon est le point central de mon voyage en ce moment et je ne peux pas retrouver tous les idiots qui ont jeté des préservatifs sur mon seuil ou peint des insultes à la bombe sur ma porte.

Donc je raye la plèbe et ça me libère énormément.

Je suis également heureuse de voir que Greg et John ont mordu la poussière. Ils sont partis de Burberry Prep – définitivement. Et les photos de nu qui ont circulé incluaient des filles et des garçons de leur propre groupe. Tu parles d'un coup double.

Pourtant, il reste encore beaucoup de noms sur cette liste et, même s'ils ont eu leur part de justes récompenses, je ne les rayerai pas tant que ces élèves ne seront pas partis ou que je ne les percevrai plus comme une menace.

Harper et Cie constituent toujours bel et bien une menace.

— Fini, déclare Creed en poussant sa tablette vers moi, pour que je puisse vérifier ses réponses.

Elles sont toutes correctes et je lève les yeux au ciel avec un sourire. Il me répond d'un sourire de chat paresseux et, avant même de comprendre ce qui m'arrive, je suis sur ses genoux, à l'embrasser comme si ma vie en dépendait. J'aimerais faire ça tous les jours, s'il vous plaît, merci.

— Eh, lance Zayd, hors d'haleine, qui accourt vers nous, se penche et pose les mains sur ses genoux pour reprendre son souffle. Je me suis dit que vous n'auriez rien contre un peu d'action dans la cour de devant.

Il nous examine de ses yeux verts qu'une lueur de jalousie obscurcit pendant un instant avant de disparaître.

— Qu'est-ce qui se passe ? demandé-je.

Zayd me sourit et me lance un clin d'œil.

— Tu te souviens de ce que j'ai dit sur Myron ? Tristan l'a envoyé renifler des irrégularités et il en a trouvé.

Creed et moi, on échange un regard, puis on se lève pour suivre Zayd dans le bâtiment de la chapelle, au bout du couloir. On sort dans la cour par les portes de devant. Il n'y a pas foule quand on arrive, juste deux filles et un garçon en civil, deux chauffeurs qui chargent leurs valises. En m'approchant un peu, je les reconnais tous les trois : Anna Kirkpatrick, Ebony Peterson et Sai Patel.

Tristan est debout, les bras croisés, flanqué de Lizzie d'un côté (pourquoi ?!) et Myron de l'autre. Ils me regardent jusqu'à ce que je vienne me planter près de Tristan.

— Qu'est-ce qui se passe ? demandé-je, ma liste serrée dans la main.

Pas question que je la laisse traîner pour qu'un plébéien – ou plus grave, Harper – la trouve. Bien sûr, elle ne révèle rien de vraiment accablant, mais je ne veux pas pour autant qu'elle atterrisse entre de mauvaises mains.

— Pincés pour avoir payé d'autres personnes pour faire leurs devoirs à leur place, m'explique Myron et je pense que c'est peut-être la première fois qu'il s'adresse directement à moi. Ils sont renvoyés. Apparemment, ça durait depuis la première année.

Il sourit et je remarque une noirceur sur son visage qui ferait passer Tristan pour un chaton. J'ai l'impression que Zayd ne parlait pas seulement des talents de détective de ce type quand il m'a mise en garde contre lui.

Myron Talbot a la violence gravée dans chacun de ses traits.

Je suppose que la seule chose qui le retient, c'est Tristan Vanderbilt.

— Ils sont renvoyés ? je répète.

— Je sors les poubelles une par une, répond Tristan qui me sourit en plongeant ses yeux dans les miens. Je veux que tu ne t'inquiètes de rien, l'année prochaine. J'ai encore du chemin à faire avec Harper, mais il y a toujours l'été.

Il se baisse pour passer un doigt sur ma clavicule, ce qui me coupe le souffle.

— Ce n'est pas comme si on ne pouvait pas venir à bout de la liste l'année prochaine, répliqué-je en fronçant les sourcils.

Tristan pose sa main sur mon crâne, m'ébouriffe les cheveux d'une manière qui ne lui ressemble pas du tout, puis se tourne vers la tour 3. Lizzie le suit, me lançant un demi-sourire au passage. Franchement, je suis soulagée de voir Myron leur emboîter le pas.

— Je n'aime pas ce type, lâche Zack qui arrive du bâtiment de la chapelle, Windsor à ses côtés.

En le regardant, j'ai encore du mal à croire qu'il m'a fait un cunni, qu'il m'a pénétrée par-derrière. Il tourne ses iris marron vers moi, comme s'il savait exactement ce à quoi je pense et qu'il trouvait cela amusant.

Ravalant la boule dans ma gorge, je fourre les doigts dans les poches de mon blazer et j'essaie d'avoir l'air décontracté.

— Tu parles de Myron ? demandé-je.

Zack acquiesce.

— Ne t'inquiète pas pour lui, réplique Creed en agitant dédaigneusement la main. C'est l'animal de Tristan. Je ne m'inquiéterais que si notre illustre roi lui lâchait la bride. Il commence à faire nuit. Peut-être qu'on devrait rassembler nos affaires et retourner chez moi pour finir ?

Il soupire, penchant la tête sur le côté pour me regarder prendre ma liste et l'examiner. Trois noms de plus à rayer. Fantastique.

— D'accord, grogne Zack alors que Windsor les considère, soupçonneux. Tu veux juste qu'elle vienne étudier ? J'appelle ça des conneries.

— Pourquoi ne pas nous laisser nous occuper de ça,

Marnye et moi ? demande Creed, alors que Zayd se renfrogne et se lève pour ébouriffer ses cheveux.

Ils sont de nouveau verts comme la mer. Il les a teints pendant les vacances de printemps et s'est pointé avec ça. Je suis presque sûre d'avoir couiné et de lui avoir jeté les bras autour du cou. Je suis plus ou moins attachée à cette couleur maintenant.

— Et si Marnye venait avec moi et qu'on le faisait enfin ? suggère Zayd en allumant une cigarette.

Il m'adresse un clin d'œil et s'écarte quand j'essaie de la lui arracher des lèvres. Je soupire. Les mains sur les hanches, je le fixe. Après quelques bouffées, il pousse un soupir théâtral et me la tend, me regardant tristement l'écraser sur le sol de pierre, puis la jeter.

— T'es une vraie garce, murmure-t-il, mais si affectueusement que ça ne me dérange pas.

— Je vais retourner dans ma chambre, je leur annonce à tous en haussant un sourcil. Et je vais lire de mes mangas bizarres, puis faire une sieste. Aucun de vous ne devrait avoir le temps de faire l'amour, avec les examens qui approchent. La troisième année est la plus importante pour entrer à l'université et j'irai à Bornstead même si je dois y laisser ma peau.

Je tente de rabattre mes cheveux d'un brusque mouvement de tête, mais j'échoue, alors je m'en vais avec mes petits talons qui brillent, en espérant avoir l'air super sexy.

Je n'y arrive sans doute pas, mais tant pis, ça valait le coup d'essayer.

QUELQUES SEMAINES PLUS TARD, alors que j'ai sérieusement l'impression de n'avoir plus rien à donner au monstre qu'est l'emploi du temps atroce de Burberry Prep, je trouve Zayd endormi dans la bibliothèque. Il est allongé face contre le bureau, sur son cahier, un stylo toujours serré dans sa main tatouée. Je l'en retire précautionneusement et remballe ses affaires pour lui.

Puis je lui secoue doucement l'épaule pour tenter de le réveiller.

— Il est KO, n'est-ce pas ? demande Miranda en gloussant derrière moi.

Mais même son rire manque de conviction. On est tous fatigués, accablés, stressés. Je ne sais pas si je peux battre Tristan cette année. Je vais essayer. Soyez bien sûrs que je m'y attelle de toutes mes forces, mais peut-être que j'en fais un peu trop ?

Je secoue Zayd un poil plus énergiquement. Il lève la tête, ensommeillé et groggy. Il est très mignon, avec ses cheveux verts ébouriffés et ses tatouages. L'un de ses anneaux de lèvre dépasse selon un angle bizarre. Je tends la main pour le remettre en place avec un doigt.

— Eh, tu t'étais endormi.

— Merde, marmonne-t-il en regardant sa montre. Onze heures ? gémit-il. Sérieusement ?

Il rassemble ses affaires et les bibliothécaires nous suivent tous dehors, pour verrouiller la porte derrière nous. D'habitude, la bibliothèque ferme à vingt heures, mais ils ont des horaires étendus pour la fin de l'année.

— Imagine toutes les conneries que les Harpies auraient pu me faire si je n'avais pas ronflé juste sous le nez du bibliothécaire, dit-il en se frottant le visage.

— Je croyais que tu ne te souciais pas trop de tes notes ? je m'étonne.

Est-ce que j'ai déjà vu Zayd étudier ? La réponse est... non. En trois ans, je ne me rappelle pas l'avoir vu faire beaucoup d'efforts pour améliorer ses notes. Je dirais même qu'il n'en a jamais fait le moindre.

— Oui, bon..., murmure-t-il, puis il s'arrête de parler et bâille.

Je suis trop fatiguée pour le presser de répondre. Jessie nous rejoint à mi-chemin des tours et demande à Miranda de l'accompagner pour un petit repas tardif au réfectoire qui est, lui aussi, ouvert jusqu'à minuit, tant que les examens ne sont pas terminés.

— Vas-y, lui dit Zayd, en passant son bras sous le mien. Je m'en occupe.

— Merci, répond Miranda en prenant celui de sa copine pour gagner la salle à manger.

Briana Chow, l'un des membres de notre nouveau « Cercle fermé », ouvre la porte et les suit à l'intérieur. Elle a de grands cernes violets sous les yeux.

— Je suis trop fatiguée pour manger, j'admets, et Zayd sourit.

— Pareil.

On arrive à ma chambre et je l'invite à entrer, souriant lorsqu'il s'effondre sur mon lit. Je me dirige vers la cuisine pour me préparer une tasse de camomille, afin que mon cerveau épuisé mais toujours en éveil puisse prendre un peu de repos.

— Tu veux une tisane ? demandé-je, mais Zayd ne répond pas.

Je vérifie à nouveau son état et constate qu'il s'est rendormi. N'ayant pas le cœur de le réveiller à nouveau, j'ôte le sac de livres toujours accroché à son épaule et vais le poser sur la chaise dans le coin. Pendant l'opération, un morceau de papier s'en échappe et volette jusqu'au sol.

« Liste à vérifier pour la demande d'admission à l'université de Bornstead. »

Tel en est le titre.

Le souffle coupé, je jette à nouveau un coup d'œil à Zayd.

Ici, c'est une rock star, le chanteur d'Afterglow, le fils de Billy Kaiser, le roi du rock.

Et pourtant... il étudie comme un fou et essaie d'entrer dans l'une des universités les plus prestigieuses du pays.

Pourquoi ?

À cause de moi ?

Je finis ma tisane, en la sirotant lentement, pendant que je regarde Zayd dormir. Après quoi j'éteins la lumière avant de me mettre au lit. J'enroule mon corps autour du sien et nous couvre tous les deux avec les couvertures. Avant même de m'en rendre compte, je m'endors aussi, la forme dure et chaude de son corps m'apportant plus de réconfort qu'un thé à la camomille ne pourrait jamais le faire.

LA SEMAINE suivante est celle des examens.

Je vois à peine mes amis. J'embrasse à peine mes petits amis (ce qui est un crime grave en soi), et je me fais tellement malmener par les examens que, le dernier jour d'école venu, je trébuche sur le tableau d'affichage au mur et trouve le nom de Tristan au-dessus du mien.

— Espèce de salaud ! je m'étrangle quand il me sourit et m'attrape par la taille, pour m'embrasser dans le cou.

— Il ne m'a fallu que trois ans pour te battre, murmure-t-il.

Pourtant, je ne suis pas fâchée. La deuxième place est toujours suffisante pour entrer à Bornstead et je n'ai perdu que d'une fraction de pourcentage. Et puis, j'ai toujours l'année prochaine pour me racheter.

— Les troisième année ne participent pas à la cérémonie, annonce Zayd en nous rejoignant.

Creed, Wind et Zack ne sont pas loin derrière. En fait, toute l'école est là pour voir le tableau des résultats, mais sans se presser. Les autres élèves le savent bien : quand Tristan Vanderbilt est sur le devant de la scène, une bousculade est hors de question.

— On va au lac ? suggère Zayd.

— Allons-y, j'approuve, une fois que Miranda et Lizzie nous ont rejoints.

On a d'autres projets pour les jours à venir, mais on va au moins s'arrêter à la maison de la plage pour y faire une apparition. J'espère juste que je n'aurai pas à croiser les Harpies ou l'un des garçons de la Compagnie.

Harper paraît avoir perdu sa niaque, mais je sais qu'elle attend juste son heure.

Elle va finir par riposter, et ce ne sera pas joli.

Pour l'instant, je suis simplement heureuse d'avoir survécu à la troisième année, corps, notes et cœur intacts.

CHAPITRE VINGT-TROIS

— JE N'ARRIVE PAS à croire que tu m'aies battue, je gémis, assise sur le siège conducteur de ma Maserati rose et or.

Windsor est sur le siège passager, Creed derrière moi. Reste une place vide pour Miranda si elle n'était pas en train d'embrasser Jessie Maker à l'arrière de la Mustang jaune de Brianna Chow.

Tristan s'appuie sur la portière conducteur avec le sourire le plus satisfait que j'aie jamais vu. Rien que de le regarder, j'ai envie de le frapper… ou d'attraper son visage et de l'embrasser jusqu'à ce qu'on ne puisse plus respirer.

— Tu es deuxième de la classe, ce qui est quand même un exploit, nuance-t-il en se redressant et en étirant les bras au-dessus de sa tête. Pour une michetonneuse, je veux dire.

— Ha, ha, très drôle, dis-je, en tournant la clé dans le contact.

En tant que troisième année, on a le droit d'utiliser la maison de plage du Royal Pointe Lakeside Lodge. On va y faire une apparition et ensuite on se tire. La maison principale de la famille de Tristan, le manoir Vanderbilt, n'est pas très loin et son père est à l'étranger pour affaires.

Il nous a tous invités à y passer quelques jours.

Vu que j'ai failli mourir à Royal Pointe l'année dernière, je suis d'accord pour partir au bout de quelques heures.

Comme Charlie a déjà donné son accord pour le voyage, je ne m'inquiète pas pour ça. Ce qui me soucie, c'est la présence de Lizzie là-bas. Au cours des dernières semaines, elle a commencé à traîner de plus en plus avec Tristan, au point que j'ai eu du mal à le voir seul.

Il se penche et dépose un baiser brûlant sur mes lèvres.

— Oh, bon sang, on peut y aller ? demande Windsor.

Tristan recule. Zayd attend près de sa propre voiture, qui est garée à côté de celle de Zack, et nous fait signe quand je quitte ma place de parking en souriant. Je fais de mon mieux pour éviter de me faire tuer par les dizaines d'autres étudiants impatients de profiter de leurs vacances d'été.

— Pas trop tôt, commente encore Wind. Je pensais que vous alliez vous marier sur-le-champ.

— Oh, je t'en prie.

Je lève les yeux au ciel, baisse mes lunettes de soleil

et me dirige vers la route sinueuse dont je garde le souvenir depuis l'année dernière. La Maserati épouse les courbes aussi bien que la Lamborghini d'Andrew et, en quelques heures seulement, on arrive sur le parking où j'ai été agressée par la Compagnie et les Harpies. Dans ma tête, j'ai pris l'habitude d'appeler les garçons « la Compagnie » et les filles « les Harpies ». Est-ce que c'est sexiste ? Ce n'est pas le but.

Croyez-moi : je les déteste à parts égales.

On remonte la capote de la voiture et, abandonnant nos bagages derrière nous, on prend le funiculaire – cet ascenseur bizarre qui m'avait tant perturbée l'année dernière – pour aller à la plage.

La « maison d'hôtes » n'est pas moins impressionnante que le lodge, juste un peu plus petite. Elle a de hauts plafonds, des baies vitrées et plusieurs balcons avec barbecues.

On s'installe sur le balcon le plus haut, pour faire griller des guimauves, boire de l'alcool (seulement pour ceux qui ne conduisent pas) et rassembler notre nouvelle équipe de Sang-bleu. Il est difficile de ne pas remarquer les Harpies qui nous observent depuis le coin du bâtiment, entourées par les quelques garçons de la Compagnie qu'il leur reste.

Tristan a fait un excellent travail pour préparer l'année prochaine.

Avec un peu de chance, je n'aurai pas à me concentrer sur les paris, la vengeance ou le pardon pendant la quatrième année. Franchement, je rêverais juste de passer mon temps dans les bras de l'élite, les cinq beaux garçons qui ont tellement bouleversé mon monde que la seule idée de choisir entre eux me rend malade.

Mais, au bout du compte, je n'y couperai pas.

Parce que personne dans le monde réel n'a cinq petits amis, surtout pas quand ils ont tous les cinq des obligations familiales ou des carrières à respecter. Même si ce n'était pas le cas, aucun homme n'a envie de partager éternellement une fille.

J'essaie juste de profiter du temps qu'il me reste.

— Tu m'accordes une danse ? demande Zayd après avoir avalé au moins trois guimauves.

Je prends sa main et le laisse m'entraîner dans la maison, vers le rythme effréné des basses. Les gens s'écartent sur notre passage, je sens l'envie dans leurs regards quand je passe de Zayd à Creed, de Zack à Windsor.

Tristan se tient à l'écart, sirotant un verre de ce que j'espère être de l'eau et non de la vodka. Son regard d'acier est fixé sur moi. Il semble presque... triste ? Mais ce n'est pas possible. Il vient de me battre pour la première fois en trois ans. Je l'explique par mon investissement excessif dans les pom-pom girls, l'orchestre et le tutorat, mais... en réalité, c'est parce que Tristan est un adversaire de taille.

Je fais une pause dans la danse pour aller me planter à côté de lui. J'accroche mon bras au sien, comme je l'avais fait à Paris, fermant les yeux pour inspirer son parfum de menthe poivrée et de cannelle. Propre et épicé à la fois.

— J'aimerais pouvoir mettre ton odeur en bouteille, je lui susurre, ce qui me vaut au moins un petit retroussement de lèvres.

— Hmm. Comment tu appellerais ça ? *Eau de Connard ?*

— Je pensais plutôt à *Soie de Trouduc.* La publicité montrerait un type nu, en train de faire la gueule, courant dans les vagues par une nuit de pleine lune, tandis qu'une voix off bizarre n'arrêterait pas de murmurer : « Soie de Trouduc ».

Cette fois, Tristan rit à gorge déployée, et je crois que cela nous surprend un peu tous les deux. On reste silencieux pendant un moment, à regarder la foule s'éclaircir lorsque les gens – surtout des couples – commencent à se retirer dans leur chambre, ou sur la plage pour le feu de joie ou les bateaux.

— Pourquoi tu as saboté mon test ? demandé-je, car cette question me taraude depuis l'année dernière. Je sais maintenant que tu essayais de me faire abandonner Burberry, mais... ça ne te ressemble pas. Même quand tu me détestais, tu savais que j'étais une adversaire méritante.

Tristan reste silencieux pendant un moment avant de soupirer et de me regarder.

— Parfois, on fait les choses qu'on pense être les meilleures, même si on sait qu'elles sont erronées. Harper avait prévu des choses encore pires concernant tes notes. Tout ce que j'ai fait, c'est la rediriger. Et ensuite, je l'ai dit à Zayd. Marnye, je n'ai jamais autant voulu battre quelqu'un que toi, en classe. (Je hausse les sourcils, mais il n'a pas fini. Il pose son verre d'eau sur une table basse et se tourne vers moi.) Je n'ai jamais eu que deux modes d'existence : l'échec complètement désespéré face aux attentes de mon père et une aisance ridicule avec le reste du monde. Tu me mets au défi, Marnye. Tu me donnes envie d'être meilleur.

J'écarquille les yeux, mais nous sommes interrompus par Lizzie, qui nous entraîne sur la piste de danse pour une dernière chanson, avant qu'on reprenne la route vers le manoir Vanderbilt et un aperçu de la vie privée de Tristan que je n'aurais jamais cru voir un jour.

— PUTAIN DE MERDE, c'est le mont Olympe ! je m'exclame, plantée devant le manoir Vanderbilt, d'une superficie de trois mille mètres carrés.

Selon Tristan, il contient deux galeries dévolues à l'art, une salle de bal, un jardin d'hiver, une bibliothèque, une salle de billard, une salle d'armes à feu et... il y a tellement de pièces que je ne me souviens littéralement pas de toutes.

— Ça se pourrait bien, grogne Zack. Parce que les gens qui vivent ici se prennent pour des dieux.

— Oh, comme si tu étais différent, Brooks, objecte Tristan en lui passant devant.

Il nous précède sur les marches de pierre blanche du manoir. Le personnel le salue chaleureusement, ce qui me surprend. Je pensais que Tristan était du genre à traiter ceux qui l'entourent comme des « domestiques ». Mais il donne une accolade à un vieil homme aux cheveux argentés. Une accolade. Combien de fois ai-je vu Tristan Vanderbilt serrer quelqu'un dans ses bras ?

On entre dans le couloir principal et je suis immédiatement submergée par l'espace et la richesse du décor. Il y a une pile de papiers sur une table avec un bouquet de fleurs fraîches aussi grand que ma voiture. Tristan s'empare des papiers et commence à distribuer des plans.

De véritables plans. De sa maison.

Si vous êtes obligé de distribuer aux visiteurs un plan de votre maison, c'est peut-être signe qu'elle est un peu trop grande pour commencer ?

— Vos chambres sont indiquées, explique-t-il en se déplaçant vers l'un des murs pour indiquer un interphone. Si vous vous perdez ou si vous avez besoin d'aide pour trouver quelque chose, appuyez simplement sur le bouton d'un de ces interphones et un membre du personnel vous aidera.

Il fait une pause de plusieurs secondes, le temps qu'on étudie les cartes, en prenant note du nom griffonné dessus. Bien qu'il semble y avoir de nombreuses chambres d'hôtes, il nous a tous placés au niveau supérieur, dans l'aile est, près de sa chambre à lui.

Lizzie se mordille la lèvre. Je lève les yeux et rencontre ses iris d'ambre.

Il n'a échappé à aucun de nous qu'elle partage une

chambre avec Andrew, tandis que j'ai ma propre suite... juste à côté de celle de Tristan.

— Viens, Charity, me lance-t-il avec insolence, je vais te montrer ta chambre.

Prenant mon bras, il me guide vers la droite, à travers le hall est et la salle de banquet avant d'arriver à l'escalier. Les autres nous suivent tandis qu'on monte l'escalier en colimaçon. Tristan entreprend de diriger les gens vers leurs chambres.

Le personnel suit, chargé de nos sacs. Cela me met légèrement mal à l'aise que d'autres personnes m'attendent mais, maintenant que je suis à l'étage et que je regarde la porte de la chambre de Tristan, j'oublie toutes ces considérations.

— Viens, dit-il, en m'entraînant vers un salon, un bureau et enfin... sa chambre.

Mes yeux se portent aussitôt sur la couverture de soie noire du lit.

— Ce n'est pas une chambre, c'est un... waouh, bordel de merde, Tristan !

Il me lâche le bras et se dirige vers une armoire à alcool qu'il ouvre à l'aide d'une clé cachée sous une plante en pot. Une fois de plus, je suis tellement frappée par la désinvolture avec laquelle il verse l'alcool d'une carafe en verre que je dois secouer la tête pour m'éclaircir les idées.

— Tu aimes bien ? demande-t-il en se tournant vers moi pour me proposer un verre.

Je le dévisage pendant un long, très long moment, puis je secoue la tête en signe de refus. Tristan se contente de sourire et mon dos se redresse lorsque j'entends Lizzie entrer dans la pièce comme si elle y était déjà venue plusieurs fois.

— Ça n'a pas changé d'un iota, n'est-ce pas ? commente-t-elle en prenant l'alcool de la main de Tristan.

Elle vide son verre d'un trait, puis s'appuie contre le mur dans son short en jean à bretelles, avec un air décontracté et cool que je ne suis pas sûre d'avoir un jour. J'ai en quelque sorte accepté désormais le fait que je suis un peu maladroite, un peu bizarre, et ce n'est pas grave.

— William n'aime pas le changement, réplique Tristan en se plaçant à côté de Lizzie.

Je les observe attentivement tandis qu'il se penche et ouvre la fenêtre pour laisser entrer la brise fraîche de la nuit. C'est très calme ici, je n'entends rien d'autre que les bruits de la maison, un hibou au loin et un bruissement dans les broussailles qui pourrait indiquer un chevreuil ou un raton laveur.

— Si je peux me permettre, je lance lorsque Creed nous rejoint à son tour, pour me serrer fort dans ses bras, comment se fait-il que ta famille soit à court d'argent ? Il me semble que vous vous en sortez très bien.

Je frissonne en me demandant si Creed va se faufiler dans ma chambre et me rejoindre ce soir. J'aimerais bien. J'aimerais beaucoup. N'ayant couché avec lui que deux fois, je suis plus que partante pour remettre ça.

Le visage de Tristan se crispe tandis qu'il regarde par la fenêtre la rondeur de la lune enceinte.

— On a la maison, le yacht, les voitures, les entreprises... mais pas de liquidités et trop de dettes. Même s'il vendait tout ce qu'on possède, William n'aurait pas assez de fric pour nous sortir du trou. (Tristan se retourne et pointe le menton vers l'armoire à alcool.) Sers-toi, Cabot.

— Comme toujours, réplique Creed, cramponné à moi.

— D'un jour à l'autre, un débiteur va nous appeler, tous nos biens seront saisis et... (Tristan s'interrompt, les yeux embrumés.) Ça n'a pas d'importance. Ne t'inquiète pas pour ça.

Il secoue la tête et son arrogance hautaine se mue sur son visage en masque de pierre.

Les autres arrivent, les boissons sont servies.

On finit par descendre à la salle de cinéma, où notre petit comité prend place au dernier rang. Cette fois, on a mis une série de films de zombies, mais tout le monde est trop occupé à parler pour y prêter attention.

Tristan, cependant, semble très loin et je me retrouve à concentrer l'essentiel de mon attention sur lui... et sur la façon dont Lizzie pose sa main sur la sienne, pour y exercer une toute petite pression, très intime.

Elle va bientôt tenter quelque chose, je le sens.

Mais suis-je prête pour ça ?

CREED SE FAUFILE dans ma chambre pendant la nuit et on passe des heures à adorer le corps de l'autre. Quand je me lève le matin, il est toujours endormi, alors je me glisse dehors et descends l'escalier pour trouver la cuisine.

Fidèle à moi-même, je me perds pendant une vingtaine de minutes avant de localiser le chemin de la salle du petit déjeuner. Tristan s'y trouve seul, à déguster une assiette d'œufs, de bacon et de crêpes. Il sirote une tasse de café. Il n'a pas l'air d'avoir dix-sept ou dix-huit ans en ce moment, mais plutôt la fin de la vingtaine ou le début de la trentaine. Il y a tellement de ténèbres en lui.

Mes mains se crispent sur ma robe de chambre. Je vais m'asseoir à côté de lui. Il lève brièvement les yeux, puis se penche et me prend sur ses genoux.

— Tu vas bien ? demandé-je.

Au lieu de répondre, il cherche à me faire avaler un morceau de bacon, que j'accepte, bien sûr. Ses doigts finissent par effleurer mes lèvres et je frissonne en avalant.

— Super, lâche-t-il, mais il semble tout sauf convaincu.

On reste un moment sans rien dire. J'aime l'avoir derrière moi. Quand je me trémousse un peu sur ses genoux, il reste complètement immobile, un bras autour de ma taille.

— Ne teste pas mes limites, Charity, murmure-t-il à mon oreille. Je ne suis pas quelqu'un de très gentil.

— Peut-être que j'aimerais le vérifier

personnellement ? murmuré-je en retour, non sans me déplacer à nouveau.

Tristan se lève brusquement, ce qui projette sa chaise en arrière, puis il jette son assiette par terre. Il me pousse sur la table, ses hanches plaquées derrière moi. Son érection me chatouille le sexe.

— Comme ça ? demande-t-il.

Et je sens cette douleur en moi qui dit : « Oui, exactement comme ça. » Mais Tristan s'éloigne avec un grognement et passe les doigts dans ses cheveux noirs.

— Tu es trop bien pour moi, Charity. Tu devrais t'enfuir tant que tu le peux encore.

— Arrête ça, murmuré-je, en me levant pour lui faire face. Tu as fait beaucoup de chemin depuis l'année dernière.

— Je suis un poison, Marnye. Je tue tout ce que je touche. (Il lève les doigts et fixe sa main pendant un moment avant de me regarder.) Choisis quelqu'un d'autre, n'importe qui. Ils sont tous de meilleurs choix que moi.

— Je ne sais pas si c'est vrai, répliqué-je, haletante, éprouvant le besoin désespéré de prendre Tristan dans mes bras et de le réconforter.

Quand est-ce que c'est arrivé ? Il a toujours été la pire brute de tous, le plus fermé, et maintenant... J'aime cette vulnérabilité. J'en ai envie.

— C'est vrai. Ne t'approche pas de moi et épargne-toi une peine de cœur.

Sur ces mots, il part en trombe. La maison est si

grande et si tarabiscotée que, même avec l'aide de la carte, je ne le retrouve pas de toute la journée.

APRÈS QUATRE JOURS DE SÉJOUR – et une visite nocturne de Zack –, je trouve une vieille salle de jeux garnie de jeux de société comme Puissance-4, le Scrabble, le Monopoly, le Cluedo, etc. Il doit y en avoir des centaines. Je choisis un Twister sur les étagères et je monte à l'étage, histoire de voir si je peux trouver Tristan. Il est insaisissable et bizarre, et je l'ai surpris trois fois à traîner en tête-à-tête avec Lizzie.

Cette fois, quand j'entre dans sa chambre, il est seul.

Il lève les yeux vers moi. Son visage exprime une intense frustration.

— Une réunion du Club Infinity se tient ici, dit-il. (Je m'immobilise, le temps de poser le Twister sur une table basse.) Dans trois jours.

Je m'assois sur le lit, à côté de Tristan, nos jambes si proches que je sens la chaleur de son corps à travers le tissu noir de son pantalon de pyjama. C'est tout ce qu'il porte. Sinon, il est torse nu et magnifique : un Adonis des temps modernes qui supplie que je le touche.

Ahh, Marnye, arrête ! Mais je ne peux pas m'en empêcher. Je veux poser les mains sur lui, alors... je le fais. Rassemblant chaque once de courage qui m'habite, je me lève, me tourne vers Tristan, puis je l'enjambe pour que mes genoux se retrouvent en appui sur le lit, de chaque côté de son corps.

— Qu'est-ce que ça veut dire, exactement ? demandé-je en prenant son visage dans mes mains.

Il ferme ses beaux yeux gris.

— Ça veut dire que Miranda et toi allez devoir partir. Ça veut dire que mon père va rentrer. Ça veut dire...

Il s'interrompt et pose son front contre le mien. Au bout de quelques secondes, il porte son pouce à mes lèvres et je le prends dans ma bouche, pour le suçoter.

Tristan halète et il laisse tomber ses mains et enroule les bras autour de ma taille pour nous faire rouler jusqu'à ce qu'il se retrouve au-dessus de moi. On s'embrasse et je découvre qu'il est tout aussi calculateur et cruel dans ses attentions amoureuses que dans sa vie de tous les jours.

On s'est embrassés de nombreuses fois auparavant, mais pas comme ça, seuls dans la chambre silencieuse d'une maison où il n'y a ni professeurs de l'académie, ni parents. C'est désinhibé, et délicieusement incorrect.

Tristan coince mes bras au-dessus de ma tête et embrasse mon visage jusqu'à mes seins. La chaleur brûlante de sa bouche traverse le tissu fin et soyeux de ma chemise. Il lèche le tissu, lentement et langoureusement, comme s'il avait tout le temps du monde, puis, alors que je suis sur le point de le repousser et de le supplier d'arrêter de me taquiner, il prend mon mamelon gauche dans sa bouche et le suce.

C'est comme s'il y avait une corde reliant mon téton à mon sexe, qui tire, tire et demande plus.

Tristan écrase finalement sa bouche sur la mienne.

Ses mains déchirent frénétiquement mes vêtements, transformant mon chemisier en lambeaux dans sa hâte de sentir un sein nu sous sa paume. Je gémis et m'agite, les bras toujours coincés, toujours parcourue de part en part par le désir.

Qu'est-ce que tu fiches, Marnye ? je me demande, mais je ne sais pas vraiment. Je n'en suis pas sûre.

Les hanches de Tristan se frottent contre moi, son érection dure et chaude me taquine à travers mon short. Sa respiration s'accélère, puis il utilise sa main gauche pour baisser son pantalon. Il écarte mon short et, en un instant, je sens son sexe se presser contre moi.

Il me regarde de ses yeux gris lame, sa main droite tenant toujours mes poignets coincés au-dessus de ma tête. Mes seins nus montent et descendent à chaque respiration, mais je ne dis rien. J'en suis incapable. Je suis sans voix.

— Je te désire tellement, Marnye, susurre-t-il.

Je gémis en me frottant contre lui. Il ferme les paupières comme s'il souffrait. Il suffirait d'une forte poussée de ses hanches pour qu'on soit réunis. Au lieu de quoi, il ouvre les yeux et me regarde à nouveau.

— Je veux te baiser jusqu'à ce que tu ne te souviennes plus que tu sors avec quelqu'un d'autre, te prendre si complètement que tu deviendras mienne.

— Mais ? murmuré-je. (Tristan jure, s'éloignant de moi pour remettre son pantalon en place.) Tristan, attends ! je le rappelle en me redressant.

— Je ne peux pas faire ça. Je ne peux pas, Marnye.

Il se dirige vers la salle de bains, claque la porte et

allume la douche. Je ne reste que le temps d'arranger mes vêtements.

LE JOUR de la réunion du Club Infinity, tout le monde est nerveux. Je sais qu'on devra tous partir à quatorze heures au plus tard, mais avant, avant de m'en aller vers le soleil couchant pour passer un été entier loin de Tristan Vanderbilt, il faut que je le revoie.

Il est encore une fois dans sa chambre, assis sur son lit dans un t-shirt noir et un jean, à fixer son téléphone. Il fronce les sourcils quand j'entre.

— Arrête ça, je lui ordonne.

Mais il se détourne et passe les doigts dans ses cheveux.

— Crois-moi : tu n'as pas envie d'être là quand William arrivera. Il frappe son propre fils. Imagine tout ce qu'il pourrait faire à un cas social né du mauvais côté de la route.

— Tu ne peux pas me repousser, rétorqué-je en attrapant le Twister avant de me déplacer vers le grand espace vide au sol, à droite de son lit. Peu importe ce que tu fais, ça ne marchera pas. J'ai vu le vrai toi et ce n'est pas quelque chose qui peut être défait.

— Tu ne m'aimes pas. C'est impossible, ricane-t-il, ce qui le fait beaucoup ressembler à Creed la première nuit où on...

— Pourquoi ? Parce que tu es farouchement loyal, malin comme un singe et la seule personne de ma connaissance qui soit à mon niveau sur le plan scolaire ? Ou peut-être est-ce parce que tu as des cheveux comme les plumes d'un corbeau, des yeux de la couleur de la lune par une nuit froide ou des abdominaux si durs qu'on pourrait probablement y casser des noisettes ?

— Casser des noisettes ? répète-t-il.

Je souris en étalant la feuille de plastique avec tous les cercles colorés dessus.

— Oui, on mettrait une noisette entre tes abdos, tu ferais des crunchs, et voilà. Des abdos de Casse-Noisette.

Tristan laisse échapper un soupir, comme s'il était trop stressé pour rire. Pas de problème. Je le suis aussi. Tout ce qui me vient à l'esprit, c'est l'image de lui sur moi, son sexe pressé contre le mien. Il a dû faire preuve de beaucoup de sang-froid pour se retirer.

— Qu'est-ce que tu étales par terre ? demande-t-il alors que je lui tends la girouette et enlève mes chaussures.

Je porte une robe en satin crème que Miranda a insisté pour que j'essaie, ce n'est donc pas idéal pour jouer, mais Tristan Vanderbilt a besoin de se détendre un peu.

— Ça s'appelle un jeu. Tu y as déjà joué ? (Je tapote la flèche.) On peut même en faire un pari. Si je gagne, tu dois continuer à sortir avec moi jusqu'à ce que toi ou moi décidions qu'on n'apprécie pas l'autre. Si tu gagnes, tu peux décider de continuer ou non à sortir avec moi, quelle que soit la raison.

Tristan ferme les yeux et jette la girouette sur le lit.

— Je n'ai pas le temps. Mon père sera là dans moins d'une heure. Tu dois partir.

— Je ne pars pas tant que tu n'auras pas joué avec moi. C'est un jeu rapide. Facile, aussi. Ou tu as peur que je gagne ?

Je croise les bras et je le fixe du regard.

— Je peux toujours te prendre dans mes bras, te porter hors de ma chambre et verrouiller la porte.

— Oui, mais ce ne serait pas drôle, si ? demandé-je.

— Bien, lâche Tristan qui s'est renfrogné. (Il fait tourner la girouette du bout du doigt et se retrouve avec une flèche pointée vers la partie rouge du cercle, et dans le quart du tableau qui indique le pied.) Et maintenant ?

— Pied droit sur le rouge, dis-je en lui prenant la main pour qu'il se relève.

Je lui montre ce qu'il faut faire, puis je saisis la girouette. Dans une partie normale, il y aurait un arbitre qui la ferait tourner pour nous et annoncerait les mouvements, mais je suis toujours disposée à improviser.

— Main droite jaune.

Je m'accroupis et pose la main sur l'un des ronds de la bonne couleur. Tristan lève les yeux au ciel.

— C'est un jeu absurde. Comment on peut gagner ?

— La première personne qui tombe ou qui ne termine pas son mouvement a perdu, j'explique en reniflant. Si aucun d'entre nous n'est capable de faire tourner la flèche, on énoncera à tour de rôle une couleur ou une partie du corps pour le mouvement de l'autre.

Je lui tends la girouette et il obtient « gauche main bleu », ce qui l'amène à se pencher très volontairement sur moi pour placer sa paume sur un point.

On continue jusqu'à ce qu'on soit tous les deux emmêlés et qu'aucun de nous ne puisse toucher cette fichue girouette.

— Rouge, dit-il.

Je me passe la langue sur les lèvres en portant autour de moi un regard stratégique.

— Main droite, ajouté-je.

Tristan se débat pour que ça marche. On se croirait à un cours de yoga avancé à ce stade.

— Jaune, dis-je en choisissant ma propre couleur.

— Seins, murmure-t-il, et je glousse, manquant de perdre l'équilibre.

— Ce n'est pas une partie du corps, je m'étrangle.

Je le sens trembler au-dessus de moi, luttant pour tenir sa posture.

— Bien sûr que si, grogne-t-il.

Je hausse les épaules : comme c'est facile de se pencher et de toucher la carte de mon sein, je m'exécute.

— Queue, ajoute-t-il.

— C'est la partie de ton corps que tu choisis ? demandé-je. (Il grogne.) Bien... euh, vert.

Tristan s'ajuste, pose son entrejambe sur le tapis, de sorte qu'on est à peu près face à face. Il me regarde et je me mets à rire. Si fort que je tombe et je me retrouve à plat ventre sur le sol. Tristan s'assied à côté de moi, haletant et en sueur, puis il enlève sa chemise et la jette sur le côté.

— Tu as perdu le pari, constate-t-il, mais il n'a pas l'air très heureux d'avoir gagné. Tu veux rejouer ? Quitte ou double ?

J'acquiesce et je me redresse, pour trouver son regard sur moi. Il tend le bras pour m'effleurer la mâchoire et je soupire.

Tristan se retire avant qu'il ne se passe quoi que ce soit, et on recommence.

Cette fois, c'est nous qui appelons les parties du corps et les couleurs dès le début.

En quelques minutes, on est face à face, bouche à bouche. Et le baiser qu'on partage à ce moment-là... est le plus vrai qu'on ait jamais eu. On se dirige vers le lit, en s'embrassant lentement. Les mains de l'un parcourent le corps de l'autre, mais l'alarme du téléphone de Tristan y met bientôt un terme.

Quand elle se déclenche, il gémit et me pousse pour m'allonger à côté de lui.

— William sera là d'une minute à l'autre. Il faut vraiment que tu partes d'ici.

Son regard est comme de la glace, mais ses doigts sont comme du feu, je pense pendant qu'on se dévore du regard.

Je lève les mains pour cacher mon visage ; Tristan ne me laisse pas faire. Il les abaisse et m'adresse un petit sourire en coin que je ne peux m'empêcher de lui rendre. On est encore allongés là, à se sourire comme des idiots amoureux, quand Lizzie ouvre la porte et entre.

— Merde, je croyais que c'était fermé.

Tristan se redresse et passe les doigts dans ses cheveux crépus, noir corbeau. Il a presque l'air... mignon. Enfin, si on peut qualifier Tristan Vanderbilt de « mignon ». Bien sûr, c'est l'un des hommes les plus sexy que j'aie jamais vus, mais je ne suis pas sûre que l'adjectif « mignon » soit adapté.

Mon esprit s'égare, alors je freine et m'oblige à regarder le visage de Lizzie. Elle est complètement bouleversée, en cet instant. La culpabilité me traverse, aussi inconfortable qu'un coup de poing dans le ventre. Ce n'est pas ce que je voulais. Elle pense probablement qu'on a fait l'amour. Mais non. Tout ce qu'on a fait, c'est jouer à Twister et ensuite s'embrasser.

Même si, présenté de cette manière, ça sonne presque aussi mal.

— Les invités arrivent.

Lizzie nous regarde fixement et je ne peux m'empêcher de ressentir de la compassion pour elle. Et si je les avais découverts dans cette situation ? Je serais plus que bouleversée. Mon estomac se noue.

— William est furieux, il te cherche.

— Bien sûr qu'il est furieux, lâche Tristan d'un air renfrogné. (Il passe une main sur son visage en sueur.) Je ne suis plus seulement un salaud, je suis une honte.

Lizzie referme la porte derrière elle, avant de s'adosser au bois du battant. Elle croise le regard de Tristan.

Même si j'ai quatre autres petits amis en bas, même si un jour je devrai choisir, je ne veux pas perdre Tristan maintenant.

— Quoi ? lui demande-t-il, le corps tendu, les muscles contractés par le stress.

Lizzie ferme les yeux, puis retire délicatement sa bague de fiançailles. Quand elle les rouvre, ses iris sont peints aux couleurs brillantes de l'émotion : amour, désir et besoin désespéré.

— Je ne sais pas ce qui va se passer si je dis « non » à mes parents, murmure Lizzie en contemplant la bague. Je pense qu'ils m'aiment assez pour s'en remettre, mais... je ne peux pas le faire. Je ne peux pas épouser Marcel.

Me levant, je passe les paumes sur le devant de ma robe en satin crème pour en lisser les plis. Mais ça ne sert à rien. Lizzie ne me regarde pas : la seule personne qui existe pour elle en ce moment dans cette maison, la seule personne qui compte, c'est Tristan. Ses yeux ambrés brillent de détermination, et elle fait un petit pas en avant.

— Pourquoi tu me racontes ça ? demande Tristan en se levant pour enfiler sa chemise. (Il la regarde avec une expression mêlant frustration et confusion.) Mon père est sur le sentier de la guerre. Il ne t'aime pas, il n'aime pas Marnye et il ne veut pas que tout le conseil d'administration du Club Infinity débarque chez nous pour nous passer en jugement.

— Je me fiche du Club Infinity en ce moment, lâche Lizzie, et mon cœur commence à s'emballer, au rythme exact des pulsations que je vois battre dans sa gorge. Tout ce qui m'importe, c'est toi, Tristan. Je t'aime.

Il n'y a que de la vérité pure et simple dans ses paroles. Ce n'est pas une surprise pour moi : je m'y attendais depuis que j'ai posé les yeux sur elle.

La chose logique à faire serait de laisser partir Tristan, de le pousser vers Lizzie et de me concentrer sur les quatre autres garçons qui m'attendent en bas. Le problème, c'est que le cœur se moque de la logique pour prendre ses décisions. Même maintenant, je redoute le moment où je devrai me fixer sur l'un des garçons, où je devrai choisir.

Si Lizzie et Tristan sont faits pour être ensemble, ça arrivera. Je ne ferai rien pour faciliter ou m'opposer à leur idylle.

Je me mordille la lèvre inférieure.

Lizzie est une amie, mais Tristan... il fait vibrer mon sang.

— Je…

Ils me regardent tous les deux quand ce seul et unique mot s'échappe de mes lèvres. Le problème, c'est qu'ensuite, je n'arrive plus à comprendre ce que j'étais censée dire en premier lieu.

Heureusement, Windsor est là pour me sauver une fois de plus la mise. Il passe la porte, l'image même de la nonchalance, élégant dans son uniforme de troisième année. Il est évident qu'il ne se soucie pas le moins du monde de la prochaine réunion du Club Infinity.

— William Vanderbilt est un homme intelligent, non ? s'enquiert-il en m'adressant un petit sourire.

— Comment ça ? demande Tristan avec un soupir, ce qui lui permet d'ignorer la confession de Lizzie. Qu'est-ce qu'il a fait encore ?

— Il a trouvé quelqu'un qui paie ses cotisations au Club Infinity. (Windsor observe le visage de Tristan, qui contracte la mâchoire.) Mais pas la tienne. Juste la sienne. Il a déjà lancé la rumeur selon laquelle il te reniait.

Tristan fait semblant de ne pas s'en soucier, mais il écarquille légèrement les yeux.

— Je vois.

Sa voix reste calme, pourtant il y a une douleur évidente derrière ses mots. Je voudrais le réconforter, mais Lizzie me devance en tendant la main vers lui. Tristan s'écarte. Le visage de Lizzie flamboie de douleur.

— Je l'ai payée pour toi, reprend Windsor.

Cette fois, je crois que nous sommes tous surpris. Tristan fixe le prince de ses grands yeux gris, mais Windsor se contente de mettre les mains dans ses poches et de sourire.

— Tout ce que ma princesse veut, elle l'obtient. Et elle ne veut pas que tu sois sans abri et viré de Burberry Prep. (Windsor s'avance et lisse quelques plis sur la chemise de Tristan.) Il a aussi cessé de payer tes frais de scolarité. Mais tu le savais déjà, non ?

Je reste bouche bée et je jette un coup d'œil à

Tristan. Non, en effet, il ne semble pas du tout surpris par cette nouvelle.

— Tu savais que tu ne reviendrais pas à Burberry l'année prochaine, n'est-ce pas ? demandé-je.

Mais Tristan a le regard toujours fixé sur Windsor, attendant la suite. Avec le prince, il y a toujours une suite.

— J'ai payé aussi. Donc... je suppose que Marnye n'est plus la seule à vivre de la charité à l'académie, n'est-ce pas ?

Windsor sourit et il y a un côté terrifiant dans ce sourire, comme s'il appréciait ce moment pour de mauvaises raisons. Pourtant, il l'a fait pour moi. Je ne l'oublierai pas.

— Tu me remercieras plus tard. Pour l'instant, on a une réunion du Club.

Sans un mot, Tristan se détourne et quitte la pièce en claquant la porte de sa salle de bains derrière lui.

— Toi, milady, tu vas devoir partir. Miranda t'attend dehors. Ceux qui ne sont pas membres du Club sont interdits.

Windsor s'avance et repousse quelques mèches rousses de son front. Ses yeux noisette brillent d'espièglerie quand il plonge les doigts dans l'or rosé de mes cheveux.

— Tu t'occuperas de Zayd, Creed et Zack pour moi, d'accord ? demandé-je, non pas parce que je pense qu'ils ont vraiment besoin d'aide, mais parce que je commence à considérer Windsor comme mon bras droit.

Si des circonstances imprévues se présentent, je sais qu'il est capable de garder la tête sur les épaules.

— Tu as déjà pris soin de Tristan.

Je jette un coup d'œil à Lizzie, mais elle est en train de s'éloigner, la tête dans les mains. Je ne lui reproche pas d'être bouleversée, je le serais aussi.

— Je vais m'occuper d'eux, promet Windsor en me prenant dans ses bras et effleurant mes lèvres des siennes. (Il me titille, comme il le fait toujours, pour me donner envie de plus.) Miranda dit qu'elle a déjà appelé ton père. Il aurait répondu qu'elle pouvait rester quelques jours chez toi.

— Et après ? demandé-je, parce que je n'ai aucune idée de la durée d'une fête au Club Infinity.

— Après..., commence Windsor, avant de s'interrompre quand Zayd, Creed et Zack entrent dans la pièce.

— C'est l'heure de mettre les voiles, bébé, lance Zayd.

Il tord ses mains tatouées, tant il est nerveux. Je n'aime pas voir quelqu'un d'aussi insouciant devenir anxieux. J'emmerde le Club Infinity et tout ce qu'il représente. C'est juste une excuse pour que des brutes pleines aux as s'en prennent à des moins fortunés et appellent ça un jeu.

— Il y a une entrée latérale, déclare Creed, en s'adossant paresseusement contre le montant de la porte. (Il a, au fond des yeux, une vivacité qui dit qu'il sera prêt à se battre si besoin.) Par la salle de bal. Je vais te montrer. J'ai demandé à Miranda de déplacer ta voiture.

Zack pose son blouson sur mes épaules et m'embrasse sur la joue ; sa bouche charnue est pincée, des ombres noires dansent dans ses prunelles. Il est aussi heureux que moi de toute cette situation.

— Ne fais rien que je réprouverais, je lui glisse en jetant un coup d'œil par la fenêtre de Tristan pour voir Harper descendre de voiture.

Super ! Je relâche brusquement mon souffle et me tourne vers la porte pour suivre Creed.

— Conduis prudemment, Marnye, me chuchote Zack quand je passe devant lui.

Je lui adresse un dernier signe de la main avant de me retirer dans ma chambre pour récupérer mes sacs.

Toute la scène paraît bien dramatique, mais... c'est juste un été comme les autres pour nous, les jeunes de l'académie.

Aujourd'hui, nous manigançons une intrigue. La semaine dernière, nous nous sommes vengés. Demain, nous irons probablement à la plage.

Une année, un choix, un futur improbable.

Qui aurait cru qu'être la nouvelle serait si difficile.

ÉPILOGUE

LE TRAJET du retour est paisible, juste des routes sinueuses, des collines et du soleil. L'océan scintille sur notre gauche alors que nous prenons la route côtière pour retourner à Cruz Bay et à la minuscule maison de location de Charlie en bordure du quartier exclusif de Grenadine Heights.

Miranda et moi ne parlons pas beaucoup, pas avant d'être près de la maison.

— Qu'est-ce qui s'est passé ? demande-t-elle.

Je hausse un sourcil, le temps de lui jeter un bref coup d'œil avant de regarder à nouveau la route. Je suis peut-être une conductrice trop prudente, mais c'est mieux que d'être casse-cou, non ?

— Ce qui s'est passé ? je répète.

Elle soupire, s'adossant à son siège avec ses cheveux blond-blanc qui fouettent dans tous les sens. Elle porte de grandes lunettes de soleil dont les montures argent brillent quand elle les soulève pour me fusiller de ses yeux bleus de glace.

— Oui, ce qui s'est passé. Entre Tristan et toi. Vous avez disparu à l'étage et on n'arrivait pas à vous trouver.

Je rougis et je sais ce qu'elle pense. Bien sûr, elle va s'imaginer qu'on couchait ensemble. Mais pour Tristan, le sexe n'a rien d'extraordinaire. C'est facile. C'est une façon pour lui d'exprimer ses émotions sans avoir à les assumer. Non, ce n'est pas ce qu'on a fait.

— On a joué à Twister, puis on s'est embrassés et on s'est câlinés.

Miranda rit, mais seulement pendant une seconde. Quand elle réalise que je suis sérieuse, elle me regarde, bouche bée. Ses lèvres peintes au gloss rose étincellent. Quelques mèches de ses cheveux s'y collent alors qu'on prend la sortie de Cruz Bay.

— Vous vous êtes fait des câlins ? demande-t-elle.

Elle réagit par ce mi-soupir, mi-gémissement qui la caractérise devant mon hochement de tête.

— Tu es en train de le choisir lui, n'est-ce pas ?

— Je ne choisis personne pour l'instant, murmuré-je alors que nous ralentissons et qu'il devient un peu plus facile de discuter sans tout ce vent en plein visage. J'ai couché avec ton frère, mais tu t'inquiètes pour une partie de Twister ?

— Euh, oui. Le sexe est juste... du sexe. Mais quelqu'un avec qui tu peux passer l'après-midi sans te rendre compte du temps qui passe ? Quelqu'un avec qui tu peux passer un bon moment ? Quelqu'un avec qui tu peux – arrête-moi si je trompe – faire des câlins ? C'est un vrai truc, là.

Je ne réponds pas, je me gare dans l'allée et je réfléchis à cette information.

En sortant, je me rends compte qu'une Cadillac couleur crème est garée dans la rue.

Jennifer est ici.

— Mère problématique en vue ? demande Miranda.

Je serre les lèvres et hoche la tête. Ayant empoigné mes sacs à l'arrière de la décapotable, j'entre. Il fait si clair et si ensoleillé que je dois plisser les yeux quand je pénètre dans le salon, Miranda sur mes talons.

Dès que je vois ce qui m'attend, je me fige. Ma meilleure amie, devenue *crush*, redevenue meilleure amie me rentre dedans.

— C'est quoi ce…, commence-t-elle avant de s'arrêter pour me regarder, moi, puis l'adolescente qui me ressemble, assise sur le canapé entre Jennifer et Charlie.

Il a les larmes aux yeux quand il les lève vers moi, et Jennifer... elle a un gros ventre rond et elle sourit.

— Marnye, dit-elle en se levant au prix d'un effort considérable.

Elle gémit et doit tendre une main pour retrouver son équilibre. Papa se lève en un instant pour la soutenir, même s'il a lui-même l'air un peu chancelant. Je sens en moi cette ombre noire et malsaine qui me murmure que son état a l'air d'avoir empiré depuis la dernière fois que je l'ai vu, qu'il a perdu beaucoup de poids. *Merde*. Jennifer lui fait signe de s'écarter et il y a un moment de silence gênant où on se dévisage.

— Marnye, j'aimerais te présenter ta petite sœur, Isabella Carmichael.

Mon cœur se transforme en glace, plonge dans mon estomac et se brise en un million de petits morceaux.

Mes yeux marron se fixent sur ceux d'Isabella et la façon dont elle me sourit... m'évoque quelque chose. Il me faut une seconde pour comprendre de quoi il s'agit exactement, mais dès que j'y arrive, j'ai froid à l'intérieur.

Son sourire... il me rappelle les immondes filles riches que je connais et que je déteste.

Putain, fantastique !

EXTRAITS EN AVANT-PREMIÈRE

Merci d'avoir lu *La Jalousie des idoles* ! Si vous avez apprécié ce livre, n'hésitez pas à laisser un avis. *L'enfer de Burberry Prep* se termine avec le quatrième et dernier tome, *Dans les bras de l'élite.*

Vous souhaitez être prévenu lorsque notre prochaine histoire torride sera disponible ? Rendez-vous sur www.greyeaglepublications.com/fr/ et inscrivez-vous à notre newsletter.

Si vous avez apprécié ce livre, vous aimerez aussi *Mon Tourmenteur* par Anna Zaires et *Au service des rois* par Callie Rose. Tournez la page afin de découvrir un extrait passionnant de chaque livre !

EXTRAIT DE MON TOURMENTEUR PAR ANNA ZAIRES

Il est venu à moi dans la nuit, un sombre et cruel étranger des coins les plus dangereux de la Russie. Il m'a tourmentée et m'a détruite, mettant en pièces mon monde dans sa quête de vengeance.

Maintenant, il de retour, mais ce n'est plus après mes secrets.

L'homme qui joue dans mes cauchemars me veut.

Elle vacille, son visage d'un blanc crayeux, et j'agrippe son autre bras pour la stabiliser. Elle sait manifestement qui je suis ; elle m'a reconnu.

— Ne crie pas, dis-je. Je ne veux pas te blesser.

Ses yeux noisette sont fous et je sais qu'elle ne comprend pas vraiment ce que je dis. Tout ce qu'elle voit est une menace mortelle, et elle réagit en conséquence. Dans quelques secondes, elle perdra soit connaissance, ou bien elle deviendra hystérique, et aucune des options n'est une bonne chose.

— Sara.

Je parle d'une voix dure.

— Je ne suis pas ici pour blesser qui que ce soit, mais je le ferai si c'est nécessaire. Tu me comprends ? Si tu fais quoi que ce soit pour attirer l'attention, il y aura des victimes.

La panique aveugle dans son regard s'atténue quelque peu, remplacée par une peur un peu plus rationnelle, sans en être moins intense. Elle me comprend.

Le fait que je ne bluffe pas aide.

— Q-que voulez-vous ?

Même avec leur couche de baume, ses lèvres tremblantes sont pâles.

— Pourquoi êtes-vous ici ?

— Je voulais te voir, dis-je, l'entraînant à travers la foule en évitant les caméras postées autour du bar. Les bras nus de Sara sont tendus dans ma poigne, sa peau glacée, mais comme je m'y attends, elle ne crie pas.

De tout ce que je sais d'elle, la petite médecin préférerait mourir que de mettre en danger une foule d'étrangers.

— Danse avec moi, dis-je à nouveau lorsque je me retrouve où je le veux, près d'un mur, à un coin peu éclairé de la piste de danse, où la foule forme un mur humain autour de nous. Pour l'amener à obtempérer, je lâche ses bras et étreins sa taille, attentif à maintenir une poigne légère.

Son corps est aussi rigide qu'un bloc de glace alors que je la retiens près de moi, mais pour la foule qui nous entoure, nous ressemblons à un autre couple se balançant au rythme de la musique. L'illusion n'en est que plus réelle lorsqu'elle lève les mains et les dépose sur mon torse. Elle tente de me repousser, mais elle est trop bouleversée et son mouvement manque de force. Pas que cela changerait quelque chose si elle poussait de *toutes* ses forces.

Je peux neutraliser la plupart des hommes avec peu d'efforts, alors, ne parlons pas d'une femme aussi mince qu'elle.

— N'aie pas peur, murmuré-je, gardant son regard prisonnier.

Même sur une piste de danse bondée, je peux percevoir son parfum, quelque chose de délicat et fleuri, et mon corps réagit à sa proximité, mon sexe se durcissant sous la sensation de sa taille mince entre mes paumes. Je veux l'attirer contre moi, sentir son corps contre le mien, mais je me force à maintenir une petite distance. Je ne veux pas l'effrayer sous l'intensité de mon désir. Le regard de Sara est déjà celui d'un petit gibier pris au piège, aveuglé par la peur et le désespoir. Ça me donne envie de la soulever dans mes bras et de l'étreindre contre mon torse, mais ça ne ferait que la terrifier davantage. En ce moment, tout geste de ma part la terrifierait ; je pourrais l'inviter à chanter au karaoké et elle aurait une crise de panique.

— Que veux-tu de moi ?

Son souffle est rapide et court alors qu'elle me fixe du regard.

— Je ne sais rien…

— Je sais.

Je garde un ton doux.

— Ne t'inquiète pas, Sara. Cette partie est terminée.

La confusion remplace quelque peu la terreur dans ses yeux.

— Mais alors, pourquoi…

— Pourquoi suis-je ici ?

Elle acquiesce prudemment.

— Je ne sais pas vraiment, dis-je, et c'est la pure vérité.

Au cours des cinq dernières années et demie, la vengeance a dominé ma vie. J'ai tout fait pour atteindre ce but, mais maintenant que je suis presque à la fin de ma liste, l'avenir s'annonce morne et vide devant moi, le chemin qui m'attend est enveloppé d'un brouillard morose. Une fois que j'aurai tué la dernière personne responsable de la mort de ma famille, je n'aurai plus aucun but. Ma raison d'exister sera bel et bien perdue.

Enfin, c'était ce que je pensais avant de la rencontrer et d'apercevoir la douleur dans ses yeux de biche. Maintenant, elle dévore mes rêves et hante mes journées. Lorsque je pense à Sara, je ne vois pas le corps déchiré de mon fils ni le visage ensanglanté de Tamila.

Je ne vois qu'elle.

— Allez-vous me tuer ?

Elle essaie, sans succès, de garder une voix calme. J'admire tout de même sa tentative de sang-froid. Je l'ai approchée en public pour qu'elle se sente davantage en sécurité, mais elle est trop sage pour se laisser duper. S'ils ont abordé mes antécédents, elle doit savoir que je peux lui briser la nuque plus vite qu'elle ne peut crier à l'aide.

— Non, réponds-je, en m'inclinant davantage alors qu'une chanson plus bruyante commence. Je ne vais pas te tuer.

— Alors, que voulez-vous de moi ?

Elle tremble entre mes mains, et je suis à la fois intrigué et perturbé par ce fait. Je ne veux pas qu'elle me craigne, mais parallèlement, j'aime l'avoir à ma merci. Sa peur alimente le côté prédateur en moi, transformant mon désir en quelque chose de plus sombre.

Elle est une proie conquise, douce, tendre et mienne à dévorer.

En penchant la tête, j'enfouis mon nez dans sa chevelure parfumée et murmure à son oreille :

— Retrouve-moi au Starbucks près de chez toi demain, à midi, et nous parlerons. Je te dirai tout ce que tu veux savoir.

Je recule et elle me fixe, les yeux énormes dans son visage en forme de cœur. Je sais ce qu'elle pense, alors je me penche à nouveau, ma bouche près de son oreille.

— Si tu contactes le FBI, ils tenteront de te cacher. Comme ils ont essayé de le faire pour ton mari et les autres sur ma liste. Ils te déracineront, ils t'éloigneront de tes parents et de ta carrière, et ça ne servira à rien. Je te retrouverai, peu importe où tu es Sara… peu importe ce qu'ils font pour t'éloigner de moi.

Mes lèvres effleurent l'arête de son oreille, et je sens son souffle trembler.

— Ils pourront aussi t'utiliser pour me tendre un piège. Si c'est le cas, je le saurai, et notre prochaine rencontre ne sera pas autour d'un café.

Elle frissonne, et j'inspire profondément, m'emplissant de son parfum délicat une dernière fois avant de la relâcher.

En reculant, je me fonds dans la foule et envoie un message à Anton pour qu'il mette l'équipe en place.

Je dois veiller à ce qu'elle arrive chez elle en un seul morceau, dérangée par nul autre que moi.

EXTRAIT D'AU SERVICE DES ROIS PAR CALLIE ROSE

Les garçons riches ne fraternisent pas avec la bonne.
Ils ne torturent pas la bonne.
Ils ne désirent pas la bonne.

D'aussi loin que je m'en souvienne, ma mère et moi avons toujours vécu au bord de la ruine, alors lorsqu'elle décroche enfin un emploi, elle nous fait déménager à travers le pays pour l'accepter.

Quelle importance si cela signifie travailler en tant que gouvernante à demeure pour un homme plus riche que Dieu ? La paie est bonne, et elle est associée à un toit au-dessus de notre tête.

Elle parvient même à me faire intégrer le lycée chic où va son fils – le genre qui recrache des futurs chefs d'entreprises et politiciens comme un distributeur automatique.

Mais cette nouvelle ville comporte certaines choses qui n'existaient pas dans l'ancienne…

Comme des secrets qui peuvent vous faire tuer, et quatre des hommes les plus sexy et cruels que j'aie jamais rencontrés.

Je vis peut-être dans leur monde, maintenant, mais je n'en fais pas partie, et ils feront tout ce qu'il faut pour me le rappeler.

Nous allons en cours ensemble, et partageons un secret dangereux, mais en ce qui concerne Lincoln, River, Dax et Chase…

Je ne suis que la bonne.

Je m'assure de laisser négligemment une petite serviette de nettoyage près de la section du sol sur laquelle je viens de travailler. Alors que je dépose le seau, j'émets un grognement irrité, marmonnant quelque chose à propos du fait que j'ai besoin de mon chiffon, avant de traverser entre leurs chaises longues pour le récupérer.

Quand je passe près de celle de River, je glisse mon pied le long du carrelage lisse, le gardant près du sol pour qu'il entre en collision avec son téléphone.

Le petit rectangle noir bascule en avant avec un

claquement, avant de passer le bord de la piscine et de plonger dans l'eau bleue transparente.

Je me fige sur place, ma stupéfaction seulement en partie feinte.

Oh merde ! Je n'arrive pas à croire que je viens de faire ça.

Je porte une main à ma bouche et secoue la tête.

— Merde ! Je suis désolée ! Je n'ai pas vu que ton téléphone était là !

La tête de River était tournée quand j'ai donné un coup de pied à son portable, et il n'a pas semblé remarquer le son, au début, mais c'est clairement le cas des autres ; Lincoln s'est redressé d'un bond quand l'appareil a glissé sur le sol, et River s'est nettement retourné à temps pour le voir plonger dans l'eau. Il est sous la surface, maintenant, et a probablement coulé comme une pierre au fond de la piscine.

Un peu comme celle qui s'est formée dans mon estomac.

Les yeux gris-bleu du garçon se lèvent vivement pour croiser les miens et je suis certaine que, malgré mon masque d'innocence digne d'un Oscar, il sait que j'ai fait ça exprès.

Merde ! Merde ! Bon sang, Low, comment as-tu pu être aussi stupide ?

Ces types sont peut-être des connards, et ce sont peut-être des crétins privilégiés, mais ils sont devenus comme ça pour une raison. Parce que leur argent leur donne du pouvoir. Ils se comportent comme s'ils pouvaient faire et obtenir tout ce qu'ils veulent parce que… ils le peuvent.

Et si Lincoln veut nous faire virer, ma mère et moi, je n'ai aucun doute qu'il puisse le faire en un claquement de doigts.

Si je fais tout foirer pour nous durant notre première semaine de travail, je ne pourrai jamais me le pardonner.

— Je suis… je suis tellement désolée !

J'ai baissé la voix, le ton un peu rauque alors que j'essaie de garder le contrôle de mes émotions. Ce sentiment nauséeux que j'ai déjà ressenti plus tôt s'étend à tout mon corps, infectant mes veines comme de la boue.

— Vraiment ? demande-t-il en plissant ses yeux gris-bleu et en inspectant mon visage.

Les trois autres sont aussi immobiles que des prédateurs sur le point de bondir, observant notre interaction.

— Oui. Je suis…

Je ne supporte plus la pression de son regard, et je n'ai pas vraiment envie de cracher un autre mensonge qu'il détectera immédiatement. Alors, plutôt que de finir ma phrase, je m'empresse de rejoindre le coin de la pièce où un filet au bout d'un long manche est appuyé contre le mur.

Le téléphone est posé au fond de la piscine comme une affreuse tache noire quand je reviens, et mes mains sont légèrement tremblantes quand j'enfonce l'épuisette dans l'eau pour essayer de le récupérer.

Mais je n'arrive pas à l'attraper. Il est lourd et glissant, et je ne parviens pas à lui faire passer le bord métallique du filet. Les quatre mecs me regardent en silence, maintenant, et bordel de merde, je regrette vraiment de ne pas avoir simplement quitté la piscine couverte à la seconde où ils sont arrivés.

Ma panique grandit de plus en plus et l'épuisette – ne – marche – *pas*.

Je le jette donc de côté et saute moi-même dans la piscine, plongeant jusqu'au fond pour récupérer le petit téléphone portable. Je m'en empare et me propulse vers le haut pour briser la surface. La piscine ne fait qu'environ un mètre cinquante de profondeur, de ce côté, mes pieds touchent donc presque le sol alors que ma tête est hors de l'eau. Je bats des jambes vers le bord carrelé et me hisse hors de la piscine, mon uniforme de domestique noir et blanc trempé.

Quand je me lève, mes chaussures crissent.

Mes foutus tétons ressemblent à des balises, maintenant, tant ils sont rendus encore plus visibles par la manière dont le tissu mouillé se colle à moi. Mes cheveux étaient plaqués en arrière en un chignon relâché, mais celui-ci s'est défait quand j'ai sauté dans l'eau.

— Hum, voilà !

Je m'avance dans un crissement de semelles vers River, qui me regarde comme s'il n'arrivait pas bien à décider que penser de moi, et je lui tends le téléphone. L'écran est noir, exactement comme le reste.

— C'est une brique, dit-il platement. C'est devenu

une brique à la seconde où tu as décidé de le balancer dans la piscine.

Son choix de mots ne m'échappe pas, et la panique m'envahit à nouveau alors que je lui tends l'appareil avec plus d'insistance.

— Tu pourrais le faire sécher…

— Non, réplique-t-il avec un reniflement méprisant.

Puis il s'étend à nouveau sur sa chaise longue, les yeux levés vers moi. Et même si je suis debout et qu'il est assis, je sais que je ne suis pas celle qui a le dessus, ici.

— C'est trop tard. Et si tu le gardais en souvenir ?

Oh, Seigneur, non ! Ne nous fais pas virer. S'il te plaît, putain, non !

— Je t'en achèterai un autre ! lâchai-je, même si je suis sûre que ce fichu truc coûte au moins six cents dollars.

Il ne répond même pas, cependant. Au lieu de ça, il croise les chevilles sur la chaise longue et, comme répondant à un signal implicite, les trois autres s'étendent à nouveau eux aussi. Ils commencent à parler entre eux – une histoire à propos du lycée, de *cheerleaders* et d'un type appelé Trent – en ignorant complètement mon existence.

Je reste là pendant quelques instants de plus, lui tendant son téléphone et espérant qu'il va le prendre, mais il ne me regarde même pas.

Merde ! Il a raison. Ce truc est complètement mort.

Ce ne devrait pas être si facile à faire, mais voilà –

mon impulsivité mélangée à la fragilité d'une technologie hors de prix vient potentiellement de nous forcer, ma mère et moi, à faire nos valises.

Je ne peux pas rester plantée là éternellement, et mes vêtements trempés sont encore en train de former une flaque sur le carrelage brillant, alors après un autre instant, je glisse le téléphone dans la poche de mon tablier et fonce droit vers la porte. Je dois au moins me changer pour enfiler des vêtements secs avant que monsieur ou madame Black me voient.

La piscine couverte est accessible par un couloir s'incurvant vers la salle de petit déjeuner – qui est différente de la salle à manger, parce que les gens riches sont fous. Je le remonte jusqu'à l'escalier de l'aile ouest et suis sur le point de monter les marches quand une main m'attrape le coude.

Je pousse un petit cri et fais volte-face, me retrouvant face à Lincoln. L'expression de son visage est si intense que je fais involontairement un pas en arrière, avant que le mur ne m'arrête. Il me suit, cependant, maintenant un contact rapproché entre nos corps jusqu'à ce que je sois piégée entre la surface dure derrière moi et lui. Il ne reste que trente centimètres d'espace entre nous, mais c'est suffisant pour me permettre de prendre une profonde inspiration.

Mes chaussures sont encore mouillées et laissent probablement de petites flaques que je devrai nettoyer dès que je le pourrai, et l'air frais de la maison me donne la chair de poule sur ma peau humide.

Le regard de Lincoln est féroce, et malgré ma peur,

malgré mon inquiétude à l'idée de me faire virer, je sens l'irritation monter aussi en moi. Pourquoi est-il toujours comme ça ? Quel est son problème, putain ?

OK, ouais, le truc du téléphone était stupide. Mais ce n'est pas comme si je l'avais fait sans provocation. Il joue le connard avec moi depuis la minute où j'ai passé la porte d'entrée, et ses potes et lui se comportaient comme de vrais crétins misogynes.

— Écoute, j'ai dit que j'étais désolée, d'accord ?

Je gonfle le torse, ne réalisant mon erreur que trop tard : je ne fais que rapprocher mon corps du sien, et je suis soudain très consciente du fait qu'il ne porte qu'un short de bain bleu foncé, et que mes vêtements sont plaqués sur mon corps mouillé.

— Oui. Je t'ai entendue, répond-il, les lèvres pressées en une ligne dure. Le truc, c'est que je ne te crois pas, la Nageuse.

— Eh bien, c'est dommage, parce que…

— Je sais ce que tu cherches. Je sais ce que tu veux.

Il plisse les yeux et se penche plus près encore, planant au-dessus de moi.

— Tu crois que je n'ai jamais joué à ce jeu auparavant ?

— *Quoi ?* De quoi est-ce que tu parles ?

Mon cœur bat si fort qu'il est sur le point de jaillir hors de ma poitrine, et je suis à peu près sûre que mon uniforme trempé est en train de laisser une tache mouillée sur le mur derrière moi. Je dois m'échapper de l'espace confiné qu'il a créé, où je me sens claustrophobe. Je fais donc quelque chose de probablement assez stupide. Je pose les mains sur son torse et je pousse.

Il ne bouge pas. Mais ses pectoraux se contractent à mon contact, et sa peau nue est chaude et lisse sous mes paumes. Il se presse contre moi, forçant mes coudes à plier encore plus à mesure qu'il se rapproche.

— Joue les innocentes autant que tu veux, Harlow. Sache juste que tout le monde n'est pas dupe, ici.

À PROPOS DE L'AUTEUR

C.M. Stunich se qualifie de bibliophile, avec un amour pour les thés exotiques et toute une collection de personnages qui vivent à temps plein dans l'étrange tourbillon de ses pensées. Certains trouveraient ça bizarre, mais Caitlin Morgan s'en fiche – d'autant plus qu'elle doit écrire ses biographies à la troisième personne. Oh, et la moitié des personnages dans sa tête sont des bad-boys torrides, au langage cru et aux mains talentueuses (entre autres). Si être bizarre, c'est passer du temps avec eux tous les jours, le choix de C.M. est vite fait.

Elle a horreur du pudding au tapioca, elle adore enchaîner les films d'horreur ringards et elle est l'esclave de nombreux chats. Quand elle ne passe pas l'aspirateur sur son canapé pour enlever les poils de chat, C.M. a le nez dans un livre ou les yeux rivés sur un écran d'ordinateur. Elle est l'auteure de plus de trente romans – romance, new adult, fantasy et young adult. N'hésitez pas à rejoindre sa folie. Il y a tout un tas de choses à y faire.

Oh, et Caitlin adore bavarder (non-stop), alors sentez-vous libre de lui envoyer des e-mails, des messages sur Facebook ou même des signaux de fumée. Elle a hâte d'avoir de vos nouvelles.

Harcelez-moi, s'il vous plaît !

www.facebook.com/groups/thebookishbatcave
www.instagram.com/cmstunich
www.cmstunich.com

Printed in France by Amazon
Brétigny-sur-Orge, FR

23497872R00251